밀림과 오지의 모험

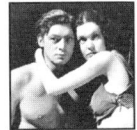

헐리우드 키드의 20세기 영화 그리고 문학과 역사

밀림과 오지의 모험 ⓒ 안정효 2003

초판 1쇄 발행일 | 2003년 5월 6일

지 은 이 | 안정효
펴 낸 이 | 이정원

펴 낸 곳 | 도서출판 들녘
등록일자 | 1987년 12월 12일 | 등록번호 10-156
주   소 | 서울시 마포구 합정동 366-2 삼주빌딩 3층
전   화 | 편집 (02) 323-7366 / 마케팅 (02) 323-7849 / 팩스 (02) 338-9640
홈페이지 | www.ddd21.co.kr

값은 뒤표지에 있습니다. 잘못된 책은 구입하신 곳에서 바꿔드립니다.
ISBN 89-7527-364-4 (03810)

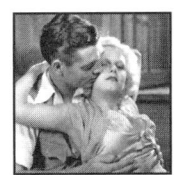

헐리우드 키드의 20세기 영화
그리고 문학과 역사

밀림과 오지의 모험

안정효 지음

들녘

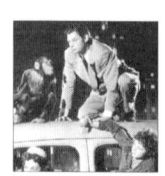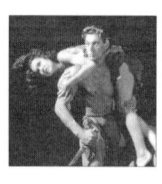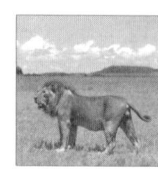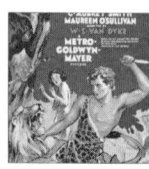

밀림과 오지의 모험

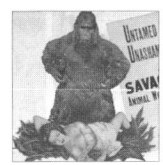
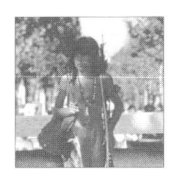
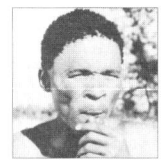

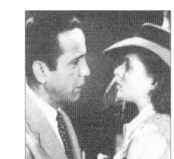

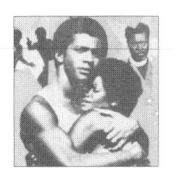

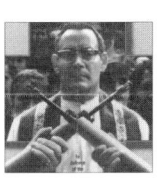

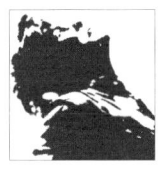

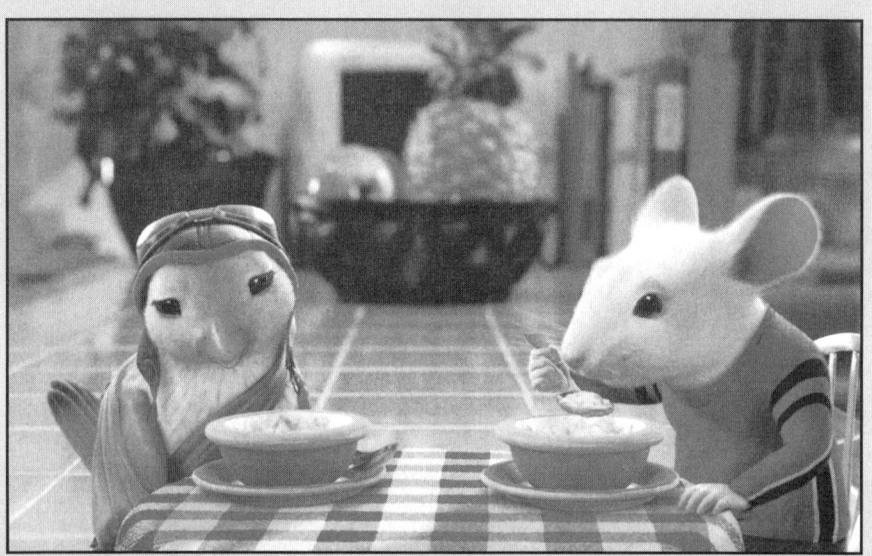

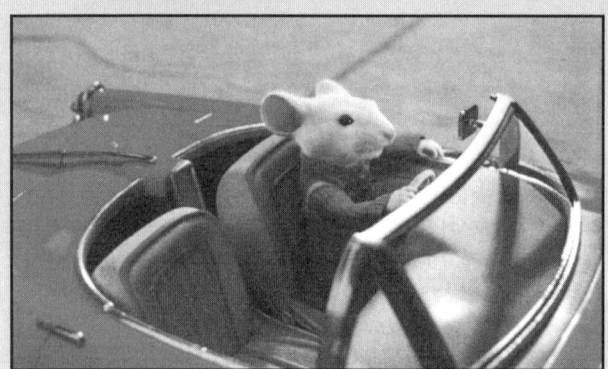

사람들이 「스튜어트 리틀」 영화를 보면서 재미있어 하는 까닭은 주인공이 노랑새와 사랑도 하고, 빨강차를 몰고 다니며 모험을 벌이는 모습이, 새앙쥐답지 않게 인간의 능력을 발휘하기 때문이다. 그리고 인간은 인간답지 않게 신의 경지에 오르기 위해서 각종 '초인'을 만들어낸다.

만지와 오지의 모험

　　오스트렐리아에서 만든 「꼬마 돼지 베이브(Babe, 1995)」를 보면서 우리들이 즐거워하는 까닭은, 영화에 등장하는 양과 고양이와 모든 동물이 사람처럼 말을 한다는 설정도 재미있으려니와, 주인공 돼지가 주제넘게 개짓(또는 개판)을 하려고 덤비기 때문이다. 우리나라 사람들이 욕을 하는 황망한 중에서도 "개돼지만도 못한 놈"이라고 하면서 개와 돼지 사이에서도 굳이 서열을 매기듯, 돼지는 개만 못하다는 것이 인간의 고정관념인데, 아기 돼지 베이브는 자신의 주제도 모르고 양몰이 개 노릇을 부시런히 한다. 말하자면 '경계선 허물기(crossover, 또는 요즈음 우리나라 사람들이 지나치게 좋아하는 이상한 영어 표현을 빌면, fusion)' 행위이다.

　　두 편의 「스튜어트 리틀」 영화도 마찬가지이다. 역시 사람처럼 말을 하는 새앙쥐 주인공은 1편에서부터 이미 사람들과 아예 한 가족이 되고, 2편에서는 빨강 장난감 자동차를 몰고 다니며 노랑 카나리아와 사랑까지 나눈다. 그래서 우리 인간 관객은 하찮기 짝이 없는

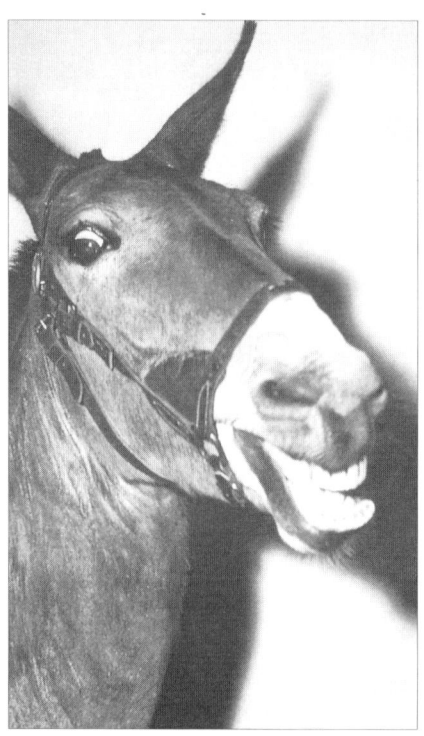

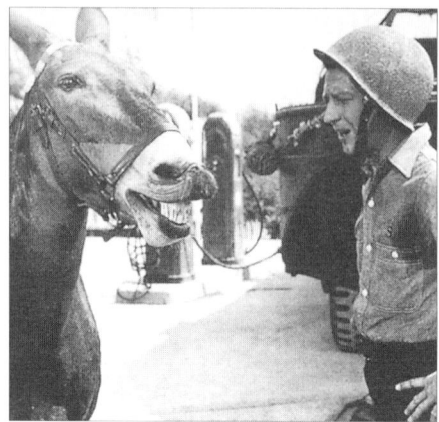

말하는 당나귀 프란시스는 1950년대 미국에서 대단한 인기를 누렸다. 영화 장면에서 철모를 쓴 남자는 프란시스와 여섯 작품에서 '공연'한 도널드 오코너(Donald O'Connor)의 모습이다. 아래쪽 두 장의 포스터는 "기타를 치며 노래하는 목동(Cowboy)"으로 유명했던 로이 로저스가 주연했던 영화들을 선전하는데, 로이 로저스의 이름 바로 밑에는 그의 명마 트리거가 '공연자'로 이름이 올랐다.

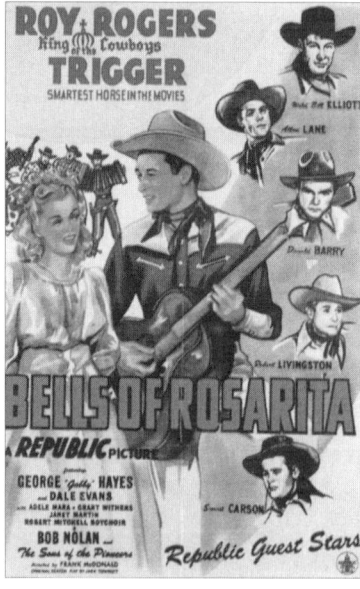

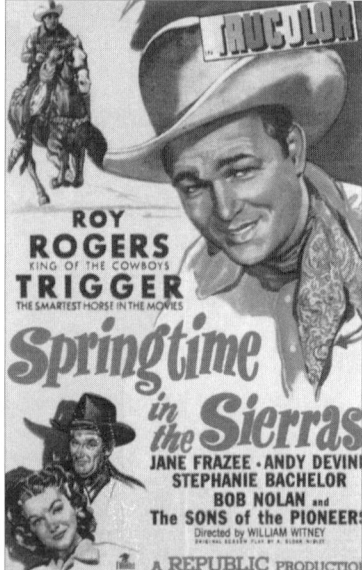

동물이 위대한 인간 흉내를 내는 모습을 보면서 기특하고 귀엽다고 생각하며 으쓱한 기분을 느낀다.

우리나라 관객에게는 잘 알려지지 않았지만, 헐리우드 영화에서는 말하는 당나귀 프란시스 (Francis)가 1950년대에 엄청난 인기를 끌며 무려 일곱 편의 영화에서 '주연'을 맡았고, 비록 말은 못하지만 로이 로저스(Roy Rogers)의 명마 트리거(Trigger) 또한 널리 알려진 '배우'였었다. 래씨(Lassie)와 벤지(Benji)도 우리나라에까지 이름이 알려진 신통한 개이고, 스튜어트 리틀과 동족인 미키 마우스에게 아예 수퍼맨의 의상을 입힌 만화영화의 주인공 마이티 마우스 (Mighty Mouse, 무적의 새앙쥐)도 등장하여 1940년대부터 60년대에 이르기까지 세계적인 명성을 누렸다.

그 중에서도 마이티 마우스는 상징하는 바가 미묘하다. 하찮은 새앙쥐를 인간과 동격으로 대우하는 데서 그치지 않고, 아예 인간 중에서도 '수퍼맨(Superman, 超人)'을 만들어 버렸기 때문이다.

초인의 개념이라면 독일의 시인이요 철학자인 프리드리히 니체(Friedrich Nietzsche, 1844~1900)가 『짜라투스트라는 이렇게 말했다(Also sprach Zarathustra, 1883~92, 영어 제목 Thus Spake Zarathustra)』에서 얘기한 초인사상(超人思想)이 대표적이지만, 짜라투스트라의 초인도 사실은

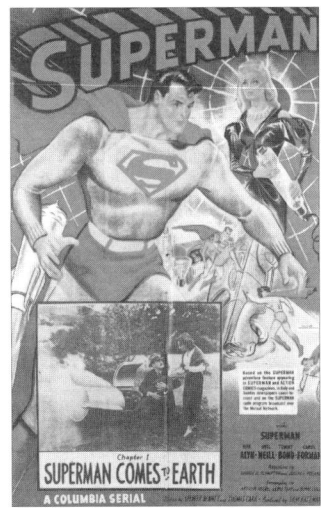

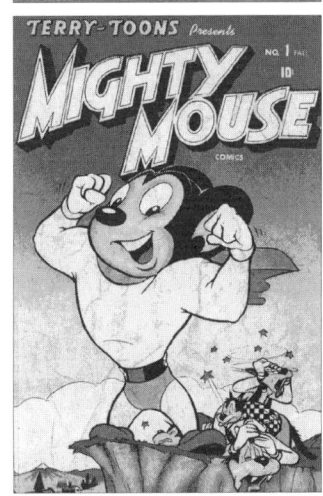

만화를 통해서 태어난 수퍼맨도 탄생의 기원을 따지자면 니체의 초인과 별로 큰 차이가 나지를 않는다. 포스터는 1948년 콜럼비아 영화사에서 연속물로 제작한 수퍼맨 영화의 제1화, "수퍼맨 지구로 오다" 편을 위해 제작한 것이다. 만화영화의 주인공 마이티 마우스는 설취류 수퍼맨이다.

창조 과정을 따져 보면 마이티 마우스 '초서(超鼠, Super Mouse)'와 크게 다를 바가 없다.

　물론 초인(Übermensch, 영어 superman)이라는 사상은 니체 이전부터 존재했고, 예를 들어 괴테의 『파우스트』에도 등장한다. 문학의 '초인'이라는 단어가 보통명사로서 전하는 개념하고 물론 어느 정도 차이가 나기는 하지만, 그래도 어쨌든 비약(飛躍)하려는 정신적 욕구의 표현이라는 점에서 같다고 봐도 크게 잘못은 아니겠다. 요즈음에는 'Übermensch'라는 어휘를 영어로 'superman'이라 하지 않고 독일어와 가깝게 'overman'이라고 표현한다는 얘기를 들었다. 아마도 철학적 개념인 니체의 '초인'이 '수퍼맨(Superman)' 만화와 영화로 강등되는 현상을 막아 보려는 생각에서 그러는 모양이다. 하지만 철학적 개념인 '초인(Übermensch)'과 만화를 탄생시킨 초인(superman) 개념은 뿌리가 같다고 봐야 옳을 듯싶다. 전설과 신화의 시대에도 인간을 신과 동일시하려는 욕망에 부응하여 헤라클레스와 오뒷세우스가 태어났고, 니체의 초인 역시 궁극적으로는 인간의 한계를 벗어나려고 갈망하는 심리작용의 결과일 터이니 말이다.

　이렇게 해서 생겨난 초인 개념을 우리는 "지성과 야만"에서도 아인 랜드(Ayn Rand)의 문학 속에서 발견했고, 수퍼맨이나 배트맨 심지어는 원더 우먼이나 스파이더 맨 같은 만화 주인공의 형태로도 만난다. 그리고 중국의 무협영화나 미국의 서부영화에서 관객에게 대리 만족을 제공하는 수많은 칼잡이와 총잡이, 나아가서는 제임스 본드 역시 초인의 모습으로 화면에 나타난다.

　"지성과 야만"에서 우리들이 둘러보기 시작한 아프리카에도 초인은 있었다. 하지만 그는 인간을 거꾸로 동물의 차원으로 환원시킨 주인공으로서, 동물적인 비상한 능력을 갖춘 타잔(Tarzan)이었다.

그리고 '번역' 탓으로 한국인들에게는 이름이 잘 알려지지 않았던 마치스떼(Maciste) 역시 초인족에 속한다.

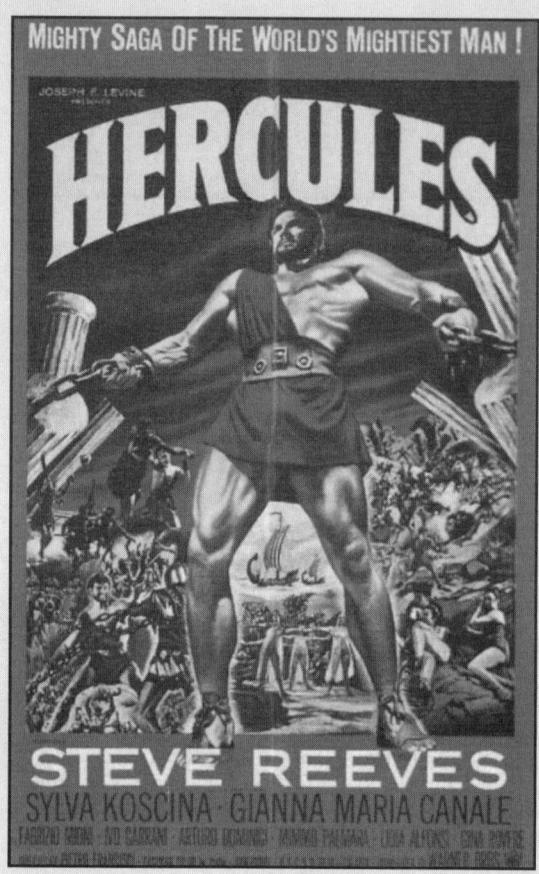

우리나라에서 서양의 장사(壯士, strong man) 영화가 본격적으로 인기를 끌기 시작한 것은 미국 배우 스티브 리브스가 주연한 「헤라클레스」(포스터)를 수입하면서부터였다. 이때부터 삼손이나 골리앗이 주인공이라고 알려진 이탈리아 장사영화가 많이 극장에 내걸렸지만, 그런 영화 가운데에는 주인공의 진짜 이름이 마치스떼(Maciste)인 경우가 많았다.

마치스떼와 타잔

「천하무적 마치스떼」는 옛 아프리카의 이집트에서 야만적인 페르샤인들과 맞서 싸워 맹활약을 벌이지만, 주인공이었던 마치스떼는 국적이 이탈리아이며, 중국의 황페이홍(黃飛鴻)처럼 다양한 여러 인물의 혼합체(composite)여서, 일종의 보통명사라고 이해하면 편하겠다. 헤라클레스처럼 괴력을 지닌 그는 1914년, 조명과 촬영 기법이 뛰어난 서사극 무성영화 「까비리아」("신화와 역사의 건널목" 56~7쪽 참조)에서 조연급으로 태어났으며, 제2차 포에니 전쟁에서 시칠리아의 여노예 까비리아를 구하느라고 많은 역경을 이겨냈었다.

마치스떼가 조역이 아니라 일약 주인공으로 전면에 나서 본격적으로 활약을 벌이기 시작하면서 온갖 모험을 거듭하다 보니, 이 초인적인 이탈리아제 영웅의 발빠른 인기 확장에 대한 준비가 미흡했던 영어권에서는 그의 이름을 처음에는 성경에 등장하는 '삼손'이나 '골리앗'이라고 '번안'하거나, 또는 신화의 '아틀라스'라고 바꿔 넣게 되었다.

'마치스떼 배우' 또한 어느덧 족보가 마련되어서, 1928년까지는 여러 작품에서 「까비리아」의 바르똘로메오 빠가노(1888~1947)가 고정적으로 주인공의 역을 맡았으나, 1960년대 이탈리아 사극의 전성기에는 타잔이나 마찬가지로 여러 근육질 배우가 돌아가면서 마치스떼 노릇을 했다. 마치스떼 단골 배우로는 남 아프리카의 레그 파크(Reg Park), 미국 쪽에서는 「천하무적」의 마크 포레스트를 위시하여 레그 루이스(Reg Lewis), 고든 밋첼(Gordon Mitchell) 그리고 타잔 역도 여럿 맡았던 고든 스코트가 손꼽힌다.

대표적인 마치스떼 영화로는 제목이 모든 것을 말해 주는 「골리앗과 흡혈귀」, 「퀴클롭스 나라의 마치스떼(Maciste nella Terra dei Ciclopi, 영어 제목 Atlas in the Land of Cyclops, 1961)」, 「마치스떼의 기적(Maciste alla Corte del Gran Khan, 영어 제목 Samson and the Seven Miracles of the World, 1962)」, 「마치스떼와 노예 여왕」, 「위대한 영웅 마치스떼(Maciste, l'Ero Più Grande del Mondo, 영어 제목 Goliath and the Sins of

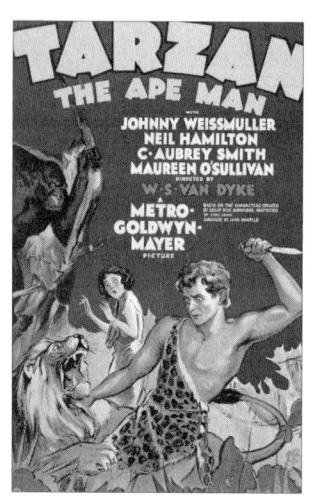

아프리카의 마치스떼적인 초인은 버로우스의 소설에서 태어난 "유인원(類人猿, the Ape Man) 타잔"이었다. 이것은 1932년 MGM에서 제작한 「유인원 타잔」의 포스터이다.

Babylon, 1963)」, 「석인(石人)과 대결하는 마치스떼(Maciste contro gli Uomini Luna, 영어 제목 Maciste vs the Stone Men, 1964)」, 「스파르타의 검투사 마치스떼(Maciste, Gladiatore di Sparta, 영어 제목 Maciste and the Hundred Gladiators, 1965)」 등으로서, 헐리우드 키드의 시대에는 이렇듯 이탈리아 사극 가운데 상당한 수의 영화를 주인공의 이름조차 미국식으로 잘못 알면서 보고는 했었다.

이런 식으로 국적은 물론이요 이름조차 분명하지 않았던 마치스떼에 비하면, 참된 아프리카의 영웅은 역시 타잔이겠다.

마치스떼나 마찬가지로 흰 피부의 유럽산 백인이면서도 아프리카에서 '밀림의 왕자(王者)'로 군림해 온 타잔을 탄생시킨 사람은 환상적이거나 초현실적인 모험소설을 많이 쓴 미국의 작가 에드가 라이쓰 버로우스(Edgar Rice Burroughs, 1875~1950)이다. 그는 1914년에 출판한 『타잔(Tarzan of the Apes)』, 1915년의 『돌아온 타잔(The Return of Tarzan)』을 비롯하여 모두 26권의 타잔 총서를 발표했는데, 물론 헐리우드 타잔은 전체 이야기 가운데 일부만을 뽑아내서 과장하고 확대한 내용을 다룬다.

원작의 줄거리를 우선 살펴보면, 영국 귀족 그레이스토크 경 부부가 아프리카의 임지로 출발하여 항해를 하다가 난파되는 바람에 아프리카 서해안으로 표류하고, 사내아이를 낳은 다음에 둘 다 숨을 거둔다. 키플링의 주인공 모우글리나 마찬가지로 혼자 남은 사내아이는 암컷 유인원 카라의 손에 성장하는 사이에 유인원뿐 아니라 다른 동물들의 언어도 배워 가면서 밀림의 지배자가 되어 온갖 모험을 겪게 된다.

성장한 타잔은 문명국 탐험대와 접촉해서 교육을 받고는 자신의 출신에 관한 비밀을 알게 되고, 영국의 귀족 생활을 익히고는 미국 여인 제인과 결혼까지 하지만, 문명세계의 허식이 싫어서 아프리카로 돌아간다. 타잔은 아들뿐 아니라 손자까지도 얻는다. 타잔이 활동하는 지역은 아프리카 토인들뿐 아니라 아틀란티스의 잊혀진 종족과 문명이 공존하는 환상적인 대륙으로서, 지하세계 페르시더까지도 모험의 영역으로 등장한다.

56개 국어로 번역되어 수백만 부가 필린 티잔의 모험은 오랫동안 만화의 소재로 크게 인기였으며, 영화로 활동 무대를 옮기면서, 급소만 가린 벌거숭이 차림에 단검 한 자루를 입에 물고, 밧줄 비행을 신속한 교통 수단으로 삼고는, 과속 수영을 하고, 소리를 질러 코끼리떼를 출동시켜 가면서 전세계인의 상상력을 자극해 왔다.

타잔이 처음 화면에 등장한 것은 첫 소설이 출판된 지 5년 만인 1918년, 그레이스토크 얘기를 비교적 충실하게 담은 55분짜리 무성영

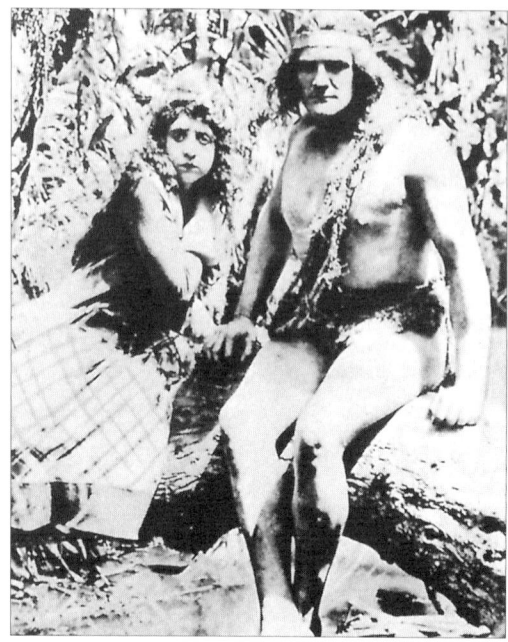

1918년 최초의 무성 타잔 영화에서는 밀림의 왕자(Elmo Lincoln)가 이렇게 비대한 모습이었다.

화「타잔」이었는데, 타잔 역을 맡았던 엘모 링컨(1889~1952, 본명 Otto Elmo Linkenhelter)은 겨우 30을 넘긴 나이에 지나치게 살이 찐 단역급 배우였다. 하지만 타잔의 인기는 예상외로 당장 치솟아서 여러 편의 무성영화가 뒤따라 등장했고, 지금까지도 타잔 영화는 끊임없이 우리 주변에서 출몰한다. 그리고 시대의 변천과 영화의 발달을 거치면서 타잔의 모습과 성격도 많이 달라졌다.

인도에서 늑대의 젖을 먹고 자란 밀림의 왕자 모우글리나 마찬가지로 아프리카에서 '원숭이'들의 손에 자란 밀림의 왕자 타잔은 처음에 인간의 언어를 모르고 동물의 행태를 보이는데, 이런 요소는 훗날 헐리우드에서 무식한 순수함이라는 원시적 매력으로 활용된다. 말하자면 일상적인 규범을 마음대로 파괴하면서도 칭찬을 받는 무법자의 전설에서 영웅화 공식을 그대로 물려받은 셈이다. 이런 동물적인 무례함은 타잔이 탐험대를 통해 문명사회를 여러 차례 접한 다음에도 변할 줄을 모른다.

헐리우드 영화라면 사랑의 이야기가 빠져서는 안 되고, 그래서 첫 타잔 영화에서 짝이 지워진 엘모 링컨 타잔과 에니드 마키 제인을 다시 등장시켜 같은 해에 만든 작품은 아예 제목이 「타잔의 사랑(Romance of Tarzan)」이었다. 물론 두 사람의 사랑은 우람한 타잔이 연약한 제인을 손가락으로 쿡 찌르며 "나 타잔, 너 제인(Me Tarzan, you Jane)"이라는 험악한 애정 표현으로 시작되지만, 유성영화가 나온 다음에는, 예를 들어 자니 와이즈뮬러 영화를 보면, 달빛 아래서 헤엄을 치다가 풀밭에서 미국의 10대 청소년처럼 말랑거리는 감상적인 장면을 보여 주기도 한다.

버로우스의 두 번째 타잔 소설을 1920년에 영화로 만든 「돌아온 타잔」에서는 진 폴라(Gene Pollar)와 칼라 슈람(Carla Schramm)이 사랑하는 한 쌍이었으며, 그해부터 연속물로 제작된 「타잔의 아들(Son

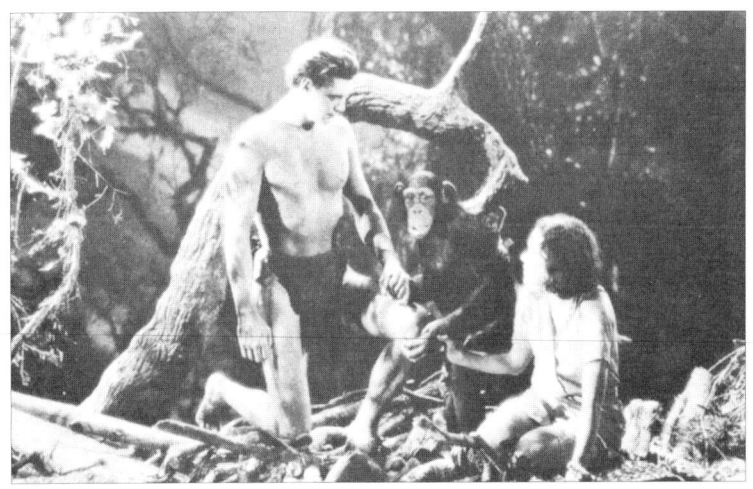

「유인원 타잔」에서도 이미 제인과 침팬지 치타가 타잔과 함께 다정한 가족을 이루며 헐리우드적인 분위기를 풍긴다.

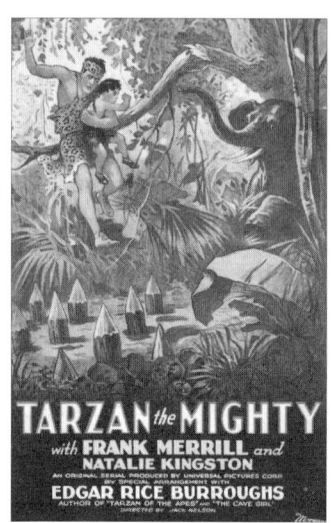

제5대 타잔 프랭크 메릴이 주연한 「천하무적 타잔」의 포스터

of Tarzan)」은 P. 뎀시 테이블러(Dempsey Tabler)가 타잔으로 나오기는 했지만, 제목에서 나타나듯이 주인공은 타잔의 아들(Kamuela C. Searle)이었다. 1921년에는 초대 타잔 엘모 링컨이 다시 등장하는 연속물 「타잔의 모험(The Adventures of Tarzan)」도 출현했는데, 제인 역은 루이즈 로레인(Louise Lorraine)으로 바뀌었다.

제4대 타잔은 1927년 「타잔과 황금 사자(Tarzan and the Golden Lion)」의 제임스 피어쓰(James Pierce)였고, 도로티 던바(Dorothy Dunbar)가 제인이었다. 그리고 다음해에 선을 보인 또 다른 연속물 「천하무적 타잔(Tarzan the Mighty)」으로 태어난 제5대 타잔 프랭크 메릴(Frank Merrill)에게는 짝(Jane)이 없었다. 「천하무적 타잔」 제작진은 1930년, 속편격인 「호랑이 타잔(Tarzan the Tiger)」도 내놓았다.

그러나 '전형적'이요 '정통파'이며 '결정판'인 '진짜' 타잔이 누구냐고 하면 제6대인 자니 와이즈뮬러(Johnny Weissmuller, 1904~84)라는 대답에 이의를 제기할 사람이 거의 없으리라고 생각한다. 유성영화의 장점을 한껏 살려가며 코끼리떼를 부르는 외침(Tarzan yell)말고도, 타잔이라는 인간형의 정립에서 가장 결정적인 역할을 한 와이즈뮬러는 10대에서부터 시카고에서 수영선수로 활동하다가 67개의 세계 신기록을 수립하면서, 1924년과 1928년의 올림픽에서 다섯 개의 금메달을 획득한 다음, 1932년에 「유인원(類人猿) 타잔」으로 화면에 등장한다.

와이즈뮬러는 12편의 타잔 영화에 주연하는 기록도 수립하는데, MGM에서 그와 계약을 맺은 이유가 희한하다. MGM에서는 1931년 아

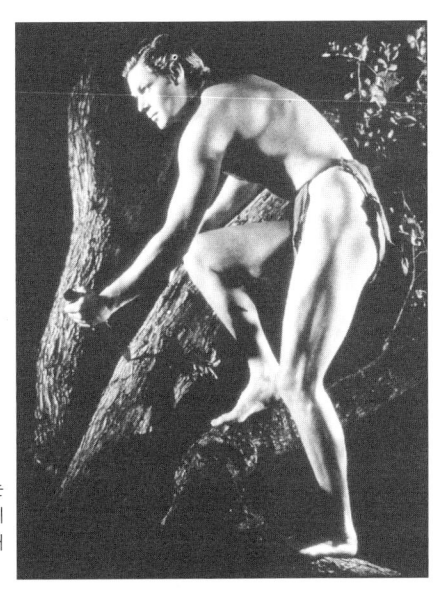

헐리우드 영화에서 '진짜' 타잔으로 꼽히는 6대의 자니 와이즈뮬러는 무려 67개의 세계 신기록을 수립하고 올림픽에서 다섯 개의 금메달을 획득한 수영선수 출신이었다.

프리카 내륙의 교역상이며 탐험가인 주인공을 내세워 「밀림 탐험가」를 제작해서 상당한 성공을 거두었는데, 두 시간짜리 영화를 만들고도 밀림에 들어가 애써 촬영한 아까운 필름이 너무나 많이 남았고, 그래서 「킹 솔로몬」의 경우처럼, 그리고 1973년에 다시 만든 「밀림 탐험가」의 경우처럼, 남은 필름으로 영화 한 편을 더 만들기로 했다. 그리고 아프리카 밀림을 배경으로 삼을 만한 영화의 주인공으로 그동안 나름대로 다른 사람들의 작품을 통해 인기를 쌓아온 타잔이라는 인물을 선정했고, 한참 운동선수로 인기가 높았던 와이즈뮬러를 타잔 역으로 등용하자는 결정을 내렸다. 결과는 비평과 흥행 양쪽에서 대성공이었다.

영국인 사냥꾼의 딸이 타잔에게 붙잡히고 나서 상류사회의 약혼자보다는 오히려 원시적인 타잔에게 마음이 더 끌려 그를 선택한다는 내용의 「유인원 타잔」을 내놓던 당시, MGM의 전략은 늘씬하면서도 근육적인 남성미가 넘치는 와이즈뮬러의 성적 매력을 한껏 활용하자는 속셈이었고, 이런 계산에 따라서 국부만 가린 타잔의 의상에 대해서 적극적인 홍보 활동을 펼치기도 했다.

이런 과정을 거치면서 영국 귀족인 타잔의 인간형은 "따잔 배고파. 밥먹어.(Tarzan hungry. Eat.)"라는 식으로 말도 제대로 못하고, 원시인처럼 제인을 옆구리에 끼고 비탈을 오르며, 누구에게나 무례하기 짝이 없는 동물적인 주인공으로 지나치게 부각되기 시작한다.

성적인 매력을 살리기 위해 옷을 벗기기는 제인도 마찬가지였다. 이 무렵에는 미국의 어느 해수욕장에 가더라도 여자뿐 아니라 남자들도 점잖은 통짜(one-piece) 수영복을 입고는 했는데, 제인 역의 모린 오설리반은 앞뒤만 간신히 가리고 배꼽과 엉덩이 양쪽은 모두 허옇게 드러내는, 대단히 자극적인 '비키니' 차림이었다. 「타잔의 복수」가 서울에서 상영되었을 때는 맑은 물 속에서 타잔과 제인이 잠수와 수영을 즐기는 장면에서, 검열이 무척 심했던 당시로서는 대단히 놀라운 일이었지만, 모린 오설리반이 한참 동안 젖가슴을 몽땅 드러내고 물 속에서 돌아다

니며 관객의 눈을 즐겁게 해주었다.

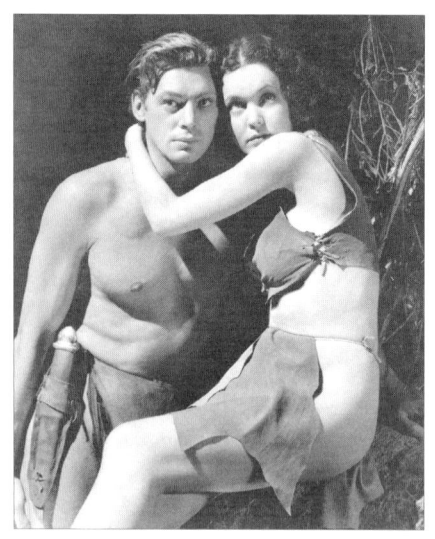

자니 와이즈뮬러나 마찬가지로 성적인 매력을 살리자는 전략에 의해 제인 역을 맡은 모린 오설리반 역시 대단히 노출이 심한 모습을 보였다.

타잔과 제인의 노출과는 어떤 관계가 있는지 모르겠지만, 존 패로우(John Farrow) 감독과 결혼하여 미아 패로우를 낳은 모린 오설리반(1911~1988)은, 세상을 떠나기 얼마 전 텔레비전에 출연하여, 와이즈뮬러의 상대역 제인을 하던 당시를 회고하며, 촬영 도중 치타 역을 맡은 침팬지가 자꾸만 발기하는 바람에 눈에 잘 보이지 말라고 음경에다 검정 구두약을 발라가면서 촬영을 했다는 일화를 털어놓기도 했었다.

「유인원 타잔」 직후에는 잃어버린 도시 자르(Zar)를 찾으려는 학술 탐험대를 등장시킨 엉성한 연속물을 극영화로 재조립한 「무적의 타잔」에서 제7대 타잔이 등장하지만, 이미 대세는 와이즈뮬러에게로 기운 다음이었다. 제6대 타잔 와이즈뮬러가 반격을 가한 「타잔의 복수」는 지금까지 세상에 태어난 모든 타잔 영화 가운데 최고 걸작이라는 평을 듣는다.

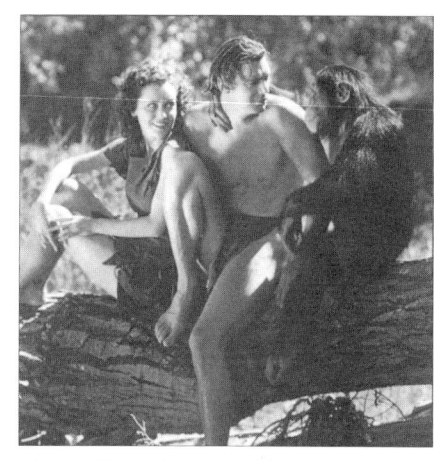

지금까지 세상에 나온 모든 타잔 영화 가운데 최고의 작품으로 꼽히는 「타잔의 복수」를 촬영할 때는 침팬지 치타(오른쪽)의 음경에 부지런히 구두약을 발라야 했다.

「타잔의 복수」는 1 년 전 「유인원 타잔」에서 타잔에게 제인을 빼앗긴 해리(Harry Holt)가 옛 사랑을 잊지 못해 화려한 문명세계의 옷과 모자와 빠리 향수와 스타킹과 립스틱 따위를 선물로 챙겨 가지고 애인을 되찾을 겸, 제인의 아버지 제임스(James Parker)가 묻힌 코끼리 무덤을 찾아내어 상아를 가져다 떼부자가 되기 위해 친구 마틴과 함께 다시 밀림으로 찾아오면서 영화가 시작된다.

해리를 다시 만난 제인과 타잔은 코끼리떼를 동원해 가면서 백인 일당을 처음에는 열심히 돕기도 하지만, 그들의 탐욕에 실망하여 결국 "잠든 코끼리를 방해하지 않겠다"면서 폭포 속에 숨겨진 고끼리 묘지에로의 안내를 거부한다. 하지만 해리와 마틴은 일부러 코끼리를 쏘아 죽게 만들어 무덤으로 가게 하고는, 뒤를 밟아서 산더미처럼 쌓인 상아를 반출하려고 시도한다. 물론 타잔이 그들을 막아내기는 하지만 말이다.

타잔과 제인과 치타의 공중그네(trapeze) 묘기, 프릿츠 랑이 만든 용에 비하면 정말로 실감나는 악어와 물 속에서 타잔이 벌이는 혈투, 여러 동물 집단의 놀라운 안무와 연출, 고릴라떼가 식인종들을 물리치고

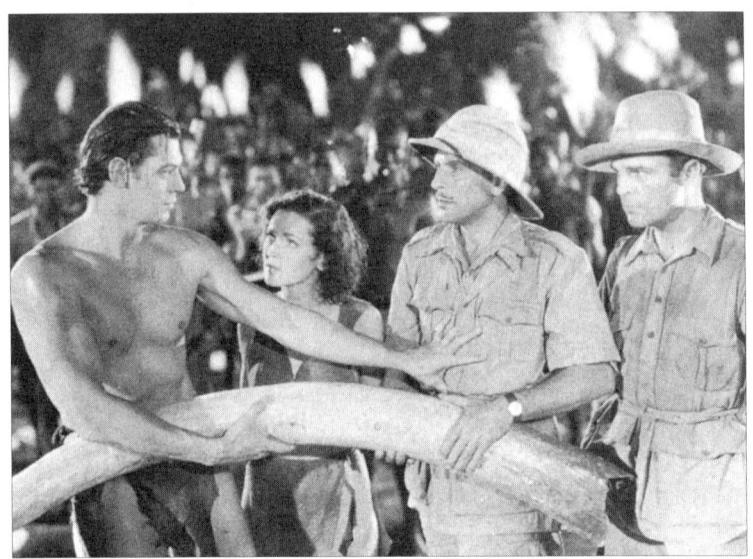

타잔 영화에서는 인간과 동물이 선과 악으로 분명하게 편을 가르는데, 백인 중에서는 상아를 노리는 자들이 항상 악인으로 등장한다.

코끼리떼가 사자떼를 물리치는 장쾌한 마지막 장면 등 「타잔의 복수」는 볼거리도 푸짐하지만, 피아간의 편가르기 구도 또한 분명하게 설정한다.

우선 동물군에서는 코끼리, 고릴라, 침팬지, 하마 따위가 타잔의 친구이고, 지나치게 자주 나타나는 코뿔소와 악어, 뱀과 사자는 적이다. 인간 세계에서는 흑인, 특히 식인종은 모두 타잔의 적이다. 그러나 흑인 중에는 문명세계를 대표하는 백인과 친구 사이로 지내는 종족도 나타난다. 백인 가운데 탐욕스러운 자들은 타잔의 적이지만, 양심적이고 우호적인 백인도 적지 않다.

그리고 문명세계의 영향은, 이미 「타잔의 복수」에서부터, 문명을 배운답시고 담배를 피는 치타에서부터 처음 커피를 맛보고는 "안 좋다"고 하는 타잔 자신에 이르기까지, 서서히 적으로 부각되기 시작한다.

‖ 「타잔(Tarzan of the Apes, 1918, 미국, 55분)」, 감/Scott Sidney, 출/Elmo Lincoln, Enid Markey, True Boardman, Kathleen Kirkham, Gordon Griffith

‖ 「유인원 타잔(Tarzan, the Ape Man, 1932, 미국, 99분)」, 감/W. S. Van Dyke, 출/Johnny Weissmuller, Maureen O'Sullivan, C. Aubrey Smith, Neil Hamilton, Doris Lloyd

‖ 「밀림 탐험가(Trader Horn, 1931, 미국, 120분)」, 감/W. S. Van Dyke, 출/Harry Carey, Edwina Booth, Duncan Renaldo, Olive Golden (Carey), Mutia Omoolu, C. Aubrey Smith

‖ 「밀림 탐험가(Trader Horn, 1973, 미국, 105분)」, 감/Reza S. Badiyi, 출/Rod Taylor, Anne Heywood, Jean Sorel, Don Knight, Ed Bernard, Stack Pierce

‖ 「무적의 타잔(Tarzan the Fearless, 1933, 미국, 85분)」, 감/Robert Hill, 출/Buster Crabbe, Jacqueline Wells(Julie Bishop), E. Alyn Warren, Edward Woods, Philo McCullough, Mathew Betz, Frank Lackteen, Mischa Auer

‖ 「타잔의 복수(Tarzan and His Mate, 1934, 미국, 93분, 복원판 105분)」, 감/Cedric Gibbons, Jack Conway, 출/Johnny Weissmuller, Maureen O'Sullivan, Neil Hamilton, Paul Cavanagh, Forrester Harvey

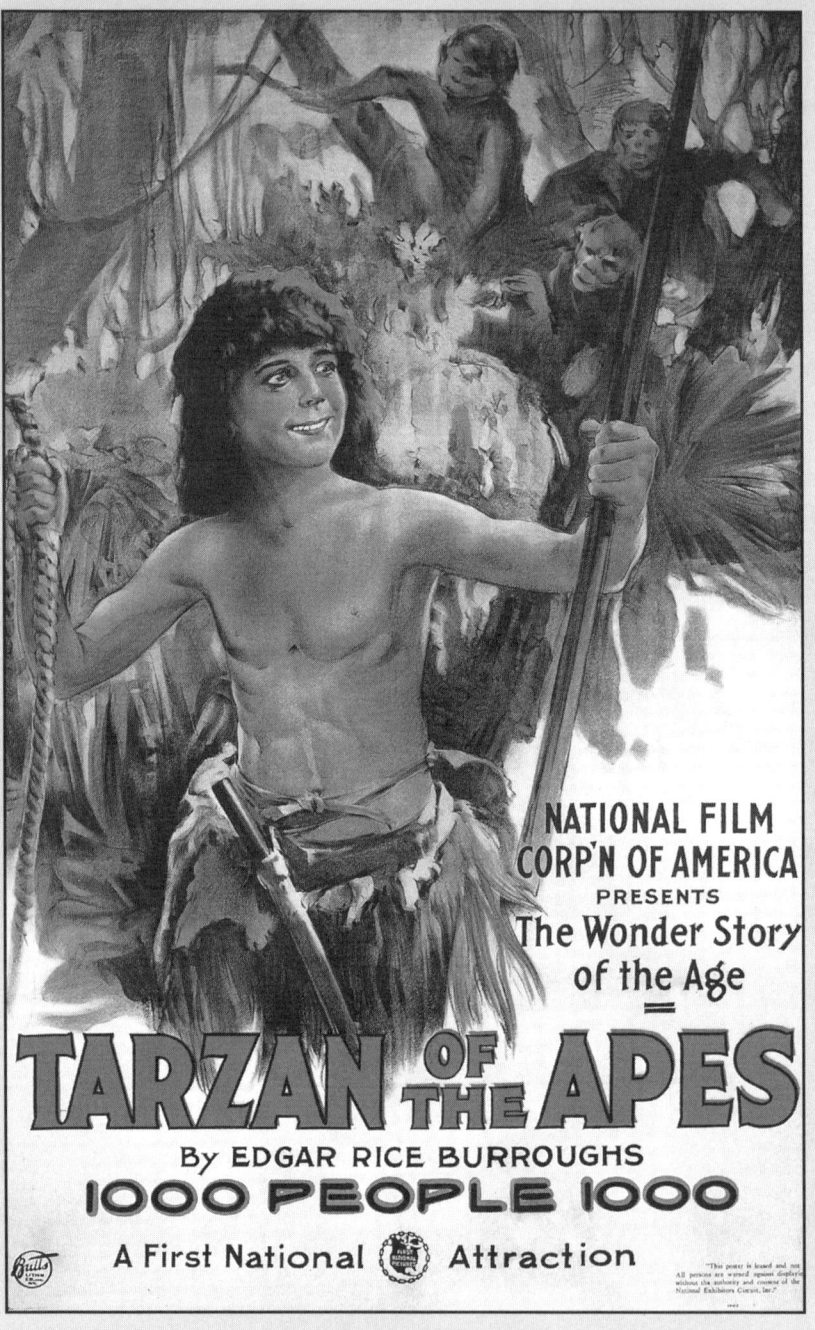

1912년 싸구려 잡지에 연재되면서 세상에 나온 타잔 이야기는 제한된 원자재의 고갈로 힘을 잃기 시작한다. 이 그림은 진본(眞本)의 경우 한 장에 1만 5천 달러까지 거래되는 초창기 타잔 영화의 포스터이다.

타잔과 문명

　제8대 타잔 브루스 베네트를 등장시킨 영화의 제목에 "새로운 모험"이라는 표현이 들어간 까닭은 아마도 타잔 영화가 너무 많이 나와서 발생이 가능한 모든 상황이나 현상 그리고 전개 방식 등이 바닥나 버렸다는 반증이었는지도 모른다.

　우선 「타잔의 새로운 모험」은 아프리카라는 기본적인 배경을 남미로 옮겨, 과테말라에서 값진 마야 문명의 유물을 찾아 헤맨다는 내용의 연속물을 극장용으로 개조한 작품이었다. 하지만 원작자 버로우스가 설립한 회사에서 직접 제작하고 줄연 배우들의 목소리도 모두 성우들이 바꿔 넣기까지 했지만, 교육을 제대로 받은 유식한 타잔을 등장시켜서는 MGM에서 키워놓은 원시인 와이즈뮬러 타잔의 영화들을 쫓아가기에 역부족이었다.

　버로우스 회사에서는 그래도 아쉬움이 남았는지 3년 후 「새로운 모험」을 재편집하여 「타잔과 푸른 여신」도 만들어 보았지만, 결과는 마찬가지였다.

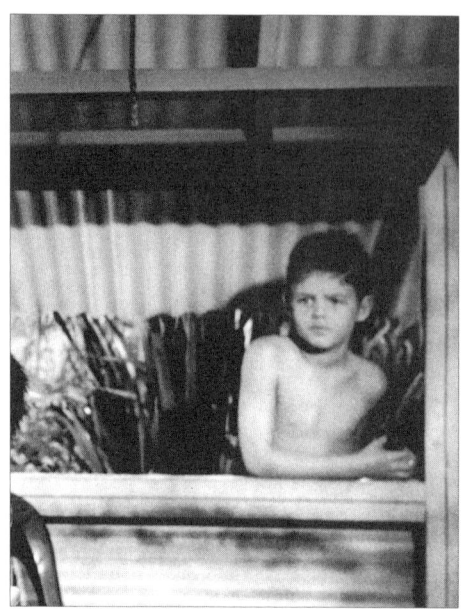

타잔의 가족은 '보이(Boy)'가 합류하여 한 사람 늘어나기는 하지만, 이 아이는 제인이 낳지 않고, 이미 어느 정도 성장한 단계에서 편리하게 입양된다. 「타잔의 결투(Tarzan's Fight for Life, 1958)」에서 아들 역을 맡은 릭키 소렌슨(Rickie Sorensen, 사진)은 어딘가 도시적인 인상이 지나치게 짙다.

와이즈뮬러가 다시 등장하는 「타잔의 탈출」은 영국으로 데려가 사람들에게 희귀종 인간으로 구경을 시키려고 하는 사냥꾼에게 타잔이 붙잡혔다가 도망친다는 내용이다. 최고의 타잔 영화가 될 뻔했던 이 작품은 시사회에서 너무 잔혹하고 폭력적이라는 비판을 받아 몽땅 새로 찍었기 때문에 아깝게도 앞뒤가 잘 맞지를 않는다.

와이즈뮬러가 영화 한 편을 만들 때마다 새로운 타잔을 내세워 도전하는 다른 영화가 한 편씩 태어나는 현상은 제9대로 이어진다. 올림픽 10종 경기 우승자인 글렌 모리스는 「타잔은 복수한다」에서 흉악한 아프리카의 추장과 대결을 벌인다. 그러는 사이에 와이즈뮬러의 다음 영화 「타잔 아들을 얻다!」에서는 비행기 추락사고로 부모를 잃은 소년(boy)이 아들(Boy)로 입양되어, 밀림의 부부에게는 가족이 한 사람 늘어난다.

새 얼굴이 하나 등장하는 대신 모린 오설리반은 여기에서 제인 역을 그만둘 예정이었으나, 「타잔과 황금의 산」에서 다시 등장시키기 위해 입양영화의 마지막 장면을 재촬영하는 우여곡절도 겪었다.

타잔의 가족 구성원을 살펴보면, 아내 제인과 아들 보이말고도 원작에서는 손자도 등장하지만, 흥행적 가치가 없어서인지 아직 할아버지 타잔의 활약상을 다룬 영화는 나오지 않았다. 엉뚱한 시간과 장소에서 자꾸 발기하는 바람에 애를 먹었던 장난꾸러기 치타는 인간 문명을 탐구하느라고 술을 마시고는 말썽을 피우기도 하지만, 타잔이 백인들의 총을 맞고 의식을 잃으면 약초를 구해다 하얀 수액을 짜서 치료를 해주는 등 어엿한 가족의 몫을 해낸다.

인간과 유전자가 97 퍼센트나 같은 침팬지를 타잔의 가족으로 설정한 당위성은 그렇게 증명되는데, 물론 치타가 맡은 가장 중요한 역할이라면, 셰익스피어 연극의 광대처럼, 웃음으로 긴장 완화(comic relief)를 마련하는 일이다. 침팬지 치타 1세는 「타잔의 복수」에서 인간의 생명을 구하느라고 코뿔소에 받혀 목숨을 잃고, 그때부터 새끼 치타가 뒤를 잇는다.

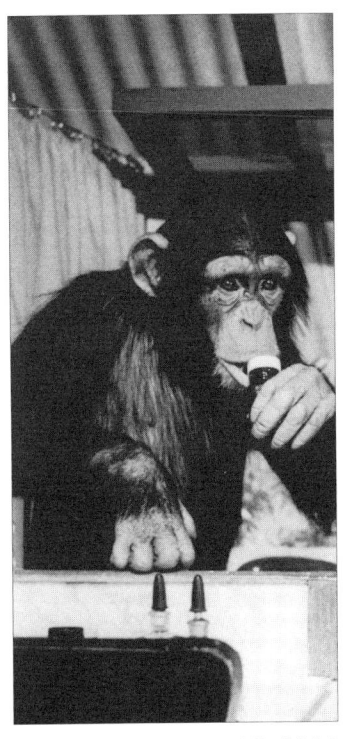

타잔 영화의 광대 역을 맡은 치타는 「타잔의 복수」에서 1대가 용감하게 코뿔소에 받혀 죽은 다음 세대 교체를 한다. 「타잔의 결투」에서 함부로 '시식'을 하다가 말썽을 일으키는 이 치타는 2세이다.

치타는 세대 교체를 했어도 제인은 모린 오설리반이 그대로 나온 「타잔과 황금의 산」은, 모우글리의 주제이기도 했던 자연인(타잔)과 문명의 관계를 정면으로 들고 나온 영화였다.

세 명의 후배 타잔이 등장했고 시대 또한 1940년대로 들어서기는 했어도, 뱃집이 약간 불어나기 시작한 와이즈뮬러의 타잔만큼은 아직도 원시적인 모습을 그대로 간직했다. 별로 할 일도 따로 없이 밀림에서 제인과 단둘이 살아온 기간이 제법 여러 해인데도 그렇게 말을 못 배웠나 싶을 정도로 여전히 "나 타잔 너 제인" 식의 단음절(monosyllabic) 단어와, 과거에 우리나라 희극 무대에서 중국 화교를 비하시키느라고 자주 동원했던 '짱꼴라' 말투처럼 한 단어짜리 문장만 구사하면서, 타잔은 어린애처럼 자꾸만 "왜?"라는 단음절 홑단어 문장의 질문을 「황금의 산」에서도 되풀이한다.

하지만 나무 위에 지은 타잔 부부의 집은 「복수」 때의 움막보다 훨씬 발달해서, 침대를 갖추고 내부 치장도 했으며, 타잔이 맨손으로 잡아온 물고기를 상당히 현대적으로 요리해 놓는 제인은, "여자의 제일 큰 무기는 남자의 상상력"이라며 헤디 라마르적이면서도 사교계 여인 같은 발언을 하는가 하면, 아들에게 저녁 기도를 잊지 말라고 기독교적인 문명 교육을 게을리 하지 않는다.

그리고 문명세계와의 접촉이 빈번해지면서 타잔은 그들과 알몸으로 충돌한다.

엄마에게서 문명세계에 관한 교육을 받고 난 다음 아들은 강바닥에서 우연히 발견한 황금 덩어리를 가지고 비행기를 사기 위해 길을 떠난다. '가출 통고' 편지 한 장을 남기고 한밤중에 아기 코끼리를 타고 떠난 아들은, 아시아에서 아프리카로 이주한 잊혀진 종족의 자취를 탐사하기 위해 찾아온 에이레 과학자 일행을 만나는데, 탐험대원들 가운데 욕심이 많은 두 사람이 타잔만 알고 있는 황금의 산에 눈독을 들이고 아들과 제인을 인질로 잡는다.

이들 백인 탐험대와 처음 만났을 때, '바퀴 달린 코끼리(트럭)'가 울리는 경적에 토인들이 모두 혼비백산해서 도망친 다음, 백인들은 의기양양하게 기차와 배 그리고 마천루 따위의 '문명세계'를 영화로 보여주고, 백인 한 사람이 "기차는 한 시간에 160 킬로미터를 달립니다"라며 자랑을 늘어놓는다.

타잔이 묻는다. "왜?"

"사람이 더 빨리 가게 해 주려고요."

"뭣 하러?"

"시간을 아끼기 위해서요."

"아껴서 뭐 하게?"

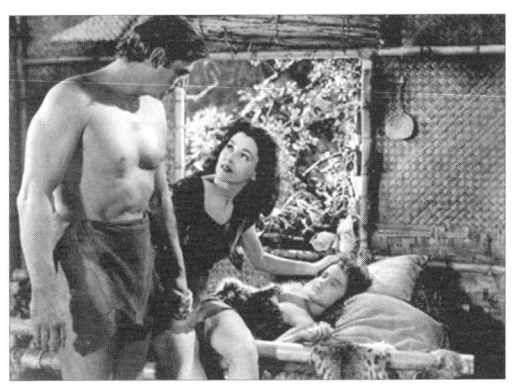

나무 위에 지은 집(樹上家屋)이 비교적 현대화한 「타잔과 황금의 산」에서는 문명세계에 대한 선문답이 나온다.

　논리가 전혀 통하지 않는 순간이지만, 요즈음 우리나라에서 갑자기 인기가 높아진 "느리게 살기" 철학이 담긴 선문답 같기도 하다.

　그러나 "전설의 시대"에서 「심청전」을 놓고 필자가 따졌던 식으로, 타잔 영화의 논리성을 문제로 삼는다면, 우선 타잔의 외침부터 보자. 아무리 들어 봐도 늘 똑같은 외침인데, 언제는 그 소리를 듣고 코끼리들이 모여드는가 하면, 똑같은 코끼리떼가 똑같은 소리를 듣고는 포위했던 백인 탐험대를 풀어 주기도 하고, 또 언젠가는 똑같은 외침을 신호로 삼아 고릴라들이 공격을 개시하고, 다른 한 편에서는 식인종 부족과 사자들이 겁에 질려 도망을 치기도 한다.

　그뿐이 아니다. 「황금의 산」에서는 지천으로 흔한 물고기를 타잔이 잡아다 주면 제인이 그것으로 캐비어를 만들어 두고 반찬삼아 먹는다. 캐비어(caviar)는 러시아의 일부 지역에서만 서식하는 철갑상어의 알로 만든다고 하는데 말이다. 그리고 같은 영화에서 제인은 사바나 들판에다 낳는 타조의 알을 밀림 속에서 용케도 구해다 요리를 한다.

　물론 이런 비논리성도 현재의 잣대로 따지기는 곤란하겠다. 타잔 영화의 전성기였던 1940년대라면 악어가 새끼를 잡아먹고, 사자가 새끼를 강인하게 키우기 위해 바위 절벽에서 떨어뜨린다는 따위의 신화가 정설로 통하던 어수룩한 시대였으니까 말이다.

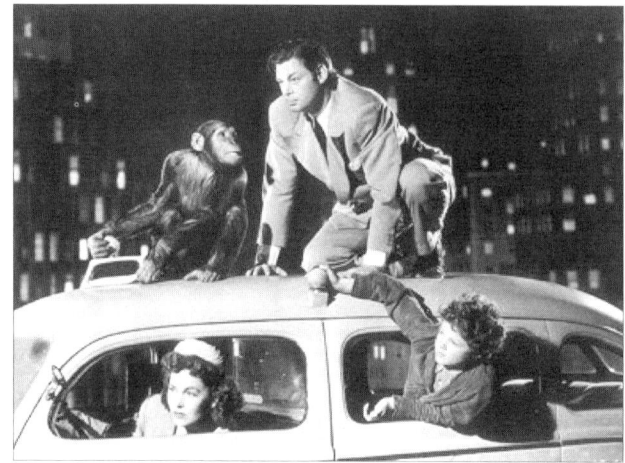

타잔 일가는 뉴요크에 가서 도시인 의상을 걸치고 모험을 벌인다.

　어쨌든 캐비어를 늘 먹는다는 타잔은 「황금의 산」에서도 코끼리떼의 도하작전으로 문명세계를 무찌르는 데 성공한다. 심지어 그는 얼마 후에 문명세계로 원정을 나가기까지 한다. 「타잔의 탈출」에서는 와이즈뮬러가 하마터면 런던으로 잡혀가 구경거리가 될 뻔했지만, 「타잔 뉴요크에 가다」에서는 보이가 못된 곡마단 사람들에게 잡혀 뉴요크로 끌려가고, 타잔은 바다를 건너 맨하탄으로 아들을 구하러 간다. 정말로 거북해 보이는 양복 차림의 와이즈뮬러 타잔이 수돗물이라는 문명과 만나는 장면이 대단한 화젯거리가 되기도 했었다.

　뉴요크까지 다녀온 타잔의 세계는 점점 넓어지기 시작해서, 「사막의 타잔」은 사막지대로 진출하여 아랍인들을 상대하며, 그리고 시대적인 조류를 거역하기가 힘들어서였는지는 몰라도, 나찌 독일인들을 상대해서도 싸우는가 하면, 「바그다드의 도적」에나 나오던 거대한 거미 따위의 괴물들과도 천일야화적인 결투를 벌인다.

　「사막의 타잔」과 같은 해에 선을 보인 「타잔의 승리」는 역설적으로 타잔의 몰락을 향해서 가는 이정표 노릇을 한 영화였다. 대공황을 맞은 시절 미국인들의 속을 후련하게 해주었던 타잔 영화가 자꾸만 아류의 추적을 받아 퇴색하게 되자 MGM은 관심을 잃게 된다. 장쾌하고 규모가 큰 영화를 즐겨 만들던 MGM으로서는 자니 셰필드가 아들로 입양되면서 원시 밀림보다는 미국의 가정적인 분위기로 자꾸 다가가고, 「타잔 뉴요크에 가다」에서처럼 모험적인 활극보다는 치타의 재롱이 점점 더 큰 비중을 차지하게 되는 변화가 못마땅했던 모양이다.

그래서 와이즈뮬러는 RKO의 제작자 솔 레써(Sol Lesser)의 손으로 넘어가 1943년에 두 편의 타잔 영화를 만들었지만, MGM 시절의 영광은 다시는 찾아오지 않는다.

「타잔의 승리」에서 모린 오설리반 대신 제인으로 등용된 프란씨스 기포드(1922~94)는 엉뚱하게도 변호사가 되기 위한 교육을 받았던 여배우로서, 2년 전 버로우스가 만든 「정글 소녀(Jungle Girl)」에서 돋보여 발탁되었는데, 제인 역을 하지 않고, 나찌 공수대가 침공한 잊혀진 도시의 공주로 나온다. 제2차 세계대전을 치르면서 선전영화처럼 둔갑한 「타잔의 승리」에서는 정말로 왜 타잔이 등장해야 하는지조차 당위성을 잃고 만다.

전쟁이 끝난 1940년대 후반에는 타잔이 주로 여자들하고 싸움을 벌인다. 「타잔과 표범 여인」에서 타잔과 아들은 살인을 일삼는 사교 집단과 싸우느라고 죽을 고비를 넘기며, 「타잔과 여사냥꾼」에서는 점점 한심해지는 내용에 기운이 빠진 와이즈뮬러가 동물원을 만들려는 여성 동물학자와 대결을 벌이고, 「타잔과 인이」에서는 사악한 무당 때문에 섬나라의 가짜 '하느님'과 결혼할 위기에 처한 원주민 여인을 구출하기 위해 타잔이 출동한다.

대부분의 타잔 영화가 70분대였지만, 그나마도 시간을 채우지 못한 「타잔과 인어」를 마지막으로, 자니 와이즈뮬러는 결국 제6대 타잔의 자리에서 물러난다.

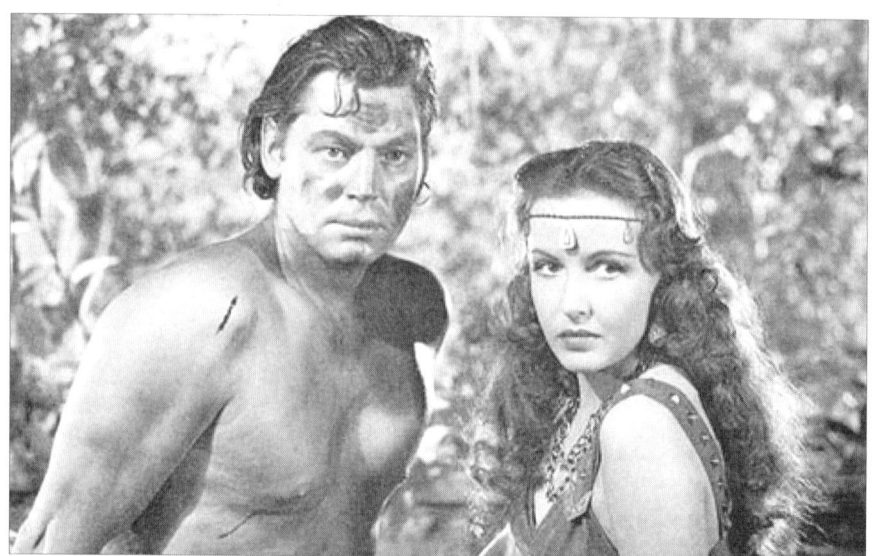

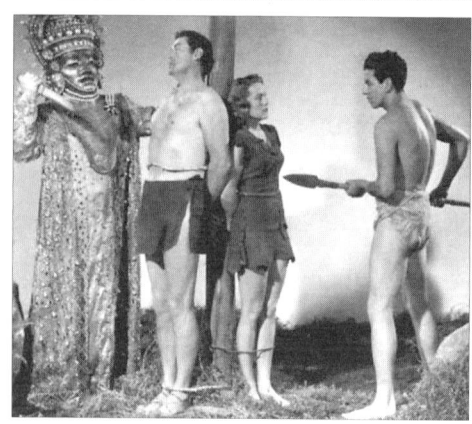

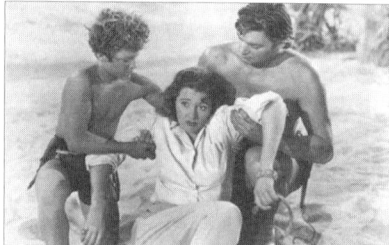

1940년대 후반에 들어서자 타잔은 동물, 백인 남자, 토인 남자들뿐 아니라, 여자들하고도 싸움을 시작한다. 「타잔과 표범 여인」(위)에서는 사교 집단과 타잔이 대결하고, 「타잔과 인어」(아래 왼쪽)에서는 사악한 무당 여인과 싸우며, 「타잔과 여사냥꾼」에서는 동물원을 만들려는 여성 동물학자가 적이다.

찾아보기 ●

▌「타잔의 새로운 모험(The New Adventures of Tarzan, 1935, 미국, 75분)」, 감/Edward Kull, W. F. McGaugh, 출/Herman Brix(Bruce Bennett), Ula Holt, Don Costello, Frank Baker, Lewis Sargent, Dale Walsh

▌「타잔과 푸른 여신(Tarzan and the Green Goddess, 1938, 미국, 72분)」, 감/Edward Kull, 출/Herman Brix, Ula Holt, Don Costello, Frank Baker, Lewis Sargent

▌「타잔의 탈출(Tarzan Escapes, 1936, 미국, 89분)」, 감/Richard Thorpe, 출/Johnny Weissmuller, Maureen O'Sullivan, John Buckler, Benita Hume, William Henry, Herbert Mundin

▌「타잔은 복수한다(Tarzan's Revenge, 1938, 미국, 70분)」, 감/D. Ross Lederman, 출/Glenn Morris, Eleanor Holm, George Barbier, C. Henry Gordon, Hedda Hopper, George Meeker

▌「타잔 아들을 얻다(Tarzan Finds a Son!, 1939, 미국, 90분)」, 감/Richard Thorpe, 출/Johnny Weissmuller, Maureen O'Sullivan, Johnny Sheffield, Ian Hunter, Frieda Inescort, Laraine Day, Henry Wilcoxon

▌「타잔과 황금의 산(Tarzan's Secret Treasure, 1941, 미국, 81분)」, 감/Richard Thorpe, 출/Johnny Weissmuller, Maureen O'Sullivan, Johnny Sheffield, Reginald Owen, Barry Fitzgerald, Tom Conway

▌「타잔 뉴요크에 가다(Tarzan's New York Adventure, 1942, 미국, 72분)」, 감/Richard Thorpe, 출/Johnny Weissmuller, Maureen O'Sullivan, Johnny Sheffield, Virginia Grey, Charles Bickford, Paul Kelly, Russell Hicks, Chill Wills

▌「사막의 타잔(Tarzan's Desert Mystery, 1943, 미국, 70분)」, 감/William Thiele, 출/Johnny Weissmuller, Nancy Kelly, Johnny Sheffield, Otto Kruger, Joseph Sawyer, Lloyd Corrigan, Robert Lowery

▌「타잔의 승리(Tarzan Triumphs, 1943, 미국, 78분)」, 감/William Thiele, 출/Johnny Weissmuller, Frances Gifford, Johnny Sheffield, Stanley Ridges, Sig Ruman

▌「타잔과 표범 여인(Tarzan and the Leopard Woman, 1946, 미국, 72분)」, 감/Kurt Newmann, 출/Johnnny Weissmuller, Brenda Joyce, Johnny Sheffield, Acquanetta, Edgar Barrier, Tommy Cook

▌「타잔과 여사냥꾼(Tarzan and the Huntress, 1947, 미국, 72분)」, 감/Kurt Newmann, 출/Johnny Weissmuller, Brenda Joyce, Johnny Sheffield, Patricia Morison, Barton MacLane

▌「타잔과 인어(Tarzan and the Mermaids, 1948, 미국, 68분)」, 감/Robert Florey, 출/Johnny Weissmuller, Brenda Joyce, Linda Christian, John Lanenz, George Zucco, Fernando Wagner

문명세계에서 온 제인과 여러 해를 같이 살고도 원시인 차원을 벗어나지 못하던 제6대 타잔이 물러간 다음에는 밀림의 왕자도 어지러운 현대화를 거치면서 정체성을 잃기 시작한다.

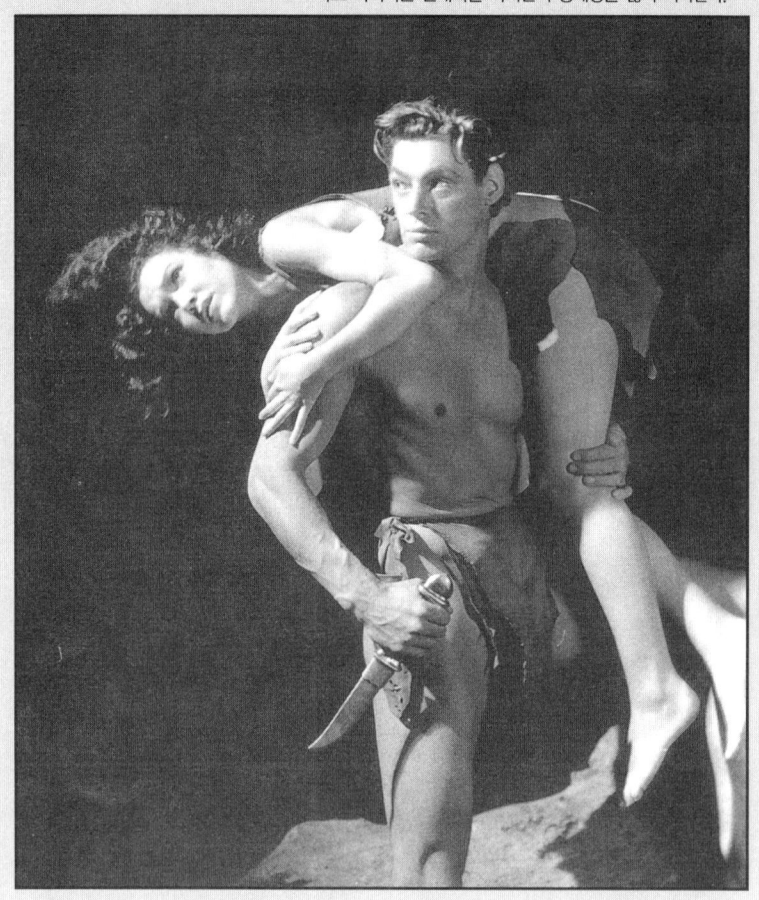

타잔의 가을

　와이즈뮬러가 물러난 다음 홀로 남은 제인 브렌다 조이스의 새 남편 자리를 이어받아 타잔 영화의 중흥기를 노리면서 등장한 제10대 타잔은 금발의 렉스 바커(1919~73)였다. 원조 타잔 엘모 링컨까지 특별히 출연시킨 「타잔의 마천(魔泉)」에서 렉스 바커는 인간이 영원히 늙지 않게 하는 샘물이 나는 비밀의 계곡을 찾아내어 그런 대로 관객을 잡아두지만, 사자를 숭배하는 부족에게 납치된 제인을 구하러 나서는 「타잔과 여노예」에 이르러서는 싸구려 분위기를 풍기기 시작한다.

　타잔을 세거하기 위해 백인 총기 밀매업자들이 도인들 사이에서 분쟁을 일으키는 「타잔 위기일발」도 몰락 위기에 빠진 타잔 영화를 건지지 못했고, 다이아몬드를 훔치려는 백인들이 등장하는 「타잔의 격노」를 거쳐 「타잔과 악녀」에서 상아를 노리는 밀렵꾼들을 거느린 여자하고의 대결로 바커 역시 타잔 활동을 끝낸다. 그리고 렉스 바커는 훗날 우디 앨런처럼 의붓딸을 성추행해서 타잔의 명예를 더욱 실추시킨다.

　타잔 전문 배우로서는 실질적으로 마지막 세대가 되는 11대 고든 스

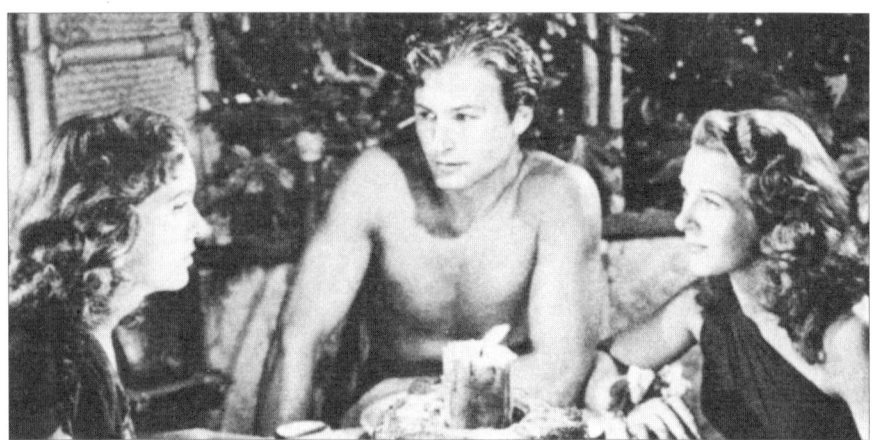

「타잔의 마천」으로 우리나라에 널리 알려졌던 제10대 타잔 렉스 바커는 의붓딸을 성추행해서 밀림의 왕자의 명예를 실추시켰다.

코트(본명 Gordon M. Werschkul, 1927~)는 다른 운동선수 출신 타잔들과는 달리 소방대원, 인명구조원, 소몰이 경력을 거쳤으며, 에드먼드 퍼돔이나 마크 포레스트처럼 이탈리아 사극에서 근육 연기를 많이 했다. 스코트의 첫 타잔 역은 동물을 마구 살륙하는 못된 사냥꾼과 대결을 벌이는 「타잔의 깊은 정글」이었다.

스코트의 다음 작품 「타잔과 잃어버린 탐험대」는 밀림에 추락한 비행기에서 승객들을 구해낸다는 줄거리의 영국 영화였는데, 총천연색 시네마스코프 화면이어서 과거의 원시적인 신비감은 아예 사라져 버린 느낌이었다. 와이즈뮬러의 짧고 퉁명스러운 말투와 절벽에서 외치던 타잔의 소리가 고든 스코트의 반들반들한 몸에는 참으로 어울리지를 않았다.

「타잔의 결투」는 미개한 원주민들의 미신과 마법사를 적으로 삼았고, 다시 영국에서 타잔 영화의 격조를 높여 만들어낸 존 길러민 감독의 색채판 「타잔 최고의 모험」은 젊은 시절의 숀 코너리까지 가담한 다이아몬드를 노리는 악당들이 상대이며, 「최고의 모험」 속편으로서 스코트의 마지막 타잔 영화인 「타잔의 위기」는 살인자를 경찰에 넘기기 위해서 호송하는 동안 갖가지 위기를 겪는 상황이 서부극이나 경찰극을 연상시키는 영국 영화이다.

「타잔과 보물의 도시」는 텔레비전 연속물로 만들었다가 끝내 방영되지 못하고 재편집을 거쳐 극장에서 선보인 타잔 영화로서, 보물이 잔뜩 숨겨진 잃어버린 도시를 찾아 헤매는 나쁜 백인들이 등장한다.

스코트 세대에서 제인의 존재는 슬그머니 사라지고, 타잔 전문배우도 다시는 나오지 않는다. 타잔 영화라는 분야 자체가 그만큼 빛을 잃었다는 뜻이다. 하지만 아무리 그렇다고 해도 「타잔의 위기」에서 악역을 맡았던 조크 마호니가 다음 차례의 타잔으로 발탁되었다는 사실은 좀 심하지 않았나 싶다. 마호니(본명 Jacques O'Mahoney, 1919~89)는 존 웨인이 가장 존경했던 유명한 서부극 배우 진 오트리(Gene Autry, 1907~)의 대역(stunt)을 했었다.

「타잔의 위기」보다 앞서 나왔던 MGM의 「유인원 타잔」은 UCLA의 유명한 미식축구 선수를 주연으로 쓰고, 와이즈뮬러의 영화에서 여러 장면을 훔쳐다가 색채를 입히고, 「킹 솔로몬」 촬영에서 남은 아프리카 필름을 엮어서 만든 파렴치작이었다. 1981년에 나온 똑같은 제목의 영화는 원작에 충실하게 다시 만들었다던 주장과는 달리, 배우 출신 존 데리크(본명 Derek Harris, 1926~98) 감독이, 그런 못된 버릇이 널리 알려졌듯이, 그의 젊은 세 번째 아내 보 데리크(본명 Mary Cathleen Collins)를 발가벗겨 관객에게 보여 주며

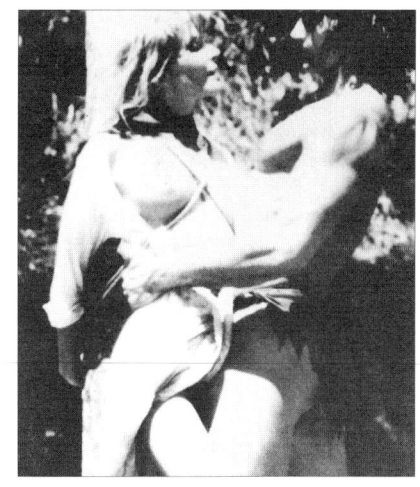

우리나라에서 "하지 바바"로 널리 알려졌던 존 데리크가 연출한 「유인원 타잔」에서는 그의 아내 보 데리크가 젖가슴을 모두 드러내고 제인 노릇을 한다.

돈을 벌려다가 실패했다는 소리를 들은 작품이다.

「타잔 인도로 가다」에서 마호니는 댐 건설 공사로 위기에 빠진 코끼리들을 구하러 아시아로 출장을 간다. 이어서 「정글왕 타잔」 마호니는 태국으로 가서 황태자를 보호해 준다.

이제는 몇 대인지를 따질 필요조차 없어진 새로운 타잔 마이크 헨리 역시 미식축구 선수 출신으로서, 「타잔과 황금의 계곡」에서 유괴범과 보석 도둑을 체포하기 위해 양복 차림에 넥타이까지 매고 헬리콥터 편으로 멕시코의 어느 경기장에 착륙한다. 당시 우리나라에서 '007 가방'이라고 알려졌던 샘소나이트(Samsonite) 가방까지 챙겨든 그는 영락없이 제임스 본드였으니, 참으로 착잡한 기분이 들게 만들었던 첫 장면으로서 헐리우드 키드의 기억에 남았다.

이왕 멕시코로 간 마이크 헨리 007 타잔은 아마존의 폭군을 제거하러 남 아메리카의 밀림까지 찾아 들어가고, 「타잔과 정글 보이」에서는 익사한 지질학자의 아들을 찾아 헤맨다.

운동선수 출신의 또 다른 타잔 론 일라이(본명 Ronald Pierce, 1938~)는 NBC 텔레비전 연속물에서 3 년 동안(1966~8) 타잔 노릇을 했으며, 그 가운데서 발췌한 극장용 영화가 「타잔의 반격」이다. 아프리카의 마을을 자신의 군대로 장악하려는 미치광이 군인을 타잔이 무찌르는 「타잔의 무서운 침묵」도 역시 텔레비전 영화를 옭어먹은 작품이다.

이렇듯 전세계를 헤집고 돌아다니며, 때로는 말도 안 되는 해괴한 모험까지 펼치며 만신창이가 되었던 타잔은 서부극이나 사극의 쇠퇴에 휩쓸려 '무서운 침묵'을 지키며 10 년 동안 우리들의 시야에서 사라졌고, 그러다가 마치 잃어버린 영광과 정체성을 되찾겠다는 듯 "원작에 가장 충실한 작품"임을 표방하며 등장한 영화가 「그레이스토크 타잔」이다. 성인이 된 타잔이 벨기에 탐험가에게 발견되어 인간 사회로의 회귀를 시도하지만, 뜻대로 되지를 않으며, '충실한 해석'도 관객에게는 만족스럽지를 못하다.

1989년 다시 뉴요크를 찾은「맨하탄의 타잔」은 치타를 구하느라고 활약을 벌이며 나중에 텔레비전 연속물「타잔의 대모험(Tarzan-The Epic Adventures)」으로 발전하지만, 컴퓨터그림과 공상과학물과 대량 학살 활극에 정신이 팔린 현대 관객의 눈길을 끌기에는 실패한다.「그레이스토크」제작진은「타잔과 잃어버린 도시」에서 3개국이 힘을 모아, 제인과의 결혼 전야에 타잔을 아프리카로 돌려보내 "신비스러운 도시" 오파르(Opar)를 약탈하려는 용병들을 물리치게 하지만, 역시 소용없는 일이었다.

무슨 내용이거나 좀 인기가 올라가면 삐딱한 아류가 생겨나고, 그래서 변두리 타잔전(傳) 또한 선을 보였는데,「타잔 한국에 오다」에서는 미국으로 가던 타잔이 비행기가 추락하는 바람에 한국에서 옥분이의 구출을 받아, 그를 추적하는 여러 나라 사람들을 피하느라고 온갖 고초를 겪은 다음 미국 정부의 전용 비행기편으로 무사히 귀국한 '사건'을 다루었다.

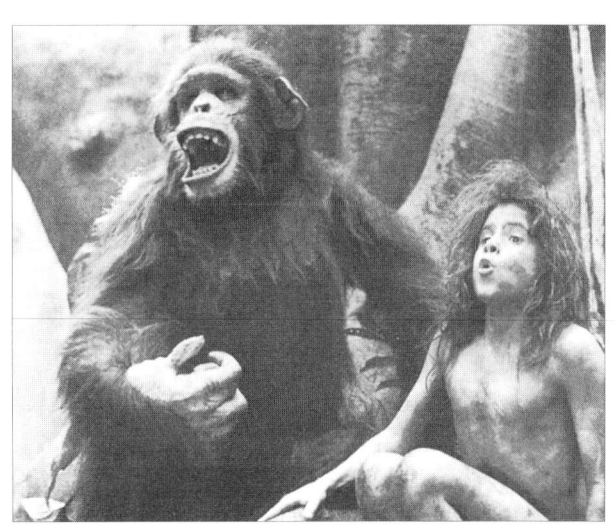

1980년대로 들어서서 타잔 영화의 부활을 꿈꾸며 만든「그레이스토크 타잔」은 10년 만의 재기에서 별로 성공하지를 못한다.

한국에 온 타잔은 구봉서였다.

1975년에는 타잔 영화를 조롱하고 비꼬는 만화 「밀림의 수치」에 자니 와이즈뮬러의 아들이 동원되었고, 디즈니 영화사에서는 노래까지 넣어 가며 1999년에 복고풍 만화영화를 만들기도 했다.

바워리 아이들(The Bowery Boys, 풀이—다른 책에서 연속물(serial)을 다룰 때 자세히 설명하겠음)이 다이아몬드를 찾아 아프리카로 가서 법석을 부린다는 내용을 가지고, 「정글 소년 봄바(Bomba, the Jungle Boy)」를 촬영하려고 만들었다가 남은 세트에서 찍은 싸구려 영화 「정글 사나이」에서는 타잔이 단역으로 잠깐 등장하는데, 여기에서 타잔 역을 맡았던 배우 제트 노먼(Jett Norman)은 훗날 서부극 「옐로스톤 켈리 (Yellowstone Kelly)」로 우리나라에서 잠깐 이름이 알려졌던 클린트 워커(Clint Walker, 1927~ , 본명 Norman Eugene Walker)이다. 연기 공부를 전혀 하지 않았던 그는 우람한 몸집으로 가장 유명했다.

그러나 타잔 장난영화(parody, 戲作)로는 1960년대 제이 워드(Jay Ward)의 인기 만화를 디즈니에서 전작으로 만든 「정글왕 조지」가 심심

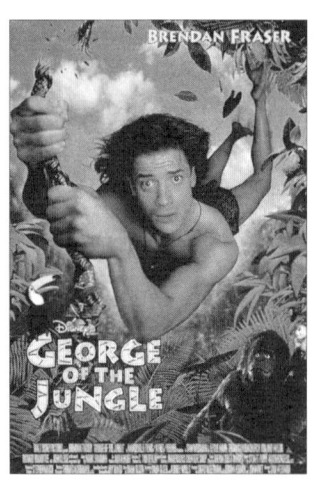

디즈니 영화사에서 만든 「정글왕 조지」는 대표적인 타잔 장난영화이다.

치 않게 웃기는 대표작이 되겠다. 「수퍼맨」을 텔레비전 연속 장난영화로 만들었던 「미국 최고의 영웅(The Greatest American Hero)」에 나오는 한심한 초인처럼, 한참 하늘을 날아가다가 꼭 어디엔가 부딪혀 추락하기를 일삼는 멍청한 밀림의 왕자 조지와 미국인 은행가의 딸 어슐라(Ursula Stanhope)가, 인도네시아에서만 서식한다고 알려진 오랑우탄까지 함께 사는 아프리카의 밀림과 "굉장히 높은 오두막이 즐비한 정글" 샌프란시스코를 오가며 모험을 벌이는 이 영화는 「도시의 인디언」 및 「크로커다일 던디」에 타잔 얘기를 버무

린 잡탕이다.

대나무 승강기를 설치한 나무집, 애완동물 '멍멍이' 코끼리, 닌자 고릴라 따위의 온갖 웃기기 장치가 적절히 배치되었지만, 가장 재미있는 등장인물은 '에이프(Ape)'라는 이름의 유인원(ape)이다. 스튜어트 리틀이나 아기 돼지 베이브처럼 사람말에 능숙한 에이프는 〈헤럴드 트리뷴〉을 구독하고, 체스를 두고, 인기 소설 『커피를 드릴까요, 나를 드릴까요(Coffee, Tea or Me)』를 교재로 삼아 조지에게 연애법을 가르치기도 하다가, 영화가 끝날 무렵에는 라스 베이거스로 진출하여 가수가 된다.

20세기 타잔 왕국의 가을은 그렇게 저물어 갔다.

찾아보기 ●

▌「타잔의 마천(Tarzan's Magic Fountain, 1949, 미국, 73분)」, 감/Lee Sholem, 출/Lex Barker, Brenda Joyce, Evelyn Ankers, Albert Dekker, Alan Napier, Charles Drake, Henry Brandon, (Elmo Lincoln)

▌「타잔과 여노예(Tarzan and the Slave Girl, 1950, 미국, 74분)」, 감/Lee Sholem, 출/Lex Barker, Vanessa Brown, Robert Alda, Hurd Hatfield, Arthur Shields, Anthony Caruso, Denise Darcel

▌「타잔 위기일발(Tarzan's Peril, 1951, 미국, 79분)」, 감/Byron Haskin, 출/Lex Barker, Virginia Huston, George Macready, Douglas Fowley, Dorothy Dandridge, Alan Napier

▌「타잔의 격노(Tarzan's Savage Fury, 1952, 미국, 80분)」, 감/Cyril Endfield, 출/Lex Barker, Dorothy Hart, Patric Knowles, Charles Korvin, Tommy Carlton

▌「타잔과 악녀(Tarzan and the She-Devil, 1953, 미국, 76분)」, 감/Kurt Newmann, 출/Lex Barker, Joyce MacKenzie, Raymond Burr, Monique Van Vooren, Tom Conway

▌「타잔의 깊은 정글(Tarzan's Hidden Jungle, 1955, 미국, 73분)」, 감/Harold Schuster, 출/Gordon Scott, Vera Miles, Peter Van Eyck, Jack Elam, Rex Ingram

▌「타잔과 잃어버린 탐험대(Tarzan and the Lost Safari, 1957, 영국, 84분)」, 감/H.

Bruce Humberstone, 출/Gordon Scott, Yolande Donlan, Robert Beatty, Betta St. John, Wilfrid Hyde-White, George Coulouris

▌「타잔의 결투(Tarzan's Fight for Life, 1958, 미국, 86분)」, 감/H. Bruce Humberstone, 출/Gordon Scott, Eve Brent, Rickie Sorensen, Jil Jarmyn, James Edwards, Woody Strode

▌「타잔 최고의 모험(Tarzan's Greatest Adventure, 1959, 영국, 88분)」, 감/John Guillermin, 출/Gordon Scott, Anthony Quayle, Sara Shane, Niall MacGinnis, Scilla Gabel, Sean Connery

▌「타잔의 위기(Tarzan the Magnificent, 1960, 영국, 88분)」, 감/Robert Day, 출/Gordon Scott, Jock Mahoney, Betta St. John, John Carradine, Alexandra Stewart, Lionel Jeffries, Earl Cameron

▌「타잔과 보물의 도시(Tarzan and the Trappers, 1958, 미국, 74분)」, 감/Charles Haas, 출/Sandy Howard, Gordon Scott, Eve Brent, Rickie Sorensen, Leslie Bradley

▌「유인원 타잔(Tarzan, the Ape Man, 1959, 미국, 82분)」, 감/Joseph Newmann, 출/Dennis Miller, Joanna Barnes, Cesare Danova, Robert Douglas, Thomas Yangha

▌「유인원 타잔(Tarzan, the Ape Man, 1981, 미국, 112분)」, 감/John Derek, 출/Bo Derek, Richard Harris, Miles O'Keeffe, John Phillip Law, Wilfrid Hyde-White

▌「타잔 인도로 가다(Tarzan Goes to India, 1962, 영국, 86분)」, 감/John Guillermin, 출/Jock Mahoney, Mark Dana, Simi, Leo Gordon, Jai

▌「정글왕 타잔(Tarzan's Three Challenges, 1963, 미국, 92분)」, 감/Robert Day, 출/Jock Mahoney, Woody Strode, Ricky Der, Tsuruko Kobayashi, Earl Cameron

▌「타잔과 황금의 계곡(Tarzan and the Valley of Gold, 1966, 미국, 90분)」, 감/Robert Day, 출/Mike Henry, David Opatoshu, Manuel Padilla, Jr., Nancy Kovack, Don Megowan

▌「아마존의 타잔(Tarzan and the Great River, 1967, 미국, 99분)」, 감/Robert Day, 출/Mike Henry, Jan Murray, Manuel Padilla, Jr., Diana Millay, Rafer Johnson

▌「타잔과 정글 보이(Tarzan and the Jungle Boy, 1968, 미국, 99분)」, 감/Robert Day, 출/Mike Henry, Alizia Gur, Ronald Gans, Rafer Johnson, Ed Johnson, Steven Bond

▌「타잔의 반격(Tarzan's Jungle Rebellion, 1970, 미국, 92분」, 감/William Witney, 출/Ron Ely, Manuel Padilla, Jr., Ulla Stromstedt, Sam Jaffe, William Marshall,

Lloyd Haynes

▌「타잔의 무서운 침묵(Tarzan's Deadly Silence, 1970, 미국, 99분)」, 감/Robert L. Friend, Lawrence Dobkin, 출/Ron Ely, Manuel Padilla, Jr., Jock Mahoney, Woody Strode, Gregorio Acosta

▌「그레이스토크 타잔(Greystoke : The Legend of Tarzan, Lord of the Apes, 1984, 미국, 129분, 비디오판 135분)」, 감/Hue Hudson, 출/Christopher Lambert, Andie MacDowell, Ian Holm, Ralph Richardson, James Fox, Cheryl Campbell, Ian Charleson, Nigel Davenport, (맥도웰의 대역 목소리 Glenn Close)

▌「맨하탄의 타잔(Tarzan in Manhattan, 1989, 미국, 100분)」, 감/Michael Schultz, 출/Joe Lara, Kim Crosby, Tony Curtis, Jan-Michael Vincent, Jimmy Medina Taggert

▌「타잔과 잃어버린 도시(Tarzan and the Lost City, 1998, 오스트렐리아-미국-독일, 105분)」, 감/Carl Schenkel, 출/Casper Van Dien, Jane March, Steven Waddington, Winston Ntshona, Rapulana Seiphemo, Ian Roberts

▌「타잔 한국에 오다(1971, 한국, 80분)」, 감/김화랑, 출/구봉서, 우연정

▌「밀림의 수치(Shame of the Jungle, 1975, 프랑스-벨기에, 73분, 프랑스판 85분)」, 감/Picha, Boris Szulzinger, 목소리/Johnny Weissmuller, Jr., Bill Murray, Brian Doyle-Murray, Christopher Guest, Andrew Duncan

▌「타잔(Tarzan, 1999, 미국, 88분)」, 감/Kevin Lima, Chris Buck, 목소리/Tony Goldwyn, Minnie Driver, Glenn Close, Rosie O'Donnell, Brian Blessed, Nigel Hawthorne, Lance Henriksen, Wayne Knight

▌「정글 사나이(The Jungle Gents, 1954, 미국, 64분)」, 감/Edward Bernds, Austen Jewell, 출/Leo Gorcey, Huntz Hall, David Gorcey, Bennie Bartlett, Patrick O'Moore, Laurette Luez, Bernard Gorcey, David (Gorcey) Condon

▌「정글왕 조지(George of the Jungle, 1997, 미국, 91분)」, 감/Sam Weisman, 출/Brendan Fraser, Leslie Mann, Thomas Haden Church, Holland Taylor, John Bennett Perry, Abraham Benrubi, Greg Cruttwell, Richard Roundtree

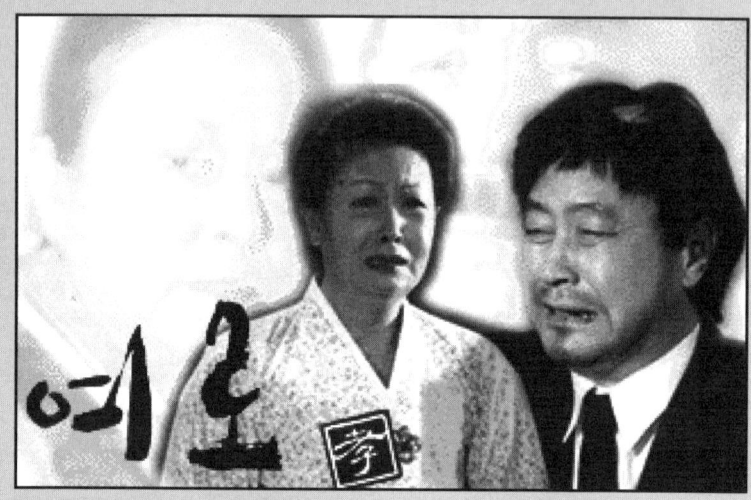

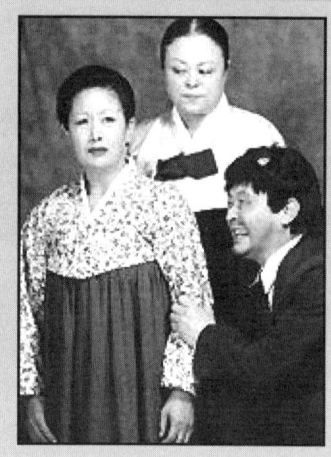

텔레비전 연속극 「여로」가 엄청난 인기를 누렸던 까닭은 "착한 바보" 영구가 대단히 큰 몫을 했기 때문이었다. 영구라는 주인공의 인상은 어찌나 사람들 머리 속에 깊이 각인되었던지, 심형래가 오랫동안 읆어먹고도 남을 지경이었으며, 이창훈은 "봉숭아 학당"에서 영구의 변형인 맹구 역으로 폭발적인 인기를 누리기도 했다. 그리고 지금까지도 후배 희극인들은 심형래의 영구와 이창훈의 맹구를 끊임없이 읆어먹는다. 그러나 정작 「여로」에서 '땜통' 영구 역을 맡았던 장욱제는 바보 주인공의 인상을 지나치게 깊이 심어 주는 바람에 다른 배역을 거의 받지 못하고 연기자로서의 활동을 마감해야 했다. 활동 기간이 훨씬 길기는 했지만 제6대 타잔 자니 와이즈뮬러 역시 비슷한 '여로'를 갔다.

B 영화가 우거진 숲

고기는 물에서 놀아야 한다고 했으며, 송충이는 솔잎을 먹고 산다 했고, 한 번 해병은 영원한 해병이라는 말도 자주 듣는다. 영화에서 어떤 역을 워낙 두드러지게 잘해서 늘 똑같은 배역만 돌아오는 현상(typecasting)에도 그런 표현들이 적용되는지 모르겠지만, 우리는 텔레비전 연속극 「여로」의 "착한 반편이" 영구 역으로 워낙 인상을 깊게 심어 줘서 다른 역할로의 발전은 끝내 이루지 못한 연기자 장욱제의 경우를 보았다. 그리고 반대로 예쁜이 역을 단골로 맡다가 연기파로 성장한 엘리자베드 테일러와 007 제임스 본드의 강렬한 인상을 탈피하고 노련한 연기자로 발돋음한 숀 코너리의 우화(羽化) 과정도 지켜보았다.

자니 와이즈뮬러 타잔도 그런 우화의 시도를 했었지만, 별로 진지한 노력은 보이지를 않았다. 노력이 부족했던 까닭은 어쩌면 사실은 꼭 그래야 할 필요도 없었기 때문이었는지도 모르겠다. 어쨌든 '진짜 타잔'은 결국 밀림 배우의 영역을 떠나지 않았다.

와이즈뮬러의 탈피 시도가 이루어졌던 계기는 「불타는 늪」을 통해서였다. 이 영화는 제2차 세계대전 중에 해안경비대 복무를 하는 동안 정신적인 상처를 받고 돌아와서는 주인공이 루이지애나의 강에서 키잡이로 일하던 옛 삶으로 돌아가기 위해 애를 쓴다는 심리극이다. 하지만 한참 성공을 누리는 동안에 힘들여 새로운 분야(심리극)를 개척하려고 갑자기 방향을 바꾸기란 쉽지 않은 노릇이었다. 그래서, 나이가 들어 타잔 노릇이 힘들어지자, 그는, 다분히 주변 사람들의 판단에 따라서였겠지만, "백인 사냥꾼의 옷을 걸친 타잔(Tarzan with white hunter clothes on)"이라고 사람들이 이름지었던 정글 짐(Jungle Jim)으로 부분적인 변신을 한다.

제작자 샘 카츠만(Sam Katzman)의 기획이 성공하여 7 년 동안 인기를 누린 「정글 짐」 첫 편은 과학탐험대와 함께 '밀림의 사나이(Jungle

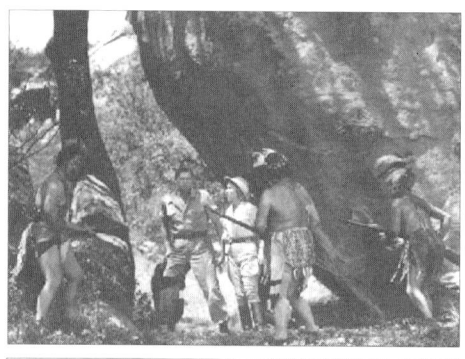

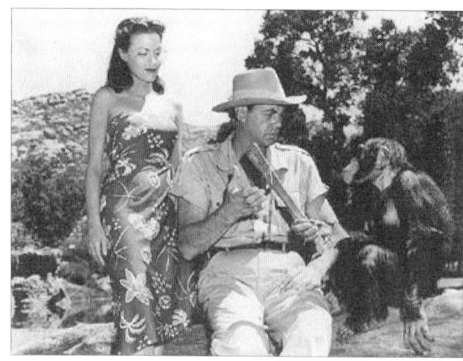

자니 와이즈뮬러는 이른바 '연기 변신'에서 끝내 성공하지 못하고 밀림에 그대로 머물면서, 제목만 서로 약간 다르고 내용은 모두가 비슷비슷한 "정글 짐(Jungle Jim)" 영화를 줄줄이 만들었다.

Jim)'가 기적의 약을 찾아 밀림으로 들어가는 내용이다. 이 영화에 출연했던 조지 리브스(본명 George Brewer, 1914~59)는 나중에 수퍼맨 역을 맡게 되면서부터 다른 역할을 하나도 받지 못했고, 결국 레슬러 생활을 하다가 권총으로 자살했다. "판에 박힌 역"이 굴레가 되었던 또 다른 비극의 본보기였다고 하겠다.

이어서 약탈자들로부터 아프리카의 도시를 지키기 위해 정글 짐이 사자, 호랑이, 상어 등등과 싸우는 「잃어버린 종족」, 보물을 노리는 악당과 싸우는 한편으로 마법사에게서 예쁜 여자를 구해 주는 「붙잡힌 여인」, 나찌들이 황금을 찾기 위해 고릴라로 변장한다는 황당한 「고릴라의 흔적」, 실종된 여군을 찾으러 피그미족의 땅으로 들어간다는 한심한 내용을 담았으며 같은 해에 세 번째 만든 정글 짐 영화 「피그미 섬」이 줄지어 나왔다.

마약을 배설하는 이상한 동물 오콩고(Okongo)를 잡으러 다니는 밀매단이 등장하는 더욱 해괴한 내용이 담긴 「콩고의 분노」, 실종된 축구 선수를 찾아 헤매는 또 다른 명청영화 「밀림의 수색대」, 거인들의 나라로 인류학자를 안내하는 「정글 짐과 금단의 땅」, 나찌와 박물관장이 포함된 온갖 악당들이 도난당한 미술품을 찾아 헤매는 「저주의 호랑이」, 핵실험과 첩보원까지 등장하는 「야만의 반란」이 그 뒤를 이은 정글 짐 얘기들이었다.

그리고는 동물들에게 세균전 실험을 하는 못된 백인 사냥꾼 얘기 「살인 유인원」, 토인들로부터 광산 채굴권을 빼앗아 가려는 악당들과 싸우는 「인간 사냥꾼들의 계곡」, 다이아몬드 밀수업자들이 등장하는 「정글 식인종」이 선을 보였으며, 와이즈뮬러가 본명을 써 가면서 정글 짐의 모험을 계속하는 유치한 영화도 등장해서, 코발트(cobalt)를 훔치려고 적의 첩보원들이 악어로 변장하는 「식인종의 공격」, 영원히 늙지 않는 여인이 등장하는 「밀림의 월인(月人)」, 그리고 조세프 콘래드의 커츠

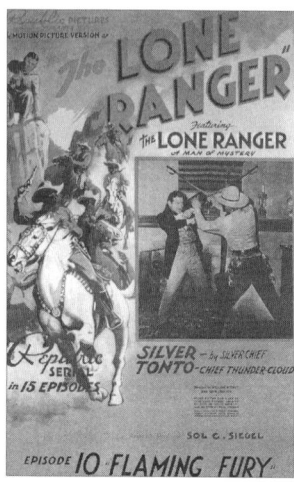

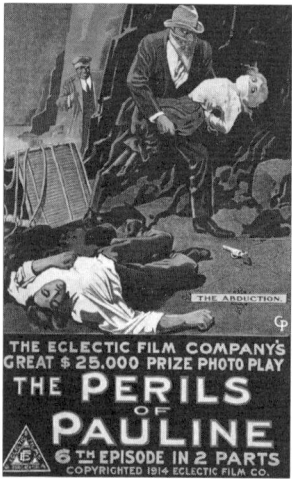

우리나라 사람들이 흔히 "B급 영화"라고 잘못 말하는 "B 영화"는 헐리우드 연속물(serial)이 한참 인기를 끌던 시절, 동시상영을 하는 가운데 본 영화(本映畵, main feature)가 아니고 "덤(B)으로 보여 주는 (두 번째) 영화"를 지칭하는 말이다. 사진은 연속물로 대단한 인기를 끌었던 서부극 「론 레인저(The Lone Ranger, 위)와 활극 「폴린의 모험(The Perils of Pauline, 아래, "전설의 시대" 45~6쪽 참조)」

(Kurtz)처럼 미개인들 사이에서 신으로 군림하는 여교수를 찾아가는 「악마의 여신」이 뒤따랐다.

「악마의 여신」을 마지막으로 해서 자니 와이즈뮬러는 숲이 우거진 영화에서 은퇴했다.

이렇게 많은 영화를 찍었음에도 불구하고 「불타는 늪」의 자니 듀발(Johnny Duval)까지 포함하여 단 세 명의 등장인물만 연기했던 와이즈뮬러는 같은 해에 몇 편씩 비슷한 싸구려 영화를 양산하던 헐리우드 상업영화 생산 체계가 만들어낸 하나의 전형이었다.

재탕, 삼탕 울어먹기를 거듭하며 붕어빵 장사 수준의 예술을 산업화해서, 한두 주일에 한 편씩 찍어 가며 수없이 만들어내던 이런 영상 제품을 사람들은 'B 영화(B-picture)'라고 불렀는데, 이것은 우리나라 사람들이 흔히 생각하듯 "수준이 낮은 영화"를 의미하는 'B급 영화'라는 뜻이 아니었다. 결과적으로 질이 떨어지기는 마찬가지이지만, 영화를 만든 다음에 어떤 기준에 따라 수준 미달이라고 'B급'으로 분류된 영화가 아니라, 1930~40년대 헐리우드에서는 아예 저예산의 B 영화를 의도적으로 생산했다.

B 영화가 무엇인지를 이해하려면 미국 영화 산업의 성격부터 올바르게 파악해야 한다. 1920년대부터 50년대까지 헐리우드를 지배했던 대규모 영화 제작 방식을 우리나라에서는 흔히 '제작소' 또는 '촬영소 체제(studio system)'라고 표현하는데,

이것은 대부분의 영화 용어를 우리말로 충실하게 번역하지 않고 편의상 그냥 영어를 사용해온 결과로 오해를 불러일으킬 소지를 남기는 용어이다. '스튜디오 시스템'의 '스튜디오'는 그 안에서 사람들이 영화를 찍는 건물을 뜻하는 좁은 의미가 아니라, 촬영소 이외에도 모든 건물과 시설과 대지를 포괄하는 조직체, 즉 '영화사'를 뜻하기 때문이다.

'영화사 주도 체제(studio system)'는 영화의 제작뿐 아니라 배급에서 상영까지의 총괄 체제를 뜻하기 때문에, 대부분 영화사에서 소유하거나 직접 관리했던 전국의 상영관까지도 포함된다.

영화사 주도 체제를 1912년에 처음 실천한 사람은 뉴요크 영화사(New York Motion Picture Company) 소속의 감독 토마스 인쓰(Thomas H. Ince, 1882~1924)였다. 영화에 대한 기여도가 D. W. 그리피드와 맞먹는다는 인쓰는 여섯 살 때부터 무대에 섰으며, 「시민 케인」의 모델이 된 윌리엄 랜돌프 허스트의 요트에서 심장마비로 죽었다고 공식 발표

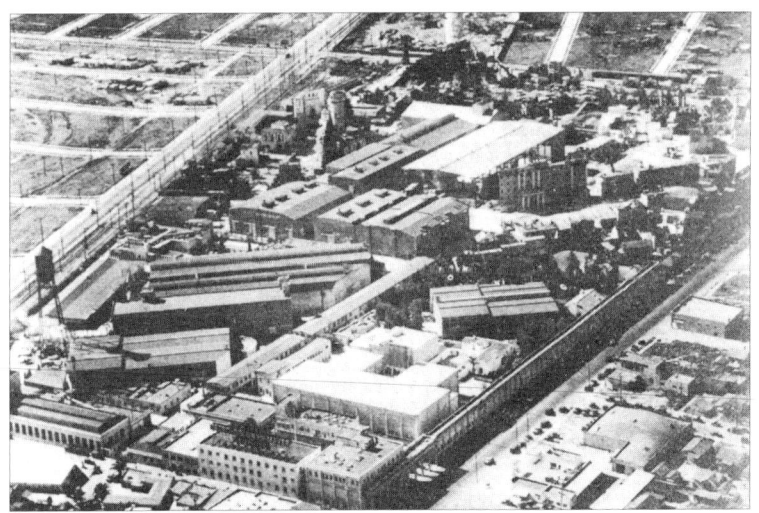

'촬영소 시스템'이라고 우리나라에 알려진 말은 정확히 얘기하자면 '영화사 주도 체제'를 뜻한다. 사진은 영화사 체제(Studio System)의 대표 주자였던 MGM 영화사의 1933년 전경으로서, 촬영소뿐 아니라 모든 행정 시설도 동일 구역 안에 함께 갖추었다.

가 났는데, 허스트의 정부(Marion Davies)를 유혹한 찰리 채플린을 죽이려고 신문왕 허스트가 쏜 총을 잘못 맞고 사망('개죽음')했다는 소문이 나돌기도 했다.

애초에 '스튜디오 시스템'이라는 영어 표현이 생겨난 까닭은 이런 제작 체제의 골자가 포드 자동차의 조립 과정(assembly line)처럼 작업 능률을 극대화하기 위해서, 여러 작품을 다른 촬영소에서 동시에 분업화한다는 개념 때문이었다. 그리고 '타잔'이나 '정글 짐'처럼 일정한 공식에 따라 유사한 다수의 제품을 만들면 생산 원가도 줄고 생산 기간도 단축되게 마련이었다.

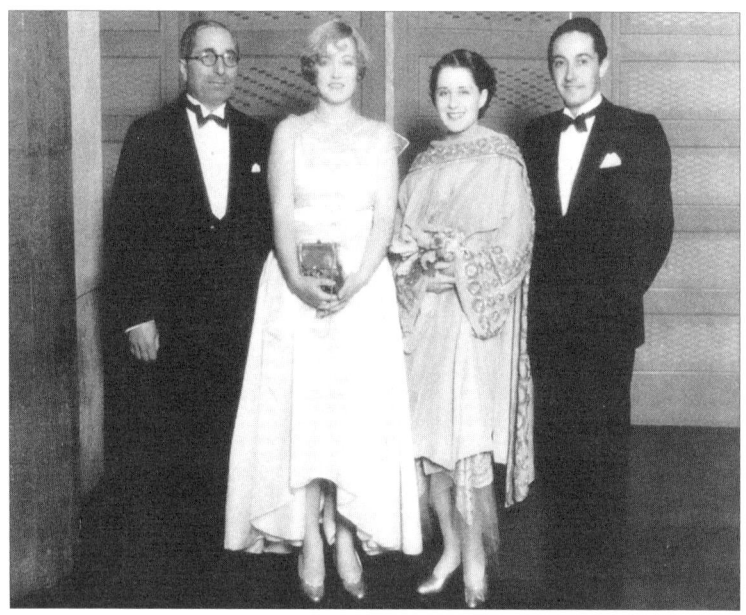

아카데미 영화상에 그의 이름을 붙인 특별상이 생겨났을 정도로 막강한 영향력을 발휘했던 어빙 톨버그(오른쪽 끝)는 MGM의 제작 담당 부사장으로 영화사 주도 체제를 이끌었다. 함께 사진을 찍은 왼쪽 끝의 안경을 쓴 남자는 당시 MGM의 서해안 지역 운영을 총괄했던 루이스 메이어(Louis B. Mayer)이고, 그 옆의 여자는 「시민 케인」의 실제 주인공이었던 신문왕 윌리엄 랜돌프 허스트(William Randolph Hearst)의 정부였던 여배우 매리온 데이비스(Marion Davis)이고, 그 다음의 키가 작은 여성은 「로미오와 줄리에트」 등에 주연했던 MGM 인기배우였으며 톨버그의 부인인 노마 쉬어러(Norma Shearer)이다.

상영관을 체제에 편입시키기 시작한 시기는 1917년, 영화 판매와 극장 운영의 경험을 거친 제작자 아돌프 주커(Adolph Zukor, 1873~1976)가 파라마운트 영화사의 전면에 나서면서부터였다. 그리고 수많은 극장까지 전국에 소유한 조직을 갖춘 영화사는 기업으로서의 성공을 위해 경영을 창작보다 중요하게 생각했고, 미국의 영화감독은 유럽에서처럼 작가로 대우받는 대신 제작 부서장 정도로 몰락하고 말았다.

각 영화사는, 예를 들어 MGM의 경우에는 어빙 톨버그(Irving Thalberg) 부사장처럼, 전체 생산 책임자를 두었고, 그 밑에서 이사진이나 전문인들이 대본을 선택하면 감독은, 좀 심한 비유를 쓴다면 음식 주문 딱지를 받아든 주방장처럼, 대본을 받아 영화로 만든 다음 나머지 손질과 흥행 등을 다른 사람들의 손으로 넘기는 방식을 채택했으며, 존 포드나 빌리 와일더처럼 흥행을 보장하는 몇몇 감독만이 영화사가 내놓은 공식이 허락하는 한에서 개인적인 창의력과 특성을 발휘하고는 했다.

1930년대 중반에는 기간 영화사(major studios)로 자리를 잡은 MGM, 파라마운트, 20세기 폭스, 워너 브라더스, 콜럼비아, 유니버설, RKO, 그리고 독립 영화를 배급하기 위해 생겨난 유나이티드 아티스츠(United Artists)가 전체 영화 생산에서 75 퍼센트를 차지

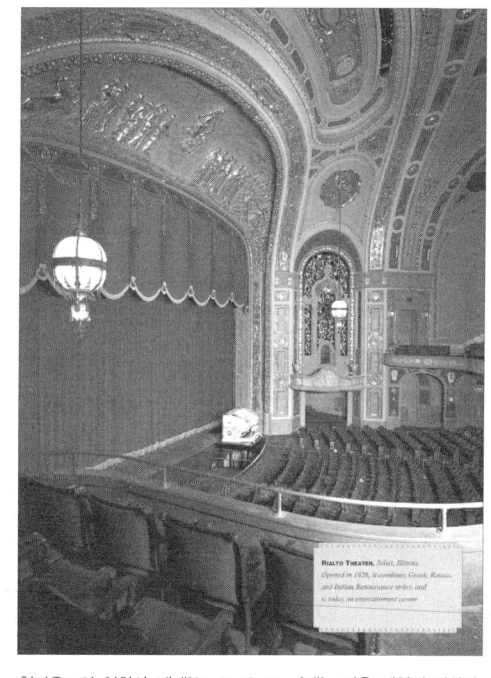

헐리우드의 영화사 체제(Studio System)에는 같은 계열의 영화사 작품을 받아서 공급하는 전용 상영관들이 따로 있었다. 사진은 1926년에 개관한 일리노이 주 졸리에트(Joliet, Illinois)의 리알토(Rialto) 극장인데, 그리스와 로마의 건축 양식에다 이탈리아의 르네상스 양식까지 결합한 초호화판 극장이다.

하여, 저마다 1년에 50편의 작품을 만들었고, 매주일 8천만 장의 입장권을 팔았다. 그들이 매년 생산하는 6백 편 가량의 작품이 이른바 'A영화'라고 분류되는 '본영화(本映畵, main feature)'에 해당된다. 물론 이런 본영화는 영화사에 소속된 극장이 아니면 구해서 상영하기도 불가능했다.

미국에서는 본영화에 앞서 뉴스, 만화, 희극물 따위의 짧은 볼거리(shorts)를 보여 주었는데, 대부분의 시골 극장에서는 2본 동시상영(double feature)이 보통이었고, 이때 본영화말고 보여 주는 제2의 영화가 바로 '개평 영화' 정도의 의미를 갖는 B 영화였다. 개평 영화는 물론 제작비도 덜 들이고, 출연진도 그만큼 처지게 마련이었으며, 기간 영화사에는 B 영화를 전문으로 만드는 기능을 따로 갖추기에 이르렀다. 그런가 하면 리퍼블릭 영화사와 모노그람(Monogram)에서는 A 영화는 손도 대지 않은 채 아예 B 영화만 생산해 내기도 했다.

예산도 적고 시간에 쫓기면서 만들기는 했어도 B 영화는 때때로 예술성과 흥행에서 성공을 거두기도 했으니, 1940년대 초 RKO를 위해 발 류톤(Val Lewton, 본명 Vladimir Leventon, 1904~51) 감독이 만든 공포영화가 그 대표적인 예이며, 존 웨인도 「역마차」에서 링고 키드 역을 맡기까지는 B 영화 서부극 단골 배우였었다.

1948년 파라마운트 사에 관한 대법원의 판결에 따라 상영관들이 영화사의 손아귀에서 해방되어 모든 영화사의 아무 영화나 마음대로 골라 자유롭게 상영하는 권리를 찾으면서 B 영화와 2본 동시상영이라는 30년 전통은 사라졌지만, 통제를 벗어난 '꿈의 공장'에서는 영화 제작비가 하늘을 모르고 치솟기 시작했다. 영화사 주도 체제에서는 일정한 수준의 예술성과 흥행성을 유지하는 작품을 1년 동안 몇 편 제작한다는 식으로 해마다 계획을 미리 세워 예산 집행처럼 추진시켰으며, 이런 체제가 전성기를 누렸던 1930~45년에는 철저한 통제 덕택에 엄청난

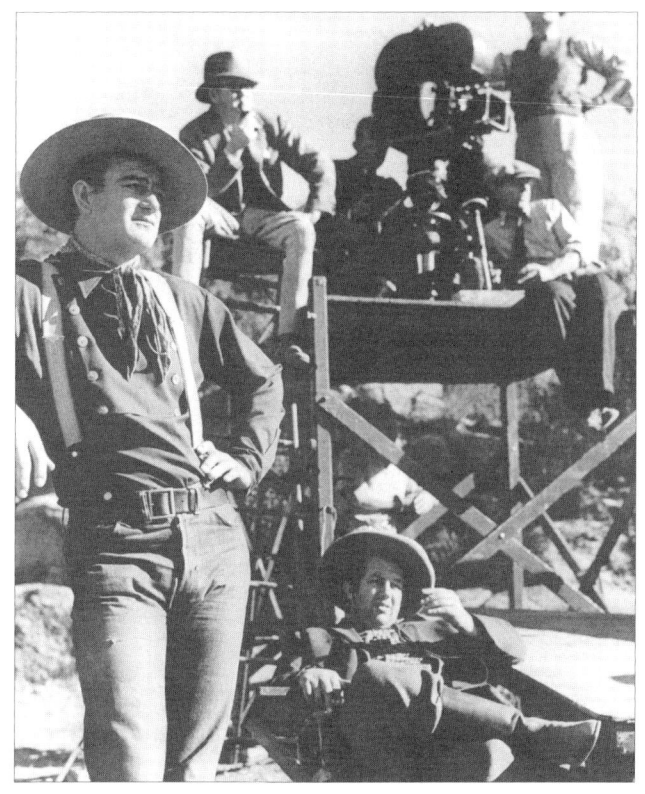

존 웨인은 헐리우드 서부극에서 역사적인 전기를 마련한 존 포드(John Ford) 감독의 「역마차(Stagecoach, 1939)」에서 링고 키드(The Ringo Kid) 역으로 명성을 얻기 전에는 B 영화 서부극의 단골 배우였다. 사진은 「역마차」 촬영 당시의 존 웨인이며, 존 포드 감독은 바로 뒤에 높이 올라 앉아서 파이프 담배를 피우고 있다.

녹음 비용도 별 문제가 되지 않았었다.

자니 와이즈뮬러의 영화는 바로 이런 통제된 생산 체제에서 공식에 따라 제작되었으며, 와이즈뮬러 타잔의 아들(Boy)로 얼굴이 팔린 자니 셰필드를 주연으로 내세운 '정글 소년 봄바' 영화도 마찬가지였다.

1949년 제작자 월터 미리시(Walter Mirisch)는 1920년대에 인기가 높았던 로이 로크우드(Roy Rockwood)의 아동소설 정글 소년 이야기를 저예산 모험극 연속물로 만들겠다는 계획에 착수하여, "무에서 유를 만드는 솜씨"로 유명한 B 영화 전문 감독 포드 피비를 영입하고, 1930년대에 기록영화 「아프리카는 말한다(Africa Speaks)」를 만들고 남은 필름을 삽입해 가면서 영화사 뒷마당 촬영소 안에서 「정글 소년 봄바」를

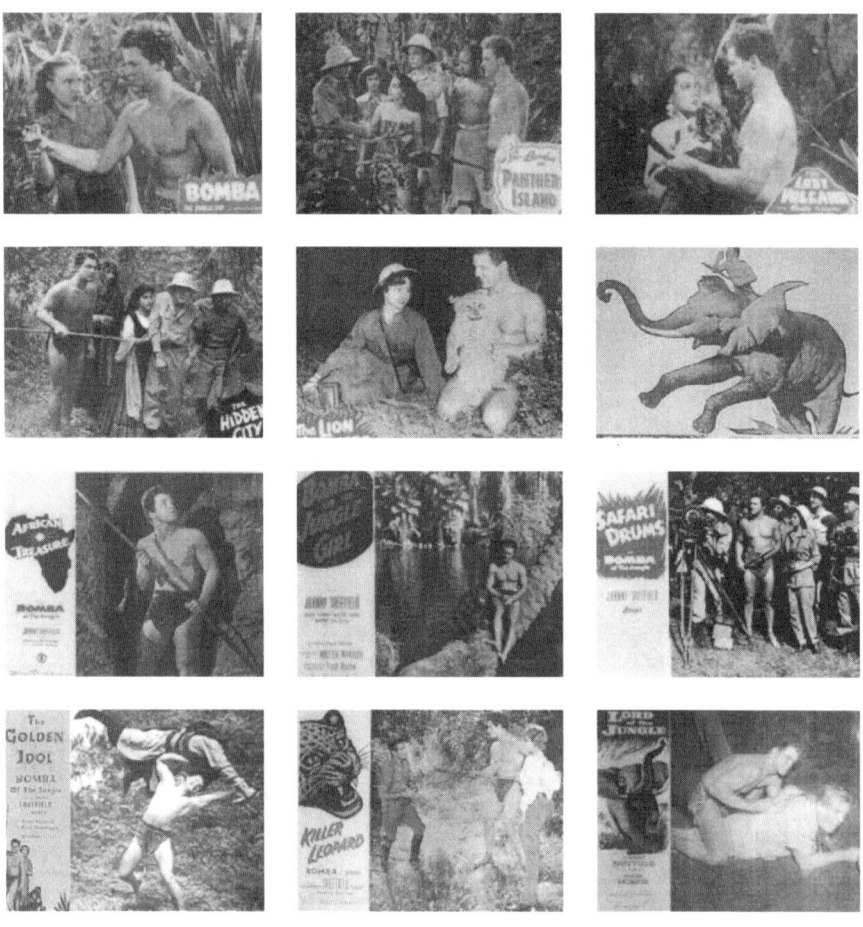

타잔의 아들 역을 맡았던 소년 배우를 기용하여 십여 편이나 찍어낸 "정글 소년 봄바(Bomba, The Jungle Boy)" 연속물도 헐리우드의 영화사 주도 체제 하에서 붕어빵처럼 대량 생산한 B 영화의 대표작 가운데 하나이다.

급조했다.

　비슷한 줄거리로 여러 편의 비슷한 작품을 만든다는 공식을 적용한 연속물에 일반 관객이 식상한 시기이기는 했지만, 밀림에서 자란 소년 봄바가 위험한 사파리에 나선 사진작가와 그의 딸을 도와 주는 「정글 소년 봄바」는 청소년층을 대상으로 삼았기 때문에 쉽게 성공을 거두어 결국 십여 편의 비슷한 영화가 나타난다.

밀림의 소년은 「봄바와 표범의 섬」에서 미신을 믿는 원주민 그리고 흑표(黑豹)와 맞서 싸우고, 「잃어버린 화산」에서는 보물을 노리는 탐욕스러운 원주민 안내자들과 싸우고, 「비밀의 도시」에서는 밀림의 고아를 구해 놓고 보니 공주님으로 밝혀지고, 「코끼리 폭주」에서는 상아를 노리는 밀렵꾼들과 싸우고, 「사자 사냥꾼」에서는 마사이족의 거룩한 땅에서 사자들을 무자비하게 죽이는 백인들과 싸우고, 「아프리카의 보물」에서는 지질학자로 가장한 다이아몬드 밀매상들과 싸운다.

「정글 소녀」에서는 정글 소녀뿐 아니라 정글 침팬지 킴바(Kimba)까지 만나 제2대 타잔 가족이 이루어지고, 「사파리의 북소리」에서는 동물들과 힘을 합쳐 살인범 길잡이를 잡아내고, 「황금의 우상」에서는 흉악한 아랍인들이 훔친 소중한 와투시(Watusi) 조각상을 되찾고, 「살인표범」에서는 실종된 남편을 찾아나선 헐리우드 여배우의 길잡이로 나서고, 「밀림의 왕자」에서는 전체 코끼리를 구하기 위해 못된 코끼리를 솎아낸다.

봄바 소년의 마지막 이야기였던 「밀림의 왕자」말고 그보다 20년 전에도 타잔 얘기 비슷한 「밀림의 왕자」가 나왔었다.

「밀림의 왕자」는 타잔과 봄바의 전성시대에 우리나라에서 대단한 인기를 끌었던 대하 만화의 제목이기도 했다. 당시 우리나라에서는 코주부 김용환과 고바우 김성환, 신동헌과 신동우 형제, 정운경과 김경언, 스포츠 만화 신문의 선구자인 고우영의 형 고일영, 눈물겨운 순정만화의 일인자이며 얼마 전에 작고한 김종래, 세밀한 펜화로 「평원아」 같은 서부만화를 발표했으며 텔레비전 연기자인 박원숙의 아버지 박광현 등이 손꼽히는 만화가였는데, 서봉제가 「밀림의 왕자」를 발표하면서 단연 최고의 인기를 누렸다.

박광현의 서부만화 「평원아」에서도 한국 소년이 주인공이었듯,

「밀림의 왕자」에서도 철민이라는 한국 소년이 마사이족의 추장과 거대한 구렁이 다나, 그리고 온갖 짐승들의 도움을 받아가며 아프리카 밀림에서 타잔과 봄바의 역할을 했다. 13권에 걸쳐서 펼쳐지던 철민이의 모험 얘기가 어찌나 흥미진진했던지, 당시 헐리우드 키드 또래 아이들은 언제 다음 편이 만화가게에 나오는지 손꼽아 기다리고는 했었다.

이렇듯 수많은 순진한 아이들의 마음을 설레이게 하던 「밀림의 왕자」를 어쩐 일인지 9편쯤부터는 다른 사람들도 그려내기 시작했다. 알고 보니 밀림만화는 서봉제의 창작이 아니라, 일본 만화를 베껴냈다는 소문이었다.

물론 한국에서 지금까지도 염치없이 계속되는 이런 일본 문화 베끼기, 그리고 똑같은 얼굴에 비슷비슷한 줄거리를 조합하여 양산되던 붕어빵식 B 영화는 진지한 연구 과제가 될 만한 현상이다.

찾아보기 ●

▌「불타는 늪(Swamp Fire, 1946, 미국, 69분)」, 감/William H. Pine, 출/Johnny Weissmuller, Virginia Grey, Buster Crabbe, Carol Thurston, Pedro De Cordoba, David Janssen
▌「정글 짐(Jungle Jim, 1948, 미국, 73분)」, 감/William Berke, 출/Johnny Weissmuller, Virginia Grey, George Reeves, Lita Baron, Rick Vallin, Holmes Herbert
▌「잃어버린 종족(The Lost Tribe, 1949, 미국, 72분)」, 감/William Burke, 출/Johnny Weissmuller, Myrna Dell, Elena Verdugo, Joseph Vitale, Ralph Dunn, George J. Lewis
▌「붙잡힌 여인(Captive Girl, 1950, 미국, 73분)」, 감/William Berke, 출/Johnny Weissmuller, Buster Crabbe, Anita Lhoest, Rick Vallin, John Dehner
▌「고릴라의 흔적(Mark of the Gorilla, 1950, 미국, 68분)」, 감/William Berke, 출

/Johnny Weissmuller, Trudy Marshall, Suzanne Dalbert, Onslow Stevens, Selmer Jackson, Robert Purcell

▍「피그미 섬(Pygmy Island, 1950, 미국, 69분)」, 감/William Berke, 출/Johnny Weissmuller, Ann Savage, David Bruce, Tristram Coffin, Steven Geray, William Tannen, Billy Curtis, Billy Barty

▍「콩고의 분노(Fury of the Congo, 1951, 미국, 69분)」, 감/William Berke, 출/Johnny Weissmuller, Sherry Moreland, William Henry, Tyle Talbot

▍「밀림의 수색대(Jungle Manhunt, 1951, 미국, 66분)」, 감/Lew Landers, 출/Johnny Weissmuller, Bob Waterfield, Sheila Ryan, Lyle Talbot, Rick Vallin

▍「정글 짐과 금단의 땅(Jungle Jim in the Forbidden Land, 1952, 미국, 65분)」, 감/Lew Landers, 출/Johnny Weissmuller, Angela Greene, Jean Willes, Lester Mathews, William Tannen

▍「저주의 호랑이(Voodoo Tiger, 1952, 미국, 67분)」, 감/Spencer Bennet, 출/Johnny Weissmuller, Jean Byron, James Seay, Jeannie Dean, Robert Bray

▍「야만의 반란(Savage Mutiny, 1953, 미국, 73분)」, 감/Spencer Bennet, 출/Johnny Weissmuller, Angela Stevens, Lester Mathews, Nelson Leigh, Paul Marion

▍「살인 유인원(Killer Ape, 1953, 미국, 68분)」, 감/Spencer Bennet, 출/Johnny Weissmuller, Carol Thurston, Ray Corrigan, Max Palmer, Nestor Paiva, Nick Stuart

▍「인간 사냥꾼들의 계곡(Valley of Head Hunters, 1953, 미국, 67분)」, 감/William Berke, 출/Johnny Weissmuller, Christine Larson, Robert C. Foulk, Steven Ritch, Nelson Leigh

▍「정글 식인종(Jungle Man-Eaters, 1954, 미국, 68분)」, 감/Lee Sholem, 출/Johnny Weissmuller, Karin Booth, Richard Stapley, Bernard Hamilton, Gregory Gay, Lester Mathews

▍「식인종의 공격(Cannibal Attack, 1954, 미국, 69분)」, 감/Lee Sholem, 출/Johnny Weissmuller, Judy Walsh, David Bruce, Bruce Cowling

▍「밀림의 월인(Jungle Moon Men, 1955, 미국, 70분)」, 감/Charles S. Gould, 출/Johnny Weissmuller, Jean Byron, Helene Stanton, Bill Henry, Myron Healey, Billy Curtis

▍「악마의 여신(Devil Goddess, 1955, 미국, 70분)」, 감/Spencer Bennet, 출/Johnny Weissmuller, Angela Stevens, Selmer Jackson, William Tannen, Ed Hinton

▮ 「정글 소년 봄바(Bomba, The Jungle Boy, 1949, 미국, 70분)」, 감/Ford Feebe, 출/Johnny Sheffield, Peggy Ann Garner, Smoki Whitfield, Onslow Stevens, Charles Irwin

▮ 「봄바와 표범의 섬(Bomba on Panther Island, 1949, 미국, 76분)」, 감/Ford Feebe, 출/Johnny Sheffield, Allende Roberts, Lita Baron, Smoki Whitfield, Charles Irwin

▮ 「잃어버린 화산(The Lost Volcano, 1950, 미국, 67분)」, 감/Ford Feebe, 출/Johnny Sheffield, Donald Woods, Marjorie Lord, John Ridgely, Robert Lewis, Elena Verdugo, Tommy Ivo

▮ 「비밀의 도시(The Hidden City, 또는 Bomba and the Hidden City, 1950, 미국, 71분)」, 감/Ford Feebe, 출/Johnny Sheffield, Sue England, Paul Guilfoyle, Damian O'Flynn, Leon Belasco, Smoki Whitfield

▮ 「코끼리 폭주(Bomba and the Elephant Stampede, 1951, 미국, 71분)」, 감/Ford Feebe, 출/Johnny Sheffield, Donna Martell, Edith Evanson, Martin Wilkins, Myron Healey, Leonard Mudie

▮ 「사자 사냥꾼(The Lion Hunters, 1951, 미국, 75분)」, 감/Ford Feebe, 출/Johnny Sheffield, Morris Ankrum, Ann B. Todd, Douglas Kennedy, Smoki Whitfield, Robert Davis, Woodrow(Woody) Strode

▮ 「아프리카의 보물(African Treasure, 1952, 미국, 70분)」, 감/Ford Feebe, 출/Johnny Sheffield, Laurette Luez, Lyle Talbot, Arthur Space, Martin Garralaga, Robert "Smoki" Whitfield, Leonard Mudie

▮ 「정글 소녀(Jungle Girl, 또는 Bomba and the Jungle Girl, 1952, 미국, 70분)」, 감/Ford Feebe, 출/Johnny Sheffield, Karen Sharpe, Walter Sande, Suzette Harbin, Martin Wilkins, Leonard Mudie

▮ 「사파리의 북소리(Safari Drums, 1953, 미국, 71분)」, 감/Ford Feebe, 출/Johnny Sheffield, Douglas Kennedy, Barbara Bestar, Emory Parnell, Smoki Whitfield, Leonard Mudie

▮ 「황금의 우상(The Golden Idol, 1954, 미국, 71분)」, 감/Ford Feebe, 출/Johnny Sheffield, Anne Kimbell, Paul Guilfoyle, Leonard Mudie, Rick Vallin

▮ 「살인 표범(Killer Leopard, 1954, 미국, 70분)」, 감/Ford Feebe, Edward Morey, Jr., 출/Johnny Sheffield, Beverly Garland, Barry Bernard, Donald Murphy, Leonard Mudie, Smoki Whitfield

▮ 「밀림의 왕자(Lord of the Jungle, 1955, 미국, 69분)」, 감/Ford Feebe, 출/Johnny Sheffield, Wayne Morris, Nancy Hale, Paul Picerni, William Phipps,

Smoki Whitfield, Leonard Mudie, Harry Lauter, Joel Fluellen, Juanita Moore

▌「밀림의 왕자(King of the Jungle, 1933, 미국, 72분)」, 감/Bruce Humberstone, Max Marcin, 출/Buster Crabbe, Frances Dee, Sidney Toler, Nydia Westman, Robert Barrat, Irving Pichel, Douglass Dumbrille

텔레비전이 널리 보급되기 전에는 야생의 아프리카
를 보여 주는 기록영화가 극장에 자주 내걸리고는 했
었다. 사자, 코끼리, 코뿔소 같은 동물이 그런 영화에
단골로 나오는 인기 주인공이었고, 상상의 세계에서
는 대형 고릴라 킹 콩도 등장했다.

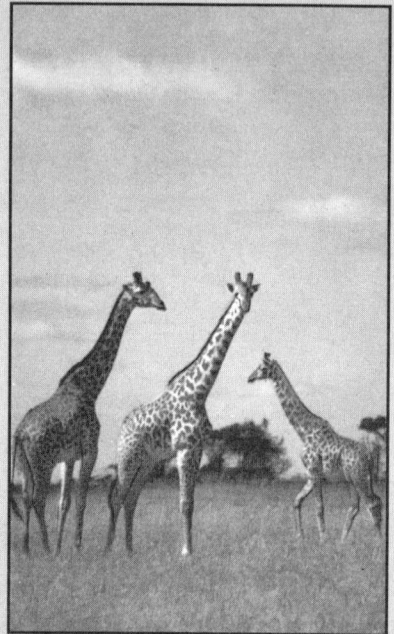

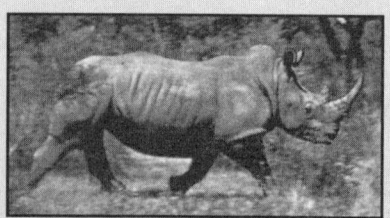

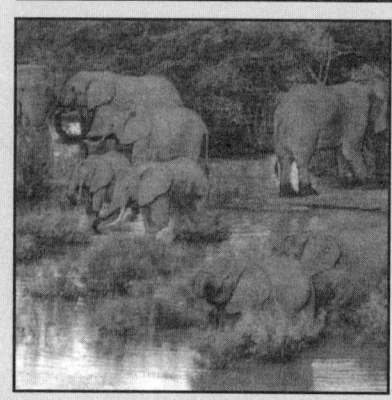

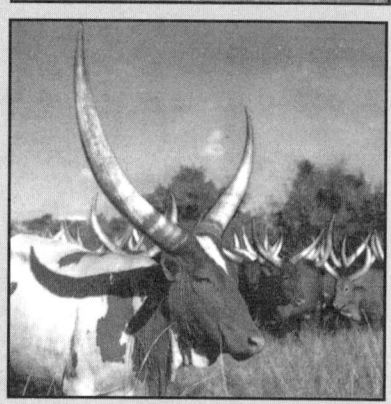

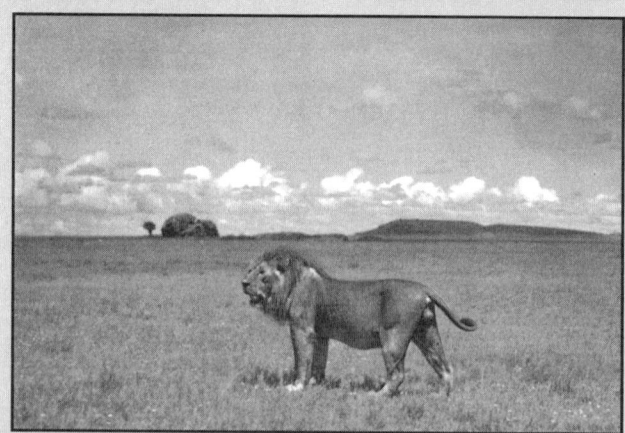

엘사와 킹 콩

요즈음 사람들은 "스트레스 해소"를 위해 영화를 보러 간다고 한다. 극장에 가서 "확 털어 버리고 가벼운 마음으로 돌아온다"고도 한다. 그래서 인조인간이나 폭력경찰이나 깡패들이 영웅으로 등장하여 컴퓨터의 첨단 예술이 모사(模寫)한 배경 위에서 피아노 줄에 매달려 날아다니며 3분에 한 명씩 사람을 죽이고, 여기저기서 특수효과가 자꾸 터지는 멍청영화가 영상 산업의 주류를 이루고, 헐리우드나 홍콩에서 별다른 줄거리도 없이 비슷비슷한 내용으로 엄청난 돈을 들여서 만드는 현대판 B 영화가, 순수 오락을 섬기기 위해 컴퓨터 게임의 차원을 향해 기술(記述)이 아닌 기술(技術)적인 '발전'을 계속한다.

영화가 텔레비전에 밀리기 시작하던 무렵인 1950~60년대 한국의 관객은 극장에 가면 무엇인지를 얻어 머리나 가슴속에 간직하며 집으로 돌아가야 영화 '감상'을 했다고 믿었다. 그래서 프랑스와 독일과 영국 등 유럽의 예술적인 영화가 많이 수입되었고, (미국의) 모하비 사막에서 살아가는 동물의 생태를 담아 아카데미상을 받은 디즈니의 「사막

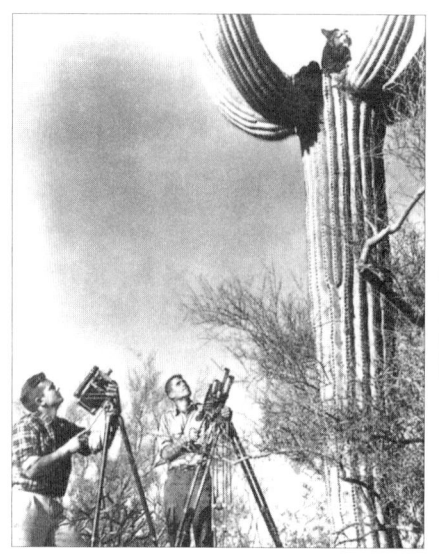
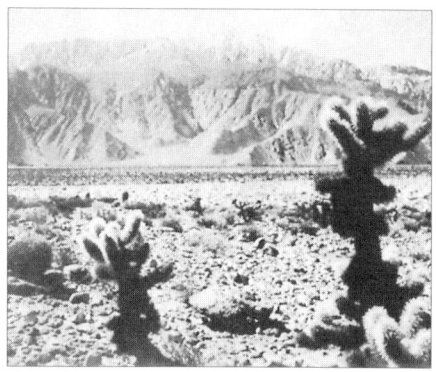

미키 마우스 등 동물을 주인공으로 삼은 만화영화를 주로
제작하던 월트 디즈니가 실제 동물의 세계를 담아서 만든
「사막은 살아 있다」는 「아프리카 종단」이나 「몬도 까네」와
더불어 한국이 수입한 기록영화 가운데 수작으로 꼽힌다.
사진은 모하비 사막에서 선인장에 올라간 퓨마를 촬영하는
제작진과 영화의 한 장면

은 살아 있다」 같은 교육적인 기록영화도 당당하게 극장에 간판을 내
걸고는 했다.

　　당시 우리나라 극장을 통해서 소개된 아프리카 기록영화로는, 지금
은 자료를 구하기가 힘들고 원제의 표기조차도 미심쩍은 로베르또 파
레노치의 「검은 대륙(Le Schiave)」, 「통째로 삼켜라(Fang and Claw,
1936)」와 「산 채로 먹어라(Eat 'em Alive)」, 1966년 재수입 때는 「고릴라
대륙」으로 제목이 바뀌었던 「아프리카 종단(Below the Sahara)」 같은
제목이 눈에 띈다.

　　「탕가티카(Tangatika)」, 「맹수지대(Wild Cargo)」, 「잔자부쿠
(Zanzabuku)」, 「콩고 레이스(Congo Laise)」, 「동물의 여왕 궁락라(Queen
of Jungle)」, 그리고 「사하라(Alerte au sud, 1953, 프랑스, 감/Jean Devaivre,
출/Jean-Claude Pascal, Gianna Maria Canale, Erich von Stroheim)」도 이
무렵에 들어온 영화들이었다.

　　아프리카 영화를 우리나라 사람들이 좋아했던 까닭은 당시의 서민

정서와도 연결되는 현상이 아니었나 싶기도 하다. 산업화가 본격적으로 시작되기 전, 별다른 오락거리나 볼거리가 없었던 1960년대까지만 해도, 유행가와 만담에서는 "시골 영감의 서울구경"이 하나의 뚜렷한 주제를 이루었고, '시골 사람'들은 서울 관광을 오면 가장 먼저 남산 꼭대기로 올라가 '시내 전경(全景)'을 확인한 다음 다짜고짜 전차를 타고 창경원으로 동물을 보러 가고는 했으니 말이다.

텔레비전이 대량으로 보급되면서 자연 생태계를 다룬 아프리카 기록영화가 점점 극장에서 쫓겨나기는 했지만, 「사막은 살아 있다」의 제작진이 만든 「재규어」 그리고 박물학자 알프레드 밀로티(Alfred Milotte)와 그의 아내 엘마(Elma)가 1년 동안 서식지에서 촬영한 「아프리카의 사자」는 극장을 거쳐간 아프리카 기록영화의 걸작으로 꼽힌다.

아프리카의 암사자가 등장하는 「야성의 엘사」가 극영화이면서도 기록영화라는 착각을 일으키는 까닭은 영화 전체가 해설로 이어질 뿐 아니라, 주연을 맡은 두 연기자가 영국에서는 이름난 부부 배우임에도 불구하고 우리나라에서는 낯선 얼굴인데다가, 원작이 조이 애덤슨(Joy Adamson, 1910~80)의 비소설이기 때문인지도 모른다.

오스트리아인인 조이 애덤슨(Joy Adamson)은 남편 조지와 함께 케냐에서 오래 살며 동물 관리인으로 일했는데, 사람을 해친 사자를 죽인 다음 어린 새끼 세 마리가 불쌍해서 집으로 데려다 키웠다. 새끼들이 자라나자 롯테르담 농물원으로 보내게 되지만, 재롱을 보며 정이 든 엘사는 그냥 집에서 키우기로 한다. 그러나 수사자가 찾아와 주변을 어슬렁거릴 만큼 엘사가 성장한 다음, 과보호를 받으며 자란 아이처럼 어리광만 피울 뿐 생존 능력이 없어진 엘사를 보니 애완동물로 키워 결국 백수의 왕을 퇴화시킨 결과만 가져왔음을 깨닫고 조이는 자연에 적응하는 훈련을 시키기로 결심한다.

방어 능력도 없고 멧돼지에게도 쫓겨 다니는 신세가 된 엘사에게 사

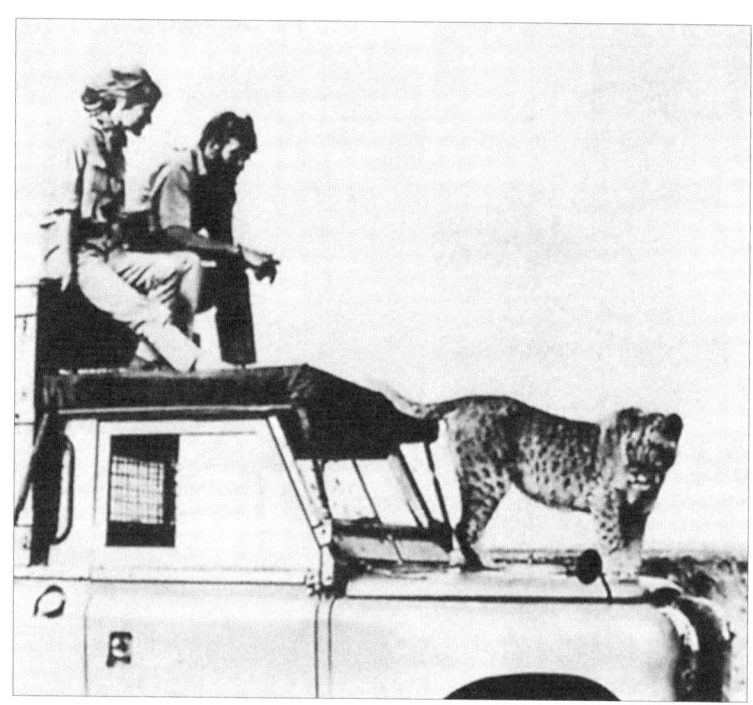

「야성의 엘사」는 (적어도 한국 관객에게는) 낯선 연기자들을 등장시키면서 실화를 다루기 때문에 극영화라기보다는 극화한 기록영화처럼 보인다.

자로서 살아가는 방법을 인간이 가르친 다음 맹수의 세계로 돌려보낸다는 내용은 전세계 수많은 사람들을 감동시켰으며, 조이 애덤슨은 자연으로 돌아간 엘사가 세 마리의 새끼를 데리고 살아가는 모습을 『자유의 삶』이라는 제목으로 속편을 썼는데, 이것도 역시 영화(「영원의 엘사」)로 제작되었다. 엘사의 얘기는 1996년 텔레비전 영화로 다시 제작되었고, 연속물이 나오기도 했다.

엘사 영화에서 조지 애덤슨 역을 맡았던 빌 트래버스는 1971년에 진짜 조지 애덤슨이 런던 동물원에서 태어난 사자를 훈련시켜 케냐의 자연 서식지로 보내는 기록영화 「사자 크리스찬」을 만들기도 했다. 나중에 「크리스찬」은 보완을 거쳐 「세상의 끝에 선 사자(The Lion at World's

End)」가 되었다.

이밖에도 사자가 주요 '등장인물'인 영화로는 박물학자와 그의 가족이 아프리카의 자연 보호지에서 살아가는 청소년 영화 「하얀 사자들」, 케냐에서 애완동물로 아프리카의 사자를 키우는 소녀가, 엘사의 경우와는 반대로, 정이 든 사자 때문에 너무 야성적으로 성장하지 않을까 가족들이 걱정을 하게 되는 「사자」, 다이아몬드 상인과 여

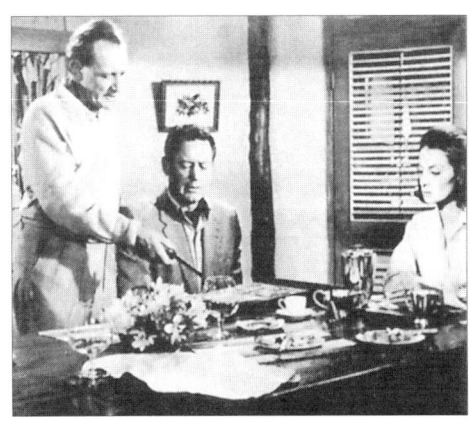

트레버 하워드(왼쪽), 윌리엄 홀든(가운데), 카푸친(오른쪽)이 주연한 「사자」에서는 「야성의 엘사」를 뒤집어 놓은 듯한 줄거리가 전개된다.

의사가 트럭으로 케냐를 횡단하는 「아프리카 사자」, 사나운 사자에 맞서 싸우는 용감한 말의 이야기 「사자와 말」이 선보였으며, 가족용 아프리카 모험 영화 「사팔뜨기 사자 클라렌스」는 나중에 「닥타리(Daktari)」라는 텔레비전 연속극으로 발전한다.

사자의 친척뻘인 고양이과 큰 동물이 등장하는 영화로는, 아프리카의 세렝게티 평원에서 2 년에 걸쳐 촬영한 「아들 표범」이 걸작으로 꼽힌다. 디스카버리 채널에서 제작하여 최초로 극장의 대형 화면으로 진출한 기록영화로서, 어린 표범이 자연의 역경을 이겨내며 성장하는 과정을 존 길구드의 해설로 전해준다.

디즈니 영화 「치타」는 캘리포니아의 두 소년이 마사이족 친구와 사귀면서 어미를 잃은 치타를 데려다 키우는 사이에 자연의 가르침을 배운다는 내용이다.

자신의 이름보다 엘사라는 사자의 이름을 더 유명하게 만들었던 조이 애덤슨은 나이가 70이 된 다음에 누구에게인가 살해를 당했지만 범인과 동기가 끝내 밝혀지지 않는데, 「안개 속의 고릴라」 주인공 다이

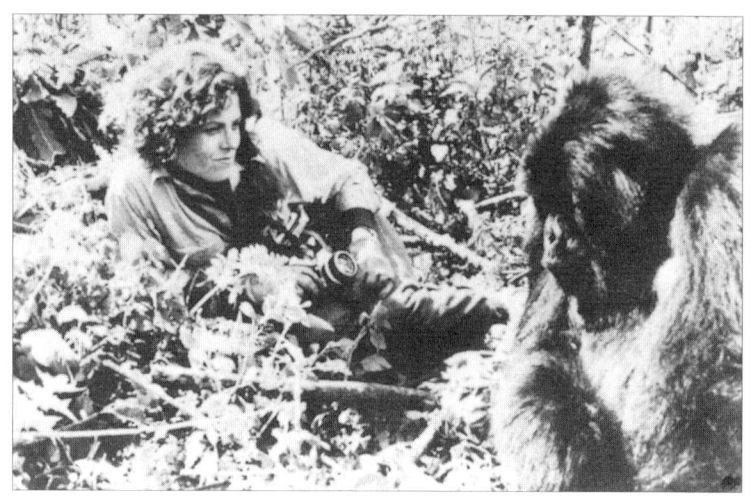

「안개 속의 고릴라」는 야성의 세계에 몸을 바치다 참혹한 죽음을 맞는 여성이 주인공이다.

안 포씨(Dian Fossey)도 똑같은 운명을 맞았다.

　장애아 물리치료사와 동물병원 경력을 거친 다이안은 1967년 중앙 아프리카 산악지대에 서식하는 고릴라의 멸종을 막아 보겠다는 계획으로 직장을 버리고 약혼자도 뿌리치며 현지로 찾아간다. 동물 연구에 관한 경험이 전혀 없으면서도 열정만 가지고 내셔널 지오그래픽의 지원을 받아 현지인 안내인과 함께 산으로 올라가 고릴라 흉내를 내면서 서식 집단에 접근하는 데 성공하지만, 르완다 내전으로 군인들에게 강제 철수를 당하기도 하고, 다시 콩고 쪽으로 이동해서 연구를 계속한다.

　이러는 사이에 고릴라들에게 애정을 갖게 된 다이안은 그녀를 (머리카락이 붉은 빛이어서) "머리에 불이 붙은 마녀"라고 생각하는 바투아족 밀렵꾼들이 설치한 덫과 함정과 올무를 제거하는 등 점점 더 동물 보호에 열중하다가 어느 날 밤 괴한의 벌목도를 맞고 무참히 살해된다. 이 영화는 아프리카 산악 풍경이 대단히 볼 만한 영화이고 내용도 충실하지만, 「에일리언」에서 지나치게 강렬한 인상을 주었던 시고니 위버의 차가운 인상이 지워지지를 않아서인지 공감과 감동을 불러일으키지를 못한다.

「신부(新婦)와 야수」는 고릴라가 탐험가의 아내에게 애정을 느낀다는 "미녀와 야수"를 주제로 한 변주곡이다. 각본을 쓴 사람은 에드 우드(Edward D. Wood, Jr., 1924~78)인데, 그는 헐리우드 역사상 가장 나쁜 영화만 만든 감독이요 시나리오 작가로 유명한 인물이다. 우드의 생애를 다룬 영화는 나중에 다시 소개하겠지만, 로저 콜만과 더불어 에드 우드의 영화는 공부를 위해서가 아니더라도 재미삼아 감상하도록 권하고 싶다.

「신부와 야수」의 줄거리는 세계적으로 가장 유명한 '고릴라' 「킹 콩」의 시각적인 메아리라고 해도 되겠다. 헐리우드 영화사상 가장 유명한 고전 공포영화 가운데 하나로 꼽히는 「킹 콩」에서 윌리스 오브라이언 (Willis O'Brien)의 특수효과가 만들어 낸 괴물 고릴라는 반 세기가 지난 지금까지도 경탄의 대상으로 남아 있다. 원작은 범죄영화 편에서 따로 소개해야 할 만큼 유명한 작가 에드가 월레스(Edgar Wallace)의 소설인데, 첫 「킹 콩」은 무성영화 「네 개의 깃털(1929)」을 함께 만들었던 두 감독과 여배우 (Wray)가 다시 만나 창조한 신화적 고전이다.

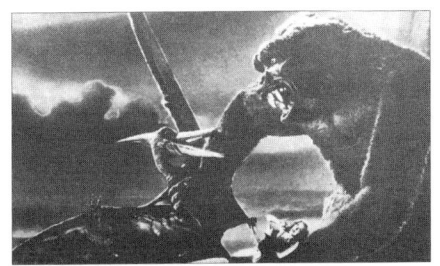

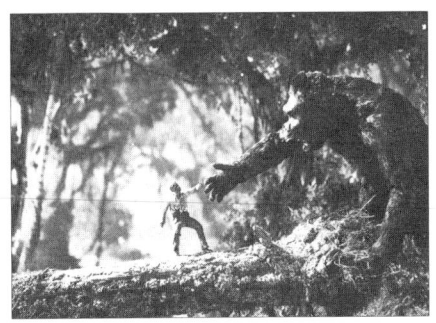

「킹 콩」의 여주인공 앤(Ann Redman)은 생계조차 해결이 어려운 여자로서, 제작자 칼(Carl Denham)에게 발탁되어 영화를 찍기 위해 배를 타고 미지의 어

「킹 콩」에서 윌리스 오브라이언이 보여 준 특수효과 솜씨는 레이 해리하우젠(Ray Harryhausen, "전설의 시대" 36~40쪽 참조)의 작업과 더불어 지금까지도 전설로 남아 있다.

느 지역으로 따라간다. 하지만 그녀는 괴물 콩의 신부가 되기 위해 원주민들에게 붙잡혀 섬으로 끌려간다. 콩은 그의 손가락만한 여자에게서 묘한 애정을 느끼지만, 여주인공은 결국 구출되고, 콩은 생포되어 뉴요크로 실려 간다.

콩은 (그가 정신적으로 사랑하는) 앤이 위기에 처했다고 생각하고는 (용감하게) 탈출하여 여주인공을 '구출'해서는 엠파이어 스테이트 빌딩의 꼭대기로 올라가 비행기들과 싸우다가 장렬하게 '전사'한다. 뉴요크의 엠파이어 스테이트 빌딩을 찾아가 보면 1층 로비에다 영화 「킹 콩」의 마지막 장면을 모형으로 재현해 놓았는데, 건물 꼭대기에 매달린 콩이 플래시를 터뜨려 가며 관광객들을 사진으로 찍는 모습이 우습고도 역설적이다.

「킹 콩」의 성공에 힘입어 같은 해에 속편 「콩의 아들」이 나왔다. 귀엽고 어린 콩의 새끼를 칼 덴햄이 찾아낸 다음에 벌어지는 내용으로서, 윌리스 오브라이언의 특수효과는 건재하지만, 지나치게 서둘러 만든 영화이고 보니 희극적인 범작으로 그치고 말았다.

존 길러민이 다시 만든 「킹 콩」은 꼭 대작(大作)이라고 해서 걸작은 아님을 다시 한 번 대대적으로 증명했지만, 그래도 미련을 버리지 못하고 길러민은 암컷까지 등장시켜 「킹 콩 2」를 또 만들어서 군대와 대결을 벌이게 한다.

유니버설에서는 뉴질랜드의 시설을 이용하여 피터 잭슨(Peter Jackson) 감독으로 새로운 킹 콩 영화를 제작하겠다고 1996년에 발표했었지만, 20세기를 넘겨도 소식이 없으며, 괴물영화를 무척이나 좋아하는 일본에서도 킹 콩의 마음을 사로잡고는 세계 정복을 꿈꾸는 악당과 대결하는 아가씨를 등장시켜 「킹 콩의 탈출」을, 그리고 제목이 내용을 설명하고도 남는 「킹 콩과 고질라의 대결」을 만들어 선보였다.

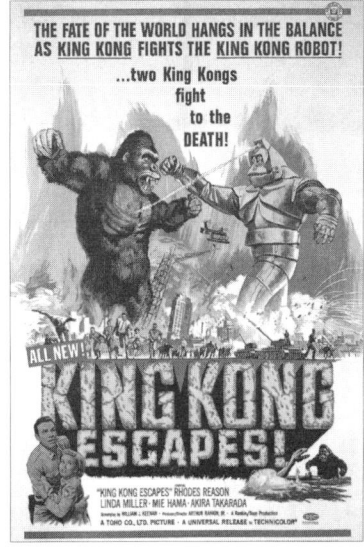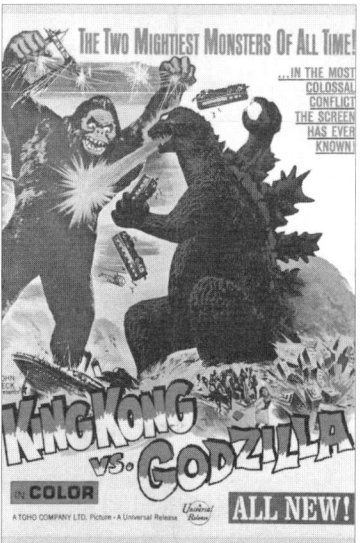

「킹 콩」의 엄청난 인기는 무척 많은 모작을 낳았으며, 괴물영화를 좋아하는 일본에서도 「킹 콩의 탈출」 (왼쪽)뿐 아니라 일본 출신의 괴물까지 동원한 「킹 콩과 고질라의 대결」(오른쪽)을 만들어 내놓았다.

찾아보기 ●

Howard, Capucine, Pamela Franklin, Samuel Romboh, Christopher Agunda

- 「아프리카 사자(The Lion of Africa, 1987, 미국, 115분)」, 감/Kevin Connor, 출/Brian Dennehy, Brooke Adams, Josef Shiloa, Don Warrington, Katherine Schofield

- 「사자와 말(The Lion and the Horse, 1952, 미국, 83분)」, 감/Louis King, 출/Steve Cochran, Bob Steele, Sherry Jackson, Ray Teal

- 「사팔뜨기 사자 클라렌스(Clarence, The Cross-Eyed Lion, 1965, 미국, 98분)」, 감/Andrew Marton, 출/Marshall Thompson, Betsy Drake, Cheryl Miller, Richard Haydn, Alan Caillou

- 「아들 표범(The Leopard Son, 1996, 미국, 84분)」, 감/Hugo Van Lawick, 해설/John Gielgud

- 「치타(Cheetah, 1989, 미국, 84분)」, 감/Jeff Blyth, 출/Keith Coogan, Lucy Deakins, Collin Mothupi, Timothy Landfield, Breon Gorman, Ka Vundia, Kuldeep Bhakoo, Paul Onsongo

- 「안개 속의 고릴라(Gorillas in the Mist, 1988, 미국, 129분)」, 감/Michael Apted, 출/Sigourney Weaver, Bryan Brown, Julie Harris, John Omirah Miluwi, Iain Cuthbertson, Constantin Alexandrov, Waigwa Wachira

- 「신부와 야수(The Bride and the Beast 또는 Queen of the Gorillas, 1958, 미국, 78분)」, 감/Adrian Weiss, 출/Charlotte Austin, Lance Fuller, Johnny Roth, Steve Clavert

- 「킹 콩(King Kong, 1933, 미국, 103분)」, 감/Merian C. Cooper, Ernest B. Schoedsack, 출/Fay Wray, Robert Armstrong, Bruce Cabot, Frank Reicher, Sam Hardy, Noble Johnson, James Flavin

- 「콩의 아들(The Son of Kong, 1933, 미국, 70분)」, 감/Ernest B. Schoedsack, 출/Robert Armstrong, Helen Mack, Victor Wong, John Marston, Frank Reicher, Lee Kohlmar

- 「킹 콩(King Kong, 1976, 미국, 134분)」, 감/John Guillermin, 출/Jeff Bridges, Charles Grodin, Jessica Lange, John Randolph, Rene Auberjonois, Julius Harris, Jack O'Halloran, Ed Lauter, John Lone

- 「킹 콩 2(King Kong Lives, 1986, 미국, 105분)」, 감/John Guillermin, 출/Brian Kerwin, Linda Hamilton, John Ashton, Peter Michael Goetz, Frank Maraden, Alan Sader

- 「킹 콩의 탈출(영어 제목 King Kong Escapes, 1967, 일본, 96분)」, 감/혼다 이시로, 출/Rhodes Reason, 하마 미에, Linda Miller, 다까라다 아끼라

▌「킹 콩과 고질라의 대결(영어 제목 King Kong vs. Godzilla, 1962, 일본-미국, 90분)」, 감/혼다 이시로, Thomas Montgomery, 출/Michael Keith, James Yagi, Tadao Takashima, Mie Hama

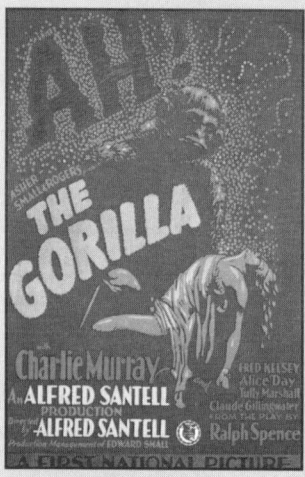 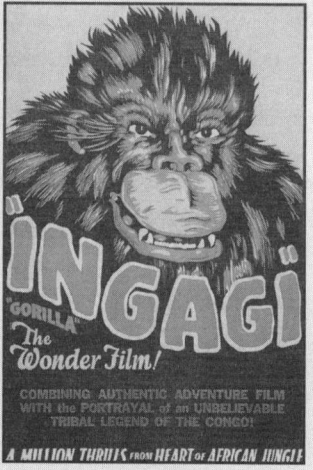

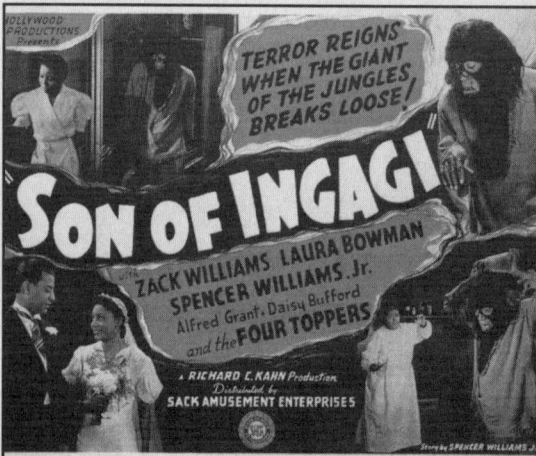 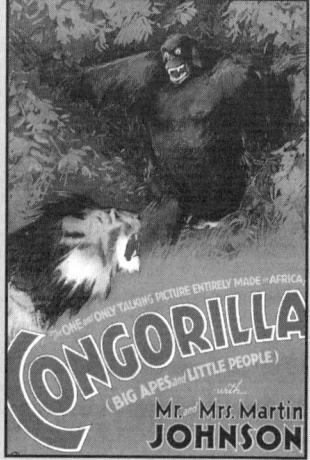

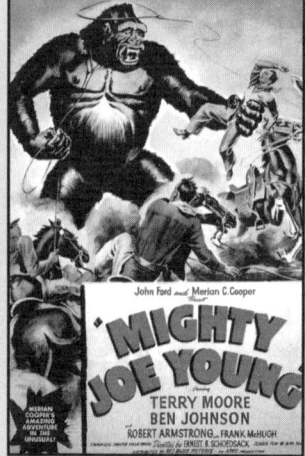

인간과 워낙 비슷한 모습이어서인지 사람들은 고릴라에 관심이 많아서, 「킹
콩(1933)」 이후뿐 아니라 이전에도 온갖 고릴라 영화를 만들었다. 「고릴라
(1927)」와 「인가기(1931)」에 이어서 「인가기의 아들」, 그리고 「콩고릴라
(1932)」뿐 아니라 「유인원(Mighty Joe Young, 1949)」이 모두 그런 계열의
영화이다.

동물과 인간의 사이

    거대한 고릴라가 등장하는 킹 콩 주제는 "전설의 시대(41쪽)"에서 이미 소개했던 「광이의 계곡」에도 나온다. 멕시코로 간 모험가들이 우연히 만난 선사시대의 괴물을 포획하여 순회 곡마단에 넘겨 돈을 벌려고 한다는 내용의 이 범작 영화는 「킹 콩」에서 특수효과를 맡았던 윌리스 오브라이언이 원작자로 알려졌으며, 정작 특수효과는 오브라이언보다도 훨씬 명성이 높은 레이 해리하우젠("전설의 시대" 36~40쪽 참조)의 솜씨이다.

    「안개 속의 고릴라」에 나오는 여주인공 다이인 포씨나 마친기지로, 심리극 「본능」의 주인공은 르완다에서 고릴라들과 함께 생활한 영장류 동물학자(앤토니 홉킨스)이다. 하지만 그는 동물을 사랑하는 사람이기는커녕, 살인범으로 의심을 받는다.

    인간과 워낙 비슷한 종(種, species)이어서인지 사람들은 아프리카 동물들 가운데에서도 특히 고릴라에 관심이 많아서, 「킹 콩」 이후뿐 아니라 이전에도 온갖 고릴라 영화를 만들었는데, 주종은 물론 괴기 공포물이었다. 랠프 스펜쓰(Ralph Spence)의 무대극을 영화로 만든 「고릴라(The Gorilla, 1927)」가 바로 그런 영화였고, 1933년 「킹 콩」의 등장을 예고라도 하는 듯 1931년에는 "콩고 원주민의 전설"이라고 선전하면서 모험극 「인가기(Ingagi, 'Gorilla')」 그리고 곧 이어서 「인가기의 아들(Son of Ingagi)」까지 나타났고, 이듬해에는 "아프리카 현지에서 찍은 유일무이한 유성영화"임을 자랑하며 '콩고'와 '고릴라'를 합성해서 제목을 붙인 「콩고릴라(Congorilla)」가 등장했다.

1944년에도 「고릴라」라는 영화가 나왔는데, 본디 제목은 「나봉가」였으며, 비행기 추락 사고로 아프리카에 떨어진 여자(줄리 런던)가 고릴라들과 친구가 된다는 싸구려 작품이다. 「나를 사랑한 고릴라」는 아프리카가 아니라 아메리카의 시애틀이 무대로서, 엄마가 연구하는 세 살배기 여자 고릴라와 수화를 주고받으며 친해진 열네 살의 소년이, 고릴라를 해방시켜 주기 위해 숲으로 데려가는 얘기이다.

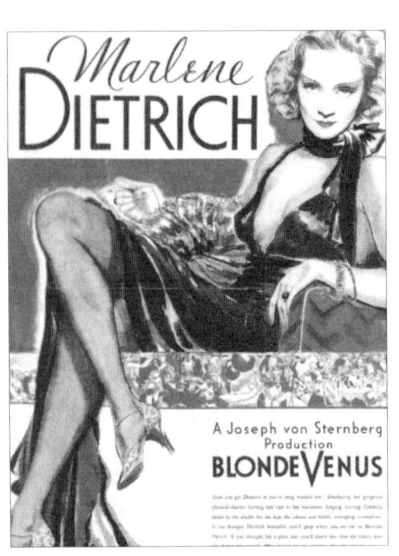

「금발의 비너스」에서도 예외없이 술집 가수를 하다가 창녀가 되는 판박이 역을 맡은 마를레네 디트리히는 고릴라 의상을 걸치고 노래를 부르기도 한다.

"환상적인 열대어" 마를레네 디트리히는 자식과 함께 먹고 살기 위해서 별로 존경스럽지 못한 생활을 영위하다가 결국 창녀짓까지 하는 「금발의 비너스」에서 고릴라 의상을 걸치고 노래를 부른다.

10 년이라는 세월이 흘러 강산이 변했음직도 하지만 원조 「킹 콩」의 인기는 좀처럼 식을 줄을 몰라서, RKO사에서는 이 고릴라 고전을 1942년에 재개봉하기에 이르렀고, 거대한 고릴라의 손아귀에 붙잡힌 가련한 여인의 모습은 전형적인 위기 상황의 설정이라는 인상이 강해서인지, 이듬해인 1943년에 개봉된 괴기 공포

물 「야성의 포로」의 포스터에서는 똑같은 장면이 전통을 이어간다.

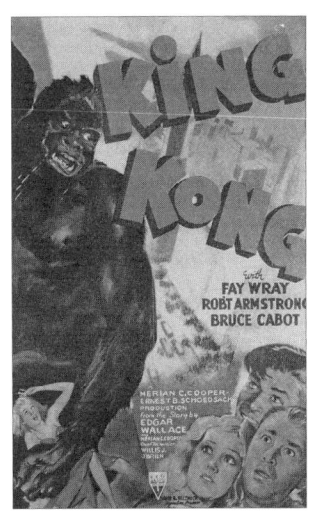

믿기 어렵겠지만 훗날 「케인호의 반란(The Caine Mutiny, 1954)」, 「젊은 사자들(The Young Lions, 1958)」, 「애증(Broken Lance, 1954)」 같은 인상적인 작업을 하게 될 에드워드 드미트리크 감독이 연출했으며, 성격파 배우로 유명한 존 캐러딘(본명 Richmond Reed Carradine)이 주연을 맡았던 「야성의 포로」는 미치광이 의사가 오랑우탄을 아름다운 여인으로 만들어 놓았더니 짝사랑에 빠져 난동을 피운다는 얘기이고, 「야성의 포로」 속편 「밀림의 여인」은 야성 미녀의 살인 충동을 치료하려고 애쓰는 정신과 의사의 얘기이고, 3편인 「정글의 포로」에서는 또 다른 미치광이 과학자가 유인원을 변신시키려고 시도한다.

「킹 콩」 영화의 흉내는 거기에서 그치지 않았고, 다시 20 년이 지난 다음에는 선전문에서 노골적으로 킹 콩의 이름을 들먹이며 주인공 고릴라의 이름까지도 너무나 비슷하게 「콩가(Konga)」라고 붙인 영화도 등장했다. 「콩가」에서는 미치광이 과학자가 식물과 동물의 잡종을 만들어내는 틈틈이 애완동물로 키우는 침팬지를 고릴라만큼 크게 만들어 적들을 처치하는 심부름을 시킨다.

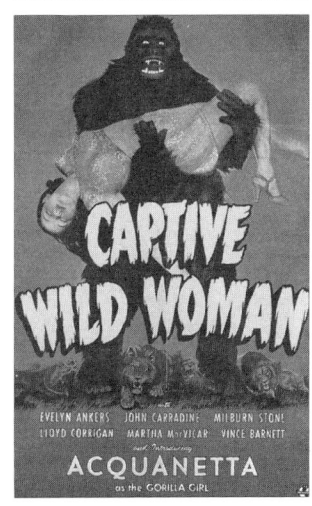

1942년에 재개봉 된 「킹 콩」의 포스터(위)에서 고릴라에게 붙잡혀 꼼짝달싹도 못하는 가련한 여인의 모습은 이듬해 나온 「야성의 포로」(아래)의 포스터에서도 재현된다.

딘 마틴과 제리 루이스 2인조의 '원조' 격인 듀크 미첼과 새미 페트릴로가 밀림이 우거진 섬에서 이상한 실험을 하는 벨라 루고시를 만나서

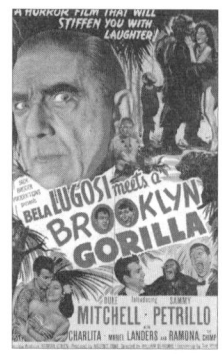

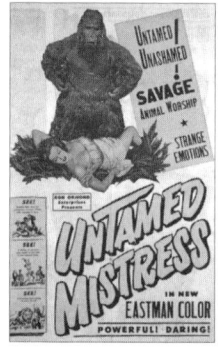

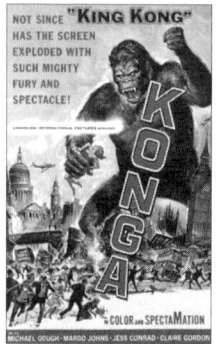

영화에 자주 등장하는 미치광이 의사나 박사의 전형이 등장하는 벨라 루고시의 「브룩클린 고릴라」(위)와 「야성의 여인」(가운데) 또한 「킹 콩」의 친척이다. 「콩가」(아래)는 '주인공'의 이름도 킹 콩과 비슷하고, 아예 솔직하게 선전문에서도 영화 「킹 콩」의 제목을 들먹인다.

야단법석을 부리는 희극영화 「브룩클린 고릴라」는 「킹 콩」을 흉내낸 「콩가」를 흉내낸 이중 복제 영화이고, 「야성의 여인(Untamed Mistress, 1953)」 또한 의심의 여지가 없는 「킹 콩」의 변종임을 포스터의 그림에서 솔직하게 보여 준다.

기록영화 출신으로서 아프리카 동물 영화를 즐겨 만들었고, 「야성의 엘사」와 「실종된 유인원의 정체(The Clue of the Missing Ape, 1953)」를 감독한 영국의 제임스 힐은 침팬지를 연구하는 학자들이 집에서 키운 침팬지들을 밀림으로 돌려보내는 모험을 희극적으로 그린 텔레비전 영화 「야성과 자유」도 내놓았다.

그런가 하면 플레이보이에서는 데스몬드 모리스(Desmond Morris)의 베스트셀러 비소설에 담긴 이설적인 인류학(pop anthropology)을 바탕으로 해서, 1천만 년에 걸친 인간의 진화를 성생활 측면에서 장난스럽게 소개하는 「벌거벗은 유인원」을 만들었다.

이렇듯 인간이 유인원들에 대한 탐구를 열심히 하는 데 보답이라도 하듯이 청소년 모험극 「잠바」에서는, 「정글 북」에서 늑대들이 모우글리를 키우듯이, 고릴라들이 부모없는 인간 사내아이를 키워준다.

「인간처럼 걸어라」는 늑대들이 키운 인간이 자연에서 인간 세계로 돌아와 문명사회에 적응하는 과정에서 생겨나는 사건들을 줄거리로 삼은 하우이 맨델의 희극영화인데, 「야성의 엘사」를 뒤집기한 것인지 어쩐지, 심각하게 따져 보기도 어렵다.

「야생의 아이」는 프랑수아 트뤼포의 「야생아(野生兒)」를 미국에서 재탕한 영화로서, 들개들이 키워 놓은 아이를 인간으로 되돌아오도록 행동심리학자가 문명 교육을 시킨다는 내용이다. 「야생아」에서는 1700년대 프랑스의 숲속에서 혼자 자란 야만적인 소년이 문명 훈련의 대상이었다.

실수로 풍선을 타고 날아가 아프리카의 밀림 한가운데 떨어진 계집 아이가 성장하여 「밀림의 여왕」이 되었다는 엽기적인 영화도 오래 전에 나왔었고, 밀림의 왕 타잔 이야기를 쓴 에드가 라이쓰 버로우스의 다른 소설(1918년 작)을 원작으로 삼은 「세월이 망각한 곳」에서는 독일인들과 미국인들이 제1차 세계대전 중에 잠수함을 타고 남 아메리카에서 공룡이 사는 미지의 땅으로 간다. 속편 「세월이 망각한 사람들」에서는 3년 전 실종된 친구를 찾으러 1919년에 수색대를 이끌고 미지의 섬으로 떠난다는 모험극이다.

늑대들과 살면서 그들의 언어를 익혔다는 인도 소년 모우글리, 똑같은 소리를 내는데도 온갖 동물들에게 갖가지 지시를 내릴 줄 아는 아프리카 밀림의 서양인 왕자(王者) 타잔, 그리고 일본에서 밀수입했다는 "밀림의 왕자" 한국 소년 철민이처럼, 동물과 대화를 나눌 줄 알았던 인간이 밀림에서만 살았던 것은 아닌 모양이다. 휴 로프팅(Hugh Lofting, 1886~1947)이 세상에 선보였으며, 이름만 봐서는 "별 볼일 없는 사람"처럼 오해를 받기 십상인 '존 둘리틀 선생(Dr. John Dolittle)'이 그런 예외적인 예이다.

직접 삽화도 그렸던 영국의 아동문학가 휴 로프팅은 제1차 세계대전에 참전하여 부상까지 당했던 사람으로서, 1912년 미국에 정착하여 토목공사 분야에 종사하면서도, 동물 환자들과 언어가 통하는 수의사 둘리틀 선생을 주인공으로 삼은 『둘리틀 선생의 항해(The Voyages of Dr. Dolittle, 1922)』, 『둘리틀 선생의 탐험대(Doctor Dolittle's Caravan, 1926)』, 『돌아온 둘리틀 선생(Doctor Dolittle's Return, 1933)』 등을 발표하여 대단한 성공을 거두었다.

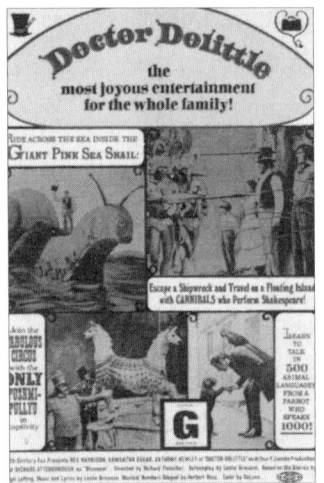
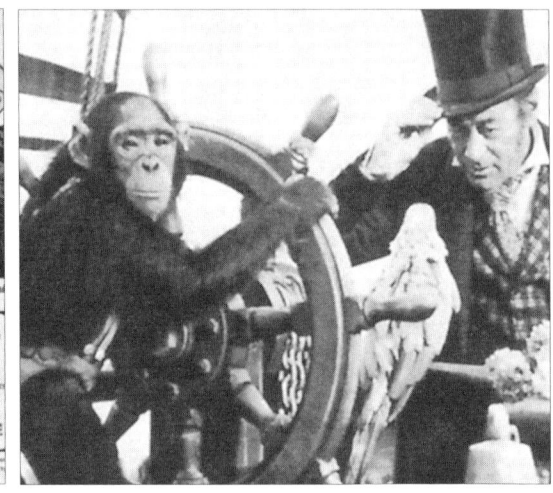

렉스 해리슨의 음악극 「둘리틀 선생의 불가사의한 여행」은 엘리자베드 테일러의 「클레오파트라(Cleopatra, 1963)」, 케빈 코스트너의 「워터월드(Waterworld, 1995)」와 더불어, 엄청난 실패를 거둔 대작(大作)의 대표작(代表作)으로 꼽힌다.

그러나 대작 음악극으로 만든 「둘리틀 선생의 불가사의한 여행」은, 삽입곡 "동물들과 얘기를 나눕시다(Talk to the Animals)"가 아카데미상을 탔음에도 불구하고, 엄청난 실패를 거둔 작품으로 유명하다. 이 작품은 런던 무대에서도 음악극으로 공연되었다.

1998년에는 흑인 의사로 피부 빛깔을 바꾼 에디 머피의 「둘리틀 선생」이 다시 나왔다. 어릴 적에 개의 말을 알아듣는 특이한 능력 때문에 마귀가 들었다고 의심을 받은 주인공이 굿(exorcism)을 해서 치료를 받아 '정상적'인 어른으로 성장하지만, 길에서 개를 차로 친 다음부터 15년 만에 다시 온갖 동물들의 말을 알아듣게 되어 부엉이의 부러진 날개를 고쳐 주고 나서 동물계에 명성이 퍼져 온갖 우여곡절을 겪으면서 훌륭한 수의사가 된다는 내용인데, 도시 희극(urban comedy)의 형태를 갖추었다.

「혹성 탈출(Planet of the Apes, 1968)」처럼 인간과 동물의 입장바꾸

기 장치도 엿보이는 이 영화에서는 비둘기로 태어
났음을 창피하게 생각하는 비둘기, 음주 시험을 받
는 주정뱅이 원숭이, 시력이 나쁘다고 기마경찰대
에서 쫓겨날 위기를 맞은 말, '모진' 세상을 비관하
여 자살을 하겠다는 곡마단 호랑이, 위경련을 일으
켜 인공호흡을 받는 쥐, 에스파냐어로 말하는 오랑
우탄, "사람이 그래서 쓰나"라고 훈계를 하는 마아
못이 모두 둘리틀 박사의 도움을 받는다. 그 이외
에도 오리, 염소, 펭귄, 너구리, 까마귀, 스컹크,
돼지, 닭 따위의 온갖 동물이 출연하는데, 이런 동
물들의 '연기'는 어린이 교육용 텔레비전 프로그
램 「세서미 스트리트(Sesame Street)」의 인형 제작
으로 유명한 짐 헨슨(Jim Henson, 1936~90)의 공
작소(Creative Shop)에서 만들어냈다.

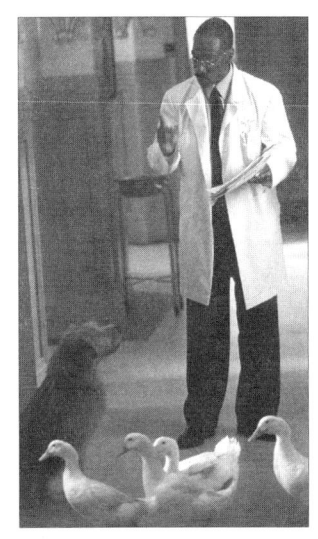

「닥터 두리틀」이라는 제목으로 우리나라
에 소개된 에디 머피의 「둘리틀 선생」은
흑인 의사를 주인공으로 삼았다.

　다시 동물의 세계로 돌아가자면, 타잔과 모우글리와 한국 소년 철민
이까지도 열심히 태우고 돌아다니던 코끼리 또한 사자나 고릴라 못지
않게 영화에서 묵직한 주인공 노릇을 한다. 우선 코끼리의 이상한 생태
를 담은 기록영화 「아프리카 코끼리」가 있고, 이상주의자인 모렐
(Morel)이 자유를 상징하는 코끼리의 존엄성을 부르짖으며 야생 동물
보호를 위해 열성적으로 투쟁하는 내용이 담긴 로맹 가리(Romain
Gary)의 소설(Les Racines du ciel, 1956)을 영화로 만든 「대지」에서는,
세상을 떠나기 직전에 출연한 이 영화에서 에롤 플린이 나찌에 협조한
죄책감 때문에 술에 젖어 지내는 영국 장교(Major Forsythe)로 나온다.
플린은 1 년 전 「해는 또다시 뜬다(The Sun Also Rises, 1957)」에서도 비
슷한 역을 맡았었다. 「대지」가 서울에서 개봉되었을 때는 감독의 명성
뿐 아니라 화려한 출연진을 믿고 극장에 갔다가 실망한 사람이 대단히

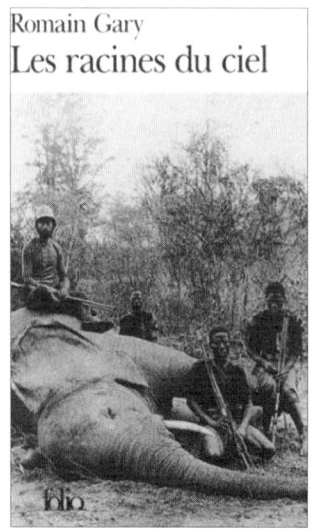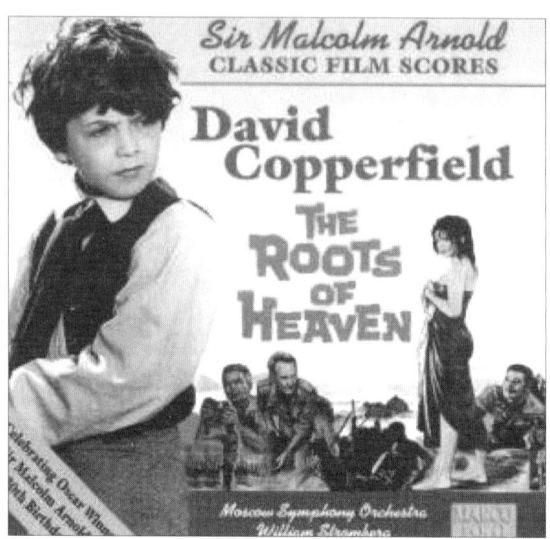

로맹 가리의 소설 「하늘의 뿌리」의 표지(왼쪽), 그리고 그 작품을 영화로 만든 「대지」의 음악이 담긴 음반

많았었다.

「거상(巨象)의 길」은 아프리카가 아니라 씰론(스리 랑카)의 차 농장이 무대로서, 결혼한 지 얼마 안 되는 여주인공이 새로운 환경과 아버지에 대한 강박관념 때문에 고민하면서도 외간 남자 데이나 앤드루스와의 관계도 소홀히 하지를 않는다. 코끼리의 폭주 장면이 유명한 이 영화에서는 본디 비비엔 리가 주연이었으나 도중에 엘리자베드 테일러로 바뀌었다고 한다. 멀리서 찍은 장면은 비비엔 리가 그대로 나오니까, 열심히 찾아보는 재미도 덤으로 즐길 만하다.

인간과 동물의 관계를 주제로 삼은 영화들 가운데 사자가 실질적인 주인공 노릇을 했던 「야성의 엘사」는 주제곡(John Barry and Don Black)과 작곡(John Barry)에서 오스카상을 받았고, 고릴라가 주인공인 「킹 콩」은 막스 스타이너(Max Steiner)의 인상적인 음악으로 유명한가 하면, 코끼리가 온갖 재롱을 부리는 「하타리」의 헨리 만씨니(Henry

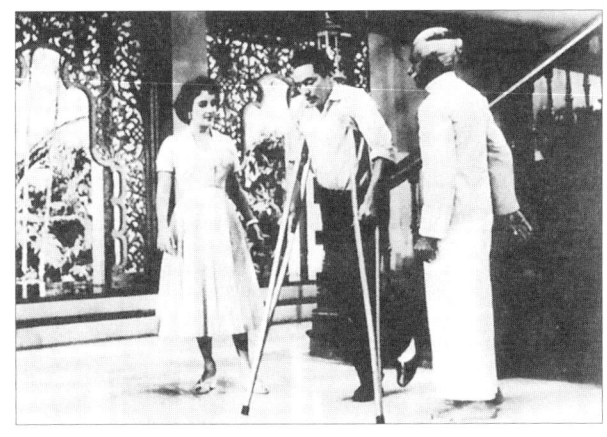

씰론을 무대로 삼은 코끼리 영화 「거상의 길」은 엘리자베드 테일러(왼쪽)가 여주인공의 역을 맡았지만, 자세히 보면 같은 역을 비비엔 리가 멀찌감치서 연기하기도 한다.

Mancini) 음악은 경쾌한 "아기 코끼리 행진곡(The Elephant March)"이 우리나라에서도 한참 동안 대단한 인기였다. 언론인 출신으로서 「피라미드」등 많은 각본을 쓰기도 했던 해리 커니츠(Harry Kurnitz, 1907~68)의 소설이 원작인 「하타리」는 동물원에서 주문을 받아 코뿔소, 원숭이, 기린 따위를 잡아 보내는 사람들이 주인공으로서, 일도 즐겁고 사랑도 즐거운 군상을 지극히 낙천적으로 그린 영화이다.

외인부대나 다국적 평화 유지군처럼 미국, 독일, 프랑스, 이탈리아, 멕시코인으로 구성된 주인공들에다 심지어는 인디언까지 등장시킨 「하타리」는 대단히 노골적인 오락영화로서, 인간과 동물이 평원에서 벌이는 추격전 그리고 야생마를 잡아서 길들이는 과정을 연상시키는 여러 올가미 포획 장면이, 말 대신 지프와 트럭을 타고 딜릴 뿐, 영락없는 서부극이다. 대사도 서부극 식의 허풍(bluff)이 심하고, 나무에 매단 병을 쏘는 총솜씨 겨루기나 술 마시고 고향 노래 부르기, 심지어는 텍사스 소몰이에서처럼 한철 일이 끝나고 뿔뿔이 흩어져 떠나는 분위기까지도 하워드 호크스와 존 웨인의 만남이 왜 필연적이었는지를 잘 설명해 준다.

「텍사스 식 아프리카」는 야생 동물을 보호한다는 줄거리를 핑계로 아

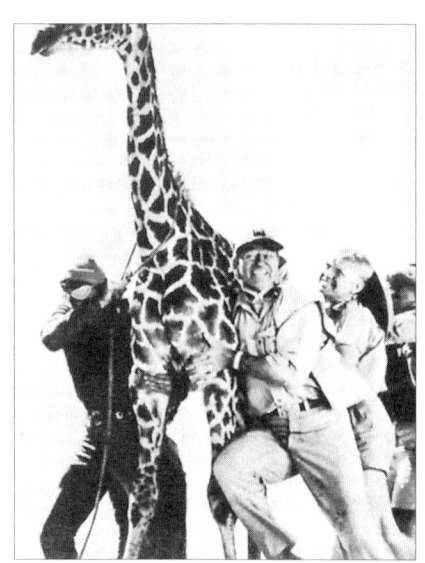

「하타리」는 서부극으로 유명한 하워드 호크스 감독과 서부극 전문 존 웨인이 아프리카에서 만들어낸 "아프리카로 간 서부극"이다.

프리카를 배경으로 삼았지만, 감탄사를 넣은 원제목부터도 훨씬 더 노골적으로 텍사스 식이다. 이 영화는 나중에 「아프리카의 카우보이(Cowboy in Africa)」라는 제목으로 텔레비전 연속물이 되어 우리나라에서도 AFKN-TV를 통해 방영되었는데, 주연으로 동원된 휴 오브라이안은 아무리 봐도 아프리카가 아니라 역시 "아메리카의 카우보이"였다.

「야성의 세계」는 보다 진지한 자연 보호 영화로서, 진짜 자연 보호 운동가인 존 바티(John Varty)가 어느 표범 가족과 여러 해 동안 맺어온 관계가 기둥줄거리를 이룬다. 기록영화를 만드는 브루크 쉴즈가 그의 생애와 활동을 영상에 담으려고 하자 시기하는 경쟁자들이나 부패한 동물 관리인들이 방해 공작을 벌이면서 헐리우드적 채색이 가해진다.

나중에 「독수리가 날지 않는 곳」이라고 영어 제목을 바꾼 「상아 사냥」은 킬리만자로의 동물 보호 구역을 설정하는 과정을 기록영화 식으로 만든 극영화이고, 비디오 제목이 「상아 사냥꾼」인 텔레비전 영화 「최후의 코끼리」에서는 술에 젖어 살아가는 몰락한 소설가와 아프리카를 연구하는 동물학자가 힘을 모아 상아를 노리는 코끼리 밀렵꾼들을 막아낸다는 내용인데, 자연 보호 운동 단체인 오뒤본 협회(the National Audubon Society)가 공동으로 제작했다.

「최후의 코끼리」에서는 이사벨라 롯셀리니가 코끼리를 촬영하다 실종을 당하지만, 「최후의 기린」에서는 야생 동물 촬영이 전문인 미국 여자가 사냥 안내자(safari guide)인 남편과 함께 케냐에서 멸종 위기를 맞은 롯스차일드(Rothschild) 기린을 밀렵꾼들로부터 보호하느라고 맹활약을 벌인다.

Johns, Jess Conrad, Claire Gordon

▌「브룩클린 고릴라(Bela Lugosi Meets a Brooklyn Gorilla, 1952, 미국, 74분)」, 감 /William Beaudine, 출/Bela Lugosi, Duke Mitchell, Sammy Petrillo, Charlita, Muriel Landers, Ramona(침팬지)

▌「잠바(Zamba, 1949, 미국, 75분)」, 감/William Berke, 출/Jon Hall, June Vincent, George Cooper, Jane Nigh, George O'Hanlon, Beau Bridges

▌「인간처럼 걸어라(Walk Like a Man, 1987, 미국, 86분)」, 감/Melvin Frank, 출 /Howie Mandel, Christopher Lloyd, Cloris Leachman, Colleen Camp, Amy Steel, Stephen Elliott, George DiCenzo

▌「야성의 아이(Stalk the Wild Child, 1976, 미국, 78분)」, 감/William Hale, 출/David Janssen, Trish Van Devere, Benjamin Bottoms, Joseph Bottoms, Jamie Smith Jackson, Allan Arbus, Rhea Perlman

▌「야생아(L'Enfant sauvage, 영어 제목 The Wild Child, 1969, 프랑스, 85분)」, 감 /François Truffaut, 출/François Truffaut, Jean-Pierre Cargol, Jean Daste, Paul Ville

▌「밀림의 여왕(Queen of the Jungle, 1935, 미국, 87분)」, 감/Robert Hill, 출/Mary Kornman, Reed Howes, Dickie Jones, Marilyn Spinner, Lafe McKee

▌「세월이 망각한 곳(The Land That Time Forgot, 1975, 영국, 90분)」, 감/Kevin Connor, 출/Doug McClure, John McEnery, Susan Penhaligon, Keith Barron, Anthony Ainley

▌「세월이 망각한 사람들(The People That Time Forgot, 1977, 영국, 90분)」, 감 /Kevin Connor, 출/Patrick Wayne, Doug McClure, Sarah Douglas, Dana Gillespie, Thorley Walters, Shane Rimmer

▌「둘리틀 선생의 불가사의한 여행(Doctor Dolittle, 1967, 미국, 144분)」, 감/Richard Fleischer, 출/Rex Harrison, Samantha Eggar, Anthony Newley, Richard Attenborough, Peter Bull, Geoffrey Holder

▌「둘리틀 선생(Doctor Dolittle, 1998, 미국, 85분)」, 감/Betty Thomas, 출/Eddie Murphy, Ossie Davis, Oliver Platt, Peter Boyle, Richard Schiff, Krister¡ Wilson, Kyla Pratt, Raven-Symoné, Albert Brooks

▌「아프리카 코끼리(The African Elephant 또는 King Elephant, 1972, 미국, 92분)」, 감/Simon Trevor

▌「대지(The Roots of Heaven, 1958, 미국, 131분)」, 감/John Huston, 출/Errol Flynn, Juliette Greco, Trevor Howard, Eddie Albert, Orson Welles, Herbert Lom, Paul Lukas

▌「거상의 길(Elephant Walk, 1954, 미국, 103분)」, 감/William Dieterle, 출/Elizabeth Taylor, Dana Andrews, Peter Finch, Abraham Sofaer, (Vivien Leigh)

▌「하타리(Hatari!, 1962, 미국, 159분)」, 감/Howard Hawks, 출/John Wayne, Elsa Martinelli, Red Buttons, Hardy Kruger, Gerard Blain, Bruce Cabot

▌「텍사스 식 아프리카(Africa—Texas Style!, 1967, 미국, 106분)」, 감/Andrew Marton, 출/Hugh O'Brian, John Mills, Nigel Green, Tom Nardini, Adrienne Corri

▌「야성의 세계(Born Wild, 1994, 미국, 98분)」, 감/Duncan McLachlan, 출/Brooke Shields, John Varty, Martin Sheen, David Keith, Elmon Mhlongo, Norman Ansty, Thembe Ndaba, Renee Estevez

▌「상아 사냥(Ivory Hunter 또는 Where No Vultures Fly, 1951, 영국, 107분)」, 감/Harry Watt, 출/Anthony Steel, Dinah Sheridan, Harold Warrender, Meredith Edwards, William Simons

▌「상아 사냥꾼(Ivory Hunters 또는 The Last Elephant, 1990, 미국, 100분)」, 감/Joseph Sargent, 출/John Lithgow, Isabella Rossellini, James Earl Jones

▌「최후의 기린(The Last Giraffe, 1979, 미국, 100분)」, 감/Jack Couffer, 출/Susan Anspach, Simon Ward, Gordon Jackson, Don Warrington, Saeed Jaffrey

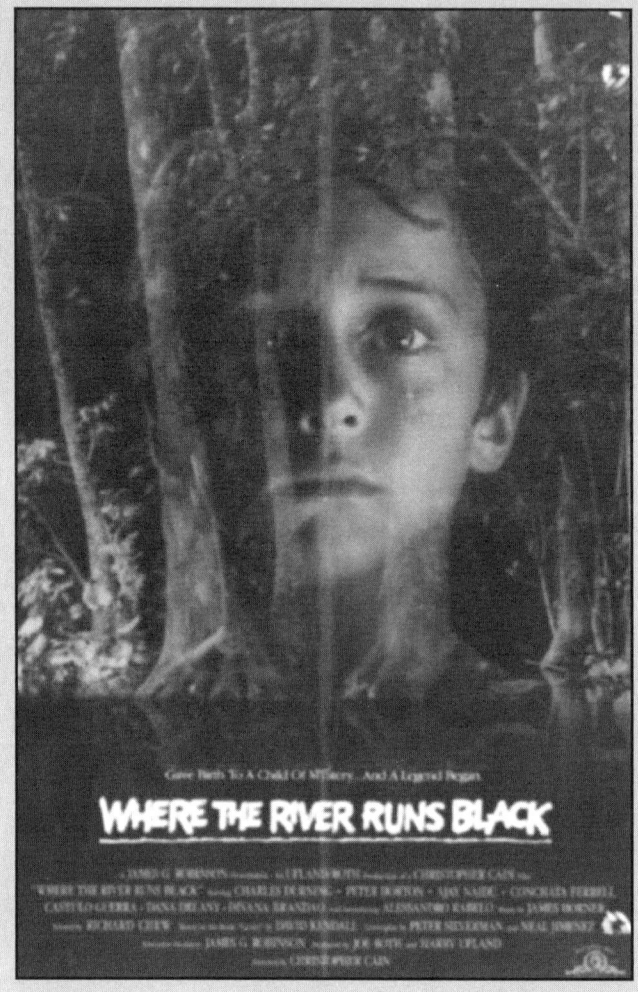

「검은 강이 흐르는 곳」을 보면 밀림으로 간 고아 소년이 원시 속에서 성장한 다음 문명 세계로 돌아와서 인간의 병든 모습에 실망한다는 우화가 아마존에서도 되풀이된다.

상상력의 모험

「검은 강이 흐르는 곳」에서는 고아가 된 소년이 밀림에서 혼자 자라고, 소년의 아버지와 아는 사이였던 성직자는 좋은 일을 하려는 마음에서 그를 찾아내어 문명세계로 데리고 온다. 그러나 인간 사회에서 소년은 부패와 타락과 폭력 따위의 추악한 요소를 접하게 된다. 그리고 소년의 눈을 통해서 '나쁜 세상'이 비판을 받는 동안, 관객은 감독과 작가의 눈을 통해 밀림의 신비주의적인 요소들을 만난다.

이미 문예부흥기에서부터 많은 '도시인'들을 매혹시켰던 "자연으로 놀아가자"는 이런 주제를 우리는 아프리카 영화에서 사주 접했나. 그리고 밀림에서 홀로 고아가 된 인간을 동물이 키워준 다음 원시적인 주인공이 문명세계를 접하는가 하면, 고아가 된 동물을 인간이 키워서 다시 야생 훈련을 시켜 자연으로 돌려보내는 얘기도 이제는 귀에 익을 만큼 자주 아프리카 영화를 통해서 들어왔다.

「검은 강이 흐르는 곳」이라는 영화의 내용이 다른 점을 굳이 찾아본다면, 아프리카에서 자주 접해온 내용과 상황이 다른 '곳'에서 이루어졌다는 사실이다. '검은 강(Rio Negro)'는 밀림 속의 물빛이 어둡게 보인다고 해서 브라질의 아마존에 붙여 놓은 별칭이다.

아프리카의 밀림 또는 아마존의 밀림을 지리적인 배경으로 삼은 여러 영화가 어느 대륙을 무대로 삼았는지 종종 헷갈리는 까닭은 '문명 사회' 사람들이 보기에 모든 '숲속의 생활'이 똑같거나 비슷해 보이기 때문이리라고 여겨진다. 예를 들면 공포의 붉은개미 군단이 닥치는 대로 먹어치우며 밀림과 농장을 휩쓸어 대는 조지 팔(George Pal)의 「마라푼타」를 아프리카 영화로 기억하는 사람이 많겠지만 사실은 남 아메리카를 무대로 삼았으며, 농장의 여주인과 노다지를 찾는 남자 사이에서 벌어지는 갈등과 사랑을 그린 「에머랄드」도 남 아프리카의 다이아

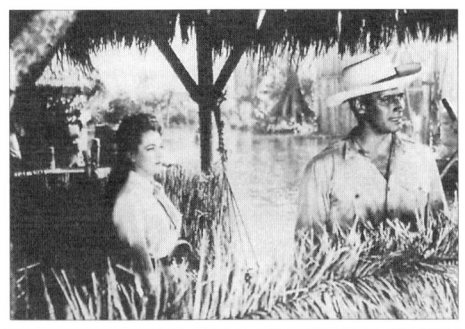

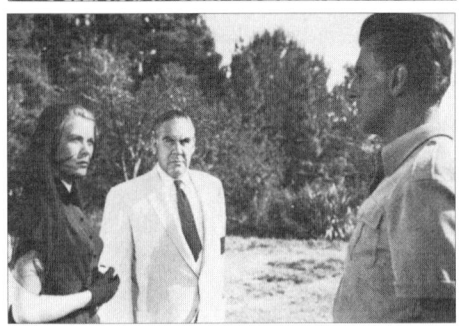

공포의 붉은개미 군단이 서울 장안의 화제가 되었던 영화 「마라푼타」(위)는 아프리카가 지리적인 배경이라고 잘못 아는 사람이 많지만, 사실은 남 아메리카의 얘기이다. 남 아프리카에서 벌어짐직한 「에머랄드」(아래)도 마찬가지이다.

몬드 광산이 얼핏 머리에 떠오르지만, 남 아메리카의 콜롬비아가 무대로 설정되었다.

"전설의 시대"에는 영화가 태어나기 이전부터 사방에 널려 있던 '원작'을 그냥 닥치는 대로 주워다 쓰면 그만이었지만, 이제는 기성품이 바닥났고, 역사와 사실도 옭어먹을 만한 내용은 모두 약방의 감초처럼 옭어먹은 다음이어서, 상상력에 의존하는 경우가 그만큼 늘어나는 실정이다. 그러나 상상력까지도 이제는 한계에 도달한 느낌이다. 1960년대까지만 해도 세계의 통신망이 제대로 갖추어지지 않아 밀림과 오지에서 벌어지

는 상황이라면 확인이 쉽지 않았기 때문에, 아프리카와 남 아메리카의 유사성과 차이에 대해서는 별로 진위를 따지려고 하지도 않았다.

현실세계에는 존재하지 않는 모험과 환상을 펼쳐 보일 만한 최후의 터전은 요즈음 인공위성으로 탐색이 가능해진 밀림과 오지가 아니라, 확인과 검증이 불가능한 미래의 우주전쟁과 컴퓨터에 탑재된 가상 공간으로 옮겨가는 중이지만, 그래도 아직 남반구의 두 대륙에는 상상력으로 모험하고 탐험할 만한 미답(未踏)의 숲은 남아 있다.

상상 속에서 모험을 벌여야 하는 작가와 영화 그리고 고객의 관계를 희화(戲畵)처럼 선명하고도 재미있게 잘 보여 주는 영화를 찾아보면, 「에머랄드」나 마찬가지로 남 아메리카의 콜롬비아를 무대로 삼은 「로맨싱 더 스톤」("로맨싱 스톤"이라는 '우리말' 제목은 뜻도 통하지 않는 말임)과, 「스톤」의 흥행 성공에 업혀 덕을 보기 위해 아프리카로 무대를 옮겨 냉큼 이듬해에 만들어낸 속편 「나일의 대모험」이다.

다분히 자위행위(masturbation)적인 요소가 엿보이는 "보석 영화 2부작(1편은 stone, 2편은 jewel)"의 주인공은 자신이 써놓은 싸구려 연애소

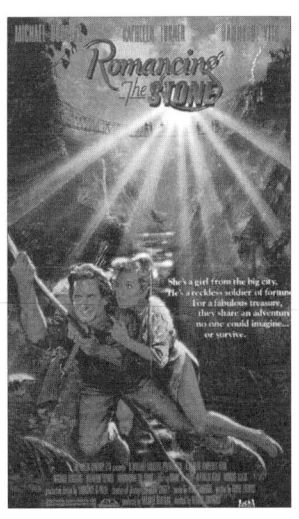

「로맨싱 더 스톤」에서는 환상적인 소설을 쓰는 여주인공이 남 아메리카로 가서 환상적인 모험을 벌인다. 포스터를 보면 만화의 표지를 연상시키기까지 한다.

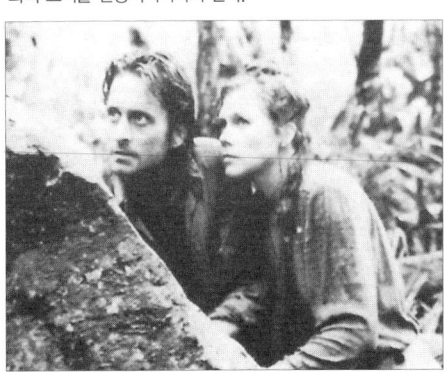

설(romance)을 읽으면서 스스로 감격해서 눈물을 줄줄 흘리는가 하면, 「미저리(Misery, 1990)」의 주인공(James Caan)처럼, 벽난로와 촛불을 밝히고 고양이와 함께 "끝" 예식을 열심히 치르는 여성 작가 조운 와일더(Joan Wilder)이다. 그녀는 낭만적인 독신여성으로서, 웬만한 남자들은 눈에 차지를 않아 "병신"이나 "머저리"나 "얼간이"라고 여기면서, 그녀 소설 속의 주인공 안젤라가 만나고 사랑하는 서부의 사나이 제씨(Jesse) 같은 그런 남자, 곤경에 처한 아가씨(damsel in distress)를 용감하게 구해 주는 기사가 나타나기를 기다린다.

작품 하나를 완성하자마자, 공상의 세계에서 현실로 돌아온 영화 속의 여주인공에게는 얼마 전에 죽은 형부에게서 때맞춰 우편물이 도착하고, 이 우편물을 노리는 괴한들에게 납치된 언니를 구하기 위해 "백화점 멀미까지 하는" 여류 작가가 콜롬비아로 날아간다. 그리고 조운이 잘못 탄 시골 버스가 사고를 내는 바람에 산중에서 만나게 된 기사(騎士) '제씨'는 산적 차림의 영웅 콜튼(Jock Colton)이다.

휘파람을 불며 "황야의 무법자"처럼 나타난 사나이 콜튼은 퉁명스럽기 짝이 없으며 여성을 거침없이 비하하는 깡패형의 인물로서, 여권주의자들이 가장 싫어할 만한 남성인데, 남 아메리카의 앵무새를 잡아다 외국 고객들에게 팔아서 돈을 벌고, 언젠가 대박 한 번 터뜨려 배를 한 척 마련해서 세계일주에 나서는 것이 평생소원이다.

남성을 깔보는 여류 소설가와 여성을 깔보는 남자가 진흙 비탈에서 미끄러져 남자가 여자의 무릎과 무릎 사이 가랑이로 얼굴을 들이밀어 묘한 입장식(entry)을 하면서 가까워진 그들은 마침내 사랑(romance)을 시작한다. "여자는 별수 없이 여자"라는 식으로 그들의 관계가 진행되는 듯싶은데, 다리가 끊어질까 봐 무서워서 남성이 건너지 못하는 절벽을 여성은 타잔 식 줄타기로 용감하게 건너고, 또 그런가 하면 전사(戰士)처럼 용감하던 여성이 얼마 후에는 들판에서 허벅지를 드러낸 채

꽃을 따고, 적에게 쫓길 때는 정말로 '여성답게' 쉴새없이 무서워서 비명을 질러댄다.

영화 속에서 갈팡질팡하는 요소가 이성(異性)에 대한 여주인공의 입장과 태도에서만 나타나는 것도 아니다. 다른 등장인물들이 나쁜 사람인지 아니면 좋은 사람인지 성분 분류도 쉽지를 않아서, 쿠데타를 잘 일으키는 군복 차림의 남 아메리카 경찰은 법을 지켜야 하는 사람들이지만 아나나 다를까 정말 '나쁜 놈'들이고, 마약 밀매단의 두목은 조운 와일더를 "세계 최고의 작가"라고 믿는 열광적인 애독자로서 두 주인공의 탈출을 도와 주는 좋은 사람이며, 대니 드비토가 맡은 역할도 곧 소개하게 될 「카사블랑카」에서 피터 로리(Peter Lorre)가 맡았던 우가르테(Ugarte)의 역만큼이나 흑백 분류가 어렵다. 이런 성향은, 곱게 봐 준다면, 등장인물의 이분법을 탈피하여 입체성을 갖춘 결과라고 칭찬해도 되겠다.

그리고 ♡ 모양으로 맞춰 보면 보물을 숨겨놓은 폭포의 위치가 나타나기 때문에 "엘 코라존(El Corazon, 영어로 The Heart)"이라는 이름을 붙인 지도는 정말로 19세기적 소품이다. 보물지도를 놓고 (기마 경찰까지 포함해서) 여러 패거리가 엎치락뒤치락 서로 빼앗기 위해 법석을 부리다가, 두 주인공이 폭포 속에 숨겨진 동굴을 따라 들어가 "어머니의 젖"이라는 샘물 속에서 숨겨둔 도자기 인형을 깨뜨려 그 속에 숨겨놓은 주먹만한 에머랄드를 찾아내는 해적들의 주제까지도 '보석을 사랑해서(romancing the stone)'라는 제목과 썩 잘 어울린다.

마지막에는 여러 애거타 크리스티 영화의 종결 장면에서처럼 너도 나도 다 한 자리에 모여 악어까지 끼어드는 가운데 다각 총격전(多角銃擊戰)으로 난장을 벌이고, 이런 온갖 싸구려 요소의 노골적이고도 절묘한 배합을 통해 엮어낸 고급 활극은 돈벌이를 목적으로 삼은 오락 차원에서 멋진 성공을 거둔다.

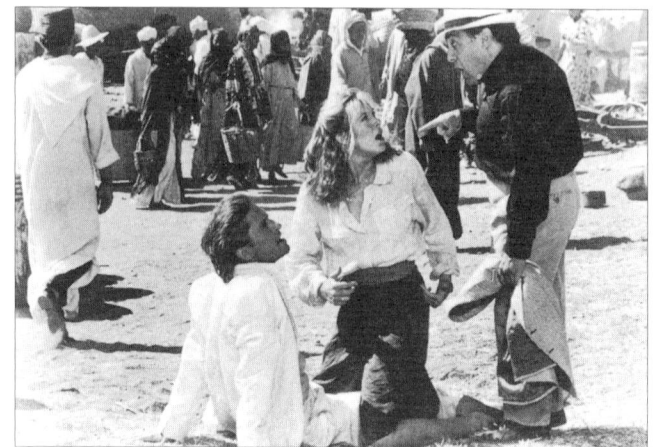

「나일의 대모험」은 남 아메리카에서 무대만 아프리카로 옮겼을 뿐이지, 전편을 너무 우려 어내서 단맛이 별로 나지를 않는다.

그러나 이러한 싸구려 공식의 역공으로 이룩한 성공의 공식은 두 주인공이 아프리카로 간 속편에서는 힘을 쓰지 못한다. 부부가 된 그들은 요트 안젤리나(Angelina)를 타고 여행을 떠나지만, 꿈은 일단 실현되고 나면 맥이 풀리게 마련이다. 목숨걸고 사랑하던 사람들이 결혼한 다음에 시들해지듯이 말이다. 아프리카 신생국의 대통령 오마르와 나일 강의 보석을 둘러싼 모든 모험은 이미 한 번씩 맛 보고 단맛을 모두 우려낸 다음에 버린 감초와 같다.

그러나 과거에 성공했던 갖가지 공식을 적절히 배합한 재탕은 끊임없이 계속되고 반복되게 마련이다. 따라서 「아마존의 보물」에서는 남 아메리카 탐험대가 다이아몬드를 찾아나섰다가 온갖 폭력의 잔치를 벌인다. 그리고 보물찾기는 아프리카에서도 오랜 세월에 걸쳐 여러 차례 되풀이된다.

우리는 "정복의 길"에서 꽁뀌스따도르의 뒤를 따라 이미 남 아메리카를 한 차례 둘러보기는 했지만, 이제는 보물뿐 아니라 온갖 신비와 공포가 가득 찬 아마존을 무대로 삼아서 벌어지는 여러 영화를 살펴보기로 하자.

존 부어맨이 아들까지 출연시키며 만든「에머랄드 숲」에서는 아마존의 밀림에서 댐 건설 공사를 하던 미국인 기술자가 다섯 살 난 아들이 '보이지 않는 사람들'이라는 원시인 부족에게 납치된 다음 10년 동안이나 찾아 헤맨다는 실화가 기둥줄거리를 이룬다. 특이한 문명에 대한 체험거리이기는 하지만, 오지의 원주민을 구경시키는 쪽으로 신경을 너무 많이 써서인지 구성이 퍽 작위적이라는 평을 듣기도 했다.

「지바로」는 실종된 약혼자를 찾으려고 아마존에 도착한 정열적인 붉은 머리의 미녀 론다 플레밍이 페르난도 라마스와 사랑하게 된다는 얘기이고, 폴코 퀼리치가 자신의 소설 『위험한 뱃길(Danger Adrift)』을 영화로 만든「유일한 생존자」에서는 아마존으로 낚시 휴가를 간 뉴요크의 네 친구가 주인공이며,「다섯 명의 생존자」는 인간을 사냥하는 야만족이 우글거리는 아마존의 정글로 추락한 비행기의 승객들이 주인공으로서, 다양한 인간 군상을 그린다.「다섯 명」은 나중에「영원으로부터 돌아오다」라는 제목으로 다시 영화화되었다.

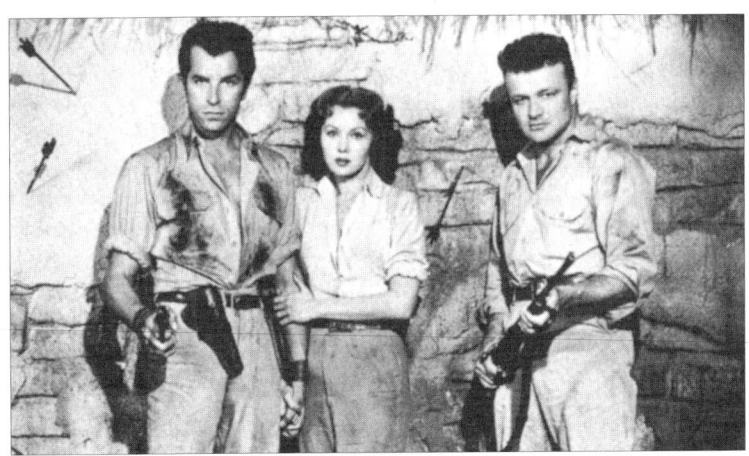

「지바로」에서 정열적인 붉은 머리의 론다 플레밍(가운데)이 사랑하게 되는 페르난도 라마스(왼쪽)는 에스터 윌리엄스(Esther Williams)의 남편으로서 로렌조(Lorenzo) 라마스를 낳은 아버지이다. 오른쪽은 젊은 시절 브라이언 키트의 모습이다.

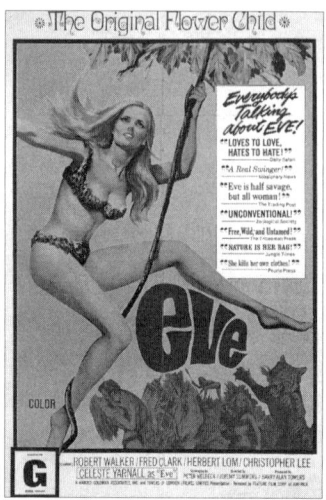

비행기 추락으로 아마존의 밀림으로 떨어진
조종사는 이렇게 멋진 백인 여신 「이브」에게
구출된다.

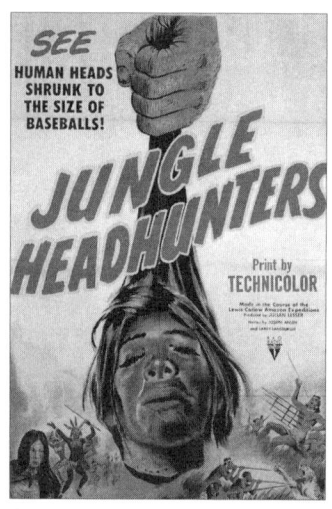

「만지의 풍속」 역시 아프리카 영화가 아니라,
아마존 탐험을 담은 기록영화이다.

「다섯 명의 생존자」말고도 많고 많은 비행기
추락 영화 중에서, 대단히 황당무계한 쪽으로
줄거리가 전개되는 편에 속하는 「이브」를 보면,
아마존 밀림으로 추락한 조종사가 야만족에게
쫓기다가 백인 여신의 도움을 받아 살아난다는
맹랑한 내용이다. 그리고 야만인들에게 신비한
힘을 발휘하는 여신이 산다는 아마존에는 영원
한 젊음을 간직한 「아마존의 천사」도 살고, 영
원한 젊음을 간직한 여인은, 이 책을 몇 쪽만 더
읽어가면, 아프리카를 거쳐 북극에서도 하샤모
테 여왕의 모습으로 독자들 앞에 나타난다.

보다 진지한 쪽으로 눈을 돌리면, 브라질의
오지에 사는 카라자(Karaja) 부족과 함께 1954
년에 영화를 촬영하려다가 실패한 새뮤얼 풀러
(Samuel Fuller, 1912~97)의 얘기를 담은 기록영
화 「미완의 영화—티그레로」가 이채롭다. 우리
나라에서는 잠수함 영화 「지옥과 노도(怒濤,
Hell and High Water, 1954)」 등을 통해서 소개
된 풀러는 열일곱 살 때부터 〈뉴요크 저널(The
New York Journal)〉에서 범죄를 취재했고, 나중
에는 범죄소설을 쓰기도 했으며, 미 제1 보병
사단("The Big Red One") 소속으로 참전했던
경험을 살려 폭력적인 통속극을 많이 만들었다.
장-뤽 고다르의 「미치광이 삐에로(Pierrot le Fou)」에 '배우'로 출연하
기도 했던 그는 카라자 마을로 돌아가서 당시의 상황을 짐 자무시(Jim
Jarmusch) 감독에게 설명한다. 영화학도라면 꼭 봐둬야 할 귀중한 역사

적 자료이다.

아프리카에 관한 기록영화가 많이 수입되던 시절에 함께 들어왔던
「만지(蠻地)의 풍속(Jungle Headhunters)」도 아프리카가 아니라 남 아
메리카에 관한 내용으로서, 「킹 콩」으로 대성공을 거두었던 RKO가 루
이스 카틀로우(Lewis Cotlow)의 아마존 탐험 과정을 담아 1951년에 내
놓은 작품이다.

제목과 포스터만 봐도 무슨 영화인지 훤히 속이 보이는 「아마존 사
랑의 노예」와 「정글 여인의 공격(Attack of the Jungle Women, 미국,
1959, 감/Joseph R. Juliano)」은 눈요기를 첫째 목적으로 삼는 남 아메리
카 모험극이다.

텔레비전 영화로 제작된 「불타는 계절」은 아마존 강우림 지대에서
살아가던 그의 종족을 보호하기 위해 투쟁하다가 살해된 실존인물 치

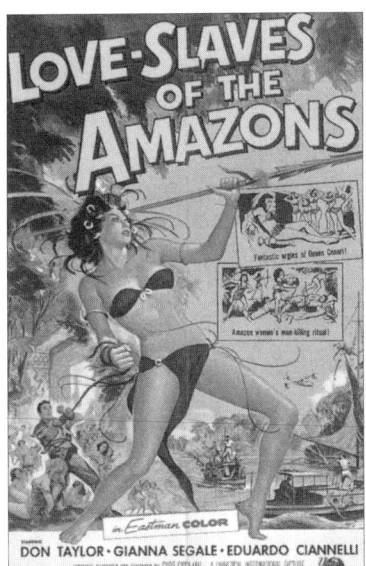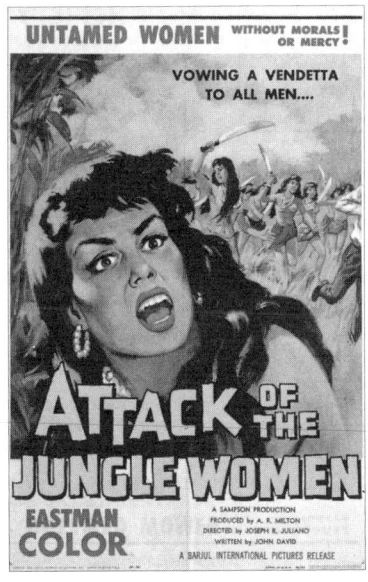

「아마존 사랑의 노예」와 「정글 여인의 공격」은 훤히 속이 보일 정도로 눈요기를 목적으로 삼는 노골적인
모험극이다.

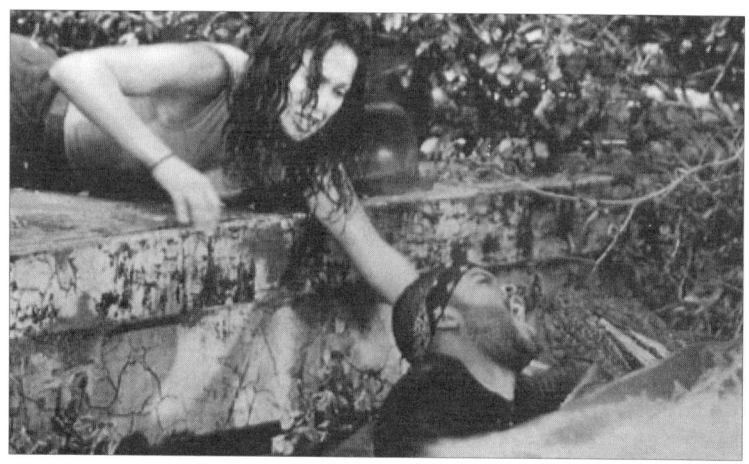

다른 고릴라보다 엄청나게 큰 고릴라가 인간과 대결하는 「킹 콩」, 그리고 다른 상어들보다 엄청나게 큰 상어가 인간과 대결하는 「조스」에서처럼, 그렇지 않아도 커다랗기로 유명한 뱀들 중에서도 엄청나게 큰 「아나콘다」의 주인공은 호르몬 분비가 왕성한 젊은이들을 한 사람씩 차례로 잡아먹는다. 하지만 정작 더 무서운 적은 그 왕뱀을 잡으려고 혈안이 된 인간 사냥꾼이다.

코 멘데스(Chico Mendes)라는 자연 보호 운동가의 일대기이다.

「다섯 번째 원숭이」는 브라질에서 뱀과 희귀 동물을 사냥하는 주인공이 꿈에 그리던 여자를 만나 그녀와 결혼할 돈을 마련하기 위해 잡은 침팬지를 팔려다가 우여곡절을 겪는 내용인데, 자연 보호를 위한 암시를 담기도 했다.

뱀 사냥꾼 얘기라면 단연 「아나콘다」이다. 아마존 상류의 뱀을 숭배하는 '안개 부족'에 관한 기록영화를 찍기 위해 제니퍼 로페즈의 지휘를 받으며 배를 타고 떠나는 1개 분대 병력의 제작진은 노련한 고참은 한 명도 보이지 않고 하나같이 호르몬 분비가 왕성한 젊은이들뿐인데, 탐험길에 나선 중간쯤에서 좌초한 중년의 뱀 밀렵꾼 존 보이트를 만난다.

여행이 계속되는 사이에 촬영반은 엄청나게 큰 아나콘다한테 하나씩 차례로 잡아먹히는 한편, 그 뱀을 생포하여 떼돈을 벌고 싶어하는 흉악한 땅꾼에게도 시달린다. 천사 같은 젊은이들과 흉악한 뱀과 추한 중년 남자의 구약성서적인 대결이 시작된다.

대형 특수효과 아나콘다뿐 아니라 요도(尿道)로 파고 들어가는 작은 물고기, 목구멍을 파고 들어가는 말벌 따위의 갖가지 악마적 괴물이 등장해서 긴장감을 북돋우지만, 대표적인 악마는 성직자가 되려다 뱀잡이로 나선 파라과이 남자 존 보이트이다. 냉소적이고 강인하고 잔인한 그가 원숭이를 미끼로 달아 와이어로 아나콘다를 낚시하는 장면이나, 아나콘다가 잡아먹었다가 도로 뱉어 놓은 그의 얼굴, 그리고 몇 가지 과장된 장면이 더 나오지만, 작위적인 공포감도 때로는 관객을 긴장시킨다.

「아나콘다」는 브라질의 아마존 풍경이 큰 구경거리인데, 인간과 뱀의 사투를 담은 마지막 장면은 남 아메리카가 아니라 로스앤젤레스의 수목원에서 촬영했다고 한다. 「녹색의 장원(莊園)」이 생각나는 대목이다.

찾아보기 ●

▌「아마존의 보물(The Treasure of the Amazon, 1985, 멕시코, 104분)」, 감/Rene Cardona, Jr., 출/Stuart Whitman, Emilio Fernandez, Donald Pleasence, Bradford Dillman, Ann Sidney, John Ireland, Sonia Infante

▌「에머랄드 숲(The Emerald Forest, 1985, 미국, 113분)」, 감/John Boorman, 출/Powers Boothe, Meg Foster, Charley Boorman, Dira Pass

▌「지바로(Jivaro, 1954, 미국, 91분)」, 감/Edward Ludwig, 출/Fernando Lamas, Rhonda Fleming, Brian Keith, Lon Chaney, Richard Denning, Rita Moreno

▌「유일한 생존자(Only One Survived, 1990, 미국-이탈리아, 100분)」, 감/Folco Quillici, 출/Perry King, Michael Beck, Fabio Testi, Yuji Okumoto

▌「다섯 명의 생존자(Five Came Back, 1939, 미국, 75분)」, 감/John Farrow, 출/Chester Morris, Lucille Ball, Wendy Barrie, John Carradine, Allen Jenkins, Joseph Calleia, C. Aubrey Smith, Patric Knowles

▌「영원으로부터 돌아오다(Back From Eternity, 1956, 미국, 97분)」, 감/John Farrow, 출/Robert Ryan, Anita Ekberg, Rod Steiger, Phyllis Kirk

▌「이브(Eve, 1968, 영국-에스파냐, 94분)」, 감/Jeremy Summers, 출/Robert Walker, Jr., Celeste Yarnall, Herbert Lom, Christopher Lee, Fred Clark, Maria Rohm

▌「아마존의 천사(Angel of the Amazon, 1948, 미국, 86분)」, 감/John H. Auer, 출/George Brent, Vera Ralston, Constance Bennett, Brian Aherne, Fortunio Bonanova

▌「미완의 영화—티그레로(Tigrero : A Film That Was Never Made, 1994, 핀란드-독일-브라질, 75분)」, 감/Mika Kaurismaki, 출/Samuel Fuller, Jim Jarmusch

▌「불타는 계절(The Burning Season, 1994, 미국, 127분)」, 감/John Frankenheimer, 출/Raul Julia, Sonia Braga, Edward James Olmos, Kamala Dawson, Luis Guzman, Nigel Havers, Tomas Milian, Esai Morales

▌「다섯 번째 원숭이(The Fifth Monkey, 1990, 미국, 93분)」, 감/Eric Rochat, 출/Ben Kingsley, Mika Lins, Vera Fischer, Silvia De Carvalho

▌「아마존 사랑의 노예(Love-Slaves of the Amazon)」, 미국, 1957, 81분, 감/Curt Siodmak, 출/Don Taylor, Eduardo Ciannelli, Gianna Segale, Harvey Chalk

▌「아나콘다(Anaconda, 1997, 미국, 90분)」, 감/Luis Llosa, 출/Jennifer Lopez, Ice Cube, Jon Voight, Eric Stoltz, Jonathan Hyde, Kari Wuhrer, Owen Wilson, Vincent Castellanos

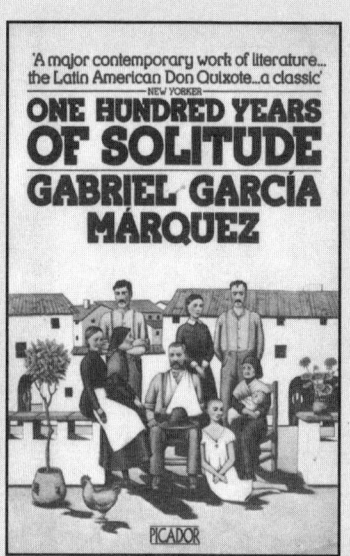

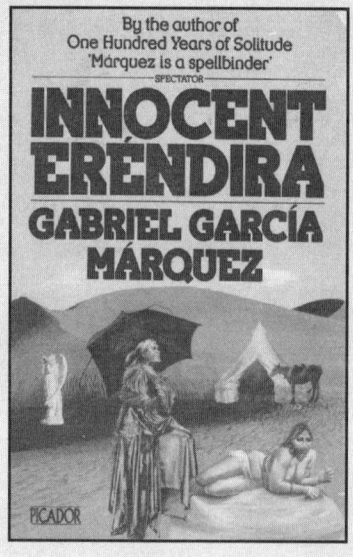

남 아메리카 문학의 마술적 사실주의는 1970
년대 가브리엘 가르샤 마르께스의 소설 『백년
동안의 고독』(위)을 통해 우리나라에 처음 본격
적으로 소개되어 많은 사람들의 환상을 자극했
었다. 아래는 마르께스의 단편집인데, 표지에서
도 남미적인 몽환의 분위기가 두드러진다.

'녹색의 장원'에서

　브라질의 소설가 조르주 아마두(Jorge Amado)는, "정복의 길"(213~4쪽)에서 이미 소개했듯이, 벌써 노벨상을 타고도 남을 만큼 대단한 작가라고 필자는 대학에 다니던 시절부터 믿어 왔는데, 그의 대표작 가운데 하나를 영화로 만든 「도나 플로르와 두 남편」에서는 아름답고 젊은 여주인공이 두 명의 남편 사이에서 갈등한다.

　「작별 키스를 해줘요」라는 제목으로 미국에서도 재탕을 끓인 이 소설 그리고 영화에서는 첫 남편 바디누(Vadinho)가 결혼식 첫날밤에 너무 기분이 좋아서 심상마비로 급사하고, 얼마 후 도나 플로르(Dona Flor, 꽃 부인)가 떼오도루 마두헤이라(Teodoro Madureira) 선생과 재혼을 하게 되자, 예쁜 아내를 고스란히 남겨두고 혼자 죽었다는 사실이 너무나 억울해서 첫 남편의 유령이 자꾸만 찾아오고, 그래서 아내는 침대에서 한 쪽에는 살아 숨쉬는 남편 그리고 다른 한 쪽에는 유령 남편을 나란히 눕혀 놓고 이만저만 고민이 아니다.

　남 아메리카 문학은 워낙 마술적 사실주의(lo real maravilloso, 영어로는 magic realism)로 유명하니까 「도나 플로르」처럼 황당하고도 유쾌한 억지와 환상이 크나큰 매력이겠지만, 따지고 보면 영화 또한 궁극적으로 환상 산업이다.

「정글의 추적」은 아마두의 나라 브라질의 밀림이 무대이기는 하지만, 전혀 환상적이지도 않고 신비하지도 않은 활극이다.

브라질과 아마존을 벗어난 남 아메리카 오지의 타 지역을 배경으로 삼은 다른 영화를 찾아보면, 「지하 인간」은 잠수함 전파 장치 제작을 위한 현지 답사에 나선 '외부인'들이 동굴에서 사는 잃어버린 종족 레무리아(Lemuria) 인들을 만난다는 가상의 상황을 제시한다. 옛날에 밀폐해 버린 공간 속에서 수백 년을 살아온 과거의 인간과 그들의 세계를 침범한 '현대인'의 황당한 대결 구조를 보이는 이 영화는 색소결핍증 환자(albino)들을 배우로 출연시켜 공포감을 증폭하며, 결국 지하세계를 다시 밀폐함으로써 폭력적인 대립을 종결시킨다.

「열대지대」에서는 바나나 농장을 지키려는 사람들과 무법자들이 마술적 사실주의하고는 거리가 멀어서 전혀 환상적이지 않은 대결을 벌이고, 전형적인 미국의 '애국영화' 「트리니다드의 두 양키」에서는 두

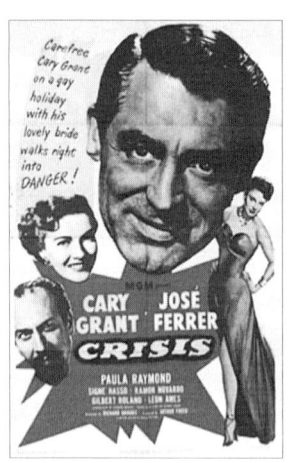
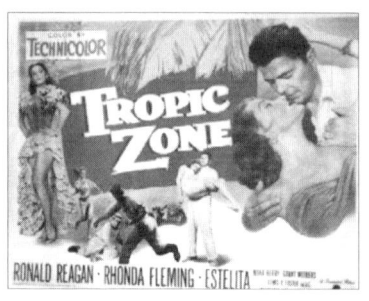

훗날 아메리카 합중국의 대통령이 된 로널드 레이건과 론다 플레밍이 주연한 「열대지대」(오른쪽)와 남 아메리카의 독재자를 치료하러 가는 미국인 의사가 주인공인 「위기」(왼쪽)는 '미개지'에서 미국인이 우월한 종족으로서 군림하는 시각을 보이는 전형적인 헐리우드 영화이다.

명의 건달이 군에 입대하여 서인도 제도의 트리니다드까지 가서 별로 개인적인 감정도 없는 '적'과의 대결에서 그들의 '실력'을 과시한다.

「멋진 사기꾼」이라는 모순된 제목의 활극에서는 남아메리카의 어느 공화국 독재자가 말썽을 피우고, 「위기」에서는 병에 걸린 남 아메리카의 독재자를 치료하라는 명령을 받고 찾아간 미국인 의사가 발이 묶인다.

에콰도르의 강우림을 보존하려는 노력을 조명한 기록영화 「숲을 구하려는 사람들」은 우리들이 흔히 만나는 지루한 자연 보호 설교를 위한 교육용 영화가 아니고, 오히려 이상주의적인 운동이 얼마나 많은 모순을 내포했는지를 재미있고도 도발적으로 보여 준다.

그러나 남 아메리카의 밀림을 무대로 삼았으면서 가상과 현실의 환상적인 대결구조를 보여 주는 대표적인 영화를 꼽으라면, 좀 역설적이기는 하지만, 「녹색의 장원」이 아닐까 싶다.

원작자 윌리엄 허드슨(William Henry Hudson, 1841~1922)은 아르헨티나에서 미국인 부모로부터 태어났지만 영국으로 귀화한 박물학자이며 소설가로서, 주로 아르헨티나와 '자연'을 무대와 주제로 삼은 소설과 학술서로 유명하다. 그의 대표작 『녹색의 장원(1904)』은 이제 청소년 고전으로 꼽힌다.

허드슨이 "남 아메리카 밀림에 들어가 살면서 글을 쓴 작가"라고 소개한 선전문으로 시작하는 영화 「녹색의 장원」은 1872년생인 남주인공 아벨(Abel)이 카라

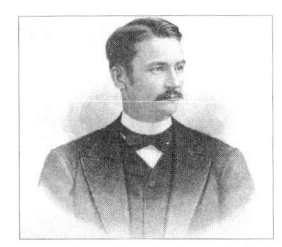

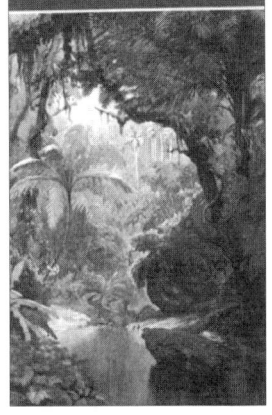

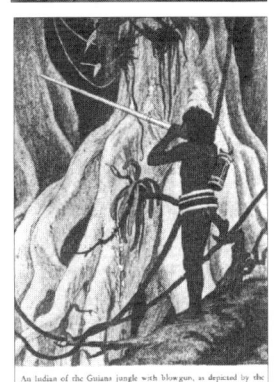

An Indian of the Guiana jungle with blow-gun, as depicted by the American illustrator, Charles Livingston Bull, during a trip to British Guiana. The picture originally appeared in an edition of Charles Waterton's classic, Wanderings in South America, published in the United States in 1909.

윌리엄 허드슨(위) 원작의 소설 「녹색의 장원」(가운데 표지)은 마술적 사실주의하고는 다른 차원의 환상을 보여 준다. 아래는 소설에 실린 삽화

카스의 폭동으로 국방장관이던 아버지가 죽은 다음 쿠데타 세력에 복수를 하기 위해 '많은 황금'을 찾으려고 아마존 북부 베네주엘라의 정글로 찾아 들어갔다가 금단의 숲에서 만난 천사 같기도 하고 요정 같기도 하고 마녀 같기도 한 맨발의 리마(Rima)와 몽환적인 사랑을 나누는 애기이다.

동화 같은 사랑의 이야기(romance)에서 여주인공은 숲속의 혼령들과 대화를 나누고 "자연의 모든 것이 친구"이며 "새처럼 걷는 아가씨(the Bird Girl)"인데, 침실에서나 입을 만한 속옷 같은 의상을 걸친 오드리 헵번이 그 역을 맡았다. 헌데 알고 보면 리마 또한 문명세계에서 밀림으로 흘러 들어온 여자이다. 교회가 있던 마을에서 살다가 산적들에게 어머니를 잃고, 양심의 가책을 느낀 산적이 겨우 네 살인

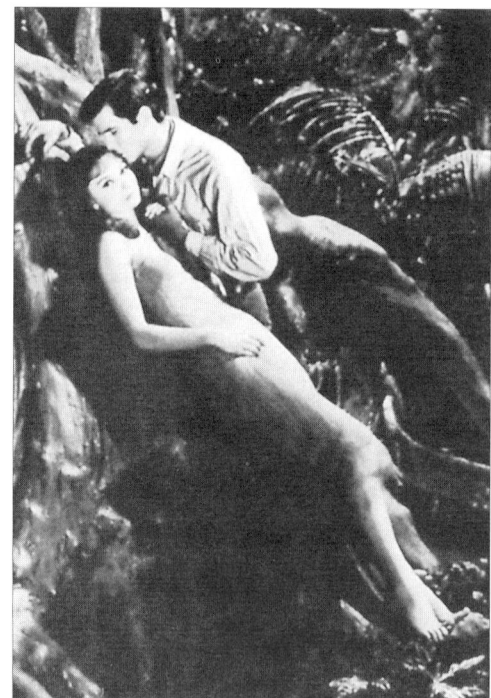

남 아메리카의 밀림이 무대인 「녹색의 장원」을 촬영하는 동안 오드리 헵번은 현장을 단 한 번도 가 본 적이 없다고 한다.

그녀를 데리고 밀림으로 들어와 은둔하며 손녀처럼 키웠다는 황당무계한 설정이다. 그리고 리마는 그녀를 마녀로 생각하는 원주민들에게 쫓겨 나무 꼭대기로 도망쳐 올라간 다음 산 채로 화형을 당해 죽는다.

소설이나 영화 자체는 사랑의 환상 여행을 다루는 전형적인 '전설'이지만, 이 영화는 헐리우드 키드에게 늘 몇 가지 뒷생각을 갖게 만들고는 했다. 첫째, 출연 당시 감독(Mel Ferrer)의 아내였으며, 도대체 저렇게 연약한 몸으로 밀림에서 어떻게 살아가는지 의구심을 자극하던 '말라깽이' 주연 여배우 오드리 헵번이다. 분명히 베네주엘라의 밀림이 영화의 배경이고 무대이며, 거대한 폭포와 강 그리고 아나콘다와 표범도 등장하지만, 오드리 헵번은 촬영 당시 남 아메리카에는 단 한 번도 가지 않았다고 한다. 존 보이트의 「아나콘다」 일부를 로스앤젤레스의 수목원에서 촬영했다고 하지만, 「녹색의 장원」은 거꾸로 일부만 현장에서 촬영했을 뿐, 거의 모두가 실내에서 찍은 흔적이 역력하다. 합성 화면의 이음선이 여기저기 보이고, 미술 담당이 만들어 놓은 수림에서 여러 각도로 등장인물들의 그림자가 나타나는 인공 조명을 받으며 촬영소(studio) 안에서 아기 사슴과 나비와 꽃과 덩굴과 더불어 진행되는 수많은 장면을 보면, 영화가 아니라 연극 공연을 촬영해 놓은 듯한 인상이다.

AIDS에 걸리기 오래 전, 미남 청년 시절에 아벨 억울 맡은 엔토니 퍼킨스는 영화가 끝나가는 부분에서 리마에게 이런 말을 한다. "세상은 굉장히 크지. 하지만 한 곳에서는 조금밖에 안 보여." 그것은 금단의 숲이라는 제한된 공간을 뜻하는 말처럼 들리고, 여주인공 자체가 현실감이 아니라 신비감의 존재여서, 영화가 사실성보다는 희곡적으로 제한된 무대의 분위기를 일부러 선택했다는 설명이 되기도 한다. 하기야 모든 영화가 가상 공간에서 벌어지는 상황이고 보니, 박진하는 사실성을 추구할 이유가 없어진다. 그리고 컴퓨터로 조작해서 인위적으로 만든 배경을 '현장'으로 사용하는 요즈음 영화가 1959년에 실내에다 만든 밀림의 '무대'를 나무랄 수야 없는 노릇이 겠다.

하지만 작가는 마음놓고 거짓말을 하고, 관객도 접바둑을 둘 때처럼 사고방식이 유치해져도 좋다는 속편한 타협을 해놓고 앉아서 보면, 동화처럼 아름답게 보이는 사춘기 영화로도 읽기가 가능해진다.

그리고 「녹색의 장원」에서 사라져 버렸던 하야가와 세수에의 얼굴도 잠시 생각해 보자. "전설의 시대"에서 "포토제니(photogénie)" 현상의 대표적인 본보기로 언급(26쪽 참조)했던 하야가와는 「녹색의 장원」에서 원주민 추장 역을 맡았다. 그런데 우리나라에서 영화가 개봉될 당시에는 그가 등장하는 모든 장면이 잘려나갔다. 아무리 미국 시민이라고는 하더라도 일본인이 높은 신분의 '추장'으로 화면에 나타난다는 사실을 이승만 정권이 허락하지 않았기 때문이었다. 「젊은 사자들(The Young Lions, 1958)」에서는 유명 연예인인 마이클(딘 마틴)이 징병검사를 받으러 가서 "내가 아는 일본인이라고는 하야가와 세수에뿐"이라고 말할 만큼 세계적으로 널리 알려진 배우였지만, 헐리우드 키드가 그의 얼굴을 영사막에서 마침내 '구경'하게 된 것은 「크와이 강의 다리(Bridge on the River Kwai, 1957)」에서 서양인들한테 보기좋게 당하는 수용소 소장 역을 맡았을 때였다.

일본 배우의 얼굴을 한국 관객이 보지 못하게 모조리 잘라낸 유치한 발상은 일본 영화의 수입 금지 조치와 동일한 이유와 목적에서 이루어졌다. 일본의 식민지 통치를 받았다는 아픔 때문에 이승만 정부가 일본 영화의 국내 상영을 철저히 봉쇄한 정책은 적대적 발상의 소산이었다. 『인간의 조건』이나 『빙점』 같은 일본 소설은 널리 읽혀도 활자 매체에 대해서는 아무런 간섭을 하지 않으면서 유독 영상 매체에 대해서만 그렇게 가혹한 제한을 가한 차별적 문화 정책은 결과적으로 한국 영화의 발전에 저해 요소로 작용했다. 통신이 발달하지 못했던 시절, 일본 영화를 볼 기회를 국민으로부터 차단해 놓은 결과, 한국 영화인들이 일본을 마음놓고 베껴내도 확인할 길이 없었고, 그래서 필자가 만난 어느 원로 영화 제작자는 일본 영화 대본을 전문적으로 번역하는 사람까지 두고 쉽게 읽어먹던 시절을 아쉬운 듯한 어조로 회고하기도 했었다. 그러면서도 언론이 한국 영화의 심각한 일본 베끼기를 기사화했을 때는 전혀 그런 일이 없다고 한국의 시나리오 작가들이 집단적으로 강력히 항의하는 웃지 못할 사건이 일어나기도 했었다.

일본은 한국의 '적국'이기 때문에 그들의 지적 재산을 훔쳐와도

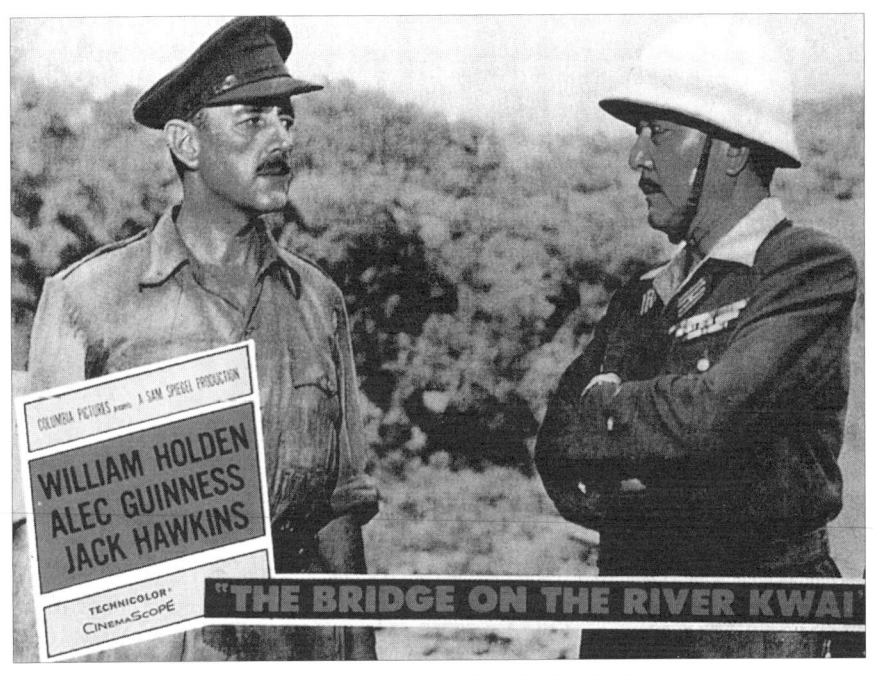

「녹색의 장원」에서 행방불명이 되었던 하야가와 세수에의 얼굴(오른쪽)은 일본인이 굴욕적인 모습을 보이는 영화 「크와이 강의 다리」가 수입된 다음에야 처음으로 한국 관객이 구경하게 되었다.

죄의식을 느끼기는커녕 미안해할 필요조차 없다는 전국민적 은근한 공감대에 힘입어, 국가 정책의 차단막으로 보호까지 받아 가면서, 이웃나라의 영상 문화를 거침없이 표절하는 현상은 영화뿐 아니라 오랫동안 텔레비전에서도 병적인 현상으로 대를 이어가며 물려 받아왔다.

찾아보기 ●┈┈

▌「도나 플로르와 두 남편(Dona Flor e Seus Dois Maridos, 영어 제목 Dona Flor and Her Two Husbands, 1978, 브라질, 106분)」, 감/Bruno Barreto, 출/Sonia Braga, Jose Wilker, Mauro Mendoca, Dinorah Brillanti

▌「작별 키스를 해줘요(Kiss Me Goodbye, 1982, 미국, 101분)」, 감/Robert Mulligan, 출/Sally Field, James Caan, Jeff Bridges, Paul Dooley, Clare Trevor, Mildred Natwick, Dorothy Fielding, William Prince

▌「정글의 추적(Manhunt in the Jungle, 1958, 미국, 79분)」, 감/Tom McGowan, 출/Robin Hughes, Luis Alvarez, James Wilson, Jorge Montoro, John B. Symmes

▌「지하 인간(What Waits Below, 1985, 미국, 88분)」, 감/Don Sharp, 출/Robert Powell, Lisa Blount, Timothy Bottoms, Richard Johnson, Anne Heywood, Liam Sullivan

▌「열대지대(Tropic Zone, 1953, 미국, 94분)」, 감/Lewis R. Foster, 출/Ronald Reagan, Rhonda Fleming, Estelita, Noah Beery

▌「트리니다드의 두 양키(Two Yanks in Trinidad, 1942, 미국, 88분)」, 감/Gregory Ratoff, 출/Brian Donlevy, Pat O'Brian, Janet Blair, Donald MacBride

▌「멋진 사기꾼(The Magnificent Fraud, 1939, 미국, 78분)」, 감/Robert Florey, 출/Akim Tamiroff, Lloyd Nolan, Mary Boland, Patricia Morison

▌「위기(Crisis, 1950, 미국, 95분)」, 감/Richard Brooks, 출/Cary Grant, Jose Ferrer, Paula Raymond, Signe Hasso, Ramon Novarro, Antonio Moreno, Leon Ames, Gilbert Roland

▌「숲을 구하려는 사람들(Saviors of the Forest, 1993, 미국, 75분)」, 감/Bill Day

▌「녹색의 장원(Green Mansions, 1959, 미국, 101분)」, 감/Mel Ferrer, 출/Audrey Hepburn, Anthony Perkins, Lee J. Cobb, Sessue Hayakawa, Henry Silva, Nehemiah Persoff

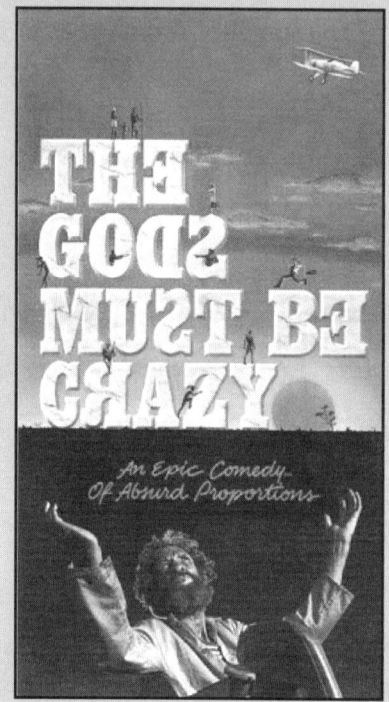

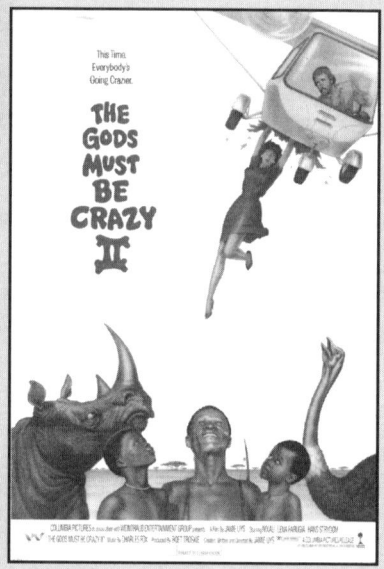

편리해지려고 애쓰면 애쓸수록 점점 더 복잡해지
기만 하는 문명세계와 개념이라는 개념조차 없는
칼라하리 사막, 이렇게 두 개의 상극된 세계가 충
돌을 일으키면서 전개되는 영화 「부시맨」 1편과
2편은 획기적인 영화사적 사건을 일으킨다.

부시맨의 정복

1984년에는 『1984년』의 작가 조지 오웰이 예언하지 않았던 사건이 하나 발생했다.

부시맨이 미국을 정복했던 것이다.

"경치는 좋아도 사람이 없는" 칼라하리 사막에서 살아가는 원시 부족 부시맨(Bushman)과 "편리하게 만들면 만들수록 복잡해지는" 문명 세계를 절묘하게 대비시킨 희극영화 「부시맨」은 1984년 미국에 수입되자 당시로서는 수입된 외국 영화 가운데 역사상 최대의 흥행작으로 부상했다.

하루를 시간대로 나눠서 분석해야 하는 도시로부터 1천 킬로미터 떨어진 칼라하리에는 요일도 없고, 달력도 없고, '죄'라는 단어, 그리고 울타리도 없다. 그러던 어느 날 하늘 신령님께서 배탈이 나 우레 소리를 내는 사이에, 커다란 새(비행기)가 한 마리 날아가는데, 조종사가 다 마시고 버린 코카콜라 병이 부시맨의 땅으로 떨어진다.

코브라를 맨손으로 잡아먹던 원시인들은 문명의 이기(利器)인 이 병을 저마다 쓸모를 찾아내어 다양하게 생활에 이용하고, 서로 빼앗아 사용하려고 갈등과 폭력까지 벌어진다. 하지만 그들에게 불행을 가져 오는 '요물'을 하늘로 돌려주려고 해도, 아무리 높이 던져 올려도 다시 다시 떨어지기만 하고, 땅에다 파묻어도 병에 묻은 피 냄새를 맡은 하이에나가 캐낸다. 그래서 결국 '땅끝'에 갖다 버리려고 부시맨 키코는 먼 길을 떠나고, 여기에서부터 갖가지 기상천외한 문명의 충돌이 일어 난다.

거기에다가 "동물의 배설물을 수집하는" 박물학자 앤드루(Andrew) 가 마불라(Mabula) 마을에 부임해 오는 여교사 케이트를 데리러 고물 자동차로 마중을 나가면서 벌어지는 포복절도의 소동에서부터, 납치범 들을 무찌르기 위해 손가락만한 독화살로 제임스 본드 활약을 벌이는 부시맨 영웅의 모험에 이르기까지, 정말로 떠들썩한 잔치가 벌어진다.

이런 성공에 자극을 받아 미국이 합작에 나서서 1985년에 촬영을 시 작한 「부시맨」 속편에서는 상아를 노리는 밀렵꾼들의 차를 잘못 타고 헤매는 부시맨 키코의 두 아들, 비행기 추락 사고 를 당하는 백인 남녀, 그리고 내란에 휘말린 두 명의 군인이 엎치락뒤치락 상황을 엮어 나가는 데, 문명 비판은 전편에서처럼 날카롭지는 않지 만, 기발한 전개가 웃음을 계속 자아낸다.

아무리 베껴먹기가 판치는 세상이라고 하지만, 기발한 발상 역시 우연의 일치를 일으키는 경우도 적지는 않아서, 「부시맨」과 비슷한 시기에 나온 희극영화 「신들이 보낸 화물」을 보면 제트 비행기 에서 동굴 부족에게 화물을 투하하여 기상천외한 사건이 벌어진다는 내용이 발견되기도 한다.

밴 더 포스트(Laurens van der Post) 원작인 『바

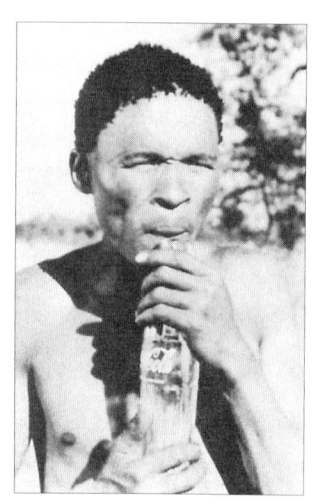

코카 콜라 병 하나를 신령님이 하늘에서 부시맨에게 내려보내면서부터 신화는 시 작된다.

람과 같은 이야기(A Story Like the Wind)』와 『머나먼 곳(A Far Off Place)』을 디즈니가 어린이 모험극으로 만든 「칼라하리의 모험」도 부시맨 얘기이다. 동물 보호지 관리인의 딸과 도시에서 놀러온 소년이 소녀의 부모를 살해한 밀렵꾼들의 추적을 받게 되자 부시맨 안내인의 도움을 받으며 사막을 건너 도망친다는 내용이다.

지금은 '민속촌'에나 가야 '구경'할 수 있다는 부시맨은 '숲사람(Bushman)'이라는 뜻으로, 호텐토트 원주민(Hottentots)에게는 톼(Twa), 롸(Rwa), 사롸(Sarwa) 같은 반투(Bantu) 종족과 산(San)족이라고 알려진 사람들을 통틀어 일컫는 말로서, 1960년대에만 해도 5만 정도가 주로 남 아프리카 등지에 가족 단위로 뿔뿔이 흩어져 살았다고 한다.

물론 의도적으로 그랬을 리는 없고 역시 우연의 일치이겠지만, "지성과 야만"의 뒷 부분 「아프리카 정복의 길」에서 남아프리카 공화국의 개척사(開拓史)라고 소개한 「야성녀(野性女, Untamed, 1955, 261~2쪽 참조)」를 서투르게 흉내낸 듯한 영화 「애수의 아프리카」에서는 선량한 부시맨 부부가 프랑스 여인 쌍뗀에게 다이아몬드 광산의 위치를 알려주어 떼부자가 되게 도와 준다.

광산을 찾아내어 재벌이 되기 전, 쌍뗀은 1917년 제1차 세계대전 당

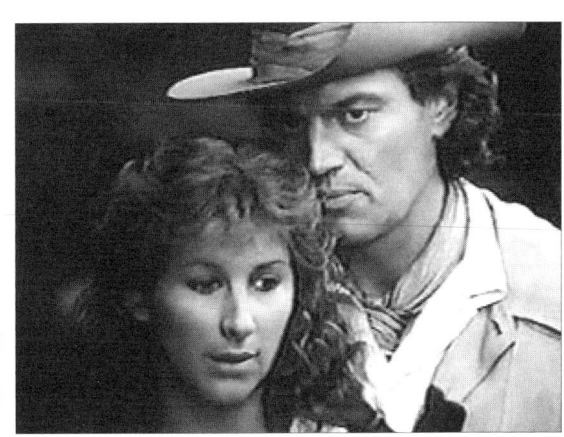

자유분방한 상상력과 터무니없는 구성의 사이에서 줄타기를 하는 「애수의 아프리카」에서는 부시맨 부부가 백인 여자를 떼부자로 만들어 준다.

시 공중전을 벌이다가 프랑스 벌판에 추락한 남 아프리카 공화국의 공군 조종사 마이클을 구해 주고, 간호해 주고, 사랑해 주고는, 결혼식에 참석하러 날아오다 두 번째로 추락하여 신랑이 죽고, 아버지도 독일군의 공격을 받아 죽은 다음 3 개월 후에, 임신한 몸을 이끌고 신랑의 나라 남 아프리카로 가다가, 여객선이 독일 잠수함 어뢰를 맞고 침몰하여, 선장과 함께 뗏목을 타고 표류하다가, 부시맨 부부 오우이(♂)와 하니(♀)에게 구조를 받아 사막에서 유목생활을 하고, 그리고는 하니와 오우이 부부의 안내로 "생명이 끝나고 시작되는" 하얀 산으로 가서, 동굴로 들어가 마이클의 유복자를 낳는다.

여기까지만 얘기를 들어도 "그 여자 참 팔자도 드세구나"라고 하겠지만, 기구한 여인의 파란만장한 일대기는 아직 40 분밖에 안 지났고, 쌍뗀은 독립 투쟁을 한다면서 살인과 방화와 약탈을 일삼는 떼강도 두목 로타를 만나 다시 첫눈에 반해서 두 번째 아이를 임신하고, 로타는 쌍뗀과 친한 사이인 줄을 뻔히 알면서도 부시맨 부부를 '사냥' 삼아서 심심풀이로 죽여 버린다. 화가 난 쌍뗀은 두 번째 아기를 낳자 로타더러 키우라며 맡겨 버리고, 하얀 산의 동굴에 지천으로 깔린 다이아몬드로 벼락부자가 된다.

「녹색의 장원」보다도 훨씬 황당한 이런 동화책 같은 엉성한 전개가 정말 한심하다는 생각이 들지만, 영화는 이제 겨우 한 시간을 넘겼고, 18 년 후 남 아프리카 공화국 최대의 광산이 된 쌍뗀의 회사에다 로타는 어른이 된 (쌍뗀이 낳은) 아들 만프레드를 첩자로 들여보내 보석을 한 보따리 훔쳐내고 어쩌고 해가면서, 「크라잉 게임」 식으로, 몇 편의 영화를 만들고도 남을 만큼의 온갖 잡다한 곁애기가 줄을 잇는다.

배 다른 두 아들이 같은 여자를 놓고 주먹질을 벌인다거나 공장에서 파업이 일어나고 어쩌고 자세한 내용은 더 이상 설명할 필요도 없겠는데, 굉장히 복잡하게 줄거리와 상황이 제멋대로 풀려 나가고 엉키고 다시 풀려 나가는 가운데, 어쨌든 말도 안 되고 유치하기 짝이 없는 이런 껍데기 영화를 보면서 재미있어 하면 안 되는데 하는 죄의식을 느끼면서도, 그런데도 「애수의 아프리카」 같은 영화를 보면서 우리는 왜 즐거워하는 것일까?

아마도 그것은 다양한 가상 현실의 경험 가운데 "특이한 종족과의 만남"이 어딘가 새로운 한 가지 '종목'이 되었기 때문인지도 모른다. 오스트리아 동물행태학자(ethologist) 콘라트 로렌쯔(Konrad Lorenz)의 저서 『솔로몬의 반지(King Solomon's Ring, 1952)』에서 만나는 잠자리 유충이나 뒤쥐의 삶이나 마찬가지로 말이다.

「애수의 아프리카」에서 별로 호감이 가지 않는 네덜란드인 남주인공에게 심심풀이로 사냥을 당해 죽어야 하는 부시맨은 '정복의 길'에서 땅을 빼앗기고 밀려나 멸종 위기를 맞은 동물처럼 '민속촌'에서 희귀종 인간이 되어 호기심을 만족시키기 위한 구경거리가 되었다. 「난쟁이들의 춤」에서 여성 인류학자가 주정뱅이 헬리콥터 조종사와 어울려 엎치락뒤치락거리며 사라진 피그미족을 찾아다니는 얘기에 호기심을 느끼는 이유도 마찬가지이겠다. 아프리카가 아니라, 자주 베트남 밀림의 대역을 맡았을 만큼 만만한 필리핀의 밀림에서 영화를 찍었고, 이상한 괴물들도 함께 등장하기는 하지만 말이다.

「주홍의 창」에서도 제물을 바치는 특이한 예식을 치르는 아프리카 종속이 구경거리 노릇을 한다.

코넬 와일드가 각본, 감독, 주연을 맡아 혼자서 북치고 장구치는 「벌거벗은 정글」에서는 「애수의 아프리카」와 반대로, 1840년 아프리카에서 사냥에 나선 백인 사파리가 원주민들의 공격을 받아 한 명씩 차례로 죽어간다. 그리고 브라질 영화 「야성의 순정」에서처럼, 흑인들은 포로로 잡은 코넬 와일드를 발가벗겨 놓고 먼저 도망치게 하고는 세 명의 용사가 밤낮으로 추적하여 잡아죽이는 놀이를 벌인다. 물론 백인이 즐

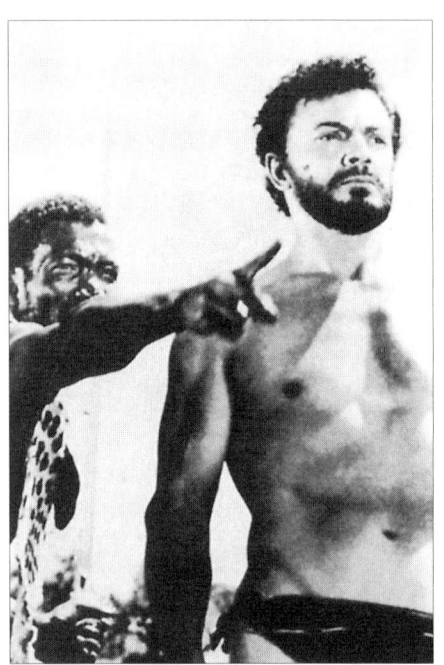

「벌거벗은 정글」에서는 백인이 원주민의 사냥감이 되는 놀이가 벌어진다.

기던 이런 잔혹한 인간 사냥 놀이를 아프리카 토인들도 즐겼다는 사실은 콘라트 로렌쯔도 증명한 바가 없다.

하지만 흑백의 대립을 해소하고 화해를 도모하는 영화도 적지 않아서, 「두 세계의 사람들」에서는 영국 관리들이 아프리카 원주민들을 보호하느라고 많은 노력을 기울인다.

프랑스에서 크게 흥행에 성공한 「도시 속의 인디언」은 "두 세계(유럽과 남 아메리카)의 사람들" 얘기이다. 빠트리샤는 결혼한 지 1년 후, 전화기를 교체하던 날, 돈벌이에 바쁜 남편을 위해 자신은 교환수로밖에는 존재 가치가 없다는 정체성에 관한 회의를 느끼고는, 자식만큼은 인간답게 키우겠다는 생각에, 임신한 몸으로 훌쩍 빠리를 떠나 오래 전부터 갈망하던 아마존으로 가서 원주민들과 함께 생활한다.

아내가 말 한 마디 남기지 않고 사라진 다음 잠을 이루지 못하던 남편 스테판은, 프랑스의 밤 시간에 경제 활동이 한창인 도꾜의 곡물 시장에 관심을 갖게 되고, 동양과의 콩 거래에서 전문가가 된다. 그리고 13년이 지난 다음 동양 사상에 심취하는 샤를로뜨와 재혼하기 위해 전처와 법적으로 이혼 절차를 밟으려고 아마존으로 아내를 찾아간 스테판은, 태어난 줄도 모르고 살아온 아들을 만난다.

"고양이 오줌"이라는 뜻의 미미-시쿠(Mimi-Siku)라는 이름을 달고 다니는 아들은 자연아로 자라서, 부시맨처럼 화살로 이구아나를 잡아

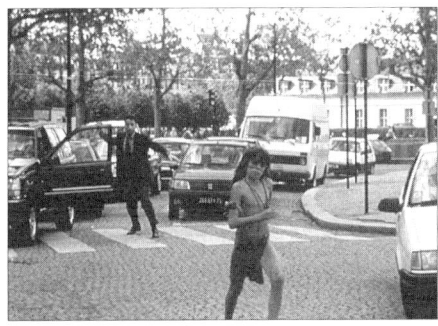
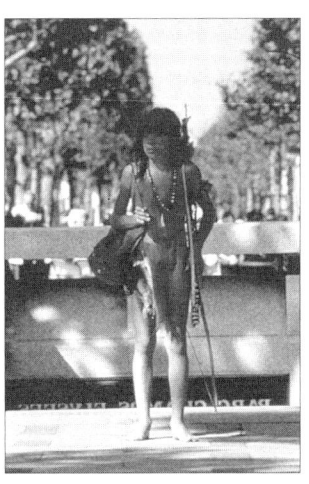

「도시 속의 인디언」에서는 아마존 밀림에서 자란 아이가 "아주 큰 마을" 빠리로 문화 탐험을 가서 갖가지 충돌을 일으킨다.

맛있게 구워 먹다가 케이프 케나베랄에서 발사하여 궤도를 이탈한 우주 로케트를 활로 쏘아 '격추'시키고는 신이 나서 타잔처럼 소리를 지르기도 한다.

난생처음 보는 아들에게 프랑스인 아버지가 예의상 건성으로 했던 약속을 지키기 위해 "아주 큰 마을" 빠리를 구경시켜 주려고, 스테판은 인디오 소년을 데리고 유럽으로 날아가서, 「부시맨」식 희극이 문명 비판을 적절히 곁들이며 전개된다. 문명세계의 음식이 입에 맞지 않아 어항 속의 열대어를 잡아 꼬치에 꿰어 마당에서 구워 먹고, 비둘기를 활로 사냥하여 길거리 거지에게 선물로 주고, 에펠탑을 등반하고, "입닥쳐!"라고 소리를 지르면서 노시배우기를 시작하고, 온갖 모험을 거친 다음 아들이 아마존으로 돌아간다. 그러자 도시 아버지는 재혼을 포기하고 파리 한 마리를 작살로 잡아 새로운 정체성을 증명하겠다며 냄비(인디오 식 사랑의 선물)를 들고 아내와 아들을 찾아 아마존으로 간다.

너도나도 휴대전화로 통화를 하며 수많은 사람들이 바쁘게 걸어가는 빠리 길거리를 고양이 오줌이 원시인 차림으로 활을 메고 걸어가는 장면에서 잘 나타나듯, 정신없이 바쁜 문명세계의 도시 생활과 시간의 개념이 아예 존재하지 않는 아마존 강변을 대비시키고는 "무엇인가 하고 싶은데도 여건이나 상황 때문에 못한다"는 핑계가 존재하지 않는 세상을 아버지가 선택한다는 결론. 그것은 자유와 자연과 전원생활에 대한 갈망을 의미하지만, 어쩌면 그런 이상적인 관념도 역시 검증이 되지 않은 환상일지도 모른다.

그래도 어쨌든 정말로 재미있는 이 영화를 수입했던 미국의 디즈니 회사는 덧녹음(dubbing) 판이 만족스럽지 못하다는 생각에 아예「정글 2 정글」이라는 제목으로 다시 자기네 영화를 만들어 내놓았다.

찾아보기 ●--

/Cornel Wilde, Gert Van Den Bergh, Ken Gramp

▌「두 세계의 사람들(Men of Two Worlds 또는 Witch Doctor, 1946, 영국, 107분)」, 감/Thorold Dickinson, 출/Phyllis Calvert, Eric Portman, Robert Adams, Cathleen Nesbitt, Orlando Martins, Cyril Raymond

▌「도시 속의 인디언(Un Indien dans la ville, 영어 제목 Little Indian, Big City, 1994, 프랑스, 90분)」, 감/Harvé Lalud, 출/Thierry Lhermitte, Ludwig Briand, Patrick Timsit, Arielle Dombasle, Miou Miou, Bonia Volleraux, Tolsty, Jackie Berroyer

▌「정글 2 정글(Jungle 2 Jungle, 1997, 미국, 105분)」, 감/John Pasquin, 출/Tim Allen, Martin Short, Jo-Beth Williams, Lolita Davidovich, David Ogden Stiers, Bob Dishy, Valerie Mahaffey

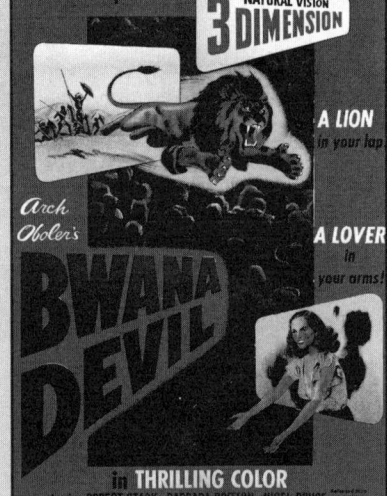

입체영화의 선구자 노릇을 했던 「악마 브와나」
의 제목에 나오는 스와힐리어 '브와나'는 흑인
원주민들에게 군림하는 백인을 일컫는 명칭이
다. 사진은 영화 「악마 브와나」의 한 장면

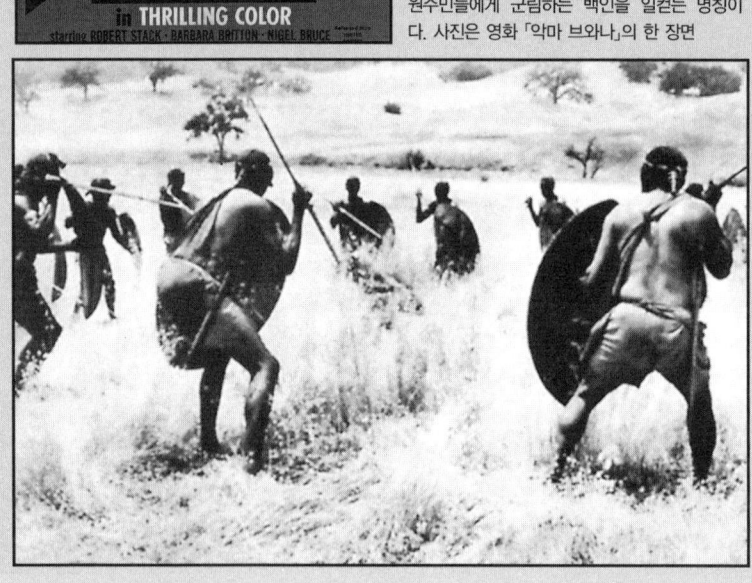

브와나와 멤사힙의 나들이

미국의 우주선이 궤도를 벗어나 아프리카 대륙으로 떨어지자, 작가이며 탐험가인 매트 메리웨더(Matt Merriwether)가 수색 및 회수 임무를 띠고 파견되어, 달에 관한 정보를 훔쳐 가려는 타국의 첩보원을 막는답시며 법석을 부리는 바브 호프 희극영화의 제목은 「이몸이 브와나」이다.

아프리카의 철도 건설 현장에서 일하는 사람들을 잡아먹는 무서운 사자들이 화면에서 관객석을 향해 튀어나오는 3-D 입체 영화의 제목은 「악마 브와나」이다. 마이클 더글라스의 모험극 「유령과 암흑」은 「악마 브와나」의 공사 현장에 출몰하던 식인 사자에 얽힌 실화와 전문 사냥꾼 얘기를 엮어서 윌리엄 골드맨(William Goldman, "Butch Cassidy and Sundance Kid", "All the President's Man", "Marathon Man" 등등)이 각본을 쓴 현대판 재탕 영화이다.

어쨌든 이렇게 제목에서뿐 아니라, 아프리카를 무대로 한 수많은 영화의 대사에 뻔질나게 자주 나오는 호칭 '브와나'는 "우리 아버님"이라는 뜻의 스와힐리어로서, 본디 동부 아프리카 단어이다. 하지만 영화에서는 "주인님"이나 "나으리"를 뜻하는 존칭어로서 아프리카 전역에서 사용된다.

'브와나'의 여성형인 '멤사힙(Memsahib)'은 영어의 '멤(mem=ma'am)'과 힌두어의 지체높은 여인을 뜻하는 '사힙(sahib)'이 결합되어 결혼한 유럽 여인들을 부르는 말로 본디 인도에서 쓰이기 시작했다.

뒤에서 곧 소개하게 될 영화 「모감보」에 등장하는 인류학자 부부처럼, 유럽에서 나들이를 나온 브와나와 멤사힙은, 밀림에서 정장을 하고 만찬을 열어 가며 '대륙(Continental)' 문화를 과시하는가 하면, 노예나 마찬가지인 원주민 짐꾼을 수십 명씩 거느리고, "위대한 백인 사냥꾼(the Great White Hunter)"을 안내인으로 삼아, 스와힐리어로 "여행"을 뜻하는 '사파리(safari)'에 나서고는 한다.

이렇게 유럽의 부유한 부부와 젊은 현지인 안내인은, 길에 나선지 얼마 안 되어 어디쯤에선가는, 불륜의 사랑에 빠지는 일이 빈번하다. 그리고 이제 그런 멤사힙과 위대한 사냥꾼의 얘기는 아프리카 영화에서 하나의 흔한 전형이 되었고, 아프리카 사냥과 가장 연상 작용이 쉽게 이루어지는 작가 어니스트 헤밍웨이의 유명한 단편소설 『프란시스 매콤버의 짧고 행복한 삶(The Short Happy Life of Francis Macomber, 1938)』을 영화로 만든 「매콤버 사건」도 그런 유형에 들어간다.

객관적으로 보면 어느 면에서도 남부러울 바가 없는 인생을 살아온 프란시스 매콤버는 아내와 함께 사냥을 하겠다고 나이로비에 도착하여 위대한 사냥꾼 윌슨을 만나자 "무엇인가를 죽이면 어떤

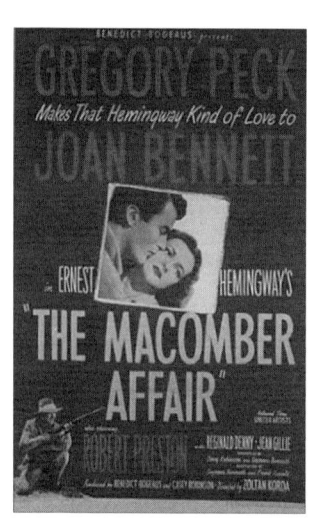

헤밍웨이 원작의 「매콤버 사건」은 멤사힙과 위대한 백인 사냥꾼과 '사나이 기질'이 부족한 브와나가 엮어내는 삼각관계를 주제로 한 표본작이다.

기분이 드는가?" 묻기도 하고, 어서 자신이 죽인 사자의 머리에 발을 얹고 사진을 찍고 싶다는 둥, 고향에서 저항할 능력조차 없는 연약한 사슴과 토끼를 잡던 솜씨와 경험을 살려 야생의 세계에서 본격적인 살생 경험을 하려는 조바심을 숨기지 않는다.

밀림을 이겨내지 못하는 「모감보」의 문명인(학자) 부부와는 달리, 프란시스는 자연을 정복하려는 유희적 욕심이 넘치고, 어쩌면 그것은 원시적인 생존 본능을 확인하려는 충동처럼 보이기도 한다. 그리고 그는 살생에 대한 동물적인 욕구보다 자신이 '사나이(macho, machismo)'임을 증명하려는 필요성에 훨씬 더 다급하게 쫓기고 있다는 인상을 주기도 한다.

여기에서 "남자는 무엇이고 여자는 무엇인가"라는 헤밍웨이 주제가 표면으로 나타나고, 프란시스는 그가 사내라는 사실을 아내에게 증명해 보여 주기 위해 여기까지 먼 길을 왔다는 사실도 은근히 밝힌다. "사냥하기, 정복하기, 죽이기"에 관해서 자신만만한 말투를 잃지 않던 프란시스는 그러나 막상 부상당한 사자의 반격에 놀라 총을 버리고 정신없이 도망친다.

그렇지 않아도 권태기에 접어들어 사이가 소원했던 아내 마거리트는 비겁한 남편의 모습을 차에서 쌍안경으로 확인한 다음에는 더욱 노골적으로 프란시스를 경멸하고, 남편이 천막 안으로 들어오기라도 하면 의자를 돌려놓고 앉으면서, 남편의 생명을 구해 준 윌슨에게, 일부러 프란시스가 보는 앞에서, 입을 맞추기도 한다. 밤에 몰래 천막에서 빠져나가 어디를 다녀오는 멤사힙에게 브와나가 무슨 짓을 하고 돌아다니는지 추궁을 해봐도, 아내는 코웃음을 치기만 할 따름이지 대답조차 하지 않는다.

겁쟁이라는 소문이 퍼질까 봐 걱정이 된 프란시스는 자격지심에 분풀이로 원주민들을 두들겨 패기도 하고, 점점 심해지는 수치심 때문에 좌충우돌하다가, 명예를 회복하기 위해 다시 들소 사냥을 나간다. 그리고 윌슨과 함께 세 마리의 들소를 쏘아서 쓰러뜨린 다음, 프란시스는 자신감을 되찾아, 내친 김에 사자 사냥을 하고 싶다면서 축배를 든다.

하지만 아내는 "네 발로 뛰어서 도망가는 짐승을 자동차로 쫓아가서 무기를 사용하여 죽여 놓고는 마치 영웅이라도 된 체하는 꼴"이 보기 싫다고 역겨워한다.

그리고는 어느 날, 총을 맞은 들소 한 마리가 두 사냥꾼에게로 달려오자 멤사힙이 그 쪽을 향해 쏜 총을 맞고 남편 프란시스가 목숨을 잃는다.

영화는 여기에서 "자신의 나약함을 잔인성으로 위장하려던 남편이 나를 이렇게 냉정하고 나쁜 여자로 만들어 놓았다"고 그녀의 뒤틀린 성격을 정당화함으로써 멤사힙이 살인자가 아닐지도 모른다는 영화적인 결론을 관객 앞에서 내리는 반면에, 원작 소설에서는 여태까지 아내한테 주눅이 들어서 살아온 남편이 사냥 경험을 통해 갑자기 두려움을 극복하고는 이제부터 남자답게 아내를 다스리겠다고 선언하자, 브와나가 오히려 두려워져 여자가 의도적으로 남편을 쏘았다는 암시가 짙다.

「매콤버 사건」에서 술집 여종업원 에이미는 윌슨에게 "사람들은 도대체 왜 아프리카로 찾아오는가요?"라는 질문을 한다. 그리고 같은 주연배우(Gregory Peck)에 역시 헤밍웨이의 유명한 단편소설(1938년 발표)이 원작인 영화 「킬리만자로의 눈」에서 '위대한 백인 사냥꾼(Torin Thatcher)' 존슨은 브와나에게 "왜 사람들은 아프리카를 다녀가면 꼭 책을 써야 하느냐?"고 묻는다.

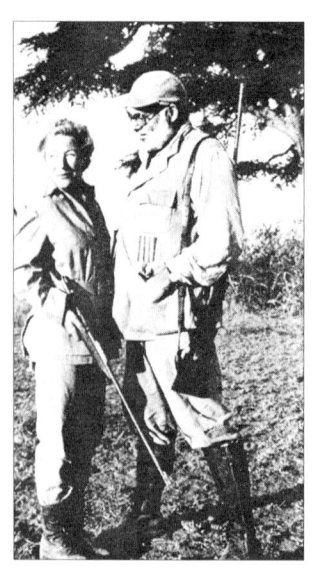

어니스트 헤밍웨이는 아프리카 사냥의 경험을 살려 중편소설 『킬리만자로의 눈』과 『프란시스 매콤버의 짧고 행복한 삶』을 썼다. 사진은 1953년 네 번째 부인 메어리와의 아프리카 사냥 당시 헤밍웨이의 모습이다.

아프리카로 상징되는 현장 경험은 헤밍웨이 문학의 주제였고, 영화 「킬리만자로의 눈」에는 헤밍웨이 창작 이론의 입문서처럼 여겨지는 장면이 자주 나온다. 주인공 소설가 해리 스트리트(Harry Street)가 발표하는 첫 소설의 제목이 「잃어버린 세대(The Lost Generation)」라는 설정도 그렇고, 신문기자와 작가로서의 경력, 에스파냐 내전과 구급차 운전과 빰쁠로나(Pamplona)의 투우, 해리의 대사 여기저기에서 나타나는 문장론도 마찬가지이며, 좀 심하다 싶을 정도로 억지이지만, 혼수상태에서도 해리는 헛소리를 하면서, 실제 체험을 통해서 얻은 지식과 지혜의 작은 한 부분만을 작품화해야 한다는 헤밍웨이의 빙산 이론 (iceberg theory)을 부르짖는다. 따라서 영화는, 원작의 얘기를 기둥줄거리로 삼아서 헤밍웨이 자신의 일대기를 접목시켜 밑에 깔아 주는 정도가 아니라, 작중 인물보다는 아예 작가 자신을 앞으로 전진배치를 했다.

해리는 사파리를 나갔다가 부상을 당했고, 후송 비행기가 두 주일째

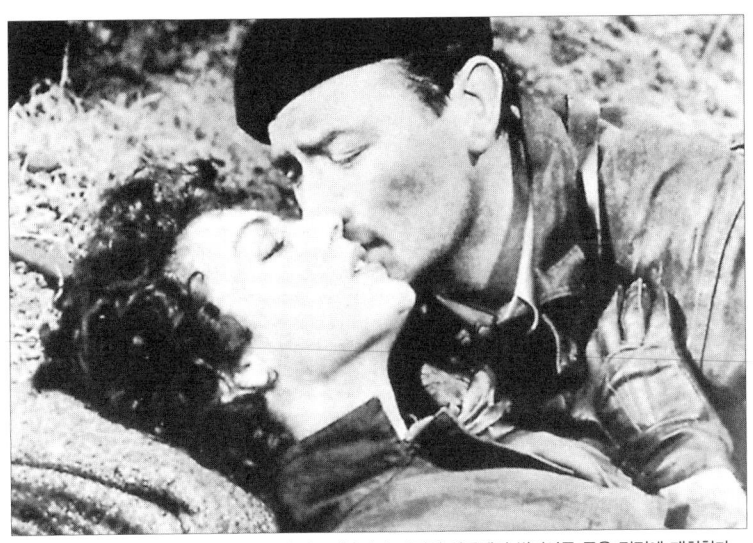

영화 「킬리만자로의 눈」에서 해리 스트리트는 에스파냐 내전의 와중에서 씬티아를 죽음 직전에 재회한다.

도착하지 않는 가운데 상처가 악화되어 곧 죽음이 오리라고 의식한다. 냉소적인 그는 삶의 의욕을 잃은 채 의식과 무의식 사이에서 작가로 살아온 생애, 그리고 씬티아 그린(Cynthia Greene)과의 사랑을 회상한다.

표구를 하지 않은 그림들을 벽에 걸어놓은 에밀(Emile)의 빠리 술집에서 만나 성냥 한 개비로 함께 담뱃불을 붙이면서 사랑하게 된 씬티아와 동거를 시작한 해리는 가난뱅이 청년기를 보내고 드디어 책이 팔리자, "아직은 젊으니까 일을 위해서 희생할 여유"와 능력이 있다면서, 처음 받은 인세를 가지고 체험을 위해, "죽음과 두려움과 열정 따위의" 글을 쓸 온갖 격렬한 자료가 풍부한 땅 아프리카로 떠난다. 임신한 몸이어서 빠리에 정착하여 안정된 생활을 하고 싶어도 해리에게 거추장스러운 존재가 되어 버림이라도 받을까 봐 겁이 난 씬티아는 임신 사실을 알리지도 못한 채 마지못해서 사파리 여행에 따라나선다.

킬리만자로 정상에서 길을 잃고 죽은 표범처럼 어디론가 멀고 새로운 곳으로 끊임없이 찾아가야 한다는 강박관념에 빠진 해리는 사냥의 살생 행위에 흥분하고, 그가 잡은 코뿔소의 30 센티미터짜리 뿔에 감격하고, "난폭하면서도 자연스러운 남성적인 감정"에 휩싸이지만, 아프리카라는 현상을 사랑하기가 힘든 멤사힙은 전혀 공감하지 못하면서, "강하고 자신감 넘치는" 브와나의 사랑을 잃게 될까 봐 더욱 불안해진다.

아프리카 여행이 끝날 즈음 다시 출판사에서 돈이 오자 해리는 에스파냐로 투우를 보러 가기를 원하고, 위기 의식을 느낀 씬티아는 그들 사이에서 '장애물'이 되어 버린 아기를 제거하기 위해 호텔 층계에서 일부러 굴러 떨어져 사산을 하기에 이른다. 하지만 빰쁠로나 여행이 끝난 다음 다시 해리가 신문사의 취재 청탁을 받아 분쟁 지역으로 떠나려 하자 씬티아는 점점 벌어지는 그들 사이의 괴리를 이겨내지 못하고 종적을 감춘다.

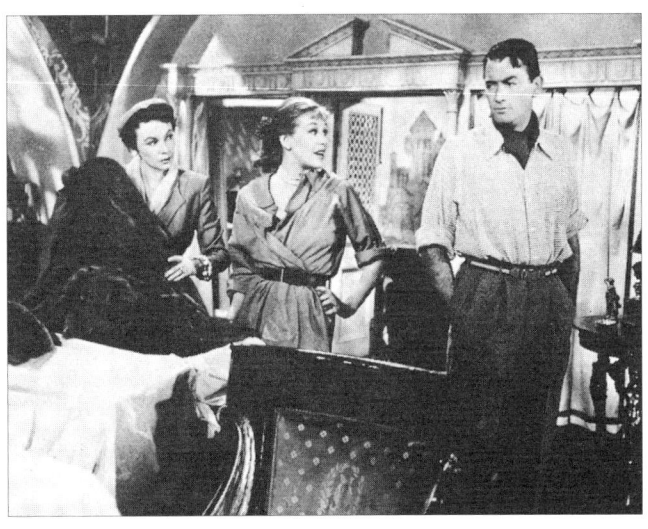
해리 스트리트는 조각가 여백
작(가운데, 힐데가르드 네프)
과 약혼했을 무렵에는 인생의
'비계' 때문에 좌절하여, 순
수했던 시절로 되찾아가는 길
을 떠난다.

두 번째 여자인 사치스러운 조각가 엘리자베드 여백작과 약혼할 즈
음 해리는 작가로 크게 성공하여 돈을 많이 벌기는 했지만, 그의 영혼
에 '비계(fat)'가 끼기 시작했음을 깨닫고 좌절한다. "밑바닥 인생은 위
로 올라가는 길밖에 다른 가능성이 없다"는 명제의 역(逆, antithesis)은,
운동경기의 챔피언처럼, "정상에 올랐으면 내려가는 길밖에 없다"이
고, 그래서 해리는 젊은 시절의 실패와 좌절 때문에 괴로워하는 대신,
성공에서 오는 권태로 죽어간다.

아마도 자살로 생을 마감한 헤밍웨이 자신의 실제 인생에서 말년에
주제로 등장했으리라고 여겨지는 이런 '기름기'에 역겨워신 주인공은
결국 여백작에게서 벗어나 상대적으로 순수했던 시절을 되살리기 위해
내란이 벌어지는 에스파냐의 전쟁터로 가서 구급차의 운전병이 된 씬
티아를 찾아 헤맨다. 그러나 두 사람의 재회는 비극적인 죽음의 한가운
데서 이루어진다.

빠리의 길거리에서 씬티아의 환상을 찾아 헤매던 해리가 노트르담
근처의 다리에서 우연히 만나 한 개피의 성냥으로 담배에 함께 붙이게

된 세 번째 여자가 지금의 아내인 헬렌이다. 괴로움과 회한에 시달리는 해리에게 늘 보호자 노릇을 하던 헬렌은 사파리에서도 혼자 사냥을 나다니는 당당한 멤사힙으로서, 해리를 두려워하지는 않지만, 씬티아의 망령과 경쟁을 벌여야 하는 도전에 시달린다.

해리가 영혼의 기름기를 제거하고 작가로서 새 출발을 하도록 돕기 위해 남자를 아프리카로 데리고 온 헬렌의 노력은 결코 쉽게 성공을 거두지 못한다. 나태했던 삶을 정돈한 다음 아직까지 쓰지 못했지만 평생 꼭 완성하고 싶었던 작품을 만들어 보겠다는 해리의 계획이 회저(gangrene)로 인해서 죽음의 그림자가 드리우며 좌절되었기 때문이다.

영화와 원작은 여기에서, 삶과 죽음을 놓고, 완전히 상반되는 결론을 내린다. 그러나 원작과는 크게 달라졌다고 하더라도, 영화에서 마지막 밤에 헬렌과 해리가 인생의 실패와 성공, 헌신과 사랑에 대해서 나누는 대화를 들어 보면, "옛날 영화는 역시 극장 문을 나설 때 마음속에 담아 가지고 가는 그런 내용이 지금보다는 훨씬 많았다"는 사실을 새삼 깨닫게 된다.

이제는 '킬리만자로'라는 말만 들어도 산정(山頂)의 표범이 머리에 떠오르지만, 동 아프리카에서 철도 건설에 얽힌 활극 「킬리만자로의 결투」는 물론, 제목만 봐도 분명하듯이, 헤밍웨이와는 아무 관계도 없는 영화이다.

실제로 일어났던 여러 사건을 바탕으로 해서 만들었다는 「킬리만자로의 그늘에서」는 아프리카의 숲지대에 가뭄이 들어 9만 마리의 비비(狒狒)가 먹을 것이 없어 인간을 공격하기 시작한다는 끔찍한 내용이다.

찾아보기 ●---

▌「이몸이 브와나(또는 "요절복통 아프리카 박사," Call Me Bwana, 1963, 미국, 103

분)」, 감/Gordon Douglas, 출/Bob Hope, Anita Ekberg, Edie Adams, Lionel Jeffries, Arnold Palmer

- 「악마 브와나(Bwana Devil, 1952, 미국, 79분)」, 감/Arch Oboler, 출/Robert Stack, Barbara Britton, Nigel Bruce, Paul McVey
- 「유령과 암흑(The Ghost and the Darkness, 1996, 미국, 109분)」, 감/Stephen Hopkins, 출/Michael Douglas, Val Kilmer, Tom Wilkinson, John Kani, Bernard Hill, Brian McCardie, Henry Cele, Omi Puri
- 「매콤버 사건(The Macomber Affair, 1947, 미국, 89분)」, 감/Zoltan Korda, 출/Gregory Peck, Joan Bennett, Robert Preston, Reginald Denny, Carl Harbord
- 「킬리만자로의 눈(The Snows of Killimanjaro, 1952, 미국, 117분)」, 감/Henry King, 출/Gregory Peck, Susan Hayward, Ava Gardner, Hildegarde Neff, Leo G. Carroll, Torin Thatcher, Vincent Gomez
- 「킬리만자로의 결투(Killers of Killimanjaro, 1959, 영국, 91분)」, 감/Richard Thorpe, 출/Robert Taylor, Anthony Newley, Anne Aubrey, Gregoire Aslan, Alan Cuthbertson, Donald Pleasence
- 「킬리만자로의 그늘에서(In the Shadow of Killimanjaro, 1986, 미국-영국-케냐, 97분)」, 감/Raju Patel, 출/John Rhys-Davies, Timothy Bottoms, Michele Carey, Irene Miracle, Calvin Jung, Don Blakely, Patty Foley

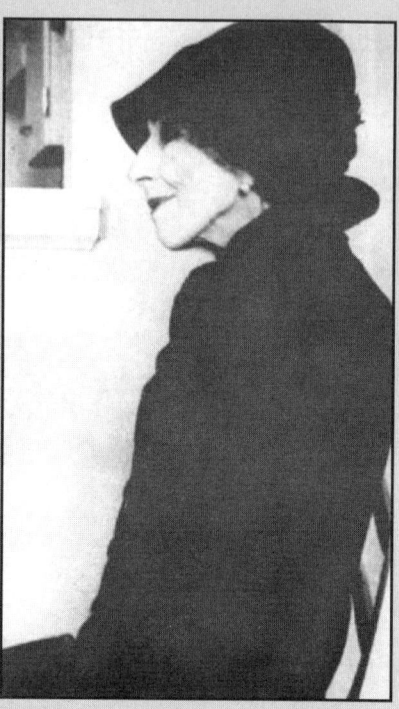

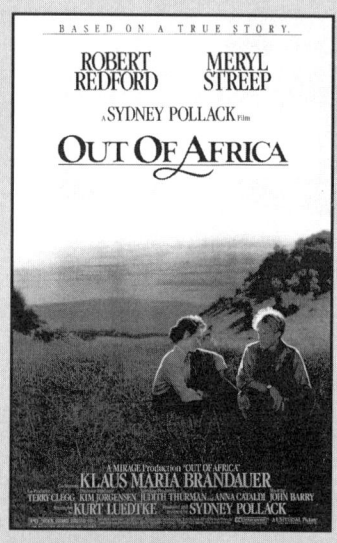

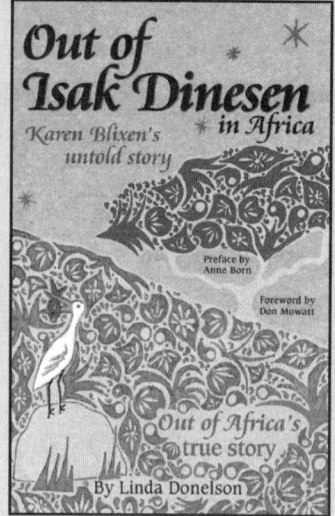

덴마크의 작가 이삭 디네센(위)은 황량한 모험의 땅 아프리카에서 겪은 경험을 지적인 글로 엮어 『떠나온 아프리카』를 엮었고, 그녀의 작품들은 아름다운 영화 「아웃 오브 아프리카」(왼쪽 위 포스터)를 탄생시켰다. 아래는 『떠나온 아프리카』에 얽힌 뒷얘기를 담은 린다 도넬손의 저서 『아프리카의 이삭 디네센』

바베뜨의 예술관(藝術觀)

다이아몬드 광산을 발견해서 재벌이 되는 여성이 주인공인 엉성한 영화 「애수의 아프리카」, 그리고 아프리카의 험난한 역경과 싸워 나가는 강인한 여자의 일대기를 바탕 줄거리로 삼은 「야성녀」는 남 아프리카를 무대로 한 '서부극'이라는 공통점을 지닌다.

자연과 역사의 역경 속에서 커피 농장을 이끌어 나가는 여인의 얘기 「아우트 오브 아프리카」는 「야성녀」나 마찬가지로 강인한 개성을 지닌 여성이 주인공이며 원작자이다.

「아우트 오브 아프리카」는 덴마크의 단편소설 작가인 이삭 디네센 (Isak Dinesen, 본명 Karen Dinesen Blixen, 1885~1962)이 1937년 덴마크어와 영어로 동시에 출간한 『떠나온 아프리카』 그리고 네 권의 다른 책을 절묘하게 하나로 엮어서 만든 영화이며, 아직 작가로 이름이 알려지기 전에 디네센이 아프리카에서 겪었던 삶을 회상하는 형태의 서술체이다.

제1차 세계대전의 전운이 감돌던 1913년, "독일 옆 작은 나라" 덴마크의 부유한 집안 태생인 카렌은 신분을 상승시키는 귀족 칭호를 얻기 위해 친척인 블릭센(Bror Blixen) 남작과 결혼하려고 동 아프리카 케냐의 집안 농장으로 간다. 아름다운 영상과 감미로운 음악(John Barry)으로 엮어진 아프리카 대평원을 가로질러 나이로비에 도착한 지 한 시간 만에 대충 결혼식을 올린 다음 알고 보니, 남편은 낙농업을 하라고 친정에서 대준 돈으로 커피 농장을 차리려는 계획에 착수한 다음이었다.

어딘가 석연치 않은 결혼생활이 시작되지만, "사냥은 적성에 맞아도 농사는 싫다"면서 남편은 바깥으로 나돌기 시작하고, 전쟁이 터지자 옳다꾸나 아예 집을 떠나 버린다. 외로움과 인내의 시련 속에서 살아가다가, 군수품으로 보내라는 소떼를 직접 몰고 카렌은 채찍으로 사자들과 싸워가며 여장부「야성녀」처럼 사막을 건너 남편을 찾아가지만, 반가워하지도 않는 남작에게서 수치스러운 병 매독만 얻고 돌아온다.

당시에는 치료 가능성이 절반쯤밖에 되지 않고 자칫하면 정신이상을 일으키는 무서운 매독을 치료하기 위해 귀국한 카렌은 다행히 병을 고치지만 임신을 못하는 몸이 되어 케냐로 돌아간다. 그러나 전쟁이 끝난 다음 돌아온 남편은 송년회에서 다른 여자와 관계를 맺고, 두 사람

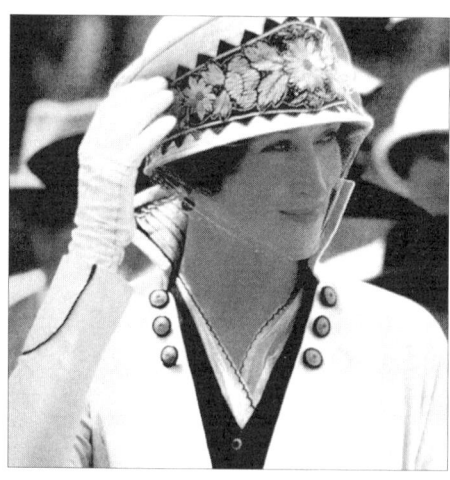

카렌은 신분상승을 위한 결혼을 한 다음 새로운 삶을 찾아 아프리카로 가지만, 남편과의 결혼생활은 하나의 '편리한 방편'으로 끝나 버린다.

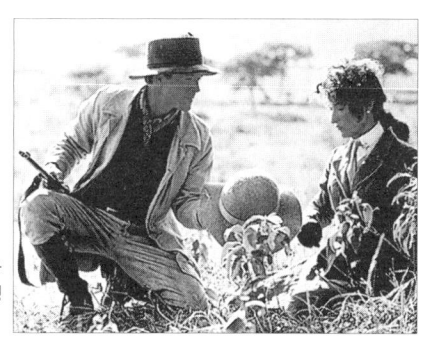

함께 삶을 나눌 만한 새로운 남자 데니스는 끝내 카렌과의 결혼에 동의하지 않은 채 비행기 사고로 세상을 떠난다.

은 별거를 시작한다.

혼자서 농장을 꾸려가며 카렌이 외로움을 잊기 위해 사귀게 된 남자는 인간 친구보다 책을 훨씬 가까이하는 사람으로서, "짝짓기와 먹이 사냥, 모든 일에서 사람보다 진지하게 살아가는" 동물을 사랑하는 이상주의적인 영국의 '위대한 백인 사냥꾼' 데니스(Denys)이다. 두 사람이 고상한 문화적 대화를 나누던 과정에서, 데니스는 그녀에게 소설을 쓰라고 만년필을 선물로 주는가 하면, 신발명품인 축음기를 가져다가 둘이 함께 들판으로 나가 비비(狒狒)들에게 모짜르트의 음악을 들려 주고, 남자가 여자의 머리도 감겨 주고, 비행기에 태워 인도양 해변과 들판의 붉은 풍경도 보여 주지만, 정착을 위해 남편을 원하는 카렌에게 결혼만큼은 동의하지 않는다.

그러다가 은행 부채와 공장의 화재에다 비행기 추락으로 인한 데니스의 죽음까지 이어지면서 결국 '야성녀' 카렌은 한때 그녀를 쫓아냈던 남성들만의 클럽에서 위스키 한 잔을 얻어 마시고는 귀국하여 다시는 아프리카로 돌아가지 않는다.

「야성녀」와는 달리 여성적인 섬세한 감각이 두드러진 「아우트 오브 아프리카」에서 카렌에게 나침반을 선물로 주고 여자가 혼자 사는 길을 가르쳤던 데니스는 아프리카에서 "정확히 무엇이 당신 것인가?"라고 그녀에게 묻기도 한다. 식민지에 이식한 영국 사회와 대륙 문화에 대한 비판적인 시각이 뚜렷하다.

그리고 카렌은 농장이 불타 없어진 다음 신임 총독 앞에 꿇어앉아 애원하면서 "우리들이 다 빼앗았기 때문에 원주민들에게는 돌아갈 땅이 없다"는 말을 한다. 그러나 구원은 오지 않고, 카렌은 집에서 일하던 하인들을 갈 곳이 없는 곳으로 돌려보내면서, 그들의 손에 끼워 주었던 유럽식 하얀 장갑을 도로 벗겨 주는 상징적인 예식을 치른다.

데니스와 카렌의 행동과 사고방식은 비록 어느 정도의 양심과 죄의식을 곁들이기는 했더라도 어디까지나 백인의 시각을 기준으로 삼았을 따름이고, 아프리카 '원주민'의 의식을 알려면, 한국 관객으로서는 접근이 비교적 어려운 우스만 상벤(Ousmane Sembene, 1923~)의 세계를 탐험하도록 권하고 싶다.

그는 참된 문인 대통령 셍오르(Léopold Sédar Senghor, 1906~2000, 통치 기간 1960~80)가 다스렸던 나라 세네갈 태생인데, 시인 셍오르는 빠리의 소르본느 대학을 졸업하여 아프리카 흑인으로서는 최초로 교수 자격을 획득한 인물이다. 그는 마르띠니끄 태생의 시인이요 극작가인 에이메 체제르(Aimé Césaire)와 더불어 아프리카 흑인의 문화적 유산

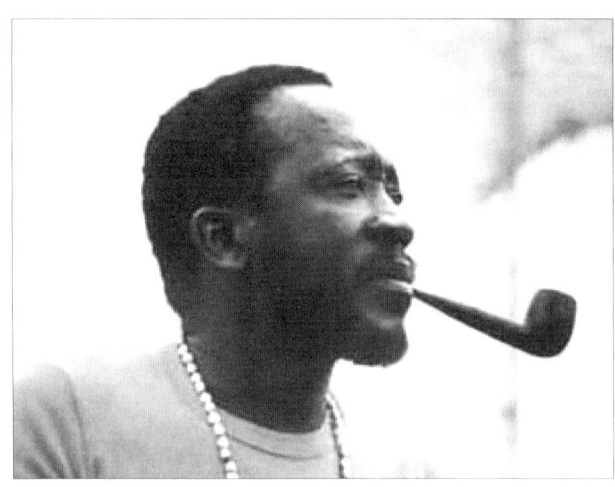

세네갈 태생의 작가이며 감독인 우스만 상벤은 영화라는 매체를 통해서 그의 민족뿐 아니라 아프리카 흑인 전체의 의식을 깨우치려는 계몽정신이 투철한 예술가이다.

에 대한 긍지와 자각을 일깨우려고 도모했던 의식화 운동인 네그리뛰드(Négritude)의 선구자였다.

상벤은 열네 살 때 학업을 중단하고 자동차 정비공과 목수 그리고 어부로 생계를 이어가다가 1948년 프랑스로 건너가 마르세이유에서 부두 노동자로 일하며 노동조합 활동에 앞장섰고, 1955년 첫 소설『흑인 부두노동자(Le Docker noir)』를 발표했다. 이어서『오 조국이여, 나의 아름다운 민족이여(O Pays, mon beau peuple, 1957)』등의 작품을 발표하지만, 문맹이 많은 동포에게는 글로 된 예술 형식으로서는 접근이 어렵다는 현실 때문에 영화로 관심을 돌려 1962년 모스크바로 가서 게라시모프(Sergei Gerasimov)와 돈스꼬이(Marc Donskoi) 밑에서 공부했다.

1963~77년에 그는 여덟 편의 영화를 만들었고, 그들 가운데 네 편은 자신의 소설을 원작으로 삼았다. 그가 만든 첫 장편영화「흑인 소녀(La Noire de..., 영어 제목 The Black Girl from..., 1966)」는 전통 문화의 언어(표현 방식)인 춤과 가면을 구사해 가면서 독립 이후 아프리카의 신식민주의를 주제로 한 뛰어난 작품으로 주목을 받았다.

우리나라에도 꽤 널리 알려진 다음 작품「우편환(Mandabi, 영어 제목 The Money Order, 1968)」의 주인공 디엥은 두 아내를 거느리기는 했지만 직업도 없으며 무능력한 50대 남자인데, 청소부로 일하는 조카가 빠리에서 보내준 우편환조차 현금으로 바꾸지 못할 정도로 무식하다. 이 영화는 프랑스어가 아닌 아프리카의 울로프(Wolof)어로 만들어서 흑인 동포에 보다 적극적으로 접근했다.

「에미따이(Emitai, 1971)」도 역시 아프리카 언어(Diola)로 만들었으며, 「백성(Ceddo, 영어 제목 The People, 1976)」은 18세기 세네갈을 무대로 한 사극이다. 이 영화는 토착 종교와 이슬람교 그리고 기독교의 갈등을 배경에 깔고 탈식민지 시대의 권력층과 민중의 대립을 부각시킨다. 이러한 비판적인 시각과 작가의 정치적 의식으로 인해서 정부와

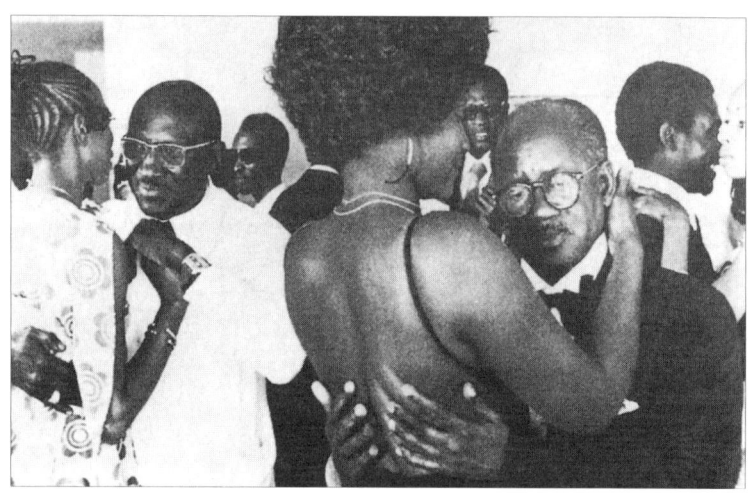
상벤이 만든 작품은 희극물인 「살라」까지도 비판적인 풍자가 강하다.

프랑스로부터 상벤은 반발을 샀고, 「백성」과 「만다비」는 상영금지 조치를 당했다.

희극물인 「살라(Xala, 영어 제목 Impotence, 1974)」까지도 부유층과 정치 권력의 위선에 대한 풍자가 강하다. 식민지 시대 정복자들의 언어 프랑스어와 세네갈의 토속어가 함께 사용되어 주도권다툼을 벌이는 이 영화의 제목은 "무능함이라는 저주"를 뜻한다고 하는데, 우리나라 사람들의 문화 의식을 염두에 두고 보면 이 작품은 시사하는 바가 사뭇 크다. 모국어는 종속된 계층을 상징하고 영어가 "고급 언어" 대우를 받기는 우리나라에서도 마찬가지여서, "화이팅"이니 "매니아"니 "벤처기업"이니 해가면서 영어도 아닌 영어를 남발하면서 마치 '국제화'의 화신이라도 된 듯 착각하는 한국인의 사고방식은 미국이나 유럽의 문화라면 무작정 귀족성을 의미하는 그들의 풍토와 일치한다. 우리 문화는 제대로 알지도 못하면서 서양권 문화에 탐닉하다 보니, "포스트모던"과 "노블리스 오블리지"라는 외국어를 사용하면 백인 귀족이라도 된 것처럼 처신하면서, 그런 말이 한국어로 무슨 뜻이냐고 물어 보면 대답할 말이 생각나지 않아 멍한 표정을 짓는 한국인들의 모습이 「살라」에 고스란히 담겼고, 이러한 정체성 상실을 조롱하기 위해서인지 영어 제목은 아예 "불감증"이라고 붙여놓았다.

훈련된 인력이 부족하고 자금 조달도 열악한 환경에서 비전문 배우를 동원해 가면서 영화를 만들었기 때문에 상벤에게서는 예술성이나 기교에서는 크게 공부할 바가 없을지 모르겠지만, 제3 세계에서 내적 및 외적인 힘과 싸워 나가며 살아가는 인간의 존엄성, 그리고 민중의 집단 영웅성을 추구하는 작가 정신만큼은 분명히 하나의 귀감이 되겠다.

우리는 또 다른 감동적인 작가 정신을 「바베뜨의 만찬」에 가서 배운다.

'정복의 길'에 나섰다가 끝내 식민지에서 뿌리를 내리지 못하고 아프리카를 떠나(out of Africa) 덴마크로 돌아간 멤사힙 카렌 블릭센(이삭 디네센)이 미국 여성지("Ladies Home Jounal")에 처음 발표했던 단편소설을 영화로 만든 「바베뜨의 만찬」은, 배경이 된 유틀란트의 마을조차도 제한된 골목 일부만 보여 주어서 마치 단막극을 보는 듯한 기분이 들게 만들지만, 그러나 이 짤막한 듯싶으면서도 온 마을 사람들의 한평생을 그려 나가는 영상 실내악은 인생과 예술을 깊고도 은은하게 얘기한다.

쓸쓸한 바닷가, 검고 푸른 해안 마을과 넙치를 널어 말리는 외진 골목길 풍경을 보여 주며 영화가 시작되면, 종교개혁가에게서 이름을 따다가 붙인 노년기의 두 자매 필리빠(Filippa)와 마르띤(Martine)부터 소개한다. 마치 전염병이 돌아 격리시킨 듯 황량한 마을에서 평생을 보낸 두 여인은, 목사이며 선지자이고 새로운 교파의 창시자여서 마을 사람들에게는 존경과 두려움의 대상이었던

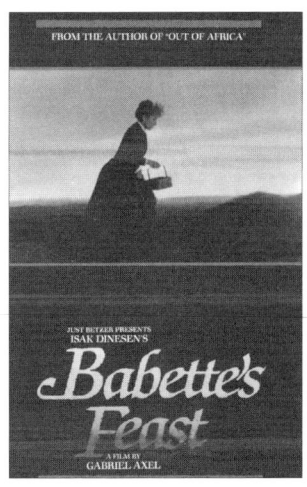

「바베뜨의 만찬」은 예술혼에 관한 짧고도 은은한 선언이다.

아버지가 일찍 돌아가신 다음 전도사로서 그의 종교적인 위업을 이어
가지만, 교회의 세가 자꾸 몰락하기만 한다. 이제는 살림도 넉넉하지
못한 자매가 손수 짜서 주는 장갑과 목도리에 이끌려, 그리고 공짜로
빵과 수프를 얻어먹으러 오는 노년층 몇 명말고는 신자조차 없다.

그리고는 그들 자매와 함께 살아가는 프랑스인 하녀 바베뜨의 비밀
을 알려주기 위해 필리빠와 마르띤의 처녀 시절로 얘기가 거슬러 올라
간다.

화사하게 아름다웠던 두 여인은 종교개혁가의 딸에 걸맞는 처신을
하느라고 무도회나 파티에는 모습을 보이지 않고, 그래서 젊은 청년들
은 그들을 보기 위해 일요일마다 교회로 몰려오고는 한다. 그러나 청혼
을 하려고 집으로 찾아오는 총각들에게 아버지는 두 딸이 "하나님의
사업을 하도록 나를 도와 줘야 한다"면서 돌려세운다.

한편, 경기병대 장교인 로렌츠 로벤헬름(Lowenhelm)은 주둔지 코펜
하겐에서 방탕한 생활을 계속하여 노름빚을 지고 품행 문제로 군대에
서 쫓겨날 위기에 처한다. 그래서 아버지는 그를 3 개월 동안 엄격한
고모의 집에서 근신하도록 유배를 보내고, 그곳 외딴 바닷가 '유배지'

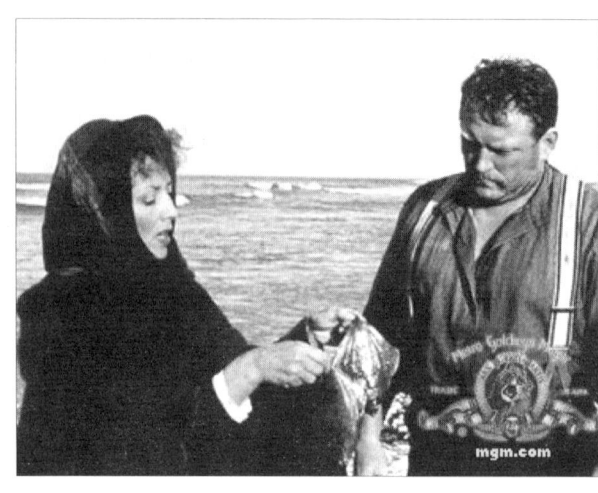

생선 몇 마리를 사면서도 요령껏
값을 깎아서 바베뜨는 세 사람으로
식구가 늘어난 살림을 두 사람이
살아갈 때보다도 더 규모있게 꾸려
나간다.

에서 로렌츠는 마르띤을 만나 첫눈에 반한다. 고모의 소개를 받아 목사관을 드나들며 그는 마르띤에게 열심히 접근하지만, "자나깨나 하나님만 생각하는 우울증 환자들" 앞에서는 "환영받지 못하는 존재가 아무리 노력해도 이루지 못할 일"이 존재한다는 사실을 깨닫고, 지나치게 고귀한 여자를 아내로 맞아 행복하고 새로운 삶을 시작하려던 꿈을 스스로 포기한 다음 주둔지로 돌아간다.

이때 받은 충격을 이기기 위해 로렌츠는 "세상이 알아주는 실력자가 되겠다"는 결심을 하고, 궁중의 시녀와 결혼하고는 성공을 위해 물불을 가리지 않는 기회주의자가 된다. 그는 나중에 크게 출세하여 장군이 된 다음 바베뜨의 만찬에 참석하게 될 때까지 다시는 마르띤의 마을로 돌아오지 않는다.

프랑스인 성악가 아쉴 빠뺑(Achille Papin)은 스톡홀름 공연에서 자신의 목소리가 예전과 같지 않아 종말의 위기를 느끼고, "인적 드문 바닷가에서 갈매기나 벗하고 싶다"는 그의 말을 듣고 어느 귀족 부인이 그녀의 친구가 사는 덴마크의 한적한 마을로 가라고 제안한다. 몰락기의 침울함 속에서 바닷가를 거닐던 빠뺑은 어디선가 들려오는 노랫소리에 발길이 이끌리고, 교회로 들어간 그는 찬송가의 합창 속에서 영롱한 필리빠의 목소리가 점점 더 크게 들려온다고 생각한다.

빠리를 매혹시킬 천사의 목소리를 발견한 빠뺑은 후배를 양성하여 영광의 대를 이어가겠다는 욕심에 필리빠를 제자로 삼아 개인교수를 시작한다. 그러나 구교 가톨릭 신자인 스승과 사랑의 이중창을 부르던 필리빠는 종교적인 갈등을 느껴 세계의 정상에 오를 만한 목소리를 희생하고 촌구석에서 평범한 여자로서 그냥 머물기로 결심한다. 노래 공부를 중단하겠다는 통고를 받고 상심한 빠뺑은 이튿날 아침 일찍 빠리로 돌아가서 다시는 마을을 찾아오지 않고, 필리빠는 사랑의 조용한 비애를 침묵으로 참아넘긴다.

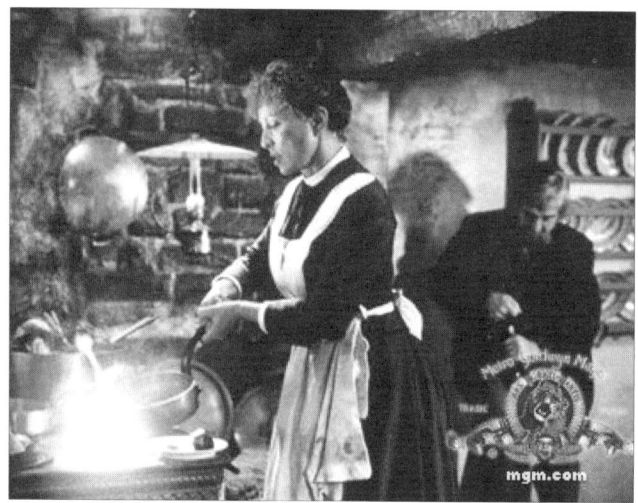

덴마크 어촌의 사람들을 위한
단 한 차례의 만찬을 준비하
려고 바베뜨는 음식 재료를
빠리에서부터 가져온다.

그리고는 30여 년이 흐른 다음 1871년 어느 비내리는 밤에, 빠리 꼬
뮌(Paris Commune) 봉기가 실패하여 남편과 자식과 재산을 모두 잃고
겨우 목숨만 건져 덴마크로 탈출한 바베뜨가 "이제는 세상 사람들에게
잊혀져 외로운 말년을 보내는 빠뺑"의 편지를 들고 두 자매의 집으로
찾아온다. "죽음을 앞둔 지금 옛날의 명성이 다 무슨 소용인가?"라면
서 빠뺑은, 지금까지도 필리빠를 사랑하는 그의 마음을 생각하여 불쌍
한 바베뜨를 거두어 달라고 부탁한다.

이렇게 해서, 돈이 없어 월급조차 못 주는 두 자매와 같이 살게 된 가
정부 바베뜨는, 그녀의 비밀을 모르는 필리빠와 마르띤으로부터 말린
넙치를 물에 불려 토막내어 맥주빵과 섞어서 요리하는 방법을 배워가
면서, 함께 늙어간다. 집안에서는 식구가 하나 더 늘었는데도 생활비가
줄어드는 신기한 현상도 발생하고.

사랑과 인생을 등지고 청춘과 아름다움을 낭비하며 살았기 때문에
누가 봐도 한평생을 손해보는 듯한 두 자매와 함께 바베뜨가 14년의
세월을 보낸 다음, 젊은 생명력을 불어넣는 새로운 신도는 한 명도 늘

지 않고, 늙어서 노망이 들어 서로 미워하고 시기하며 다투기나 하는 옛 신자들만 몇 명 남은 처지에 아버지의 탄생 1백 주기가 돌아오자, 두 자매는 마을 사람들의 친목을 도모하고 예배 분위기를 바꿔 보려고 조촐한 축하 모임을 계획한다.

마침 그때, 고향을 그리워하는 그녀에게 친구가 꼬박꼬박 사서 보내주던 복권이 뜻밖에 당첨되어 바베뜨는 1만 프랑이나 되는 상금을 타게 된다. 이제는 엄청나게 많은 돈이 생겼으니 바베뜨가 프랑스로 귀국하겠거니 했는데, 그녀는 돌아가신 목사님을 위한 만찬의 식단을 자신이 짜겠으며, "진짜 프랑스 요리가 될 만찬"의 비용도 복권 상금에서 내겠다고 제안한다. 자매는 이별을 위한 선물쯤으로 생각하고 마지못해 그러마고 동의하지만, 요리 재료를 구하러 한 주일 동안 프랑스로 갔던 바베뜨가 돌아오자 온마을이 긴장한다. 바베뜨가 보조 요리사까지 대동하고 가져온 요리 재료가 살아서 뻑뻑거리는 메추라기에서부터 바다거북에다 포도주에 이르기까지, 온갖 해괴한 '악마의 음식'을 만드는 물건들 같아서였다.

'맥주빵'도 만들 줄 몰랐던 하녀가 무슨 짓을 꾸미는지 걱정이 된 자매는 끔찍한 악몽을 꾸고, 동네 사람들은 머지않아 고향으로 돌아갈 바베뜨의 체면을 생각해서 아무리 흉측하고 먹지 못할 요리가 나오더리도 "아무 맛도 못 느끼는 사람들처럼 입을 다물고" 음식에 대해서는 일체 언급하지 않기로 사전에 굳게 약속한다.

지금은 스웨덴 국왕의 시종장이 된 로렌츠 로벤헬름은 마침 고모의 집에 들렀다가 목사관에서 열린다는 만찬 얘기를 듣고는 마르띤

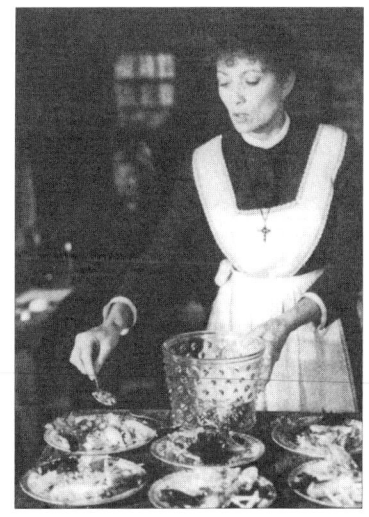

바베뜨는 평생의 역작을 만들 듯이 만찬을 준비한다.

에 대한 사랑이 이루어지지 않은 다음 자신이 살아온 삶을 되새기며, "젊은 시절의 꿈과 야망을 이룩하기 위해 평생 노력했지만, 그 결과가 무엇인가? 헛되고도 헛되도다. 모두가 헛되도다"라고 한탄한다. 그리고 그가 과거에 내린 선택이 과연 옳았는지 확인하고 싶어서 자청하여 식사에 참석한다.

그리고는 기나긴 바베뜨의 만찬이 시작된다. 상차리기에서부터 시작하여 손님들이 즐겁게 노래를 부르고 집으로 돌아갈 때까지, 102분의 영화에서 35분이나 식사의 예식이 계속되어, 마치 영화 전체가 단한 번의 식사로 집중되는 듯한 느낌이 들기까지 한다.

그것은 단순한 식사가 아니라 하나의 음악회와 같다. 이른바 '진짜 예술'을 하는 사람이라면 "당구도 예술이다" 따위의 표현을 언짢게 여기기도 하지만, 음식만들기와 먹기의 온갖 묘기와 곡예로 이어지는 바베뜨의 만찬은 음악의 연주라는 예술을 눈으로 보고 있음을 서서히 깨닫게 만든다. 빠리에서 구입해온 은식기가 빛나고, 촛대마다 여러 개의 촛불이 빛나고, 부챗살처럼 접은 식탁 수건을 펼쳐 무릎에 놓고, 마을 사람들은 약속한 대로 음식에 관해서는 일체 언급을 피해가며, "아마 내일은 눈이 펑펑 쏟아질 모양이야"라거나, "사람은 그저 굶지 않을 정도로만 먹으면 된다고 생각해요"라거나, 목사님이 물(얼음) 위를 걸었던 기적도 얘기하고, 샴페인을 마시며 "레모네이드 종류인가 봐요"라면서, "실수를 안 하려면 입조심을 해야 한다"며, 무엇인지도 모르겠는 갖가지 요리를, 어떤 과일은 어떻게 칼로 잘라야 하는지 전혀 알 길이 없어 쩔쩔매기도 하면서, 조심스럽게 먹기 시작한다.

그러나 이런 촌사람들과는 달리 빠리의 사교계 생활에 익숙한 장군은 첫 번째 잔을 입에 대자마자 "이것은 최고급 아몬틸라도(amontillado)"라고 놀라서 감탄하고, "고모님, 이건 거북으로 만든 수프로군요"라면서 훌륭한 요리사의 솜씨를 칭찬하는 예절을 잊지 않고, 한 잔 마시고

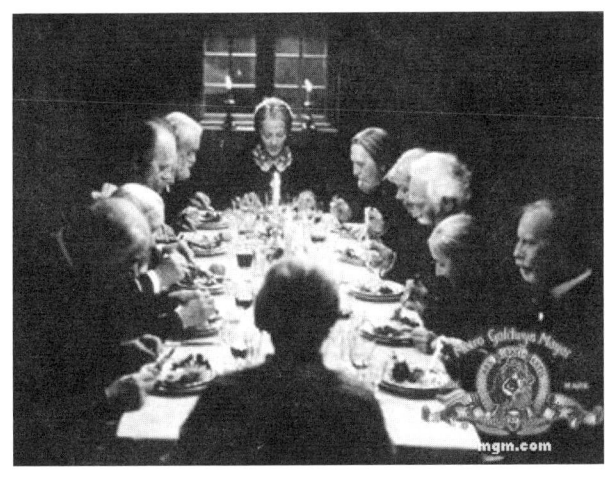

저녁 식사는 마치 음악을 연주하듯 아름답고 잔잔하게 진행된다.

한 숟가락 들 때마다 천천히 음미하면서 찬사를 거듭하고, 메추라기 요리를 맛보고는 이런 요리는 빠리의 까페 앙글레에서 주방장으로 일했던 여자가 아니면 아무도 만들지 못한다고 단언한다.

만찬에 참석하러 오는 길에, 실패한 사랑에 대한 반발로 그가 선택했던 인생이 과연 옳았는지 회의를 느껴, "수십 년 쌓아온 공적이 순식간에 물거품이 되기도 하는가?"라고 고모에게 질문했던 로렌츠는 마지막으로 정향주(丁香酒)를 한 잔 더 시켜 마신 다음, 식탁에 둘러앉은 사람들에게 그가 알아낸 해답을 얘기한다.

"인간은 어리석은 존재여서, 틀린 선택을 두려워한다. 그러나 인간의 선택은 중요하지 않다. 잃었다고 생각해도, 언젠가는 되찾게 되기 때문이다."

샴페인을 들고 못 이룬 사랑의 늙은 모습을 한참 쳐다보던 그는 옛 여인과의 재회를 끝내고 돌아가기 전에, 인생의 아쉬움과 사랑의 무자비함과 세월의 위안을 이렇게 표현한다.

"지금까지 단 한순간도 난 당신을 잊은 적이 없습니다. 어리석게도 오늘에야 그런 사실을 깨달았습니다만."

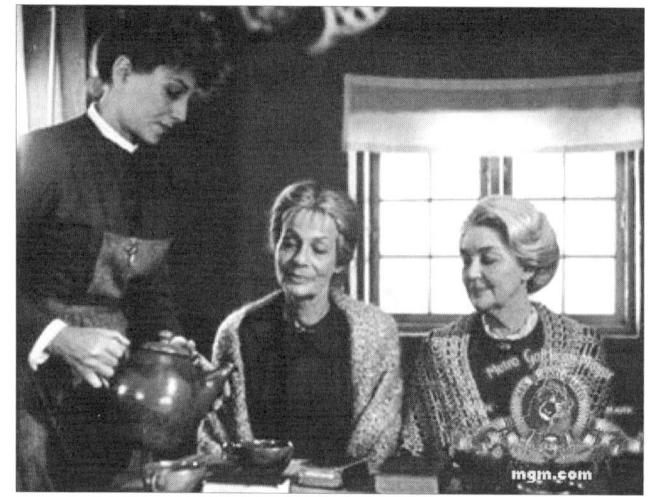
바베뜨는 쓸쓸하게 여생을 살아가는 자매와 함께 바닷가 마을에서 늙어가겠다고 결심한다.

손님이 모두 돌아가고 셋이만 남은 다음에 두 자매는 바베뜨에게 "어디에서 그런 진귀한 요리 솜씨를 다 배웠느냐?"고 묻는다. 바베뜨는 1871년 빠리에서 내란이 일어났을 때 그녀의 재산과 가족을 모두 빼앗아간 군대를 지휘했던 갈리빼 장군을 모시고 로렌츠 로벤헬름이 까페 앙글레로 식사를 하러 갔을 때, 그 유명한 메추리 요리를 만들어 내놓은 여주방장이 자기였노라고 대답한다. 어디선가 스쳤던 운명은 그렇게 외딴 바닷가 마을에서 얼굴도 못 본 채로 음식을 통해 다시 엇갈린다.

자매는 다시 바베뜨에게 언제 빠리로 돌아가겠느냐고 묻는다. 바베뜨는 이곳을 떠나지 않고 그들과 가난한 삶을 계속하겠다고 말한다. 프랑스로 가 봤자 반겨줄 사람도 없고, "게다가 가진 돈도 한푼 없기 때문"이라는 설명이다. 복권이 당첨되어 타게 된 상금은 다 어디로 갔느냐고 물으니까, 만찬을 준비하느라고 다 썼다고 한다.

"까페 앙글레에서는 12인분 식사값이 1만 프랑이거든요."

그 많은 돈을 아깝게 왜 다 써 버렸느냐는 질문에도 바베뜨는 대답할 말이 이미 준비되어 있었다.

"예술가는 절대로 가난하지 않답니다. 빠뺑 선생님은 진정한 예술가란 단 한 번의 노래로도 세상을 감동시킨다고 하셨어요. 최선을 다하겠다는 마음가짐이 중요하다고요."

한 차례의 저녁 식사라는 아주 작은 사건을 다룬 아주 짧은 문학 작품에서 태어난 아주 잔잔한 영화 「바베뜨의 만찬」은 이렇게 많은 여운을 남긴다.

찾아보기

▌「아웃 오브 아프리카(Out of Africa, 1985, 미국, 161분)」, 감/Sydney Pollack, 출/Meryl Streep, Robert Redford, Klaus Maria Brandauer, Michael Kitchen, Malick Bowens, Joseph Thiaka, Stephen Kinyajui, Michael Gough
▌「바베뜨의 만찬(Babettes Gætebud 영어 제목 Babette's Feast, 1987, 덴마크, 102분)」, 감/Gabriel Axel, 출/Stephane Audran, Jean-Philippe Lafont, Gudmar Wivesson, Jarl Kulle, Bibi Andersson, Brigitte Federspiel, Bodil Kjer

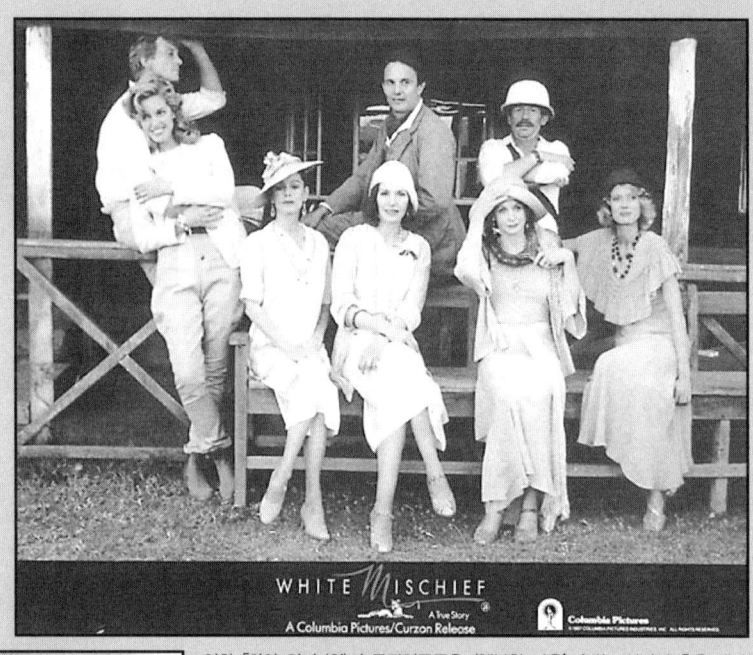

WHITE MISCHIEF
A True Story
A Columbia Pictures/Curzon Release
Columbia Pictures

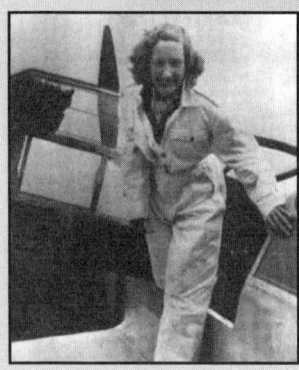

영화 「하얀 악녀」(위)의 등장인물들은 '행복한 마을' 이라는 식민지 촌을 케냐에 만들어 놓고 유럽 생활을 했다. 아래는 「태양에 드리운 그림자」의 주인공이 된 실존 인물 베릴 마컴이다.

'하얀 여자'들이 아프리카 쪽으로 간 까닭은

    용감한 개척자 멤사힙이면서도 나중에 지극히 섬세한 작품을 썼던 유명한 백인 여성 카렌 블릭센이 주인공으로 등장하는 『떠나온 아프리카』가 영화로 선을 보이자, 텔레비전에서 찾아낸 카렌과 비슷한 유명 백인 여성은 「태양에 드리운 그림자」의 베릴 마컴(Beryl Markham)이었다. 1930년대 개척기의 아프리카 밀림지대 정기 항로 비행사이며 모험가이고, 한때는 말을 훈련시키기도 했던 마컴의 공격적인 생애와 사랑 이야기는 그러나 이삭 디네센의 은은한 색깔을 내지는 못했다.

    「태양」에서 여주인공의 부유한 남편 역을 맡았던 영국 배우와 동명이인(同名異人)인 제임스 폭스(James Fox)는 그 영화의 원작자이면서 같은 해 영국에서 선보인 영화 「하얀 악녀」의 원작자이기도 하다. 이삭 디네센이 커피 농장을 운영했던 케냐에는 제2차 세계대전 초에 '행복한 마을(Happy Valley)'이라는 영국 식민지 촌이 형성되었는데, 이곳에서 '하얀 여인'이라는 유명한 실존 인물 다이아나가 살았다. 사교계의 여왕이었던 그녀는 서른 살이나 연상인 부자와 영국에서 결혼한 다음 전쟁을 피해 케냐로 이주해서는, 유럽식 생활방식을 고수하며 저녁마다 만찬을 벌이고는 했다는데, 결국 바람둥이 에롤 백작의 유혹에 넘어가 불륜에 빠지게 된다. 「하얀 악녀」에서는 아름다운 아내를 빼앗긴 남편이 은밀하고도 치밀한 보복을 하게 된다.

이렇게 '하얀 여자'들은 꿈과 야망을 이루기 위해, 기회와 부를 찾아서, 그리고 모험을 경험하기 위해 아프리카로 가고는 했다. 그런데 「마지막 사랑」의 하얀 여자는 도대체 왜 두 명의 하얀 남자와 함께 아프리카로 갔을까?

「마지막 사랑」의 원작자인 폴 보울스(Paul Bowles, 1910~)는 모로코에서 오랫동안 살아온 미국의 소설가요 단편작가이며 작곡가로서, 그의 작품은 영화로 만들기가 정말로 어렵다는 정평이 났다. 하지만 제임스 조이스의 「율리시즈(Ulysses, 1967, 감/Joseph Strick)」도 영화로 만들어낸 세상인데, 베르나르도 베르똘루찌라면 믿어도 되지 않겠느냐고 덥석 믿어 버렸다가는, 애를 먹기가 쉬울 정도로 이 영화는 읽기가 매우 힘들다.

결혼생활 10년 만에 사랑이 딱딱하게 식어 버린 권태기의 작곡가 포트(Port)와 아내 키트(Kit)는 인생에서 무엇인가 새로운 의미와 희망을 찾고 그들의 삶을 건져내기 위해, 제2차 세계대전 직후에 뉴요크를 떠나 아프리카 여행을 시작하려고 테라 퍼마에 도착한다. 하지만 그들과 동행한 터너(Turner)는 아내 키트와 불륜

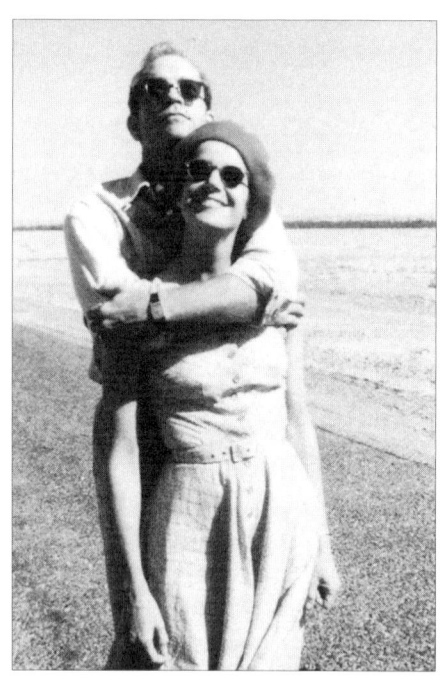

베르똘루찌 감독의 「마지막 사랑」은 「빠리에서의 마지막 탱고」만큼이나 삭막하고 힘든 인간관계를 보여 준다.

의 관계이다. 그리고 남편은 암흑대륙에 도착하자마자 어느 골목길에 앉아 몽롱한 명상을 하다가 "달보다 예쁜 아가씨를 소개하겠다"는 아랍인을 만나 천막촌에서 창녀와 하룻밤을 지내기 위해 외박부터 한다.

"시간의 존재를 철저히 무시"하면서도 1년이나 2년쯤으로 기간을 잡고, 관광(tour)이 아니라 여행(travel)을 하겠다며, 목적과 목적지가 없이, 그리고 별다른 의욕도 없이, 방랑하는 세 사람의 오뒷세이아는 이렇듯 어지럽게 시작된다. 술값과 담뱃값을 구걸하거나 여권을 훔치는 일말고는 "아무것도 안 하는" 뚱뚱보 백치성 아들 에리크를 데리고 잡지에 기고할 여행기를 쓰러 돌아다니는 독일 여자 모레스비 라일의 차를 얻어타고 남편 포트가 혼자 길을 떠나는가 하면 아내는 터너와 기차를 타고 따로 여행하며 관계를 쌓아 나간다.

모두가 타인들의 삶 언저리에서 방황하는 망령들이다.

온세상이 중국의 황사를 뒤집어쓰기라도 한 듯 황토빛이 가득한 화면을 가로질러 푸시프에도 가고, 파리떼가 '검은 폭풍'을 일으키는 앙크로파도 가고, 어디인지 모르겠지만 메사드에도 가고, 어디인지 모르겠지만 부누라에도 가고, 붉은 황야, 프랑스어가 유창한 검은 얼굴들, 버스를 타고, 짐차를 얻어타고, 중간에서 터너는 떼어 버리고, 자신의 인생에 대해서 무책임한 부부는 닥치는 대로 무작정 돌아다니던 끝에, 포트가 장티푸스에 걸린다.

야민의 객지에서 열병에 시달리며 혼수상태에 빠진 남편을 치료할 의사도 찾을 길이 없고, 역병이 돈다고 호텔에서는 받아 주지도 않고, 겨우 짐차를 구해 타고 스바의 프랑스군 요새에 도착하여 창고의 맨땅에 누워 헛소리를 하던 포트는 결국 까뮈의 분위기 속에서 죽고 만다. "자연으로 돌아가자"고 힘없이 외치는 하얀 얼굴의 무참한 종말이다. 그것은 「사막의 화원」에서 낭만 끝에 찾아온 신비한 절망조차도 아니다.

빨간 가방 하나만 남은 키트는 갈 곳도 모르고, 가야 할 곳도 없이 사막에서 헤매다가 대상(隊商)을 만나고, 하얀 여행자의 하얀 옷을 모래밭에 묻어 버리고는 검정 아랍 옷을 걸친 다음 검은 두건의 아랍인에게 너덜너덜한 그녀의 인생을 맡긴다. 아내인지 첩인지 포로인지 분간조차 가지 않는 생활이 3 개월 동안 계속되고, "선택을 싫어한다(I hate choices)"던 하얀 여자는 깨어나지 못하는 기나긴 악몽 끝에 기진맥진 탈진하여 끝나지 않는 모험을 끝낸다.

입은 한 번도 열지 않으면서도 영화의 해설을 맡은 까페의 이상한 손님으로 특별 출연한 원작자 보울스는, 마지막 장면에서 넋이 나간 여주인공 하얀 여자가 '시골 장터 미친년'처럼 길거리를 헤매는 모습을 보고 묻는다. "길을 잃었나요(Are you lost)?"

키트가 그렇다고 대답하자 보울스는, 역시 입을 다문 채로, 이렇게 영화를 결론짓는다.

"인간은 자신이 언제 죽을지를 모르기 때문에, 마치 삶이 영원히 바닥나지 않는 재산(inexhaustible wealth)처럼 착각하게 됩니다. 그러나 모든 일은 겨우 몇 차례, 정말 얼마 안 되는 몇 차례(only a certain number of times, and a very small number really)밖에는 반복되지 않아

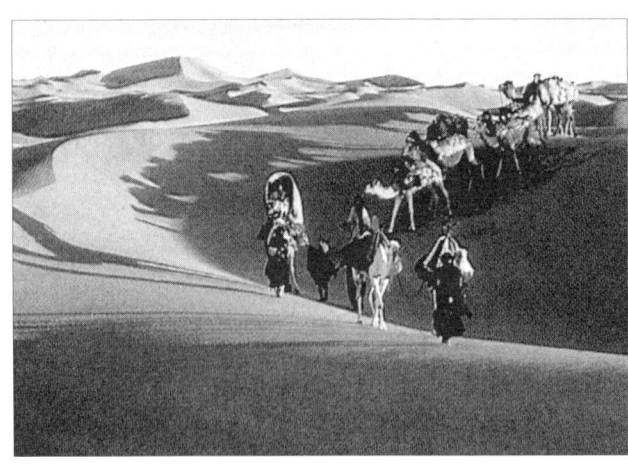

「사막의 화원(The Garden of Allah, 1936)」에서 낭만적인 공간이었던 붉은 모래 벌판이 「마지막 사랑」에서는 그냥 황량한 방랑의 바다일 따름이다.

요. 살아가면서 우리는 존재의 깊은 뿌리가 되어 버렸을지도 모르는 어린 시절의 어느 날 오후를 과연 몇 번이나 되새겨 보나요? 너다섯 번? 보름달이 뜨는 광경은 몇 번이나 더 보게 되고요? 스무 번? 그런데도 우리는 모든 것이 끝나지 않으리라고 믿습니다."

그래도 보울스라는 작가와 그의 작품 세계를 이해하기가 어려우면, 『모로코의 폴 보울스(Paul Bowles in Morocco, 1970)』와 『철저한 이단자 폴 보울스(Paul Bowles: The Complete Outsider, 1994)』나, 그에 대한 전기 『눈에 보이지 않는 구경꾼(The Invisible Spectator, 1989)』을 구해서 보기 바란다.

보울스가 우리나라에서는 그리 널리 알려진 인물이 아니기 때문에 장황한 소개는 생략하겠지만, 그가 참여했던 대표적인 영상 작업을 몇 가지 소개하면, 음악을 담당했던 영화로는 「사모아의 신부(Bride of Samoa, 1933)」, 「버림받은 아메리카(America's Disinherited, 1936)」, 「콩고(Congo, 1944)」, 「돈으로 살 수 있는 꿈(Dreams That Money Can Buy, 1947)」이 있었으며, 테네시 윌리엄스의 희곡이 원작인 영화 「유리 동물원(The Glass Menagerie, 1987)」의 주제곡도 만들었고, 비스꼰띠의 「센소(Senso, 1954)」에서 테네시 윌리엄스와 함께 대사(dialogue)를 다듬었다. 집 자무시가 각본과 촬영을 맡았으며, 정신병원에서 도망친 환자의 망상적인 세계를 그린 「너는 내가 아니다(You Are Not I, 1980, 미국, 50분)」의 원작자도 보울스이다.

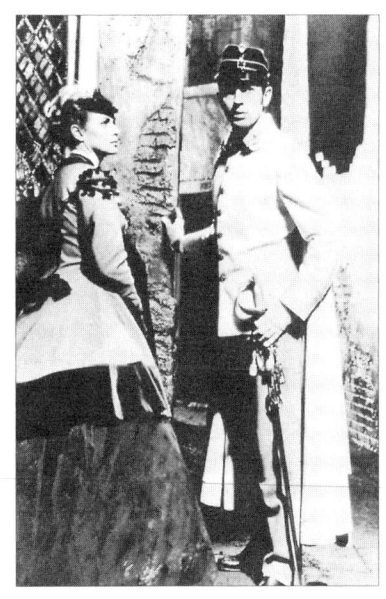

「마지막 사랑」의 원작자 폴 보울스는 테네시 윌리엄스와 함께 비스꼰띠를 위해 「센소」(사진)의 각본을 쓰기도 했다.

브룩클린에서 춤추던 무용단원과 의사가 원주민의 반란에 얽혀드는 「콩고 메이지」의

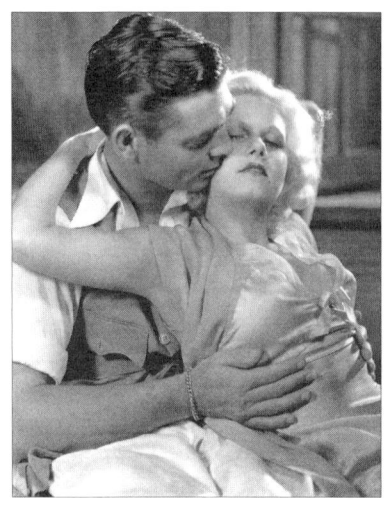

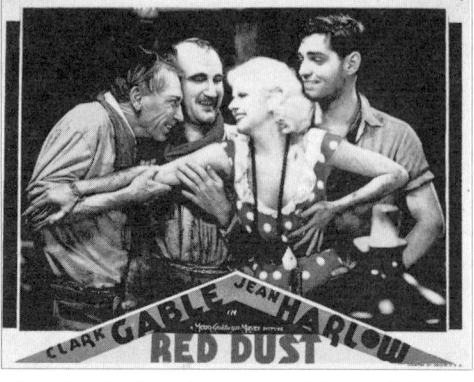

베트남의 고무농장을 무대로 한 희곡을 원작으로 삼은 「붉은 먼지」는 10 년에 한 번씩 제목이 달라지면서 새로운 작품으로 거듭 거듭 태어난다. 진 할로우는 여기에서 보여 준 농염한 모습, 특히 왼쪽 사진에서의 유명한 모습으로 명성을 날리게 된다.

여주인공은 본디 아프리카로 간 하얀 여자가 아니었다. 「콩고 메이지」는 베트남의 고무농장에서 감독으로 일하는 클라크 게이블이 오도가도 못하게 된 창녀 진 할로우와 열병에 걸린 유부녀 메어리 애스터 사이에서 갈팡질팡하는 내용의 윌슨 콜리슨(Wilson Collison) 희곡을 원작으로 삼았던 「붉은 먼지」를 10 년 후에 무대를 아프리카로 옮겨서 다시 만든 영화이다.

「콩고 메이지」는 또다시 10 년이 흐른 다음 「모감보」라는 제목으로 듬직한 사냥꾼 클라크 게이블이 에바 가드너와 그레이스 켈리 사이에서 갈팡질팡하는 영화로 새롭게 태어난다. 뛰어난 촬영 감각(Freddie Young, Robert Surtees)과 색채로 아프리카의 풍광을 아름답게 잡아낸 「모감보」에서는 창녀 여주인공이 뉴요크 야간업소의 '연예인'으로 약간의 신분 상승을 해서, 인도의 왕으로부터 "암흑 대륙으로 놀러 가자"는 초청을 받아 아프리카까지 찾아왔다가 바람을 맞고 오도가도 못할 신세가 된다. 동물원과 곡마단에 동물을 잡아 파는 사냥꾼 게이블의 신세를 지던 그녀는 어물어물 사랑까지 하게 되지만, 한 주일 후에 고릴

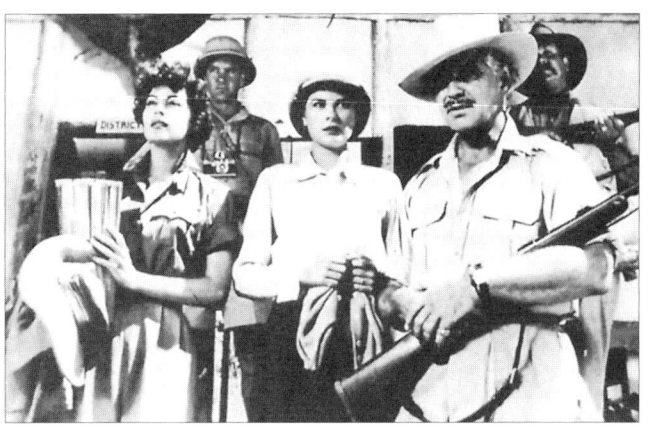

「붉은 먼지」에서 주연을 맡았
던 클라크 게이블을 다시 주
연시켜 만든 '아프리카 사파
리' 영화 「모감보」는 멤사힙
(가운데, 그레이스 켈리)과 위
대한 백인 사냥꾼(게이블)의
불륜에다가 천박한 여인(왼쪽
끝, 에바 가드너)과의 삼각관
계까지 끼어든다.

라 서식지 탐사 사파리를 위해 도착한 인류학자의 아내 역시 야성적인
게이블을 탐내어 두 여자가 사랑의 경쟁을 벌이게 된다.

　「붉은 먼지」와 「모감보」에서 중심을 잡았던 클라크 게이블이 빠져 버
린 「콩고 메이시」에서는 야성적인 남자가 아니라 인형처럼 예쁜 얼굴에
강인한 성격으로 험한 세상을 헤쳐 나가는 여자 메이시가 주인공이다. 나
중에는 라디오에서 연속물로도 인기를 끌었던 낭만과 웃음의 모험극 메
이시 얘기는 본디 B 영화로 제작되었으며, 첫 작품은 와이오밍의 목장에
서 사랑하는 목동장의 살인 혐의를 벗겨 준다는 줄거리의 「메이시」였다.

　예상치 못했던 인기에 힘입어 계속 제작된 메이시 영화로는 황금을 찾
아 나선 가난한 가족이 등장하는 「골드 러시 메이시」, 가정부로 취직한
메이시가 명문 집안 사람들의 삶을 바로잡아 준다는 「숙녀 메이시」, 권
투선수의 훈련장에서 사랑을 나누는 「링사이드의 메이시」, 시카고에서
연극 무대에 선 「메이시 애인을 만나다」, 무대를 떠나 항공기 공장에서
애국적으로 일하다가 질투에 눈이 먼 친구의 모함으로 곤욕을 치르는
「야간 작업조의 메이시」, 어느 군인 부부의 이혼에 끼어드는 「리노에 간
메이시」, 헬리콥터 발명가의 비서가 되어 특허를 도둑질하려는 악당들
과 대결하며 「올라가는 메이시」, 그리고 「형사 메이시」로까지 이어졌다.

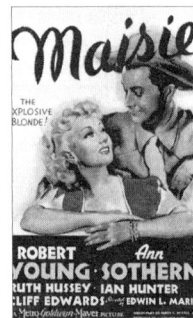
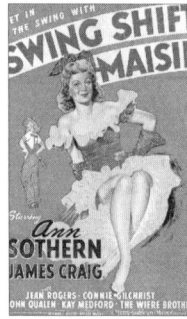
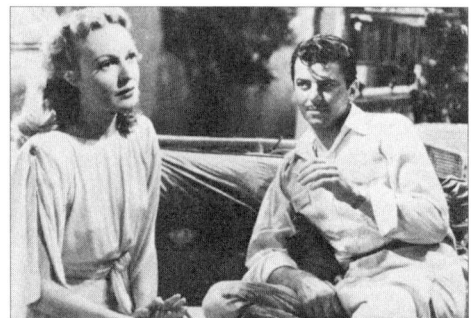
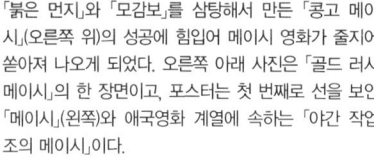
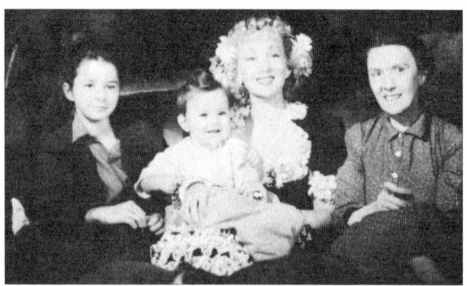

「붉은 먼지」와 「모감보」를 삼탕해서 만든 「콩고 메이시」(오른쪽 위)의 성공에 힘입어 메이시 영화가 줄지어 쏟아져 나오게 되었다. 오른쪽 아래 사진은 「골드 러시 메이시」의 한 장면이고, 포스터는 첫 번째로 선을 보인 「메이시」(왼쪽)와 애국영화 계열에 속하는 「야간 작업조의 메이시」이다.

찾아보기

Jean Harlow, Mary Astor, Donald Crisp, Gene Raymond, Tully Marshall, Willie Fung

▌「모감보(Mogambo, 1953, 미국, 115분)」, 감/John Ford, 출/Clark Gable, Ava Gardner, Grace Kelly, Donald Sinden, Philip Stainton, Eric Pholmann, Laurence Naismith, Denis O'Dea

▌「메이시(Maisie, 1939, 미국, 74분)」, 감/Edwin L. Marin, 출/Ann Sothern, Robert Young, Ruth Hussey, Ian Hunter, Anthony Allan, Clift Edwards, George Tobias

▌「골드 러시 메이시(Gold Rush Maisie, 1940, 미국, 82분)」, 감/Edwin L. Marin, 출/Ann Sothern, Lee Bowman, Virginia Weidler, John F. Hamilton, Mary Nash, Slim Summerville, Scotty Beckett

▌「숙녀 메이시(Maisie Was a Lady, 1939, 미국, 74분)」, 감/Edwin L. Marin, 출/Ann Sothern, Lew Ayers, Maureen O'Sullivan, C. Aubrey Smith, Edward Ashley, Joan Perry, Paul Cavanagh

▌「링사이드의 메이시(Ringside Maisie, 1939, 미국, 74분)」, 감/Edwin L. Marin, 출/Ann Sothern, George Murphy, Robert Sterling, Virginia O'Brien, Natalie Thompson

▌「메이시 애인을 만나다(Maisie Gets Her Man, 1942, 미국, 85분)」, 감/Roy Del Ruth, 출/Ann Sothern, Red Skelton, Leo Gorcey, Pamela Blake, Allen Jenkins, Donald Meek, Walter Catlett, Fritz Feld, Rags Ragland, Frank Jenks

▌「야간 작업조의 메이시(Swing Shift Maisie, 1943, 미국, 87분)」, 감/Norman Z. McLeod, 출/Ann Sothern, James Craig, Jean Rogers, Connie Gilchrist, John Qualen, Marta Linden, Donald Curtis, Kay Medford, (John Hodiak, Don Taylor, Jim Davis)

▌「리노에 간 메이시(Maisie Goes to Reno, 1944, 미국, 90분)」, 감/Harry Beaumont, 출/Ann Sothern, John Hodiak, Tom Drake, Marta Linden, Paul Cavanagh, Ava Gardner, Bernard Nedell, Donald Meek

▌「올라가는 메이시(Up Goes Maisie, 1946, 미국, 89분)」, 감/Harry Beaumont, 출/Ann Sothern, George Murphy, Hillary Brooke, Stephen McNally, Ray Collins, Jeff York, Paul Harvey

▌「형사 메이시(Undercover Maisie, 1947, 미국, 90분)」, 감/Harry Beaumont, 출/Ann Sothern, Barry Nelson, Mark Daniels, Leon Ames, Clinton Sundberg

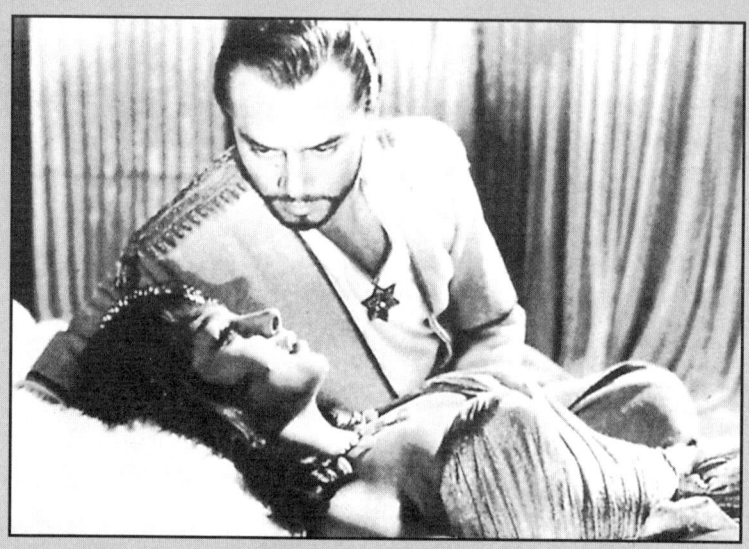

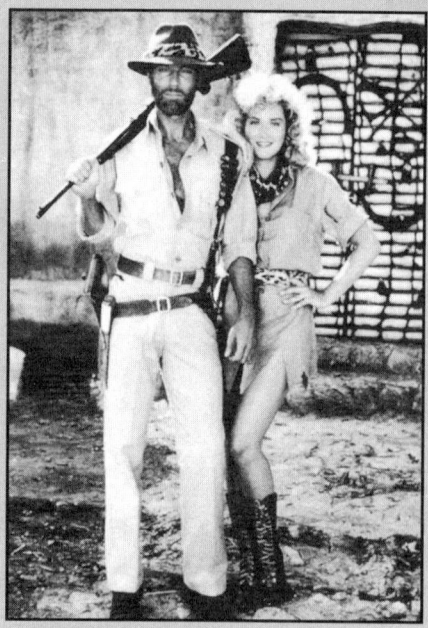

여러 성서물(聖書物)에서 좋은 소재가 되었던 솔로몬 왕과 시바의 여왕 얘기는 아프리카로 이어진다. 위 사진은 촬영 현장에서 타이론 파워가 심장마비로 세상을 떠난 다음 율 브리너가 재투입되어 완성된 영화 「솔로몬과 시바의 여왕」의 한 장면이고, 아래는 1985년에 리처드 체임벌린과 샤론 스톤을 주연시켜 만든 아프리카 보물찾기 모험극 「솔로몬 왕의 동굴」이다.

아프리카 모험극

성경에 나오는 일화 가운데 많은 사람들의 호감을 산 유명한 인물이 등장하는데다가 사랑까지 얽혀들어서 지금까지 여러 영화의 좋은 소재가 되었던 솔로몬 왕과 시바의 여왕 얘기는 아프리카의 모험으로까지 이어진다. 시바의 여왕이 보낸 온갖 보물을 솔로몬 왕이 아프리카 어디엔가 깊은 비밀 동굴 속에 숨겨 놓았다는 전설에 끌려 보물찾기에 나선 사람들의 얘기를 영국 작가 해거드 경(Sir 〔Henry〕 Rider Haggard, 1856 ~1925)이 고전적인 모험소설(1885) 『솔로몬 왕의 동굴』로 엮어 놓았기 때문이다.

『솔로몬 왕의 동굴』은 1937년에 영국 고몽(Gaumont) 사에서 처음 영화로 제작했으며, 1985년에 리처드 체임벌린과 샤론 스톤을 내세워 다시 미국에서 인디아나 존스 식의 영화로 만들었지만, 「킹 솔로몬」이라는 제목으로 알려진 작품이 우리나라에서는 가장 유명하다.

유럽의 '하얀 여자'가 남편을 찾겠다는 아주 뚜렷한 목적을 가지고 아프리카의 밀림으로 들어가면서 시작되는 「킹 솔로몬」은 19세기 말의 아프리카가 무대이다. 무작정 살생을 즐기기 위해 서투른 코끼리 사냥에 나선 몰상식한 브와나의 실수로 원주민 짐꾼 하나가 목숨을 잃자, 위대한 백인 사냥꾼 앨런 쿼터메인(Allan Quatermain)은 안내인 생활을 청산하고 영국으로 돌아가려고 한다. 이때 나타난 아름다운 귀부인 멤사입 엘리자베드 커티스는 솔로몬 왕의 보물을 찾아 나섰다가 오지에서 행방불명이 된 남편을 찾아 달라면서, 성공여부를 불문하고 정상적인 보수의 열 배나 되는 5천 파운드를 제시한다.

커티스의 친구 존(John Goode)과 커티스(Curtis) 부인과 앨런은 몇백 년 묵은 보물지도의 사본을 들고 전인미답의 칼루아나(Kaluana)로 개척기의 마차 행렬을 이루어 사파리를 떠나서, 당시 밀림영화의 단골 조연이었던 독거미에도 놀라고, 독충에 시달리기도 하며, 늪지대를 횡

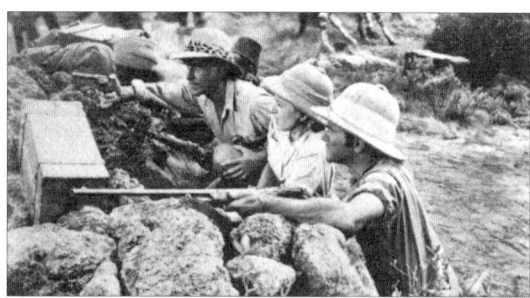

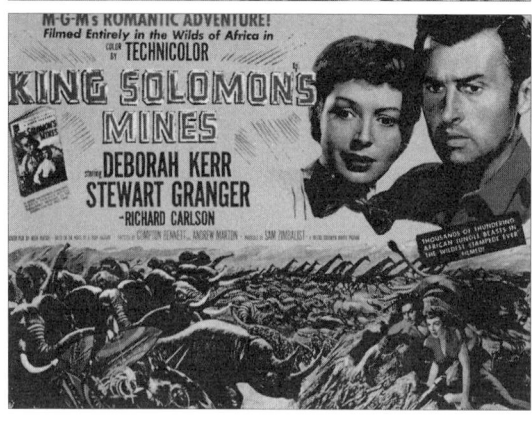

「킹 솔로몬」에서도 위대한 백인 사냥꾼(사진에서 폭주하는 동물들에게 권총으로 맞서는 스튜어트 그레인저)과 멤사입(가운데, 데보라 커) 그리고 그들이 찾아가는 브와나의 삼각관계가 곁들인다. 맨 앞에서 장총을 든 남자(리처드 칼슨)는 멤사입과 브와나의 친구로서 연결고리 노릇을 한다. 포스터에는 수많은 동물이 폭주하는 인상적인 장면을 밑에 깔았다.

단하다가 악어를 밟기도 하고, 평원에서는 들짐승들의 폭주에 식량과 장비를 잃고, 밀림에서 5년 동안이나 숨어 살던 범죄자의 함정에도 빠지고, 주물(呪物)에 놀란 짐꾼들이 모두 도망친 다음 원시적인 토인들에게 밤낮으로 추적을 당하고, 닷새 동안 사막을 건너 만년설의 산에 올라 결국 보물이 수북하게 쌓인 솔로몬 왕의 동굴을 찾아낸다.

부부 사이에 문제가 생기자 보물을 찾는다는 핑계를 대고 도망친 남편에 대해서 죄의식을 느껴 악몽에 시달리기도 하다가 아프리카까지 찾아온 사교 모임 옷차림의 멤사힙은, 남편을 찾아간다면서도 구렁이가 나타나면 얼른 앨런의 품에 안기고, 두 사람은 슬금슬금 사이가 가까워지지만, 이런 거북한 관계는 남편이 보석 동굴에서 해골로 발견되자 쉽게 해결이 난다. 스티븐 스필버그 식으로 동굴에 갇힌 주인공들은 바람이 들어오는 지하수 통로를 따라 밖으로 탈출하여, 사파리 도중에 만난 키다리 와투시족 추장의 도움을 받아 행복한 문명의 세계로 돌아간다.

「모감보」를 위시하여 「쿼바디스」, 「벤 허」, 「오클라호마」, 「애정이 꽃 피는 나무(Raintree County, 1957)」 같은 여러 영화에서 아낌없이 솜씨를 발휘한 촬영감독 로버트 서티스는 「킹 솔로몬」을 위해 벨기에령 콩고, 탕가니카, 우간다, 케냐에서 현지 촬영으로 각종 맹수와 개미떼, 카멜레온에서 고슴도치에 이르기까지, 그리고 폭포에서 강변 풍경에 이르기까지, 배경 자료를 엄청나게 많이 찍어 두었고, 그래서 MGM사는 여러 다른 영화에서 이 자료들을 활용하는 데 그치지 않고, 아예 「킹 솔로몬」의 속편이라면서, 영화 원제와는 거리가 멀지만 우리나라 제목에서는 드디어 소설의 원제를 찾아간, 「솔로몬 왕의 보고(寶庫)」라는 작품을 통째로 급조해 만들어내기도 했다.

하지만 해거드의 진짜 속편은 1887년에 발표한 『앨런 쿼터메인』이다. 이 소설은 주인공이 공룡과 싸우는가 하면 페니키아(Phoenicia)의

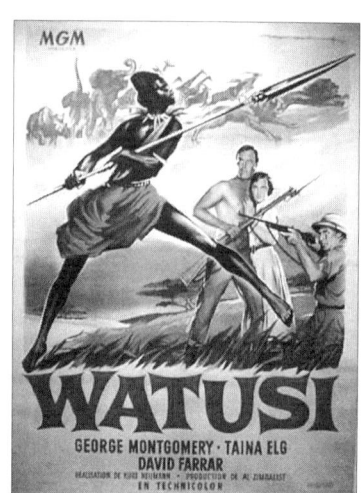

「솔로몬 왕의 보고」는 「킹 솔로몬」을 만들기 위해 아프리카 현지에서 찍어 두었던 배경 그림을 버리기가 아까워서 급조한 영화였다.

여왕까지도 등장하는 가운데 아프리카의 보물을 찾아 헤매는 내용을 담아 「솔로몬 왕의 보물」이라는 제목으로 멍청영화가 되었다.

「앨런 쿼터메인과 잃어버린 황금의 도시」는 내용상으로 소설 『앨런 쿼터메인』의 속편이랄지, 아니면 이음 줄거리로 봐서 영화 「솔로몬 왕의 보물」 속편이랄지, 그것도 아니면 배역진으로 미루어 1985년 판 「솔로몬 왕의 동굴」 속편이랄지, 퍽 어중간한 성격이다. 내용을 보면, 잃어버린 백인 부족의 행방을 찾다가 실종된 동생을 찾으려고 앨런 쿼터메인이 아프리카로 돌아가서 환상의 황금도시를 발견할 때까지 겪게 되는 모험담이다.

「몸바사 너머」에서는 형을 죽인 범인들을 찾다가 비밀의 우라늄 광산을 발견하고, 「만지(蠻地)의 태양」은 바쿨라(Bakula)에서 원주민에게 현대 의학을 전하려는 백인 간호원과 보물찾기 모험에 나선 남자의 얘기이며, 「모험을 찾는 사람들」은 깊고 깊은 밀림의 심장부에서 보물을 찾아 헤매는 다양한 인간 군상을 그린다.

아프리카 활극 분야로 넘어가면, 실종된 원주민 소년을 찾아나서는 「만지의 천사」, 콩고 지역의 원주민을 개화하려는 백인과 지명수배 범죄자들이 엮어내는 활극 「대지의 사랑」 그리고 아보트와 코스텔로가 사파리에 나서는 엎치락뒤치락 희극인 「아보트와 코스텔로 아프리카에 가다」가 나온다.

마이클 크라이튼(Michael Crichton) 원작 영화로서는 별로 신통치 않았던 모험극 「콩고」에서는 고릴라 전문가와 돈벌이에 열심인 루마니아인, 그리고 약혼자를 찾아나선 첨단 통신 기술자가 밀림으로 들어가 온

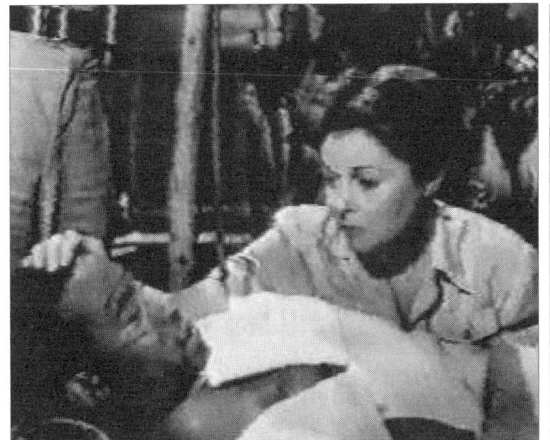
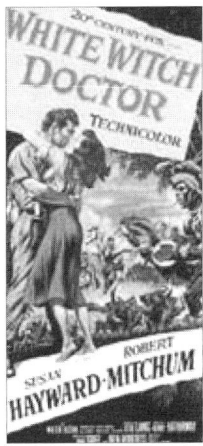

「만지의 태양」에서는 암흑 대륙에 의술을 전하려는 하얀 여인과 보물을 찾아다니는 하얀 남자의 만남이
이루어진다.

갖 고생을 한다. 「탕가니카」에서는 동 아프리카 원시림의 벌채권을 따
내려는 탐험가가 원주민과 정신이상인 영국인 등등으로 인해서 온갖
위기를 겪는다.

「살려서 데려오라」는 "위대한 백인 사냥꾼(Great White Hunter)"이요
미국의 탐험가인 프랭크 버크(Frank Buck, 1888~1950)가 해설을 맡은
보기드문 기록영화로서, 허풍과 과장이 심하지만 밀림을 촬영한 자료
가 매우 뛰어나서 유명하다. 1982년에는 같은 제목의 텔레비전의 연속
물에서 브루스 박스라이트너(Bruce Boxleitner)가 프랭크 버크로 나와
1939년 싱가포르를 무대로 접보원이나 동물들과 힘께 얘기를 엮어나
가기도 했다.

「애보트와 코스텔로 아프리카에 가다(Africa Screams)」에도 출연했던
프랭크 버크는 「통째로 삼켜라(Fang and Claw)」도 만들었는데, 「살려
서 돌아오라」와 「통째로 삼켜라」 그리고 「백색 화물(White Cargo)」을
재편집해서 만든 영화가 「마루가」였다. 「마루가」는 온갖 동물을 포획
하는 무용담으로 가득해서, 동물 보호를 부르짖는 요즈음 사람들에게

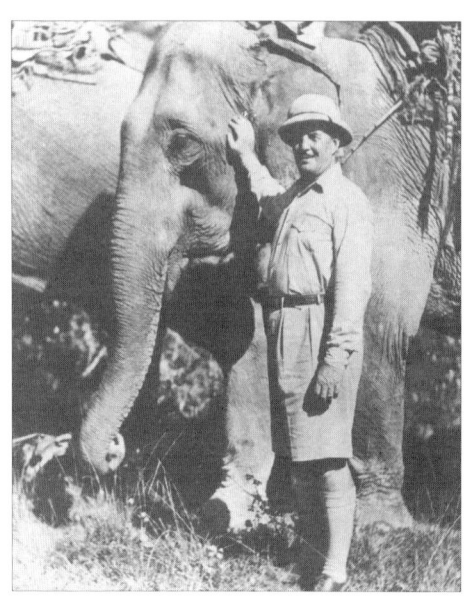

미국의 탐험가 프랭크 버크는 영화 쪽에서도 왕성한 활동을 했다.

는 혐오감을 주기에 알맞다. 프랭크 버크는 「밀림의 공포(Jungle Menace, 1937)」와 「아마존의 살인자(Jacare, Killer of the Amazon)」 같은 다른 밀림영화에도 여럿 출연했다.

「정글의 결투」에서는 사망했다고 알려진 사람을 찾아내려고 보험회사 수사 요원이 아프리카까지 찾아가고, 「한 발은 지옥에」에서는 19세기 말 아프리카 밀림에서 흉악한 살인범들을 수사관이 뒤쫓고, 「다이아몬드의 모험」은 아프리카에서 일어난 보석 강도 사건을 공식에 맞춰 엮은 영화이고, 「아프리카의 불꽃」에서 마약 밀수 조직을 붙잡으러 아프리카로 쫓아가는 수사관이 씩씩하고 아름다운 붉은 머리의 미녀 모린 오하라이고, 「레이첼 케이드의 죄」에서 벨기에령 콩고로 가서 원주민의 분쟁에 끼어들고 불시착한 조종사와 사랑하다가 아기도 낳는 죄많은 선교사 간호원은 텔레비전에서 「여형사(Police Woman, 1975~8)」로 맹활약을 했던 앤지 딕킨슨이다. 황금 밀수를 둘러싼 「오아시스」에서는 미셸 모르강이 황금보다도 더 빛난다는 소리를 들었다.

모로코의 항구 도시 「탕헤르」에서는 이국적인 미모에 "테크니칼라의 여왕(the Queen of Technicolor)"이라는 별명이 붙을 정도로 색채를 잘 받기로 유명한 여배우 마리아 몬테즈가 아버지를 죽인 나찌 전범을 추적하는 무희로 나오는데, 아깝게도 이 영화는 '천연색'이 아니다. 「탕헤르 사건」은 첩보전에 나선 연방 수사관의 활약상을 보여 주고,

「탕혜르의 풍운」에서는 난민들이 가짜 여권 사기에 걸려든다.

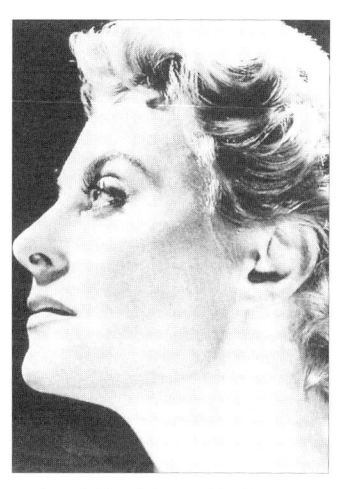

「사막 탈출」은 모로코 근처 가상의 왕국 이시타르로 공연을 하러 갔다가 미국과 소련의 국제 음모에 말려드는 두 연예인이 등장하는 희극인데, 워렌 베이티와 더스틴 호프만보다는 장님 낙타가 훨씬 더 잘 웃긴다는 평을 들었다. 바브 호프와 빙 크로스비가 만든 일련의 '방랑기(Road to movies)' 가운데 「모로코 방랑기(Road to Morocco, 1942)」와 비슷한 내용이다.

프랑스 여배우 미셸 모르강은 황금 밀수에 관한 영화 「오아시스」에서 황금보다 더 빛난다는 평을 들었다.

우리나라에서는 「앤토니 퀸의 대분노」라는 제목을 붙였고, 영어로는 「필사의 암살자(Fatal Assassin)」, 「아프리카의 분노(African Rage)」, 「저격(The Long Shot)」, 「암살의 목표(Target of an Assassin)」라는 여러 제목이 붙은 「호랑이는 울지 않는다(Tigers Don't Cry)」는 아프리카의 흑인 대통령 룬다를 납치하려는 계획을 함께 세우는 두 사람이 주인공인데, 한 사람은 전문적인 암살자이고, 다른 한 남자는 어린 딸을 필사적으로 살리고 싶어하는 남자 간호사이다.

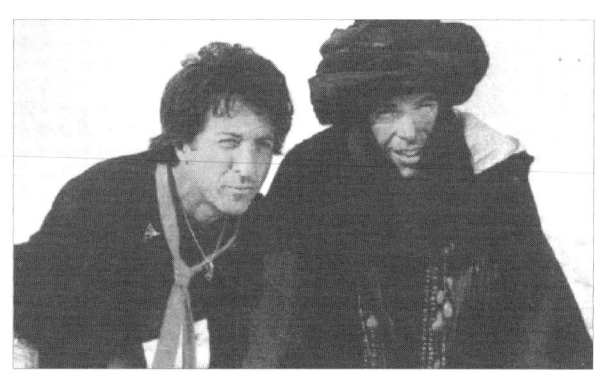

워렌 베이티와 더스틴 호프만은 「사막 탈출(Ishtar)」에서 연기가 낙타만도 못했다는 평을 들었다.

「특명(特命) 아프리카」도 나름대로 정치적인 빛깔이 나는 모험극이어서, 아프리카의 어느 신생국으로 부임한 영국 외교관이 주인공이다. 「미스터 존슨(Mister Johnson, "지성과 야만" 288~90쪽 참조)」의 각본을 쓰기도 한 영국 소설가 윌리엄 보이드(William Boyd, 1952~)의 작품이 원작이기 때문에, 여기에서도 백인 외교관은 결단력이 약한 인물이요 흑인들은 한심한 종족으로 묘사해 놓았다는 사실을 관객이 어느 정도 감안해야 한다.

아프리카의 모험은 아직 조금 더 남았다.

찾아보기 ●

출/Cornel Wilde, Donna Reed, Leo Genn, Ron Randall, Christopher Lee

▌「만지의 태양(White Witch Doctor, 1953, 미국, 96분)」, 감/Henry Hathaway, 출/Susan Hayward, Robert Mitchum, Walter Slezak, Timothy Carey

▌「모험을 찾는 사람들(The Adventurers 또는 Fortune in Diamonds, 1952, 영국, 74분)」, 감/David MacDonald, 출/Dennis Price, Jack Hawkins, Siobhan McKenna

▌「만지의 천사(Odongo, 1956, 영국, 85분)」, 감/John Gilling, 출/Rhonda Fleming, Macdonald Carey, Juma, Eleanor Summerfield

▌「대지의 사랑(Congo Crossing, 1956, 미국, 87분)」, 감/Joseph Pevney, 출/Virginia Mayo, George Nader, Peter Lorre, Michael Pate, Rex Ingram

▌「콩고(Congo, 1995, 미국, 108분)」, 감/Frank Marshall, 출/Laura Linney, Ernie Hudson, Tim Curry, Grant Heslov, Dylan Walsh, Joe Don Baker, Stuart Pankin, Mary Ellen Trainor, James Karen

▌「애보트와 코스텔로 아프리카에 가다(Africa Screams, 1952, 미국, 70분)」, 감/Charles Barton, 출/Bud Abbott, Lou Costello, Hillary Brooke, Max Baer, Clyde Beatty, Frank Buck, Shemp Howard, Joe Besser

▌「탕가니카(Tanganyika, 1954, 미국, 81분)」, 감/Andre de Toth, 출/Van Heflin, Ruth Roman, Howard Duff, Jeff Morrow

▌「살려서 데려오라(Bring 'Em Back Alive, 1932, 미국, 65분)」, 감/Clyde Eliott, 출/Frank Buck

▌「마루가(Jungle Cavalcade, 1941, 미국, 76분)」, 감/Clyde Elliott, 출/Armand Denis, Frank Buck

▌「정글의 결투(Duel in the Jungle, 1954, 영국, 102분)」, 감/George Marshall, 출/Dana Andrews, Jeanne Crain, David Farrar, George Coulouris, Wilfrid Hyde-White

▌「한 발은 지옥에(One Step in Hell, 1968, 미국, 90분)」, 감/Sandy Howard, 출/Ty Hardin, Pier Angeli, George Sanders, Rossano Brazzi, Helga Line, Jorge Rigaud

▌「다이아몬드의 모험(Adventure in Diamonds, 1940, 미국, 76분)」, 감/George Fitzmaurice, 출/George Brent, Isa Miranda, John Loder, Nigel Bruce

▌「아프리카의 불꽃(Fire Over Africa, 1954, 미국, 84분)」, 감/Richard Sale, 출/Maureen O'Hara, Macdonald Carey, Binnie Barnes, Guy Middleton, Hugh McDermott

▌「레이첼 케이드의 죄(The Sins of Rachel Cade, 1961, 미국, 124분)」, 감/Gordon

Douglas, 출/Angie Dickinson, Peter Finch, Roger Moore, Woody Strode, Rafer Johnson, Juano Hernandez, Mary Wickes, Scatman Crothers

▌「오아시스(Oasis, 1955, 프랑스, 84분)」, 감/Yves Allegret, 출/Michèle Morgan, Pierre Brasseur, Cornell Borchers, Carl Raddatz

▌「탕헤르(Tangier, 1946, 미국, 76분)」, 감/George Waggner, 출/Maria Montez, Preston Foster, Robert Paige, Louise Allbritton, Kent Taylor, Sabu, J. Edward Bromberg, Reginald Denny

▌「탕헤르 사건(Tangier Incident, 1953, 미국, 77분)」, 감/Lew Landers, 출/George Brent, Mari Aldon, Dorothy Patrick, Bert Freed

▌「탕헤르의 풍운(Thunder Over Tangier, 1957, 영국, 66분)」, 감/Lance Comfort, 출/Robert Hutton, Martin Benson, Derek Sydney, Lisa Gastoni

▌「사막 탈출(Ishtar, 1987, 미국, 107분)」, 감/Elaine May, 출/Warren Beatty, Dustin Hoffman, Isabelle Adjani, Charles Grodin, Jack Weston, Tess Harper, Carol Kane, Aharon Ipale

▌「호랑이는 울지 않는다(Tigers Don't Cry, 1976, 남 아프리카, 102분)」, 감/Peter Collinson, 출/Anthony Quinn, John Phillip Law, Simon Sabela, Marius Weyers, Sandra Prinsloo

▌「특명 아프리카(A Good Man in Africa, 1994, 미국, 93분)」, 감/Bruce Beresford, 출/Colin Friels, Joanne Whalley-Kilmer, Sean Connery, John Lithgow, Louis Gossett, Jr., Diana Rigg, Sarah-Jane Fenton, Maynard Eziashi

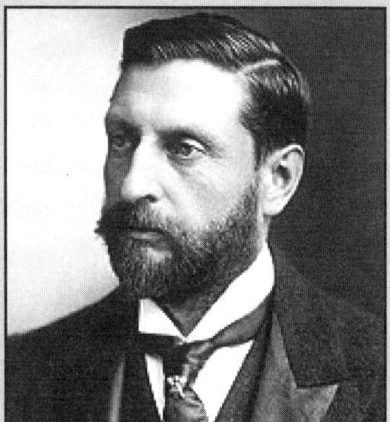

『솔로몬 왕의 동굴』을 쓴 해거드 경(오른쪽 인물)의 환상소설 『그녀』(가운데 왼쪽 표지)는 무성영화로도 여러 차례 제작되었지만, 지금은 1925년 판(가운데 오른쪽 포스터)만 전해져 내려온다. 아래는 무성영화 『그녀』의 한 장면.

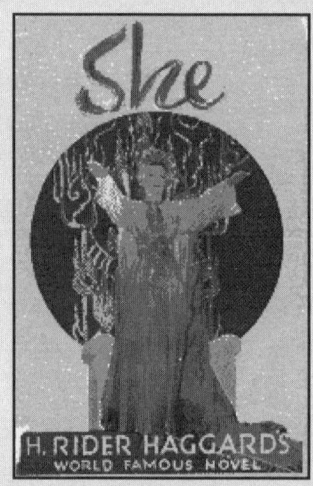

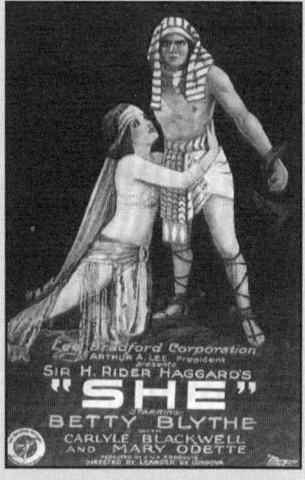

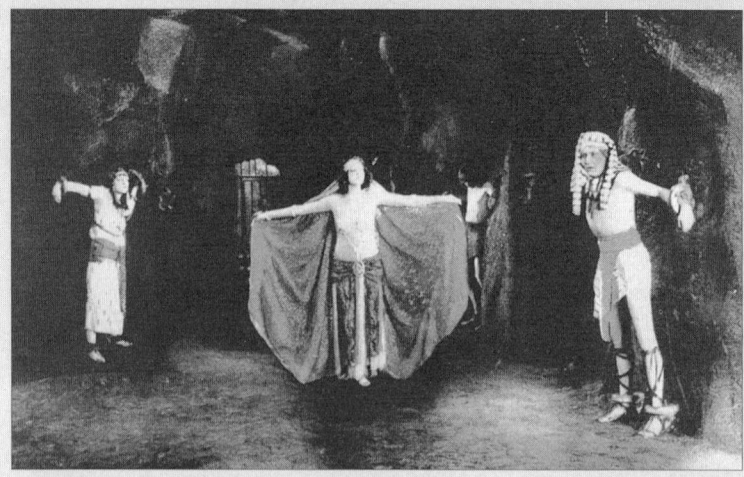

이상한 나라의 여왕

  아프리카의 오지에서 영생의 불꽃(the Flame of Eternal Life) 덕택에 영원히 나이를 먹지 않는 여왕이 다스리는 잃어버린 종족에 관한 모험 환상소설 『그녀(She, 1887)』 역시 『솔로몬 왕의 동굴』을 쓴 영국 작가 H. R. 해거드 경이 원작자로서, 1917년 등 몇 차례 무성영화로 나왔지만, 영국과 독일의 합작인 마지막 작품(1925, 감/G. B. Samuelson, 출/Betty Blythe, Carlyle Blackwell)만 남아서 전해 내려온다.

  「하샤모테 여왕의 비밀」은 『그녀』의 무대를 아프리카에서 지구의 반대쪽인 북쪽의 얼음나라로 옮겨 헐리우드 식으로 개조한 영화이다. 영국인 브와나 리오 빈씨(Leo Vincey)와 탐험가 할리(Holly)는, 5백 년 전에 세상을 떠난 존 빈씨가 탐험했던 길을 따라, 마차 대신 개썰매를 끌고 원주민의 안내를 받아가며, 북극 사파리에 나섰다가 얼음 절벽 속에 숨겨진 지하 세계를 찾아낸다.

  동굴 속은 화산 열기로 따뜻하여 파파야까지 자라며, 식인종 같은 동굴족과 지배층인 사제 계급으로 구성된 코어 왕국이 자리를 잡았

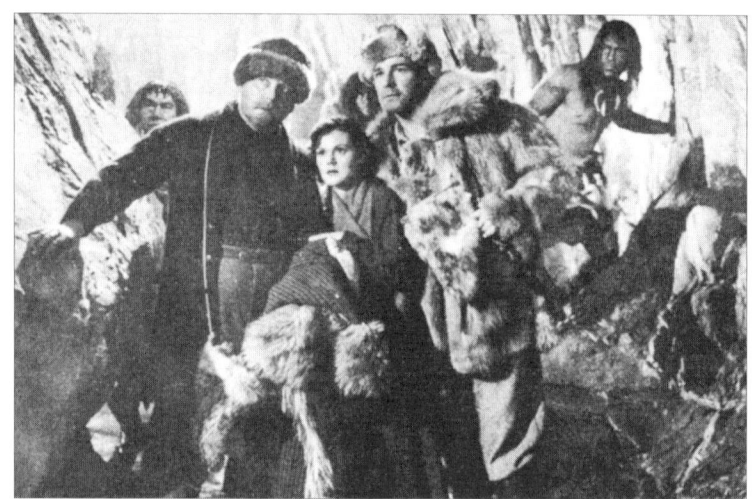

서부극 배우로 유명했던 랜돌프 스코트(오른쪽 털옷 차림의 남자)가 주연한 「하샤모테 여왕의 비밀」은 아프리카의 『그녀』를 북극으로 무대를 옮겨 놓은 영화이다.

다. 이 지하 문명국 '알맹이'의 여왕은 생명의 불꽃을 쐬어 영원한 젊음을 유지하는데, 15세기에 바깥세계에서 들어온 영국인 존 빈씨를 사랑했다가 남자의 변심에 화가 나서 죽여 버리고는, 윌리엄 포크너(William Faulkner)의 단편소설 『에밀리를 위한 장미꽃 한 송이 (A Rose for Emily)』의 여주인공처럼, 시체를 침실에 모셔 두고 지금까지 살아오면서, 사랑하던 존이 '부활'해서 돌아오기를 기다리던 참이었다.

　존을 빼다박은 듯이 닮은 후손 리오를 부하들이 포로로 잡아오자 여왕은 옛 애인이 환생하여 돌아왔다고 믿고는, 영원한 삶을 주겠다며 그에게서 "전생의 사랑"을 요구한다. 하지만 리오는 "공포로 다스리는" 통치자를 사랑할 마음이 나지 않고, 안내자였던 더그모어의 딸 타냐와 인간으로서의 사랑을 계속하려고 한다. 다시 질투가 난 하샤모테는 자신의 영생을 얻기 위한 제물로 타냐를 바치려고 하지만, 바깥세상 사람들은 아슬아슬한 절벽에서 끊어진 돌다리를 건너뛰는 등 한바탕 활극을 벌인 끝에 거대한 우상들의 궁전을 탈출한다. 마지막으로 리오의 사랑을 호소하며 영생의 불꽃에 과잉 노출된 여왕은 역효과를 일으켜 순식간에 늙어 죽고.

흐르는 시간은 인간의 적이 아니요, 불멸한 삶은 인간의 사랑 속에서 발견된다는 교훈(moral)이 담긴 이 옛 영화는 프릿츠 랑의 「메트로폴리스」를 연상시키는 동굴 왕국의 시각적 효과와 겨울나라의 웅장한 배경이 참으로 볼 만했으며, 「그녀」는 그후에 영국과 이탈리아에서도 영화로 제작되었다.

소설 『그녀』는 다시 아프리카의 밀림으로 돌아가서 속편 『아예샤(Ayesha, 1905)』로 이어지고, 영국 영화 「그녀」는 아예샤의 혼령이 젊은 여자에게 내린다는 공포극적인 내용을 담은 「그녀의 복수」로 이어졌다.

'그녀'처럼 아프리카의 밀림 속에 이상한 나라를 건국하고 지배한 가상의 인물로는 조세프 콘래드 원작 소설을 영화로 만든 「어둠의 속(Heart of Darkness, 1994, 미국, 감/Nicolas Roeg, 출/Tim Roth, John Malkovich, James Fox)」과 「지옥의 묵시록(Apocalypse Now, 1979, 미국, 감/Francis Coppola, 출/Marlon Brando, Robert Duvall, Martin Sheen)」의 주인공 커츠(Kurtz), 그리고 「해리슨 포드의 대탐험(The Mostquito Coast, 1986, 미국, 감/Peter Weir, 출/Harrison Ford, Helen

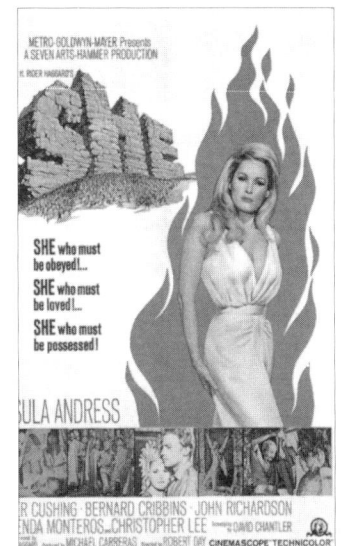

냉혹한 인상을 주어 호감을 사지 못했던 하샤모테 여왕과는 달리, 1965년의 영국 영화 「그녀」에서는 어슐라 안드레스의 미모와 몸매가 좋은 구경거리이다.

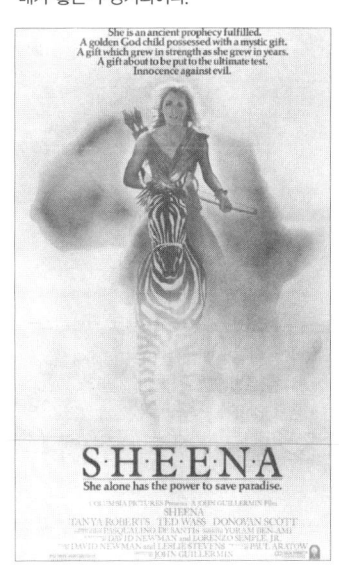

만화의 여주인공이었던 「시나」는 타잔처럼 아프리카의 오지에 혼자 떨어진 백인 계집아이가 밀림의 여왕으로 성장한다는 얘기이다.

Mirren, River Phoenix)」의 앨리 폭스(Allie Fox) 등을 이미 "신화와 역사의 건널목(151~2쪽 참조)"에서 소개했지만, '그녀'와 맞먹을 만한 '여왕'으로는 「시나」를 꼽아야 되겠다.

「킹 콩(1976)」으로 아프리카를 정복하려다 실패한 존 길러민 감독이 이번에는 1940년대 인기 만화의 여주인공을 내세우고 다시 밀림을 정복하러 나서는데, 시나는 낙반사고로 아프리카의 오지에 혼자 남은 계집아이로서, 원주민 무당의 손에 자라서 밀림의 여왕이 된다. 원주민 부족간의 분쟁도 척척 해결하고, 여러 동물을 타잔처럼 거느리기도 한 시나이지만, 밀림의 여왕 역시 길러민 감독의 아프리카 정복에는 별로 큰 도움이 되지 못했다. 길러민은 2년 후 다시 킹 콩(「King Kong Lives, 1986」)과 함께 아프리카로 돌아가는데, 이번에도 결과는 마찬가

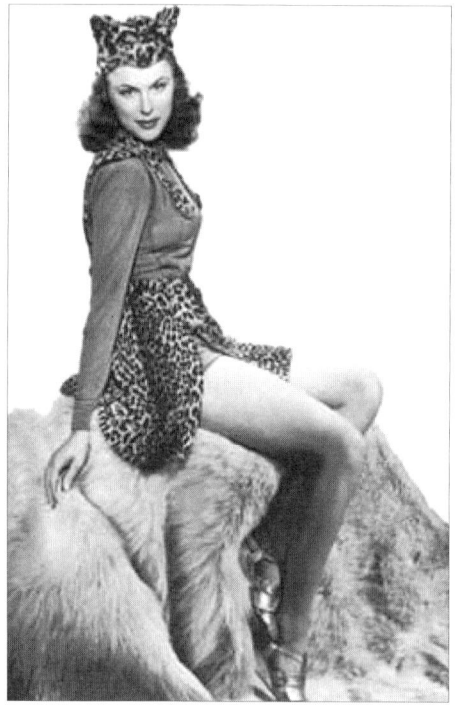

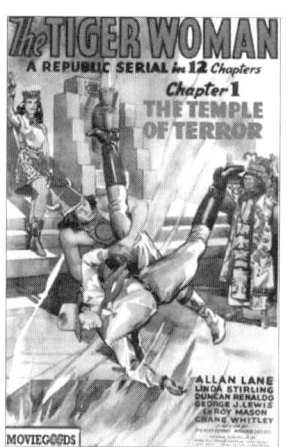

여성 타잔 '호랑이 여인'을 주인공으로 삼은 영화도 12 편이나 제작되었다. 왼쪽은 밀림에서 살아가는 여자처럼 보이지를 않는 호랑이 여인의 요염한 자태

지었다.

진짜로 유명했던 '여타잔'으로는 리퍼블릭(Republic) 영화사에서 만든 '클리프행어' 연속물의 여주인공 '호랑이 여인(the Tiger Woman)'이다. 「밀림의 황금」에서 호랑이 여인은 악당들의 손에 보물이 들어가지 않도록 막아내기 위해 온갖 맹활약을 벌인다. 리퍼블릭에서 만든 최초의 클리프행어 연속물의 원조격 영화인 「암흑의 아프리카」는 붙잡혀 간 백인 아가씨를 구출하러 탐험대가 밀림 속의 도시를 찾아 들어간다는 내용인데, 주연을 맡은 클라이디 베이티(Clyde Beatty, 1903~65)는 본디 동물 조련사를 거쳐 곡마단을 소유했던 사람이다.

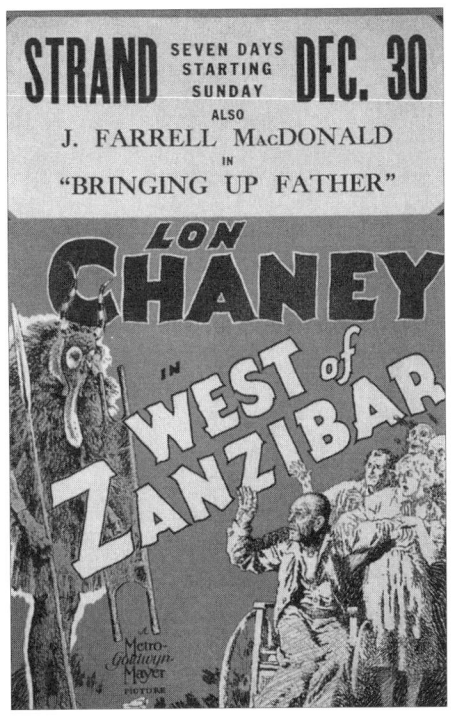

「잔지바르의 서쪽」은 아프리카 모험극이라기보다는 "천의 얼굴" 론 체이니의 괴기극에 속한다. 사진은 1928년 당시 미국의 극장 진열창에 내놓았던 선전용 카드이다.

콘래드의 커츠 쪽으로 분류해야 할 주인공은 「잔지바르의 서쪽」을 지배하는 프로소(Phroso)이다. 아프리카의 밀림 속에 세운 왕국을 세운 "천의 얼굴" 론 체이니(프로소)는 그를 불구의 몸으로 만들어 놓은 원수에게 복수를 하겠다는 일념으로 살아가는 미치광이로서, 라이오넬 배리모어의 아름답고 젊은 딸을 대신 괴롭히고 인생을 망쳐놓는 흉악한 전략을 구사한다.

이 영화는 나중에 존 휴스턴 감독의 아버지 월터 휴스턴이 주연을 맡아 「콩고」라는 제목으로 다시 만들어지고, 영국 영화 「잔지바르의 서쪽」은 상아 사냥꾼들이 밀림에서 원주민과 기타 등등의 역경 때문에 고생한다는 내용으로서, 동명이작(同名異作)이다.

그 이외에도 밀림 활극은 많아서, 「밀림의 여신」은 늪지대에서 벌어지는 B 영화이고, 맘모스가 생존하는 밀림에서 사랑의 삼각관계가 이루어지는 「정글」은 아프리카나 남 아메리카가 아니라 인도를 무대로 삼았고, 「정글의 신비」 3부작은 1800년대 말 영국의 식민지로 몰락한 인도가 배경이다.

「정글의 용사들」은 남 아메리카의 밀림에서 촬영을 끝낸 미녀 모델들이 마약 농장주에게 붙잡혀 위기에 처하지만, 용감히 싸워 이긴다는 오락영화이다. 「공포의 4인」은 깊은 밀림 속에서 길을 잃고 겁에 질렸으며, 「푸른 지옥」에서는 황금의 사원을 찾기 위해 다양한 인간상이 모여 밀림으로 탐험을 들어간다. 「코끼리의 숲」에서는 사랑의 삼각관계가 벌어진다.

티피 헨드렌은 동물 보호 운동가인 남편과 함께 1천7백만 달러를 들여 「포효」를 만들었다.

동물 보호 운동가인 노을 마샬과 그의 아내 티피 헨드렌이 1천 7백만 달러를 들여 11 년에 걸쳐서 만드는 동안 사고도 많았던 영화 「포효(咆哮)」는 로스앤젤레스 교외의 넓은 저택에서 사육하는 156 마리의 동물까지 총출동하여 온가족이 완성한 집안 잔치 작품이다. 오랫동안 떨어져 살아온 괴팍한 과학자 남편을 아내와 자식들이 아프리카로 찾아간다는 설정으로서 자연 보호도 주제로 삼기는 했지만, 크게 주목을 받지는 못했다.

학교 교장으로 지내다가 단편소

설 현상응모에서 상을 탄 다음 작가가 되어 『나바론(The Guns of Navarone)』 같은 베스트셀러를 발표한 스코틀랜드의 모험소설가 앨리스테어 매클린(Alistair MacLean, 1922~87)이 원작자인 「죽음의 강」은 밀림 속의 '잃어버린 도시'와 나찌 과학자와 복수에 눈이 뒤집힌 전범 같은 여러 단골 등장인물이 어디서 많이 들어본 듯한 얘기를 엮어 나간다.

나중에 「이상한 정복」이라는 제목으로 다시 영화로 만들어진 「알레 박사의 범죄」에서는 실험을 하다가 사망한 조수로 가장해 가면서까지 깊고 깊은 밀림 속으로 들어가 풍토병을 정복하느라고 애를 쓰는 헌신적인 의사의 얘기가 나온다.

찾아보기 ●

/B. Reeves Eason, Joseph Kane, 출/Clyde Beatty, Manuel King, Elaine Shepard, Lucien Prival

▌「잔지바르의 서쪽(West of Zanzibar, 1926, 미국, 63분 또는 69분)」, 감/Tod Browning, 출/Lon Chaney, Lionel Barrymore, Mary Nolan, Warner Baxter, Jacqueline Gadson

▌「콩고(Kongo, 1932, 미국, 85분)」, 감/William Cowan, 출/Walter Huston, Lupe Velez, Conrad Nagel, Virginia Bruce, C. Henry Gordon

▌「잔지바르의 서쪽(West of Zanzibar, 1954, 영국, 84분)」, 감/Harry Watt, 출/Anthony Steel, Sheila Sim, Edric Connor, Orlando Martins

▌「밀림의 여신(Jungle Goddess, 1948, 미국, 65분)」, 감/Lewis D. Collins, 출/Ralph Byrd, George Reeves, Wanda McKay, Armida

▌「정글(The Jungle, 1952, 미국, 74분)」, 감/William Burke, 출/Rod Cameron, Cesar Romero, Marie Windsor, Sulchana

▌「정글의 신비(Mysteries of the Dark Jungle, 1990, 미국, 308분)」, 감/Kevin Connor, 출/Stacey Keach

▌「정글의 용사들(비디오 제목 "필사의 미녀부대," Jungle Warriors, 1984, 독일-멕시코, 93분)」, 감/Ernst R. von Theumer, 출/Nina Van Pallandt, Paul L. Smith, John Vernon, Alex Cord, Sybil Danning, Woody Strode, Dana Elcar, Louisa Moritz, Marjoe Gortner

▌「공포의 4인(Four Frightened People, 1934, 미국, 78분)」, 감/Cecil B. Demille, 출/Claudette Cobert, Herbert Marshall, Mary Boland, Leo Carrillo, William Gargan

▌「푸른 지옥(Green Hell, 1940, 미국, 87분)」, 감/James Whale, 출/Douglas Fairbanks, Jr., Joan Bennett, John Howard, George Sanders, Alan Hale, George Bancroft, Vincent Price

▌「코끼리의 숲(Elephant Gun, 1959, 영국, 84분)」, 감/Ken Annakin, 출/Belinda Lee, Patrick McGoohan, Anna Gaylor, Michael Craig, Eric Pohlman, Pamela Stirling

▌「포효(Roar, 1981, 미국, 102분)」, 감/Noel Marshall, 출/Tippi Hendren, Noel Marshall, John Marshall, Melanie Griffith, Jerry Marshall, Kyalo Mativo

▌「죽음의 강(River of Death, 1989, 미국, 111분)」, 감/Steve Carver, 출/Michael Dudikoff, Donald Pleasence, Herbert Lom, Cynthia Erland, Robert Vaughn, L. Q. Jones, Sarah Maur Thorp

▌「알레 박사의 범죄(The Crime of Dr. Hallet, 1938, 미국, 68분)」, 감/S. Sylvan

Simon, 출/Ralph Bellamy, William Gargan, Josephine Hutchinson, Barbara Read, John King

▌「이상한 정복(Strange Conquest, 1946, 미국, 65분)」, 감/John Rawlins, 출/Jane Wyatt, Lowell Gilmore, Julie Bishop, Samuel S. Hinds, Abner Biberman

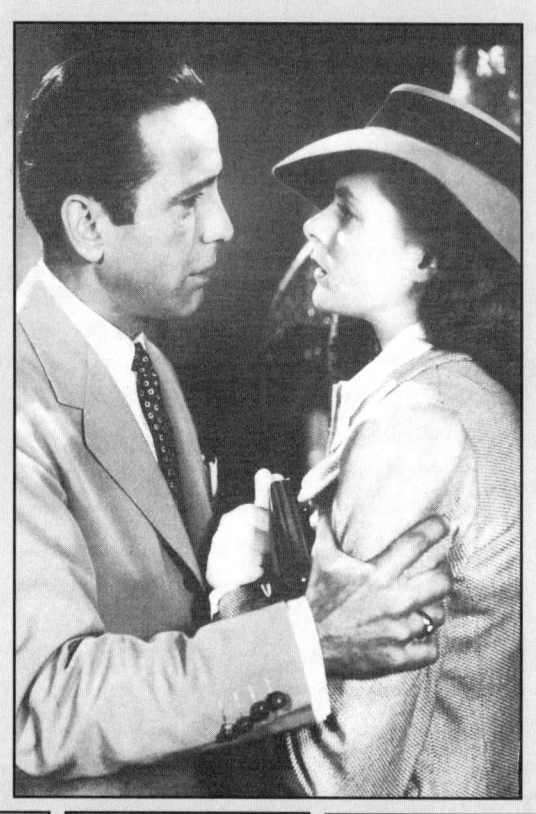

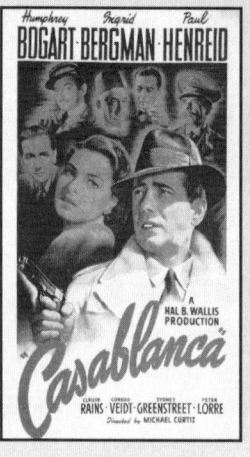

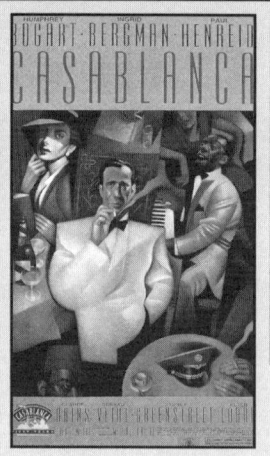

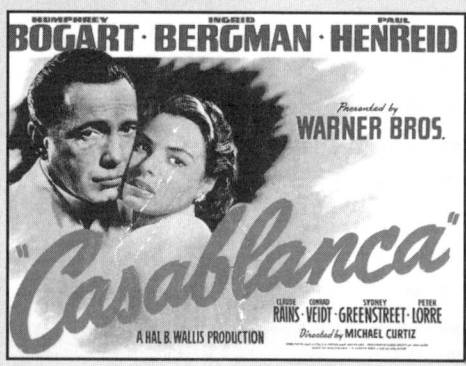

무대에는 한 번도 오를 기회가 없었을 만큼 철저히 실패한 희곡을 원작으로 삼아 만든 영화 「카사블랑카」는 아카데미 작품상과 감독상, 그리고 각본상까지 받았다. 그런가 하면 너도나도 싫다고 거절했던 두 주인공 역을 맡은 남녀 배우는 빠리를 영원한 추억으로 간직하고 헤어지는 불멸의 연인으로 수많은 사람의 기억에 남았다. 「카사블랑카」의 신화는 거기에서 끝나지를 않는다.

「카사블랑카」는 워낙 고전이 되어서인지 인상적인 포스터도 많은데, 1992년 재개봉과 더불어 제작한 현대적인 포스터(가운데) 또한 특색이 돋보인다.

하얀 집, 검은 그림자

　조세프 콘래드의 『어둠의 속』이나 어니스트 헤밍웨이의 『킬리만자로의 눈』하고는 문학성에서 전혀 '상대'가 안 되기는 하지만, 그래도 아프리카를 무대로 삼은 문학 작품을 원작으로 삼아 만든 영화 가운데 아마도 가장 유명하고 인상적인 작품을 꼽으라면 「카사블랑카」가 아닐까 싶다.

　하지만 「카사블랑카」가 세상에 태어난 과정은, 파란만장하다고까지는 할 수 없을지라도, 참으로 기구한 운명을 거쳤다.

　우선 영화의 원작이었던 머리 버네트(Murray Burnett)와 조운 엘리슨(Joan Alison)의 희곡 「모두들 리크의 술집으로 찾아온다(Everybody Comes to Rick's)」는 무대에서 한 번도 공연되지 못할 정도로 푸대접을 받았던 실패작이었다. 하지만 영화는 작품상을 위시하여 감독, 그리고 각본(Julius & Philip Epstein, Howard Koch)에서까지도 아카데미상을 받았다.

　각본을 보고 마음에 들지 않는다고 퇴짜를 놓은 배우도 여럿이었다.

처음 설정된 배역은 리크(Richard "Rick" Blaine) 역에 로널드 레이건, 일사(Ilsa Lund Laszlo) 역에 앤 셰리단(Ann Sheridan, 1913~88), 그리고 일사의 남편 빅또르 역에는 데니스 모건(Dennis Morgan)이었다. 그들에 대한 섭외가 여의치 않자 암흑가와 관계가 깊다고 알려진 배우 조지 래프트(George Raft)를 쓰려고 했지만 역시 거절당했다.

조지 래프트는「뜨거운 것이 좋아」에서 살인을 저지른 조직폭력단의 두목으로 출연했으며,「벅시」에서는 워렌 베이티의 친구로 나오는 실존인물 영화배우가 조지 래프트이다. 그리고「암흑가의 신사」는 아예 조지 래프트의 일대기를 그린 영화이다.

앤 셰리단이 거절했던 일사의 역으로는「마천루(The Fountainhead)」의 도미니크(Dominique) 역을 무척 탐냈다가 파트리샤 닐(Patricia Neal)에게 빼앗긴 바바라 스탠위크(Barbara Stanwyck)에게 돌아갔지만, 역시 출연을 하지 않겠다고 거절했다. 그래서 헐리우드로 건너온 지 얼마 안 되는 스웨덴의 신인배우 잉그리드 버그만에게 결국 행운이 돌아갔다.

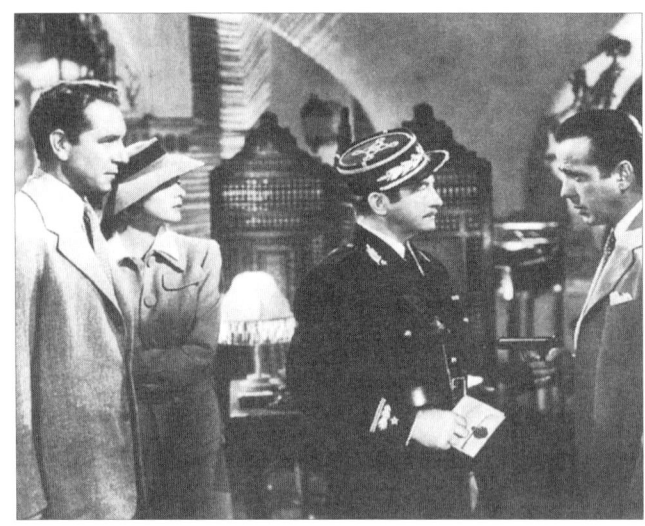

여주인공 일사(잉그리드 버그만)가 레지스땅스 투사인 남편 라즐로(왼쪽 끝, 폴 헨리드)를 선택하느냐 아니면 리크(오른쪽 끝, 험프리 보가트)와 남느냐 하는 결말은 영화 촬영이 끝날 무렵까지도 미정이었다.

그뿐이 아니었다. 언젠가 텔레비전에 출연해서 잉그리드 버그만이 밝힌 사실이지만, 마이클 커티즈 감독은 촬영이 거의 다 끝나갈 때까지도 마지막 장면을 어떻게 처리해야 할지 결정을 내리지 못했었다고 한다. 그래서 일사가 레지스땅스 지도자인 남편 빅또르 라즐로만 비행기에 태워 보내고 뒤에 리크와 남는 장면, 그리고 일사를 남편과 함께 비행기에 태워 보내고 리크만 안개 속에 남는 장면을 따로 찍어 비교해 보기로 했다. 하지만 지금처럼 사랑하는 여인을 남편과 함께 태워 보내고 사나이답게 주인공 혼자 남는 장면을 먼저 찍어서 보니까 꽤 마음에 들어서 그렇게 영화를 끝내기로 했단다.

쌤 역을 맡은 둘리 윌슨이 피아노를 치며 "세월이 가면(As Time Goes By)"을 불렀던 술집 세트장이 이제는 관광 명소가 되었을 만큼 유명한 고전영화가 태어난 사연은 이렇게 여러 가지 우발적인 상황으로 엮어졌다. 역시 모든 인생사는 운명인 모양이다.

카사블랑카는 본디 이름이 아랍어로 "하얀 집"을 뜻하는 "다르엘베이다"였지만, 1789년 에스파냐의 상인이 모로코의 밀 전매권을 확보한 다음 이 항구를 이용하면서 같은 뜻인 '까사 블랑까(casa blanca)'로 바꿔 부르게 되었다는데, 영화를 보면 '하얀 집'에는 온통 전쟁의 검은 그림자가 가득하다. 제2차 세계대전 중에 제3 제국의 추적을 벗어나 미국으로 가는 비행기를 마드리드에서 타려면, 꼭 거쳐야 하는 곳이 북 아프리카 모로코의 카사블랑카였기 때문이다.

프랑스 식민지여서 비시(Vichy) 정부의 통치를 받지만 카사블랑카는 아직 독일의

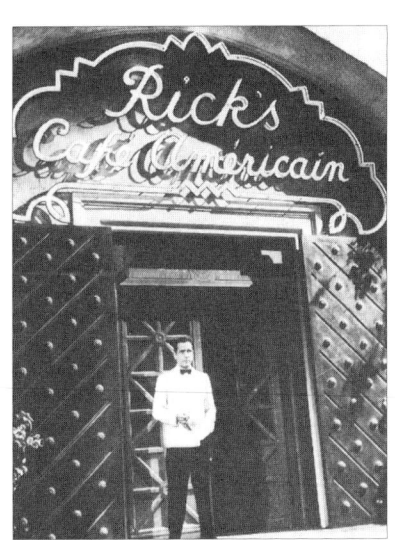

「카사블랑카」의 주요 무대인 리크의 까페 아메리깽은 관광 명소가 되었다.

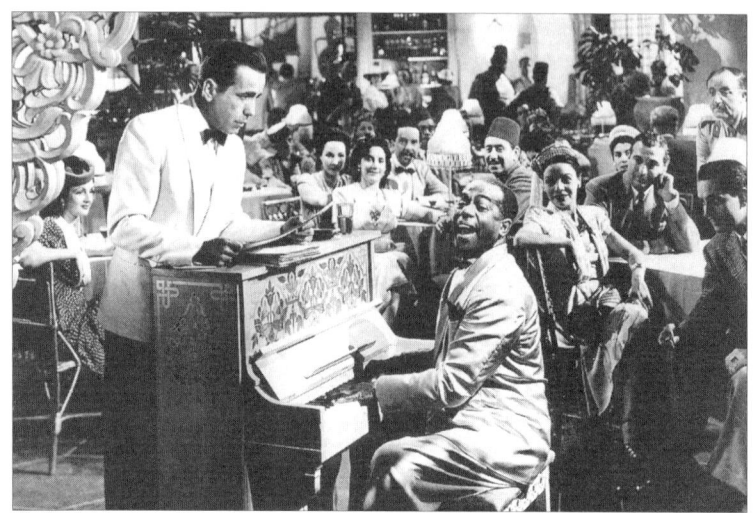

역시 관광 명소로 유명해진 이 실내 촬영장에서 "세월이 가면"을 둘리 윌슨이 노래하면서 「카사블랑카」에서는 빠리에 묻혀 버렸던 슬픈 과거로의 여행이 시작된다.

힘이 미치지 않는 탈출구였고, 그곳에서 '미국 술집'이라는 뜻의 까페 아메리깽(Cafe Americain)을 경영하는 리처드(풀이-Rick은 Richard의 애칭임) 블레인은, 이디오피아와 에스파냐에서 '지는 쪽'을 위해서만 싸웠던 용병 경력을 지닌 어두운 인물로서, 웬만한 사람은 죽이고 살릴 만한 능력을 지닌 실력자이다. 그래서 그의 술집은 해외 탈출을 위한 비자를 얻으려고 유럽 각국에서 몰려와 한없이 기다리는 망명자들과 도피자들 그리고 그들에 기생하는 범죄자들의 소굴이 되었다.

　어느 날 열차에서 피살된 두 명의 독일인으로부터 탈취한 통행증이 비자 밀거래를 하는 우가르테(Ugarte)를 거쳐 퉁명스럽고 냉소적인 리처드의 손에 들어오고, 막다른 골목에 이른 인간 군상이 그 소문을 듣고 몰려든다. 그들 속에 섞여 까페 아메리깽에 나타난 레지스땅스 지도자 라즐로는 수용소를 탈출하여 해외 도피를 위해 이곳에서 로레인의 십자가(the Cross of Lorraine) 반지를 낀 노르웨이 지하조직원과 접선해서, 열차의 독일인들로부터 빼앗은 통행증을 받기로 했던 인물이지만,

우가르테가 피살되어 위기를 맞는다.

그리고 라즐로와 함께 찾아온 아내 일사는 독일에 함락되기 직전 빠리에서 "과거를 묻지 않기로 하고" 리처드와 잊지 못할 사랑을 나누었던 여인, "당신을 만나면 (리처드가) 불행해지니까 그냥 돌아가라"는 쌤의 만류에도 불구하고 "세월이 가면"을 불러달라고 여인은 청하고, 그래서 흘러간 세월의 선율 속에서 이루어진 뜻하지 않았던 우연한 숙명적 재회에 관객은 가슴이 뭉클해진다.

빠리 함락을 앞두고 함께 탈출하기로 했던 비내리는 밤의 역에서 마지막 열차 시간에도 나타나지 않았던 일사의 배반에 오랫동안 괴로워해온 리처드는 라즐로를 도와 달라는 그녀의 요청을 단호하게 거부한다. 일사는 빠리에서 리처드와 사랑하던 시절 이미 라즐로의 아내였고, 수용소에서 죽었다던 소문이 나돌았던 남편이 병든 몸으로 도피중이라는 뜻밖의 소식을 접하고는 리처드와의 약속을 지키지 못했노라고 고백한다. 일사는 남편을 탈출시켜 주기만 하면 자신은 리처드와 함께 뒤에 남겠다는 약속도 한다.

그리고는 긴박하게 탈출 준비가 진행되고, (일사가 리처드와 함께 뒤에 남는 종결을 위해서였겠지만) 술집까지 팔아치운 리처드는 안개가 자욱한 공항에 이르러서야 "세 사람이 모두 행복할 길은 없다"면서, "우리에게는 영원한 빠리의 추억이 있다"면서, 사랑하는 여인을 그녀가 진정으로 사랑하는 남편과 함께 비행기에 태워 보내 다시 관객의 가슴이 뭉클해지게 만든다.

그렇다면 「카사블랑카」는 어떻게 얘기만들기와 신화만들기에서 다 같이 성공했는지를 잠시 생각해 보기로 하자. 보들레르가 "마음의 현 (絃)"이라고 표현한 '심금(心琴)'을 이 영화가 그토록 많은 사람들의 마음속에서 애절하게 울렸던 까닭은 아마도 마지막 장면의 두 번째 선택을 서슴지 않고 버렸던 마이클 커티즈 감독의 결정이 주효했기 때문이

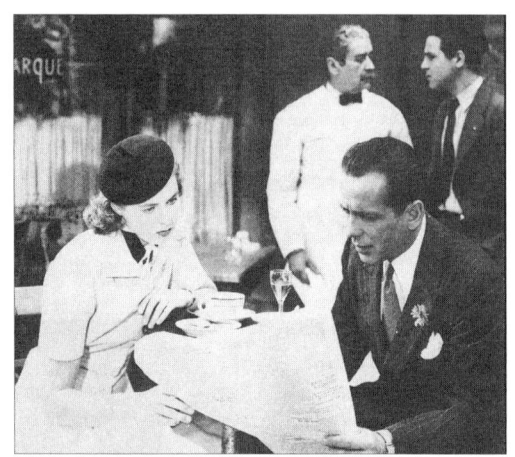

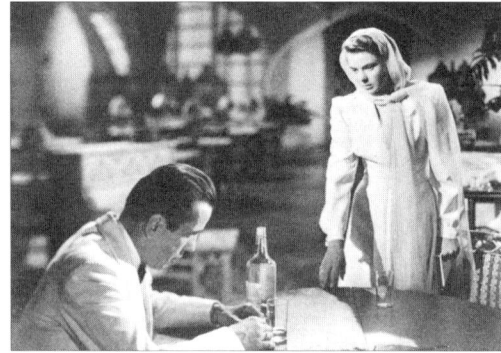

영화 「카사블랑카」가 얘기만들기와 신화만들기에서 성공했던 까닭은 베레모를 쓴 젊은 일사(위)와의 사랑이 빠리에서 이루어지지를 않았고, 잔뜩 온몸을 감싸서 확실하게 유부녀의 신분을 밝히고 다시 나타난 일사(아래)와의 사랑이 카사블랑카에서도 역시 이루어지지 않았기 때문인지도 모른다.

리라고 믿어진다. 빠리에서 베레모를 쓴 발랄한 처녀의 모습으로 상징되는 젊은 일사와의 모험적인 사랑이 전쟁이라는 숙명적인 상황으로 인해서 이루어지지 못한다는 설정은 대단히 보통스럽다. 그리고 '사나이' 가슴속에 한 가락의 노래로 남은 사랑의 그림자가 오랜 세월이 흘러가는데도("as time goes by") 좀처럼 지워지지 않는다는 설정 또한 지극히 평범한 말랑드라마적 장치이다.

　어쨌든 그러다가 유부녀라는 신분을 확실히 밝히면서 일사가 이상주의적인 투쟁의 남자와 함께 카사블랑카에 다시 모습을 나타내자, 관객은 못다한 사랑에 대한 갈증이 이제야 꿈같은 마무리를 짓는 모양이라고 예상한다. 그러나 두 사람은 좀처럼 사랑에 불을 지르지 않고, 흑색영화(film noir)의 분위기 속에서 긴장의 복선이 제2의 현을 타고 이어진다. 더구나 사랑을 쟁취하기 위해 주인공 리크가 물리쳐야 할 상대는 존경스럽고 용감한 독립투사로 그려졌기 때문에, 관객은 라즐로가 버림받는 종말도 원하지를 않게 된다.

이들 두 남자를 모두 정성껏 사랑했던 일사가 과연 어떤 선택을 하려는지, 관객이 조마조마한 마음으로 지켜보는 동안, 영화를 만드는 사람들도 역시 아직 결정을 내리지 못했고, 그래서 미완의 상태에 수반되는 긴장감이 완벽하게 화면에서 배어 나오며 핍진한다. 영화를 만드는 사람들과 더불어 관객은, 두 남자 가운데 어느 누구에게도 슬픔을 주지 않도록 지혜롭게, 여주인공이 과연 어떤 결정을 내리려는지 궁금해하면서 애타게 기다리고, 그리고는 빠리에서 깨어진 사랑을 카사블랑카에서도 맺어주지 않겠다는 뜻밖의 결론은 슬프고도 감미로운 충격으로서 마지막 현을 울린다.

「카사블랑카」는 1950년대에 텔레비전 연속물로 제작되었지만 성공을 거두지 못했고, 1983년에도 다시 데이비드 소울에게 리처드 블레인 역을 맡겨 텔레비전 연속극을 만들었지만, 역시 영화 「카사블랑카」의 마력은 끝내 되살려내지 못했다. 데이비드 소울(David Soul, 본명 David Solberg, 1943~)은 1975~80년에 텔레비전 수사물 「스타스키와 헛치(Starsky and Hutch)」에서 대단한 인기를 끌었지만 영화쪽에서는 별로 두드러지지 못한 배우였으며, 나중에 가수가 되려던 계획도 수포로 돌아갔다.

모로코는 마를레네 디트리히의 영화 때문에 "외인부대의 땅"으로 널리 알려진 반면, 모로코에서 가장 큰 도시인 카사블랑카는 험프리 보가트의 영화로 "전쟁의 어두운 그늘에서 피어나는 슬픈 사랑"의 상징이 되었으며, 이런 인기의 후광을 받으려고 노골적으로 흉내내어 만든 영

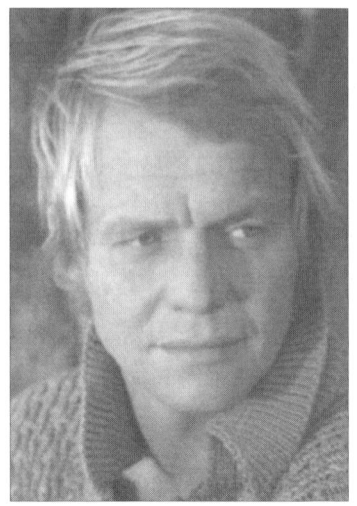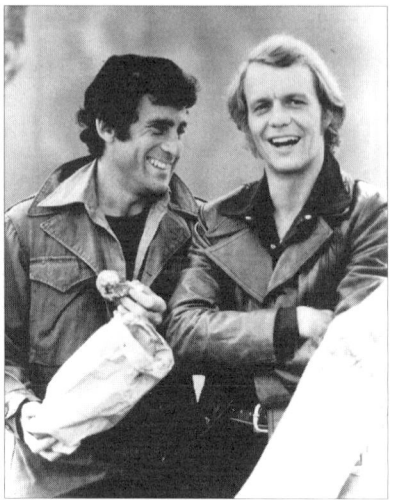

능글맞은 인상의 금발 미남배우 데이비드 소울(왼쪽)이 리처드 블레인 역을 맡았던 텔레비전 연속극 「카사블랑카」는 별로 수명이 길지 못했다. 오른쪽은 소울이 최고의 인기를 누렸던 경찰수사극 「스타스키와 헛치」의 한 장면

화도 나타났다.

「카사블랑카의 하룻밤」은 '막스 형제들(the Marx Brothers)'이 주연한 마지막 작품으로서, 나찌들이 보물을 숨겨놓은 카사블랑카의 호텔에서 적을 일망타진한다는 내용의 희극이고, 「카보블랑코」는 아무리 무대를 제2차 세계대전 직후 남 아메리카의 페루로 옮기고 화려한 배역진을 동원하기는 했더라도, 주인공이 사나이다운 술집 주인이며, 나찌 당원과 경찰서장처럼 낯익은 등장인물이 주변에 포진되고, 옛사랑의 자취를 더듬어 프랑스로부터 흘러온 여인이 배치된 가운데, 잃어버린 황금(여권과 비자)을 둘러싸고 벌어지는 상황에다가, 낯간지러울 정도로 비슷한 도시 이름에 이르기까지, 참으로 뻔뻔스러운 해적판이라는 인상을 준다.

전쟁의 검은 그림자가 아프리카의 배경에 드리운 다른 영화를 찾아보면, 제1차 세계대전이 시작될 무렵 모잠비크에서, 알코올 중독자인

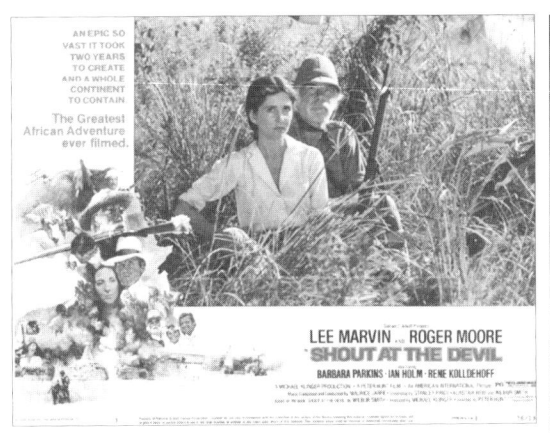

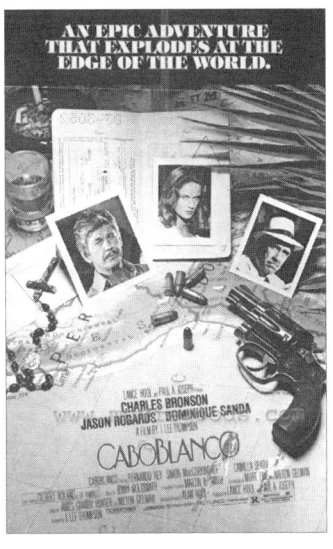

「카보블랑코」(오른쪽 포스터)는 등장인물들과 줄거리뿐 아니라 지명까지도 노골적으로 「카사블랑카」를 흉내낸 표본적 해적판이다. 그런가 하면 「지옥의 사자」(왼쪽)는 등장인물과 줄거리가 「아프리카의 여왕」을 다분히 연상시킨다.

밀렵꾼과 그의 딸, 그리고 조국을 떠난 영국 상류사회 남자가 힘을 모아 독일군 순양함을 폭파하러 간다는 내용이 어딘가 다분히 「아프리카의 여왕(The African Queen, 1951)」을 연상시키는 「지옥의 사자」, 그리고 아프리카에서 전쟁이 터지지 않도록 막아 보려고 애쓰는 영국인 형제가 주인공인 애국영화 「태양은 결코 지지 않는다」 같은 작품이 나타난다.

「아프리카 결사대」는 1910년 무기고를 탈환하라는 명령을 받고 출동하는 영국군 장교가 주인공이고, 「바타시 요새」에서는 낯익은 배우들과 함께 아프리카로 간 존 길러민 감독이 영국

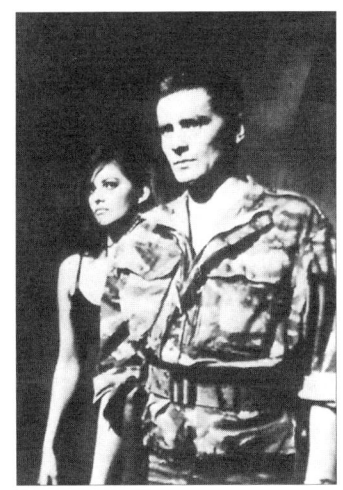

「라스페기」는 마크 로브슨 감독의 영화 가운데 가장 개성이 없는 계열에 속하는 전쟁영화이지만, 한국에서는 그런 대로 인기를 누렸다.

군의 군대생활을 화면에 담았고, 「라스페기」는 제2차 세계대전 후 인도지나에서 북 아프리카로 이동한 프랑스군 공수부대와 알제리의 아랍

유격대가 전투를 벌이는 가운데, 젊은 프랑스군 중위는 적과의 사랑을 하며 전쟁의 무의미성을 보여 준다는 내용인데, 농부에서 유격대장이 된 라스페기(Raspeguy) 중령 역을 맡은 퀸의 연기가 돋보인다는 평을 받았다.

그러나 아프리카라고 하면 일반 관객은 전쟁과 군인보다 사냥꾼과 동물을 먼저 연상하고, 그래서 「코뿔소를 잡아라!」처럼 동물을 쫓아 다니며 잡는 사람들이 훨씬 더 낯익은 주인공이다.

「최후의 사파리」에서 스튜어트 그레인저는 「킹 솔로몬」에서나 마찬가지로 마음이 답답해진 직업 사냥꾼 역을 맡아서, 친구를 죽인 흉포한 코끼리를 죽이고는 면허증을 반납한 다음 오지로 가서 그를 고용한 젊은 부부와 함께 사파리를 나간다. 「나이로비의 정사」는 위대한 백인 사냥꾼과 밀렵꾼들과 집안의 갈등과 금지된 사랑을 잡탕해서 만든 흔하고도 흔한 사파리 영화이다.

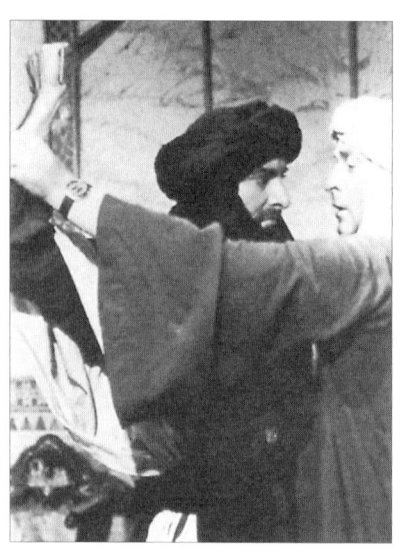

「아샨티」에서는 백인의 아내인 줄 모르고 흑인 여자를 노예상인이 납치하는 바람에 힘겨운 추격전이 벌어진다.

인도의 밀림이 무대인 「마야」는 맹수를 사냥하는 주인공이 위기를 맞아 잠시 겁을 먹는 바람에 아들로부터 존경심을 잃는다는 프란시스 매콤버(「The Macomber Affair」) 주제를 담았는데, 맹수가 무섭다고 도망친 주연 배우가 몸집이 너무 우람해서 상대역을 맡을 만한 여배우가 별로 없다고 알려졌던 클린트 워커이고 보니 어쩐지 앞뒤가 안 맞는 기분이다.

「추장의 아들」은 자기밖에 모르는 이기적인 아버지와 아들이 아프리카 사파리를 경험하고 나서 인간성을 회복한다는 내용의 가정용 친목 도모 영화이고,

「정글 헌터의 아들」은 친구처럼 가깝게 지내는 코끼리와 침팬지를 데리고 모험의 길에 나선다. 「아샨티」는 선교사이며 의사인 백인 남자의 흑인 아내가 납치되어 노예상인에게 팔려갈 위기에 처하면서 벌어지는 호화판 배역의 활극이고, 「여인과 사냥꾼」 또한 케냐의 밀림 속에서 벌어지는 삼각관계가 기둥줄거리이다.

「사하라」는 큰 유산을 남겨주고 돌아가신 아버지의 뜻에 따라 여주인공이 목숨을 걸고 북 아프리카를 횡단하는 자동차 경기에 출전했다가 멋진 사막의 족장에게 납치되어 사랑에 빠진다는 얘기이다. 사하라가 아니라 터키에서 촬영한 이 영화의 시대적인 배경은 1920년대인데, 내용의 전개를 포함한 모든 면이 1920년대 영화의 수준을 크게 벗어나지 못한다. 1921년에 만든 루돌프 발렌티노의 「족장(The Sheik)」과 비교해 보면 짐작이 가겠다.

「이곳은 아프리카」는 유랑극단 희극배우들이 밀림영화를 찍으러 사파리에 나섰다가 겪는 소동을 그리는데, 메이 웨스트적 음담패설이 너무나 난무한 나머지 검열에서 심하게 난도질을 당한 대표적인 영화로 꼽힌다. 어찌나 잘렸는지 현재 상영시간이 61분이며, 54분짜리도 있다고 한다.

찾아보기 ●━━━━━━━━━━━━━

▌「카사블랑카(Casablanca, 1942, 미국, 102분)」, 감/Michael Curtiz, 출/Humphrey Bogart, Ingrid Bergman, Paul Henreid, Claude Rains, Conrad Veidt, Peter Lorre, Madeleine LeBeau, Dooley Wilson, John Qualen
▌「암흑가의 신사(The George Raft Story, 1961, 미국, 106분)」, 감/Joseph M. Newman, 출/Ray Danton, Jayne Mansfield, Barrie Chase, Julie London, Neville Brand, Frank Gorshin
▌「카사블랑카의 하룻밤(A Night in Casablanca, 1946, 미국, 85분)」, 감/Archie

Mayo, 출/Groucho, Harpo, Chico Marx, Lisette Verea, Charles Drake, Lois Collier, Dan Seymour, Sig Ruman

▮「카보블랑코(Caboblanco, 1980, 미국, 87분)」, 감/J. Lee Thompson, 출/Charles Bronson, Jason Robards, Dominique Sanda, Fernando Rey, Simon MacCorkindale, Camilla Sparv, Gilbert Roland, Dennis Miller

▮「지옥의 사자(Shout at the Devil, 1976, 영국, 144분 또는 119분)」, 감/Peter R. Hunt, 출/Lee Marvin, Roger Moore, Barbara Parkins, Ian Holm, Rene Kolldehoff

▮「태양은 결코 지지 않는다(The Sun Never Sets, 1939, 미국, 98분)」, 감/Rowland V. Lee, 출/Douglas Fairbanks, Jr., Basil Rathbone, Barbara O'Neil, Lionel Atwill, Virginia Field, C. Aubrey Smith

▮「아프리카 결사대(The Royal African Rifles, 1953, 미국, 75분)」, 감/Lesley Selander, 출/Luois Hayward, Veronica Hurst, Michael Pate, Angela Greene

▮「바타시 요새(Guns at Batasi, 1964, 영국, 103분)」, 감/John Guillermin, 출/Richard Attenborough, Jack Hawkins, Mia Farrow, Flora Robson, John Leyton

▮「라스페기(Lost Command, 1966, 미국, 130분)」, 감/Mark Robson, 출/Anthony Quinn, Alain Delon, George Segal, Michele Morgan, Maurice Ronet, Claudia Cardinale, Gregoire Aslan, Jean Servais

▮「코뿔소를 잡아라!(Rhino!, 1964, 미국, 91분)」, 감/Ivan Tors, 출/Robert Culp, Harry Guardino, Shirley Eaton, Harry Mekela

▮「최후의 사파리(The Last Safari, 1967, 영국, 110분)」, 감/Henry Hathaway, 출/Kaz Garas, Stewart Granger, Gabriella Licudi, Johnny Sekka, Liam Redmond

▮「나이로비의 정사(Nairobi Affair, 1984, 미국, 100분)」, 감/Marvin J. Chomsky, 출/Charlton Heston, John Savage, Maud Adams, John Rhys-Davies, Connie Booth, Shane Rimmer

▮「마야(Maya, 1966, 미국, 91분)」, 감/John Berry, 출/Clint Walker, Jay North, I. S. Johar, Sajid Kahn, Jairaj, Sonia Sabni

▮「추장의 아들(Visit to a Chief's Son, 1974, 미국, 92분)」, 감/Lamont Johnson, 출/Richard Mulligan, Johnny Sekka, John Philip Hogdon, Jesse Kinaru, Chief Lomoiro, Jock Anderson

▮「정글 헌터의 아들(Taffy and the Jungle Hunter, 1965, 미국, 87분)」, 감/Terry O. Morse, 출/Jacques Bergerac, Manuel Padilla, Shary Marshall, Hari Rhodes

▌「아샨티(Ashanti, 1979, 미국, 117분)」, 감/Richard Fleischer, 출/Michael Caine, Peter Ustinov, Beverly Johnson, Kabir Bedi, Omar Sharif, Rex Harrison, William Holden

▌「여인과 사냥꾼(The Woman and the Hunter, 1957, 미국, 79분)」, 감/George Breakstone, 출/Ann Sheridan, David Farrar, John Loder

▌「사하라(Sahara, 1984, 미국, 104분)」, 감/Andrew V. McLaglen, 출/Brooke Shields, Lambert Wilson, Horst Buchholz, John Rhys-Davies, Ronald Lacey, John Mills, Steve Forrest, Perry Lang, Cliff Potts

▌「이곳은 아프리카(So This Is Africa, 1933, 미국, 61분)」, 감/Eddie Cline, 출/Bert Wheeler, Robert Woolsey, Raquel Torres, Esther Muir, Berton Churchill, Clarence Moorehouse, Henry Armetta

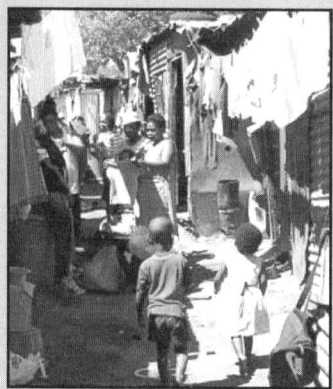

남 아프리카 공화국의 소웨토 흑인 빈민지구의 뒷골목(위)에는 흑인들의 고통이 넘쳐나고, 백인들이 지배하는 도시 요하네스버그는 아름답고 깨끗하다. 그리고 부유한 백인의 욕망과 흑인의 아픔 사이에는 다이아몬드가 존재한다. 다이아몬드 광산으로 유명한 킴벌리의 "거대한 구멍(Big Hall)" (아래)은 백인의 탐욕을 그대로 보여 주는 듯한 인상이다.

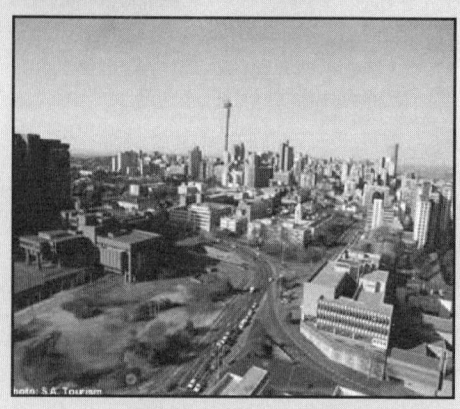

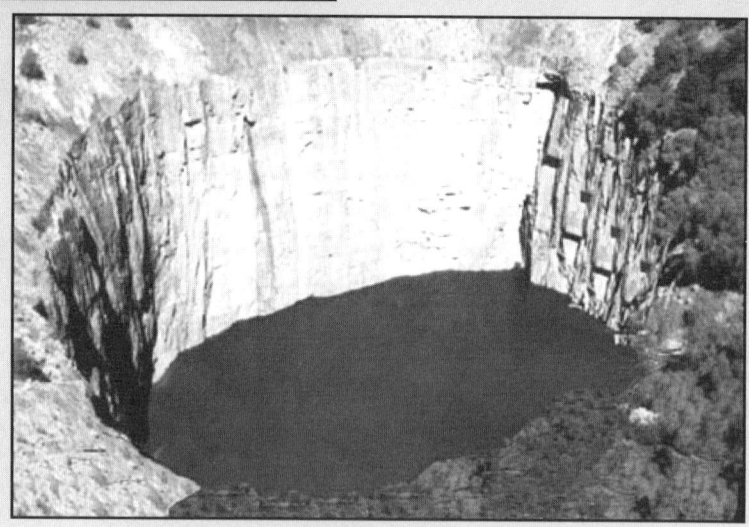

백인의 욕망, 흑인의 고통

    네덜란드, 영국, 프랑스, 벨기에 등 유럽의 열강이 아프리카 전역을 마구 짓밟고 식민지로 만들어 수많은 흑인들에게 오랜 고통을 가져다 주었던 까닭은 모두가 백인의 욕심 때문이었다.

    지금까지 우리는 황금과 희망과 꿈을 찾아 아프리카로 몰려간 사람들을 주인공으로 삼은 수많은 영화를 살펴보았는데, 노래까지 곁들여 가며 아프리카의 석유 노다지 한가운데서 두 남자로부터 사랑을 받는 여가수 키트 도브슨(Kit Dobson)의 얘기를 담은 「우린 부자가 된다네」 같은 영화는 아예 제목부터가 속이 빤히 들여다보인다. 더구나 이 영화에서 주연을 맡은 여배우(Dame Gracie Fields, 본명 Gracie Stansfield, 1898 - 1979)가 30대에 들어서야 처음 영화에 얼굴을 내밀었으며, 수수한 용모로 역경을 이겨 나가는 빈민가의 아가씨나 시골 여자 역을 단골로 맡아 영국 노동자층의 사랑을 받았던 인물이라는 점이 퍽 상징적이다. 유럽 하류층에서 고달픈 인생을 살아가는 사람들이 아프리카로 가서 그녀가 멋지게 성공하는 모습을 보면서 무슨 생각을 했을지가 궁금해지기 때문이다.

아프리카에서는 석유만이 노다지가 아니었고, 「아프리카 밀림의 북소리」에서는 우라늄을 찾아내기 위해 원주민과 싸우고, 동물들하고도 싸운다. 이 영화는 텔레비전 연속물 「론 레인저」 배우 클레이튼 무어가 주연했던 리퍼블릭 영화사의 클리프행어 연쇄작을 재편집하여 내놓은 우려먹기 영화였다.

그러나 뭐니뭐니 해도 아프리카의 노다지라면 「애수의 아프리카」나 「야성녀」의 여주인공들을 벼락부자로 만들어 준 남 아프리카의 다이아몬드 광산이다. 그곳에서 다이아몬드 제국을 장악하기 위해 집안싸움을 벌이며 사랑과 음모와 욕정의 얘기를 펼쳐내는 영화가 「물총새 작전」이다.

「살인 집단」에서는 남 아프리카 사막의 다이아몬드 광산을 둘러싸고 국제 조직과 용병이 벌이는 얘기가 복잡하게 얽히는데, 앞에서 잠시 언급한 바와 같이 요즈음에는 다이아몬드의 가치에 대한 분석 역시 복잡하게 얽히는 양상의 기미가 보인다. 미국 CBS 텔레비전의 「추적 60분(Sixty Minutes)」에서는 다이아몬드의 유통 체제를 독점한 드 비어스(De Beers) 회사가 철저한 통제와 007 영화(「Diamonds Are Forever」) 등을 동원하는 교묘한 홍보 작전을 통해서 다이아몬드의 가치를 극대화하는 데 성공했다는 보도를 했었다.

최근에는 텔레비전 연속극 「법과 질서(Law & Order)」에서도 다이아몬드 유통을 둘러싼 비리를 다루면서, 교묘한 가치 창출 방법을 꼬집었다. 실제보다 훨씬 높은 가치를 다이아몬드에 부여함으로써 많은 사람들이 죽은 다음에까지도 물건을 시장에 내놓지를 않고 사장시키는 바람에, 공급 물량이 저절로 통제되어 계속되는 가수요로 인해 거품 가치가 생겨난다는 분석이 매우 흥미로웠다. 그런가 하면 얼마 전 우리나라에서도 KBS-TV가 한 시간짜리 수요 심야 특집을 통해, 외국에서 홀대

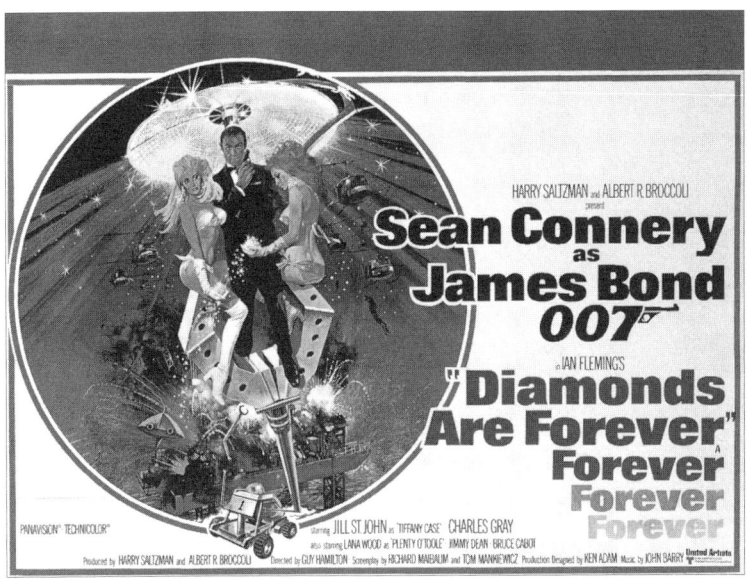

다이아몬드의 가치를 보호하고 유지하려는 드 비어스의 노력에는 007 영화의 제목과 주제가도 포함되었다고 한다.

받는 싸구려 다이아몬드 원료를 들여다 한국에서 부실한 감정 체계와 더불어 양산해내는 상품들을 다시 팔려고 하면 반값도 받지 못한다는 충격적인 사실을 폭로했다. 한국의 다이아몬드는 이렇게 영원하지 못하다고 하니, 제임스 본드까지 동원된 가치의 진실이란 무엇인지, 잠시 생각해 볼 만한 문제이다.

황금 또한 불변의 가치를 부여받은 광물로서, 007 배우 로저 무어가 수연한 영화 「골드」는 남 아메리카의 금광을 파괴하여 국제 시장에서 금값을 통제하려는 음모가 기둥줄거리를 이룬다.

「6인의 무뢰한」은 세계 제1의 황금 생산지인 남 아프리카 트란스바알(Transvaal)에서 백발의 노인과 손녀로부터 그들이 숨겨 놓은 황금을 빼앗기 위해 온갖 못된 짓을 하며 괴롭히는데, 알고 보면 이 영화는 폐허가 된 광산촌을 무대로 한 윌리엄 웰만의 유명한 서부극 「황색 하늘」이 ‘원작’이다.

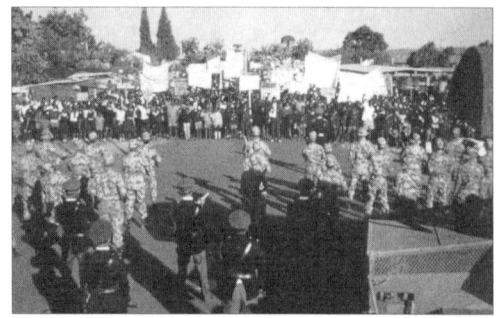

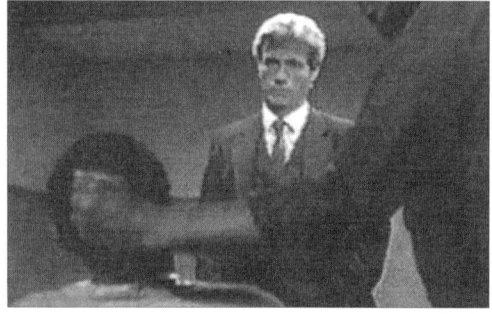

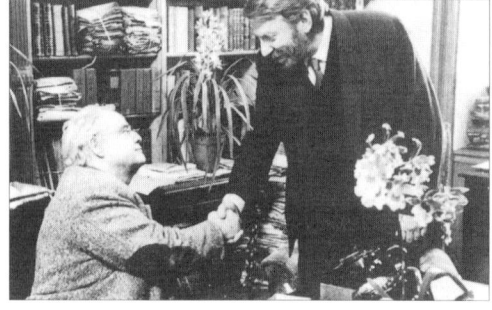

남 아프리카 공화국은 다이 아몬드와 황금 산지로서 유명할 뿐 아니라 인종 차별 정책으로도 악명이 높으며, "지성과 야만"에서 이미 「보파!(Bopha!, 1993)」와 「사라피나!(Sarafina!, 1992)」를 예로 들어 학교 선생의 시각을 통해 그런 면모를 잠시 살펴보았지만(339~41쪽 참조), 「백색의 계절」에서는 1976년 남아공 백인 학교의 선생인 주인공이 차별 정책을 반대하는 학생 시위대와 폭력 진압을 지켜보며 현실에 대한 의식이 눈을 뜨게 된다. 흑인 여성 감독의 작품인 이 영화에서는 1976년 어느날, 백인 위주의 교육에 반대하는 원주민 학생들의 시위에 경찰이 무차별 발포를 하고, 그런 와중에서 백인 교사 벤의 집에서 일하는 흑인 정원사의 아들이 사라지면서

어린 아들이 무장 병력의 무차별 사격 속에서 행방불명이 되자(위), 그를 찾아 나선 흑인 정원사가 경찰의 고문으로 목숨을 잃고(가운데), 그러자 「백색의 계절」 주인공은 당국자들을 만나면서 서서히 백인의 진실을 깨닫게 된다.

이야기가 시작된다. 줄루족의 나라, 그리고 부시맨의 나라 남 아프리카를 빼앗아 차지하고 풍족한 삶을 살아오던 백인 사회의 울타리 안에서만 지내오던 벤은, 정원사의 아들을 찾아 주려고 경찰 당국자들을 만나면서 뒤늦게 백인들만의 일방적 논리와 편리한 진실이 무엇인지를 알게 되고, 정원사는 아들을 찾으려다 오히려 무자비한 고문을 당하던 끝에 목숨을 잃는다. 물론 정원사가 자살했다는 공식 발표도 뒤따른다.

정의를 지키려는 여기자와 변호사도 등장하지만, 타인의 낙원을 침입하여 빼앗고 원주민을 가난한 노예생활로 내몰아 버린 정복자들의 범죄 행위는 사실상 주인공까지도 너무나 늦게야 인식한 셈이고, 그래서 좀처럼 구원의 모습은 보이지 않는다. 하지만 이런 영화를 보면 한국인의 마음은 가끔 착잡해진다. 흑백 인종 사이도 아니고 우리 한국인들끼리 비슷한 핍박을 받고 시달린 역사가 그토록 길기만 했는데도, 왜 우리나라에서는 이른바 '의식'이 담긴 고발영화는 나올 줄을 모르는 것일까? 고통을 예술로 승화시키면서 역사를 문화적으로 청산하지 못하는 민족, 그것은 아마도 문제의식이 없는 영화작가들과 역사의식이 없는 관객의 합작인지도 모르겠다.

「인사이드」의 주인공인 대학 교수는 정부의 인종 차별 정책 아파르트헤이트에 반대하는 음모를 꾸몄다는 혐의를 받고 잔혹한 장교로부터 무자비한 고문을 당하며 조사를 받는다. 그리고 오랜 세월이 지난 다음 수사관은 다른 수사관에게 고문 사실에 대한 추궁을 받는다. 남아공의 인종 차별 정책을 뜻하는 '아파르트헤이트(apartheid)'는 '아프리카인(Afrik)'과 '분리(apartness)'라는 두 단어를 합성한 말이다.

「고발」은 인종 차별과 맞서 싸우는 평화적인 수단과 폭력적인 수단에 대한 지적인 관찰의 진지한 시각이 논보이는 반면에, 「한 사람의 힘」에서는 어려서 부모를 잃은 남 아프리카 공화국의 영국 청년이 핍박받는 흑인 친구와 권투를 통해서 융합을 도모한다는 내용을 내세웠지만 주제를 다루는 태도가 너무 경박하다는 비판을 받았다. 남 아프리카 공화국이 독립하기 18년 전을 시간적인 무대로 삼은 이 영화에서는 영국인 고아 소년이 기숙사 학교에서 독일계 백인들에게 시달림을 당한다. 영국인들의 무자비한 통치에 대해서 어린 소년이 보복을 당한

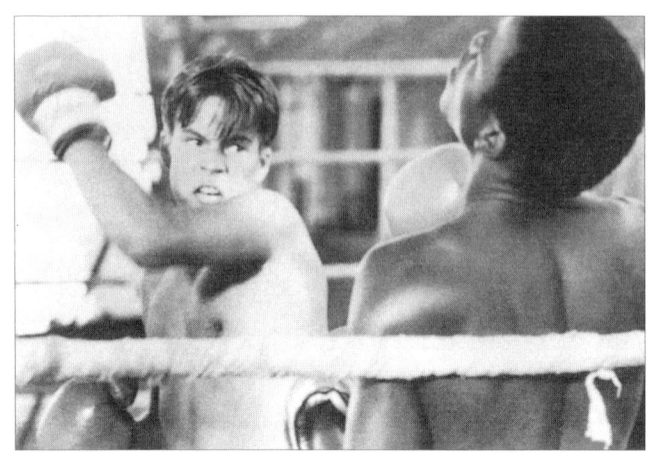

영국 청년과 핍박받는 흑인 친구들이 권투를 하면서 화해의 길을 찾는다는 「한 사람의 힘」 논리는 아무래도 무리가 간다.

다는 설정이다. 어쨌든 그래서 학교를 옮긴 소년이 흑 · 백의 좋은 친구를 통해 인종이나 국적을 차별하면 안 된다는 교훈을 얻는다고 하지만, 아무리 봐도 정말로 고통받는 사람의 얘기는 아니다.

「갈라진 세계」는 13세 소녀 몰리의 시각으로 본 아파르트헤이트이다. 숀 슬로보(Shawn Slovo)의 자전적인 각본으로 만든 이 영화에서는 엄마가 공산주의자로 반정부 활동을 하다가 1963년 악명 높은 90일 구금령이 발동되자 신변의 위험을 느낀 변호사 아버지는 국외로 도피하고, 언론인 어머니는 체포를 당한다. 한편으로 통치 논리의 가혹함을 다루는 의식영화이면서도 '큰 일'을 하느라고 바빠 가정을 돌보지 않는 엄마에 대한 딸의 원망스러운 감성 또한 잘 전달한다.

앨런 페이튼(Alan Paton)의 유명한 소설이 원작인 「울어라, 사랑하는 조국이여」에서는 소박한 시골 흑인 목사가 1946년에 말썽을 피우는 아들을 찾아 난생처음 요하네스버그로 가던 길에, 얼마 전에 죽은 아들의 시체를 찾으러 역시 요하네스버그로 가던 부유하고 독선적인 백인 지주를 만나 길동무가 되는데, 그들의 관계를 통해서 흑과 백의 인종적인 괴리가 어떻게 해서 생겨났으며 그것이 어떤 형태로 남아공 사람들의

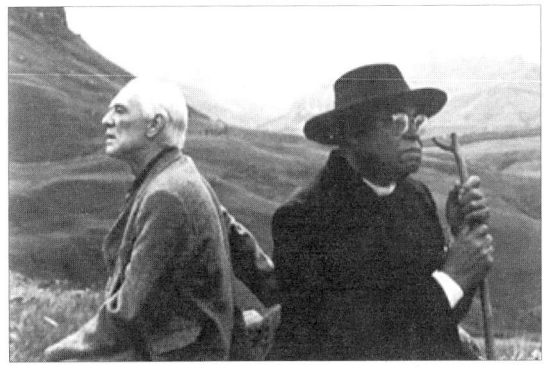
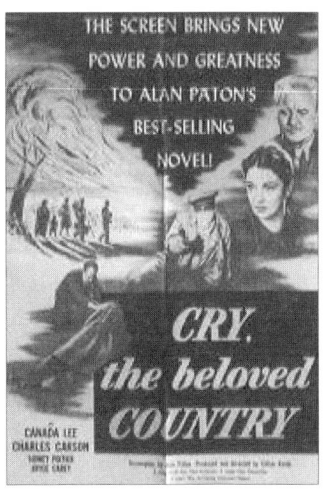

「울어라, 사랑하는 조국이여」에서는 시골 목사인 흑인과 독선적이고 부유한 백인이 같은 길을 간다.

삶을 지배하는지를 통렬하게 보여 준다.

1995년에 다시 영화로 만들어진 「울어라, 사랑하는 조국이여」는 「별나라에서 길을 잃고」라는 제목으로 독일의 작곡가 쿠르트 바일(=커트 웨일, Kurt Weill, 1900~50)과 사극을 많이 쓴 극작가 맥스웰 앤더슨(Maxwell Anderson, 1888~1959)의 손을 거쳐 음악극이 되기도 했다.

아파르트헤이트가 지배하는 남아공으로부터 미국으로 도피했다 몇 년 후 장례식에 참석하기 위해 「위험한 땅」에서 시골 고향을 찾은 문학 전공의 주인공은, 어머니한테 약속한 대로, 마약 범죄 조직에 들어간 동생을 찾아 나선다.

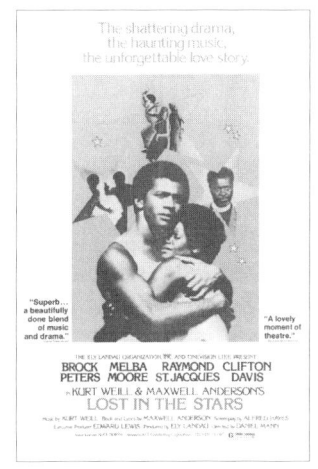

「별나라에서 길을 잃고」는 「울어라, 사랑하는 조국이여」를 음악극으로 개조한 영화이다.

「막대기 사탕」에서는 병에 걸린 백인 고아 소년이 흑인 친구와 함께 남 아프리카의 마을을 떠나 뉴요크로 간다. 그런가 하면 「서글픈 여정」에서는 이집트와 영국 사이에서 전쟁이 터지자 고아가 된 열 살의 소년이 수에즈 운하의 지중해 쪽 항구 포트 사이드(Port Said)를 떠나 아프리카 대륙을 종단하여 남 아프리카 공화국의 더반(Durban)에서 호텔을 운영하는 숙모를 나침반 하나만 들고 혼자서 찾아간다.

남아공의 「케이프타운으로 가는 화물」을 실은 증기선에서는 한 여자를 놓고 두 남자가 경쟁을 벌이고, 1890년대의 「벌거벗은 땅」 아프리카에서는 샹송 가수 출신의 줄리에뜨 그레꼬가 연예인으로 성공하려는 꿈을 키우고, 상아해안에서는 에이레인 모험가와 그의 신부 줄리에뜨 그레꼬가 힘 안 들이고 출세할 길을 찾느라고 「위험한 승부」를 건다.

마지막으로 살펴볼 아프리카 영화는 나이지리아의 세계적인 작가 치누아 아체베(Chinua Achebe, 1930~)의 4부작 소설 가운데 첫 두 권 『붕괴(1958)』와 『안락함은 가버리고(No Longer at Ease, 1960)』를 영상으로 옮긴 「붕괴(Things Fall Apart, 감/Jason Pohland, 영국-독일, 출/Johnny Sekka, Princess Elizabeth of Toro, Orlando Martins, 배급/Artisan Releasing Corporation)」이다. 우리나라에서는 구하기가 힘든 이 작품을 굳이 소개하는 까닭은 아체베라는 작가가 세계 문학에서 차지하는 위치를 결코 무시할 수가 없기 때문이다.

우선 그가 태어난 나라의 이름 자체도 무척 아프리카적이다. '나이제리아(Nigeria)'는 '검정'을 뜻하는 '니그로'와 '니제르 강'에서 연유하며, 영국은 1861년에 라고스를 그리고 1885년에는 비아프라를 보호령으로 만들었고, 1900년부터 영국의 직접 통치가 시작된다. 남부의 젊은 지식인층에서 반식민통치 운동이 시작된 때는 1930년대였고, 30년 후에 드디어 독립을 쟁취한다.

아체베는 대표적인 지식인으로서 이바단 대학을 졸업한 후 방송인으로 일하다가 비아프라 전쟁중에는 외교관으로 근무하기도 했으며, 이제는 고전문학으로 간주되는 『붕괴』를 통해 19세기 말 백인 선교사와 관리들이 검은 나라로 밀고 들어오면서부터 이보(Ibo, Igboland) 사회가 분열되는 현상을 파헤쳤다. 시대적인 전환기에 옛 윤리를 고수하며 살아가는 사람들의 파멸을 주제로 내놓은 이 작품의 주인공 족장 오콘쿠(Okonkwo)는 우발적으로 살인을 범하고는 7년 동안 추방을 당하는데, 나중에 돌아가 보니 그의 나라는 식민지 통치를 받는 기독교 땅이 되어 버렸다. 전통이 무너지고 새로운 종교가 등장하여 부족민들이 분열을 일으키는 시대상에 분격한 그는 영국 지방 행정관이 보낸 전령을 죽이지만, 사람들은 이제 그를 지지하지 않는 지경에 이르렀고, 그래서 그는 절망에 빠져 자살하고 만다.

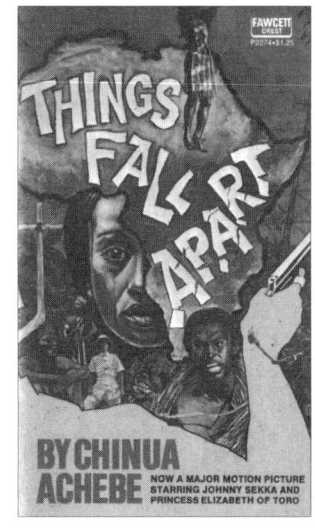

『안락함은 가버리고』는 1950년대의 라고스를 무대로, 과거와 현재의 달라진 가치관 속에서 갈등하다가 결국 고향을 떠나 영국으로 돌아가는 젊은 지식인의 고뇌를 통해 이보 사회의 차별 구조를 파헤친다. 대학시절이나 졸업 직후였겠는데, 필자는 이 소설을 처음 읽었을 때, 경찰관이 하찮은 직위를 이용하여 돈을 뜯어내는 장면을 보고, 어쩌면 우리나라하고 아프리카는 그렇게 비슷할까 놀라기도 했었다.

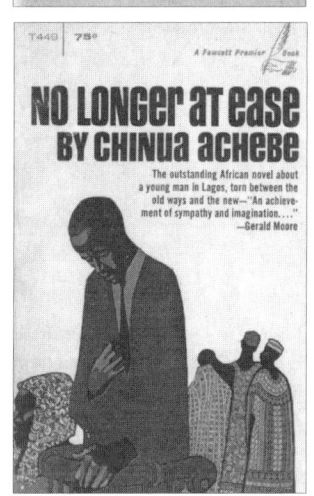

치누아 아체베의 소설 『붕괴』와 『안락함은 가버리고』는 아프리카 '원주민'의 시각에서 재현한 아프리카를 보여 준다. 이 두 소설은 한 편의 영화로 제작되었다.

아체베는 세 번째 소설 『신(神)의 화살(Arrow of God, 1964)』에 이어 『민중을 대변하는 인물(A Man of the People, 1966)』에서도 아프리카 정치의 부패상을 고발했다. 서양의 정복으로 인해서 무너지는 전통 사회를 그려내는 그의 작가 의식은 우리에게도 좋은 귀감이 된다.

▌「우린 부자가 된다네(We're Going to Be Rich, 1938, 영국, 78분)」, 감/Monty Banks, 출/Gracie Fields, Victor McLaglen, Brian Donlevy, Coral Browne, Ted Smith, Gus McNaughton

▌「아프리카 밀림의 북소리(Jungle Drums of Africa 또는 U-238 and the Witch Doctor, 1953, 미국, 100분)」, 감/Fred C. Brannon, 출/Clayton Moore, Phyllis Coates, Johnny Spencer (Sands), Roy Glenn, John Cason

▌「물총새 작전(The Kingfisher Caper, 1975, 남 아프리카 공화국, 90분)」, 감/Dirk DeVilliers, 출/Hayley Mills, David McCallum, Jon Cypher

▌「살인 집단(Killer Force, 1975, 미국-영국, 101분)」, 감/Val Guest, 출/Peter Fonda, Telly Savalas, Hugh O'Brian, Christopher Lee, Maud Adams, O. J. Simpson, Ian Yule

▌「골드(Gold, 1974, 영국, 120분)」, 감/Peter Hunt, 출/Roger Moore, Susannah York, Ray Milland, Bradford Dillman, John Gielgud

▌「6인의 무뢰한(The Jackals, 1967, 미국, 105분)」, 감/Robert D. Webb, 출/Vincent Price, Diana Ivarson, Robert Gunner, Bob Courtney, Patrick Mynhardt

▌「황색 하늘(Yellow Sky, 1948, 미국, 98분)」, 감/William Wellman, 출/Gregory Peck, Anne Baxter, Richard Widmark, Robert Arthur, John Russell, Henry (Harry) Morgan, James Barton

▌「백색의 계절(Dry White Season, 1989, 미국, 107분)」, 감/Euzhan Palcy, 출/Donald Sutherland, Janet Suzman, Zakes Mokae, Jürgen Prochnow, Susan Sarandon, Marlon Brando, Winston Ntshona, Thoko Ntshinga, Susannah Harker, Rowan Elmes

▌「인사이드(Inside, 1996, 미국, 94분)」, 감/Arthur Penn, 출/Eric Stoltz, Nigel Hawthorne, Louis Gossett, Jr., Ian Roberts, Jerry Mofokeng

▌「고발(Accused 또는 The Mark of the Hawk, 1957, 영국, 83분)」, 감/Michael Audley, 출/Eartha Kitt, Sidney Poitier, Juano Hernandez, John McIntire

▌「한 사람의 힘(The Power of One, 1992, 미국, 111분)」, 감/John G. Avildsen, 출/Stephen Dorff, Armin Mueller-Stahl, Morgan Freeman, John Gielgud, Fay Masterson, Marius Weyers, Tracy Brooks Swope, John Osborne

▌「갈라진 세계(A World Apart, 1988, 미국, 112분)」, 감/Chris Menges, 출/Barbara Hershey, David Suchet, Jeroen Krabbé, Jodhi May, Rosalie Crutchley, Tim

Roth, Adrian Dunbar

▌「울어라, 사랑하는 조국이여(Cry, the Beloved Country, 1951, 영국, 111분, 텔레비 전용 95분)」, 감/Zoltan Korda, 출/Canada Lee, Charles Carson, Sidney Poitier, Geoffrey Keen, Reginald Ngeabo, Joyce Carey

▌「울어라, 사랑하는 조국이여(Cry, the Beloved Country, 1995, 미국-영국-남 아 프리카 공화국, 120분)」, 감/Darrell James Roodt, 출/Richard Harris, James Earl Jones, Charles S. Dutton, Vusi Kunene, Leleti Khumalo, Ian Roberts, Dambisa Kente

▌「별나라에서 길을 잃고(Lost in the Stars, 1974, 미국, 114분)」, 감/Daniel Mann, 출 /Brock Peterson, Melba Moore, Raymond St. Jacques, Clifton Davis, Paula Kelly

▌「위험한 땅(Dangerous Ground, 1997, 미국, 95분)」, 감/Darrell James Roodt, 출 /Ice Cube, Elizabeth Hurley, Ving Rhames, Sechaba Morajele, Eric Miyeni

▌「막대기 사탕(E Lollipop 또는 Lollipop 또는 Forever Young, Forever Free, 1976, 남 아프리카 공화국, 85분)」, 감/Ashley Lazarus, 출/Jose Ferrer, Karen Valentine, Muntu Ndebele, Norman Knox, Bess Finney, Simon Sabela

▌「서글픈 여정(A Boy Ten Feet Tall 또는 Sammy Going South, 1963, 영국, 118 분, 미국판 88분)」, 감/Alexander Mackendrick, 출/Edward G. Robinson, Fergus McClelland, Constance Cummings, Harry H. Corbett

▌「케이프타운으로 가는 화물(Cargo to Capetown, 1950, 미국, 80분)」, 감/Earl McEvoy, 출/Broderick Crawford, John Ireland, Ellen Drew, Edgar Buchanan

▌「벌거벗은 땅(Naked Earth, 1958, 영국, 96분)」, 감/Vincent Sherman, 출/Juliette Greco, Richard Todd, John Kitzmiller, Finlay Currie

▌「위험한 승부(The Big Gamble, 1961, 미국, 100분)」, 감/Richard Fleischer, 출 /Stephen Boyd, Juliette Greco, David Wayne, Sybil Thorndike

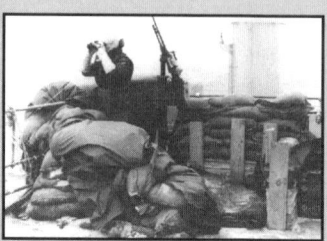

1982년 아르헨티나의 한 쪽 귀퉁이에 붙은 인구 2천 명의 포클랜드 제도를 탈환하기 위해 영국에서 배를 타고 전쟁을 하러 떠나는 군인들의 모습은 대영제국의 태양이 어째서 하루종일 지지 않는지를 잘 보여 주었다.

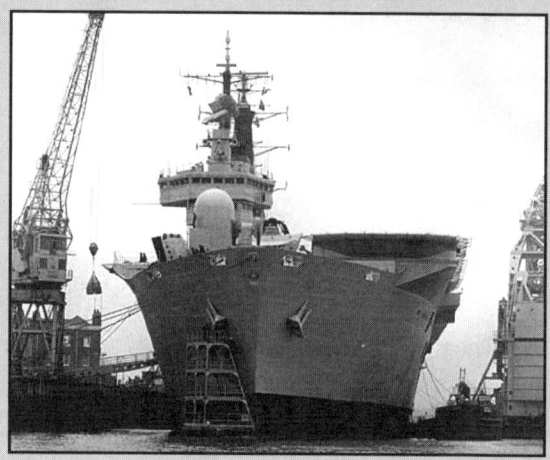

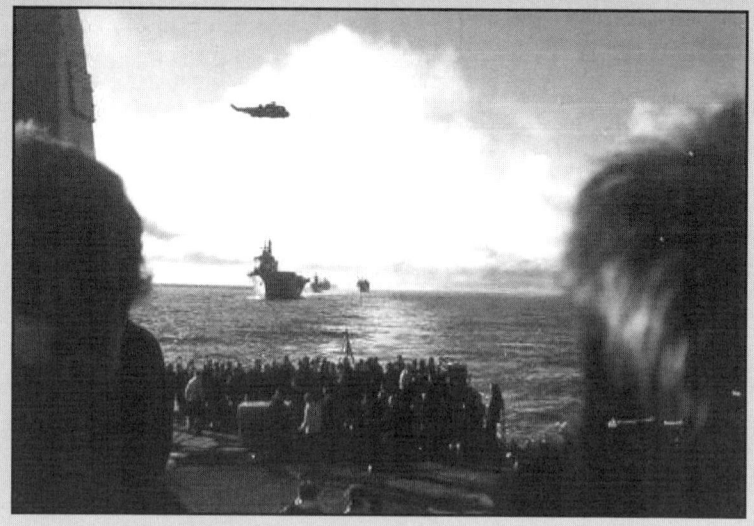

드로게다의 '야성녀'

　1982년 4월부터 6월까지, 인구가 2천 명도 안 되는 작은 섬을 놓고 영국과 아르헨티나가 영토 싸움을 벌여서 1천 명이 죽었다는 포클랜드(Falklands) 전쟁 소식을 처음 들었을 때, 아니 어떻게 그런 구석에도 영국의 식민지가 있었는가 하고 놀란 사람이 적지 않았으리라는 생각이다. 그리고 왜 대영제국에서는 결코 해가 지지 않는다고 했는지, 참으로 실감이 나기도 했었다.

　이렇듯 영국은 남 아프리카에서 줄루 민족으로부터 땅을 빼앗아 영토를 만들었을 뿐 아니라, 북 아메리카의 북쪽 끝 캐니디로부터 남 아메리카의 남쪽 끝 포클랜드에도 그들의 깃발을 날렸고, 남반구의 동떨어진 오스트렐리아 또한 그들의 식민지였다.

　고대 지리학자들은 "미지의 남쪽 땅(Terra Australis Incognita)"이라는 거대한 땅덩어리를 지도에 그려 넣고는 했지만, 그런 곳이 실제로 존재한다는 아무런 증거도 내놓지 못했었다. 그리고 1606년 처음 오스트렐리아 대륙을 본 유럽인이 화란인 선장 빌렘 얀츠(Willem Jansz)인지 아니면 에스파냐인 루이스 바에즈 데 또레스(Luis Vaez de Torres)인지조차도 확실히 규명되지를 않았다.

그 후 40 년 동안, 남 아프리카와 인도네시아로 한참 진출중이던 화란인들이 이 지역을 끊임없이 탐험했고, 1642년 아벨 타스만(Abel Tasman)이 뉴질랜드를 발견했다. 그리고는 로빈슨 크루소의 모델이 된 실존인물 알렉산더 셀커크(Alexander Selkirk)를 무인도에서 구조해낸 영국의 유명한 해적 윌리엄 댐피어(William Dampier)가 1688년에 오스트렐리아 북부와 서부의 해안 그리고 해적군도(Buccaneer Archipelago)에 상륙했었고, 1770년 4월 29일에는 제임스 쿠크(James Cook) 선장이 보타니 베이(Botany Bay)에 상륙하여 대륙의 동부에 대한 영국의 소유권을 확립했다.

영국은 오스트렐리아를 유형지(流刑地, penal colony)로 개발하기 시작했다. 당시 영국에서는, 찰스 디킨스의 소설에서도 잘 나타나듯이, 법의 집행이 매우 엄격해서 빚을 갚지 못하거나 사소한 범죄를 저질러도 모두 감옥에 가두었기 때문에 수용 시설이 엄청나게 부족했고, 그래서 범죄자들을 아메리카 대륙으로 귀양을 보내고는 했지만, 그것도 미국이 독립하면서 어렵게 되자 영국으로서는 새로운 유배지가 필요했던 터였다.

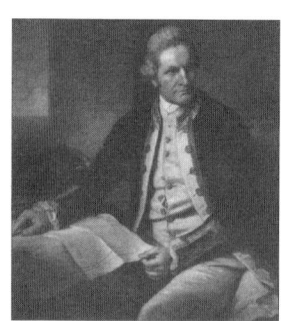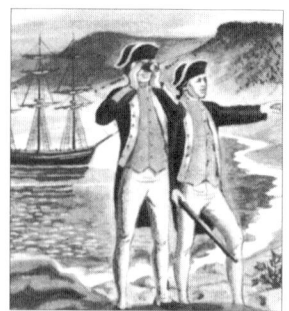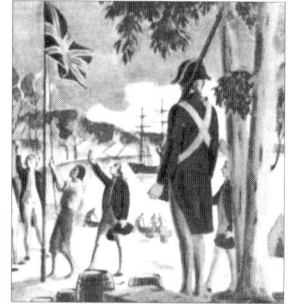

1770년 제임스 쿠크 선장이 보타니 베이에 상륙하면서 오스트렐리아의 백인 역사가 시작된다.

그래서 1787년 5월에 출발하여 이듬해 1월 시드니에 도착한 11척
의 선단이 처음 '수송(transport)'한 1천 5백 명 가운데 절반이 넘는 8
백 명이 죄수였다. 처음에는 그들에게 영국에서 보낸 보급품이 제때
도착하지 않아 모두들 거의 굶어죽을 뻔했으며, 그래서 아더 필리프
총독의 지시를 받으며 밀과 채소를 재배하고 가축을 기르기 시작했다
고 한다.

『바운티 호의 반란』 등 해양소설을 주로 썼던 찰스 노르도프
(Charles Nordhoff)의 소설 『보타니 베이』가 원작인 「유형(流刑)의 대
륙」은, 1790년대 범죄자들을 태우고 오스트렐리아 유형지로 항해하
는 배에서, 억울하게 붙잡혀 가는 죄수(Hugh Tallant, Alan Ladd)와 잔
혹한 선장(Paul Gilbert, James Mason)의 대결이 반란으로 이어진다는
내용이다.

비슷한 역사적인 배경을 지닌 오스트렐리아의 유형지 영화로는 19
세기에 역시 아무 죄도 없이 유형지로 끌려가 고통을 받으며 탈출을 시
도하는 이야기 「아담의 여인」도 있다.

1800년에 이르러 오스트렐리아 유배지에는 정착민이 5천 명에 달했

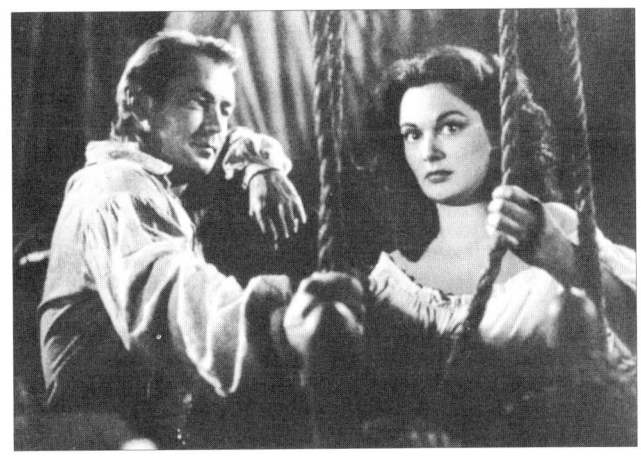

「유형의 대륙」은 오스트렐리아
의 유형지 보타니 베이로 실려
가는 백인 죄수들의 이야기를
담았다.

고, 그들은 1813년부터 산맥을 넘어 내륙으로 들어가는 길을 찾기 시작했으며, 산 너머에서 광활한 평원을 발견하고는, 아메리카에서처럼 서부로, 그리고는 남부와 북부로 개척의 길에 나선다. 이들 개척자를 따라 양을 치고 농사를 지으려는 사람들이 이주하게 되었으며, 개척사는 그렇게 막이 올랐다.

이 무렵에 대륙 횡단을 했던 개척자들을 주인공으로 삼은 역사물이 1986년에 두 편 영화로 제작되었는데, 하나는 제목이 「버크와 윌스」이고 다른 하나는 「윌스와 버크」이다.

신세계를 건설하는 사람들이 주인공인 영화 가운데 존 클리어리(Jon Cleary)의 소설이 원작인 고전 작품 「개척자」는, 비록 시대적으로 1920년대가 배경이기는 하지만, 오지에서 가난하면서도 주변의 모든 사람과 행복하게 살아가는 양몰이(sheep drover) 피터(Peter)의 아내 아이다 카모디(Ida Carmody)를 주인공으로 내세웠으며, 두 사람은 불굴의 정신력과 낙천성을 보이며 여기저기 떠돌이 생활을 하면서도 열심히 가

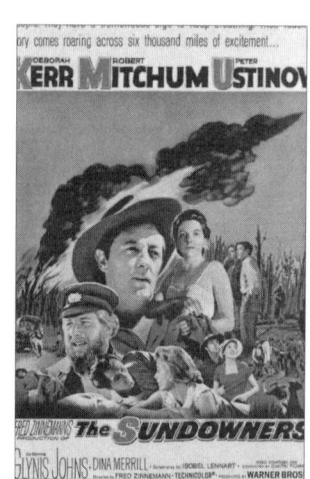 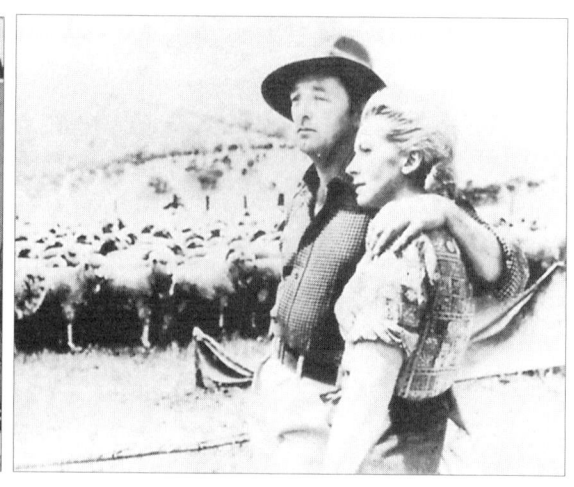

오스트렐리아 개척사를 서부극 식으로 풀이하기 시작한 초기의 영화 「개척자」에서는 양치기의 아내가 강인한 여성으로 부각된다. 포스터에서도 남배우 로버트 밋첨보다 여배우 데보라 커의 이름이 먼저 나온다.

족을 불려나간다.

「분노의 땅」은 1820년대 뉴질랜드가 영국의 식민지로 정복되는 과정을 살아간 이주민 부부의 이야기이고, 「에이레인」에서는 19세기 말 개척자 집안의 가장으로서 첫 자동차가 마을에 도착하며 시작되는 20세기 발전의 물결에 맞서 눈물겹게 저항하려는 시골 마부(teamster)가 등장한다.

그리고 개척의 행렬 속에는 물론 「개척자」의 아이다 카모디처럼, 그리고 「야성녀」의 주인공처럼 역경과 맞서 싸워나가는 여성들도 적지 않았다.

「야성녀」의 여주인공 '카체' 오닐(Katie O'Neill)은 말을 타고 반나절을 달려야 할 만큼 넓은 농장 아벤블룸을 필사적으로 지켜나가던 억척스러운 여인이었고, 『떠나온 아프리카(Out of Africa)』의 여주인공 카렌 블릭센은 케냐의 커피농장을 숙명으로 받아들였던 적극적인 여인이었다. 역경을 헤쳐나가는 이런 불굴의 여인상을 우리는 역시 여성 작가의 손에서 태어난 『바람과 함께 사라지다』에서 타라 농장에 인생을 바치는 여주인공 스칼레트 오하라에게서도 발견한다.

그리고 영국의 식민지였던 오스트렐리아 오지(奧地, Outback)의 광활한 드로게다(Drogheda) 농장에도 메기 클리어리(Meggie Cleary)라는 '야성녀'가 살았다. 메기는 오스트렐리아 여성 작가 콜린 매컬로우(Colleen McCullough, 1937~)의 소설을 1983년 미국 ABC-TV가, 「쇼군(Shogun, 1980)」 등 텔레비전에서 미니시리즈를 독식하다시피 하면서 두드러진 활약을 하던 리처드 체임벌린을 주연으로 내세워, 미니시리즈로 제작해서 에미상을 수상했으며 우리나라에서도 두 차례나 방영된 「가시나무새(The Thorn Birds)」의 여주인공이다.

'가시나무새'란 켈트족의 전설에서, 태어날 때부터 가시나무를 찾아 헤매다가 가장 길고 날카로운 가시를 발견하면 스스로 몸을 찔러, 숨을

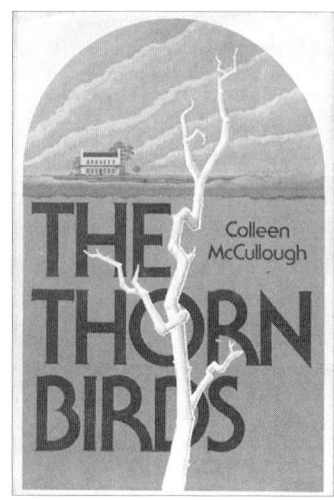

『가시나무새』는 비록 고전적인 작품이라고 말하기는 어렵지만, 오스트렐리아를 우리나라에 가장 대중적으로 널리 알린 최초의 소설이었다.

거두기 직전에, 죽음의 고통 속에서 지극히 아름다운 노래를 부른다고 한다.

1977년 미국에서 출판되어 1천만 부 이상이 팔렸고, 보급판(paperback) 판권으로 당시로서는 기록이었던 1백90만 달러를 받아낸『가시나무새』는 클리어리 집안의 여인 3대가 가난과 부, 사랑과 죽음을 헤치며 살아가는 인생 얘기이다. 1대 여인 휘이(Fee)는 뉴질랜드에서 "죄를 저지르지만 그 죄를 즐겼기 때문에" 에이레 계의 천주교 신자인 양털깎는 남자와 결혼하게 된다. 그녀는 유명한 정치가와 육체관계를 맺었고, 그래서 사생아를 낳게 되는데, 이런 난처한 상황을 벗어나기 위해 신분이 자신보다 아래이고 생명력이 억센 패디(Paddy) 클리어리와 결혼한 것이다.

인연을 끊다시피 하고 살았던 누이에게서 패디는 오스트렐리아의 땅 15만 에이커를 유산으로 물려받고 아내 휘이와 함께 황무지로 이주하여 자연과 투쟁하고 정복하는 개척시대를 맞는다. 휘이의 험난한 삶은 매컬로우가 보고 겪은 광대한 대륙에 대한 기억을 기초로 삼았고, 들판이 불타는 장면처럼 압도적인 충격으로 서사시적인 감동이 이어진다.

클리어리 가의 2대째 여인은 여섯째 딸인 메기로서, 작가 매컬로우의 삶을 가장 많이 반영한 인물이다. 메기는 나이가 그녀보다 스무 살이나 많은 신부와 사랑하게 되는데, 맺지 못할 금단의 사랑을 성취하려는 여자의 환상적인 욕망은, 잠시 후에 설명하겠지만, 집필 당시 작가의 현실을 상기시킨다.

랄프 드 브리카싸르(Ralph de Bricassart) 신부는 클리어리 집안이 개척하여 일구어 놓은 드로게다 농장의 일을 봐 주다가 메기와 사랑하는 사이가 되고, 나중에 바티칸으로 가서, 성직자에게는 잘 안 어울리는 표현이지만, '출세의 길'을 달린다. 주교가 된 다음 랄프는 오스트렐리아로 돌아가 메기와 재회하는데, 그녀는 여자보다 젊은 남자를 더 좋아하는 일꾼과 결혼해서, 어머니의 인생 역정을 그대로 되풀이하던 중이었다. 메기는 남편을 찾아가 거의 강제로 임신하여 딸을 하나 얻는가 하면, 랄프 주교와의 불륜을 통해서도 아들을 낳는다.

랄프와 데인(Dane)은 부자관계임을 서로 알지 못한 채 살아가지만,

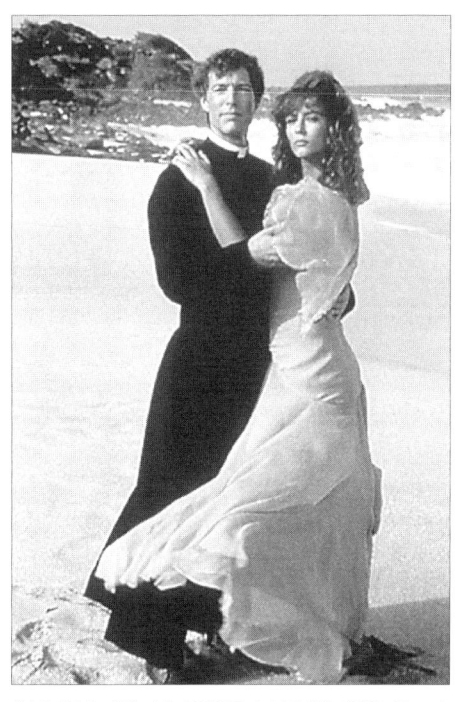

「가시나무새」에서 여성 등장인물이 성직자와 사랑을 하고 아이까지 낳는 설정은 집필 당시 작가의 남성관과 관계가 있어 보인다.

비밀은 끝까지 지켜지지를 않고, 데인은 로마로 가서 예수회 신부가 되었다가 물에 빠져 죽으려는 사람을 구하려다 대신 익사한다. 데인의 누이 저스틴(Justine)은 제3대 클리어리 여인으로서, 셰익스피어 연극을 전문으로 하는 배우이며, 독일인 외교관과 '자위(自慰)석인 환상'에 가까운 결혼을 하는데, 대하소설이 대부분 그렇듯이 마지막 세대는 별로 강인함을 보이지 못한다.

7백 쪽에 달하는 대작 『가시나무새』의 작가 콜린 매컬로우는 1920년대에 북 에이레에서 이민을 온 오렌지 당원 출신의 존 매컬로우와 마오리족의 후손인 뉴질랜드인 어머니 사이에서 태어났다. 아버지는 사탕수수를 거두어들이는 하청업자로서, 메기 클리어리의 남편이나

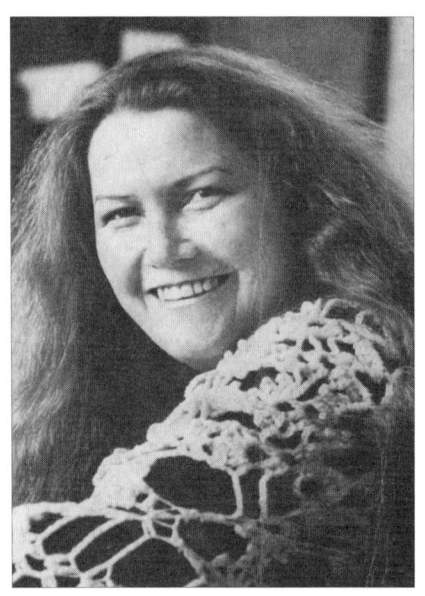

소설 「가시나무새」는 작가 콜린 매컬로우가 실제로 겪으면서 살아온 가족사를 바탕으로 한 오스트렐리아의 현대사이다.

마찬가지로, "강인하고, 냉정하고, 가족에게 관심이 없는 남자"였다고 한다. 사탕수수 농장에 가서 지내는 시간이 너무 많았던 아버지 대신에 결혼을 안 한 아홉 명의 외삼촌이 콜린을 돌보아야 했고, 시드니에서 성장하며 12 년 동안 수녀원 학교를 다니던 시절의 그녀는 "뚱뚱하고, 못생기고, 적극적이고, 야심만만한" 처녀였다고 한다. 시드니 대학에 입학한 그녀는 의사가 되고 싶었지만, 여자에게 좋지 않은 직업이라면서 아버지가 학업을 중단시켰다.

시드니를 떠난 매컬로우는 도서관 사서, 학교 선생, 오지의 버스 운전사 노릇을 했고, 다시 시드니 대학교로 돌아가 신경생리학을 전공하여 석사 학위를 받은 다음 1960년대 초기에 런던으로 가서 간질환자와 정신박약아를 돌보는 직장을 거쳤고, 1967년에 도미하여 예일 대학교 신경학 연구소에서 근무했다. 시간이 나면 콜린은 유화를 그려 몇 폭 팔기도 했고, 런던 병원에서의 경험을 기초로 삼아 소설 집필에 착수했다. "이미 노처녀가 된 몸이었으나 일흔 살이 되었을 때도 가난하게 살고 싶지가 않아서 소설을 쓰기로 했다"는 설명이다.

나이가 위인 고독한 미망인과 정신박약아인 젊은 남자의 관계를 감상적으로 그린 콜린 매컬로우의 첫 소설 『팀』은 1974년에 출판되었고, 몇 년 후 미국 여배우 파이퍼 로리가 주연을 맡아 영화로 만들어졌으며, 그녀의 상대역으로 나온 멜 깁슨은 이 영화를 통해서 미국 관객에

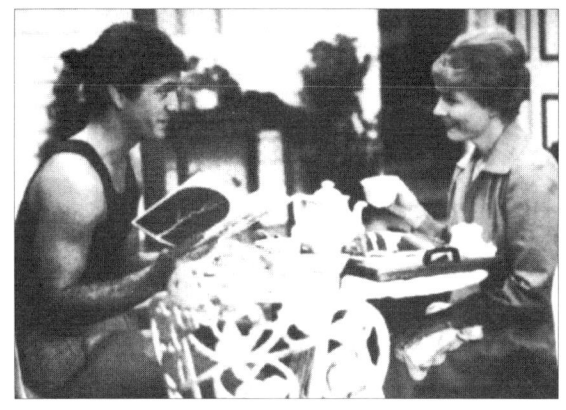
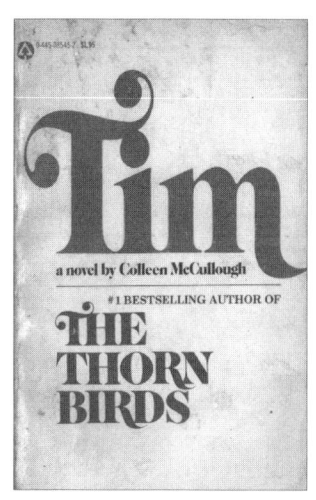

매컬로우가 병원에서의 경험을 기초로 쓴 소설 「팀」의 표지(오른쪽). 영화로 제작된 「팀」을 통해서 멜 깁슨은 미국인들에게 처음 선을 보였다.

게 얼굴을 알렸다. 「팀」은 나중에 「메어리와 팀」이라는 제목으로 미국에서 다시 텔레비전 영화가 되었다.

매컬로우가 『가시나무새』의 집필을 시작한 날은 1975년 6월 13일, 길고도 불행했던 사랑이 파탄으로 끝났을 때였다. "난 그런 비참한 상황을 극복하는 최선의 행동이 글쓰기라는 사실을 깨달았어요. 그래서 열심히 작품을 썼고, 글을 쓰는 동안 다른 생각은 전혀 할 수가 없었어요."

매일 밤 예일 연구소에서 집으로 돌아가면 그녀는 잠옷을 걸치고, 발과 다리가 퉁퉁 부어오르지 않도록 방석 따위로 받쳐 올리고, 손이 책상에 너무 자주 스쳐 살이 벗겨지시 않게 수술용 장갑을 끼고, 새벽까지 타자기를 두드렸다. 어떤 날은 하루에 1만 5천 단어를 쓰기도 했다. 아홉 주일 만에 그토록 긴 소설을 그녀는 두 번이나 썼고, 몇 달에 걸쳐서 여덟 번을 다시 고쳐 썼다. 그리하여 오스트렐리아의 「바람과 함께 사라지다」가 세상에 선을 보이게 되었다.

콜린 매컬로우는 『가시나무새』가 성공을 거둠으로 해서, 오랫동안 그녀를 괴롭히던 고민도 해결했다. 키가 178센티미터에 체중이 80킬로그램에 달하는 거대한 몸집의 소유자인 그녀는 여러 해 동안 식이요법을 취해 보기도 했지만, 갑상성 결핍증으로 인해서 아무런 효과를 거두지 못했다. 하지만 결혼한 다음 남태평양의 노포크 섬으로 들어가 고양이를 키우며 즐겁게 살던 시절에 만난 기자에게 그녀는 자신의 병에도 이력이 나서 거리낌없이 줄담배를 피우고 설탕도 '무더기'로 먹는다고 털어놓았다. "난 이제는 몸매 따위는 걱정하고 싶지 않거든요" 라면서.

제1차 세계대전 무렵 오스트렐리아의 양을 키우는 목장을 무대로 한 「시골 생활」은 "시골 생활을 담은 4막짜리 연극"이라는 부제가 달린 안톤 체호프(Anton Chekhov)의 『와냐 아저씨(Dyadya Vanya, 영어 제목 Uncle Vanya, 1899)』가 원작이다. 아프리카의 식민지에 사는 백인들이 그랬듯이 유럽의 감성과 문화를 갈망하면서도, 수수께끼 같은 인물인 가부장(家父長, Michael Blackmore)이 아름답고 젊은 여자를 데리고 런던에서 돌아오자 식민지의 오스트렐리아인들은 문화의 충돌에 봉착하게 된다는 내용의 고급 희극이다.

「너무나 먼 일요일」은 목장에서 양털을 깎는 억센 사나이들의 일상에 나타나는 경쟁 의식과 고민을 다룬 소박한 내용으로서, 호주판 카우보이 영화라고 하겠다. 그러나 오스트렐리아 영화에서는, 나중에 소개하겠지만 여성 감독의 활동이 두드러진 현상과도 연결이 되는 듯싶은 사실이지만, 미국이나 아프리카 영화에서보다 강인하거나 억센 여성상이 상대적으로 훨씬 많이 눈에 띄는 인상이다. 유형지로서의 삭막했던 초기 역사를 살아가면서 개척기에 소수였던 여성들이 느꼈을 소외감과 좌절감, 그리고 거기에서 반동으로 생겨난 끈질긴 생명력 때문이 아니었나 싶다.

예를 들면 현재 가장 화려하게 활동중인 오스트렐리아 여성 감독 가운데 한 사람인 질리언 암스트롱이 오스트렐리아 여성 작가의 자전적 소설을 영화로 만든 「나의 화려한 경력」의 여주인공에게서 우리는 그런 면모를 만난다. 원작자 마일스 프랭클린(〔Stella Maria〕 Miles Franklin, 1879~1954)의 선조는 1788년 처음 영국에서 건너와 정착한 집안으로서, 『나의 화려한 경력』은 그녀가 열여섯 살에 발표한 첫 작품이었다.

오스트렐리아의 최고 문학 작품에 수여하도록 유언장을 통해서 마일스 프랭클린 문학상을 만들기도 한 그녀는, 노르웨이 선원의 아들이며 가난과 술과 투옥생활로 점철된 험악한 삶을 살았던 호주 시인 헨리 로슨(Henry 〔Archibald Hertzberg〕 Lawson, 1867~1922)의 도움을 받아 작가가 되었는

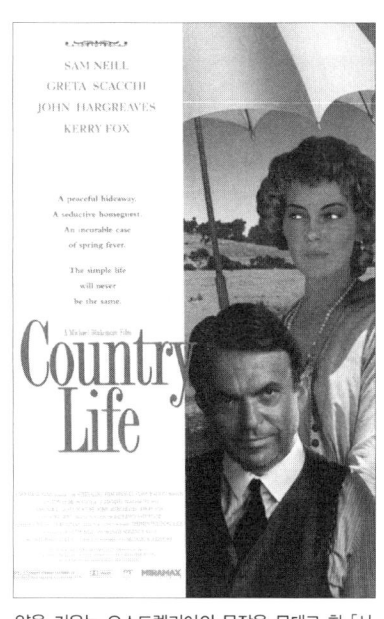

양을 키우는 오스트렐리아의 목장을 무대로 한 「시골 생활」은 안톤 체호프의 희곡 『와냐 아저씨』가 원작이다.

데, 두 사람은 오스트렐리아의 전원을 작품에서 많이 다루었다. 그들의 관계는 뒤에서 소개할 『내 책상 앞에 앉은 천사』의 주인공인 뉴질랜드 작가 재니트 프레임과 "글 쓰는 이웃집 아저씨"를 연상시키기도

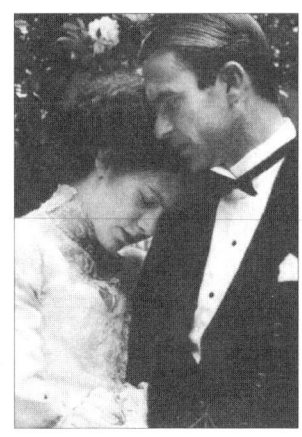
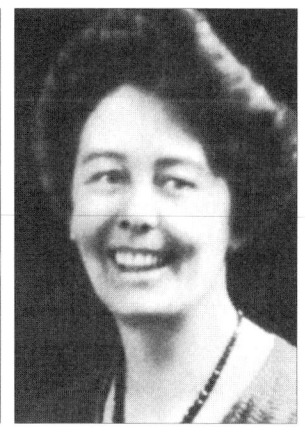

영화 「나의 화려한 경력」(왼쪽)의 원작자인 마일스 프랭클린(오른쪽)은 오스트렐리아 문학의 선구적인 위치를 차지하는 여성 작가이다.

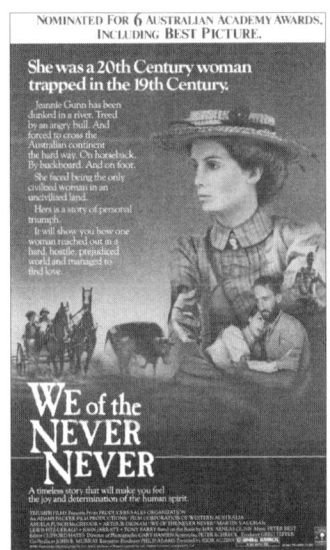

NOMINATED FOR 6 AUSTRALIAN ACADEMY AWARDS,
INCLUDING BEST PICTURE.

She was a 20th Century woman
trapped in the 19th Century.

Jeannie Gunn has been
dunked in a river. Treed
by an angry bull. And
forced to cross the
Australian continent
the hard way. On horseback.
By buckboard. And on foot.

She faced being the only
civilized woman in an
uncivilized land.

Hers is a story of personal
triumph.

It will show you how one
woman reached out in a
hard, hostile, prejudiced
world and managed to
find love.

WE of the
NEVER
NEVER

A timeless story that will make you feel
the joy and determination of the human spirit.

「네버 네버를 찾아서」는 호주의 황무지를 찾
아간 첫 백인 여성의 여행기이다.

한다.

「나의 화려한 경력」에 등장하는 여주인공은 개척자 집안에서 태어나고 성장하지만, 지성과 예술의 삶을 추구하려는 집념을 버리지 않고, 끝내 빛나는 꿈을 실현한다.

「캐디」 역시 잘 알려진 자서전을 원작으로 삼았으며, 1920~30년대에 두 아이를 키워야 하는 어려움을 극복하면서 혼자 힘으로 성공할 만큼 독립심이 강한 여성이 주인공이다.

「집이라고 하는 곳」에서는 미국 여인이 오스트렐리아의 오지에서 양 목장을 시작하려고 휴스턴에서부터 무려 11 명의 아이들을 데리고 도착하지만, 남편이 나타나지 않는 바람에 여자 혼자서 운명과 싸워나간다.

그리고 「네버 네버를 찾아서」는 오스트렐리아의 황무지를 찾아간 첫 백인 여성의 여행기를 원작으로 삼았으며, 광대하고 황량한 자연 속을 홀로 가는 여인상을 두 시간이 넘도록 상징적으로 보여 준다. 제목에 나오는 '네버 네버'는 호주 퀸슬랜드(Queensland) 북서부의 인구가 적은 불모지를 뜻한다.

오스트렐리아 문학이 우리나라에 처음 본격적으로 소개되기는 1973년, 패트릭 화이트(Patrick 〔Victor Martindale〕 White)가 노벨 문학상을 수상할 때였지만, 넓은 독자층을 움직이기는 그로부터 5 년도 안 된 1977년 여성 작가에 의해서 이루어졌고, 문학이나 마찬가지로 영화에서도 여성의 힘이 어느 다른 대륙에서보다도 막강한 호주의 영상 문화에 관해서는 뒤에서 따로 다루기로 하겠다.

Morse, Takis Emmanuel, Jack Thompson, Jacki Weaver, Melissa Jaffer
- 「집이라고 하는 곳(A Place to Call Home, 1987, 미국, 100분)」, 감/Russ Mayberry, 출/Linda Lavin, Lane Smith, Lori Loughlin, Robert Macnaughton, Paul Cronin, Maggie Fiztgibbon
- 「네버 네버를 찾아서(We of the Never Never, 1983, 오스트렐리아, 132분)」, 감 /Igor Auzins, 출/Angela Punch McGregor, Arthur Dignam, Tony Barry, Tommy Lewis, Lewis Fitz-Gerald

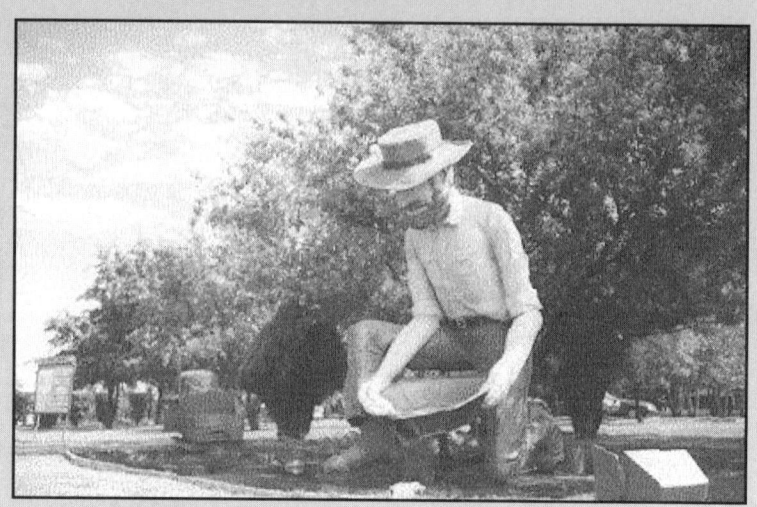

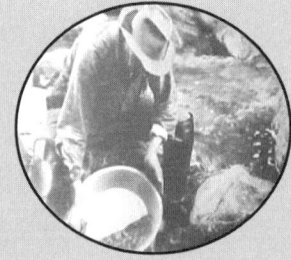

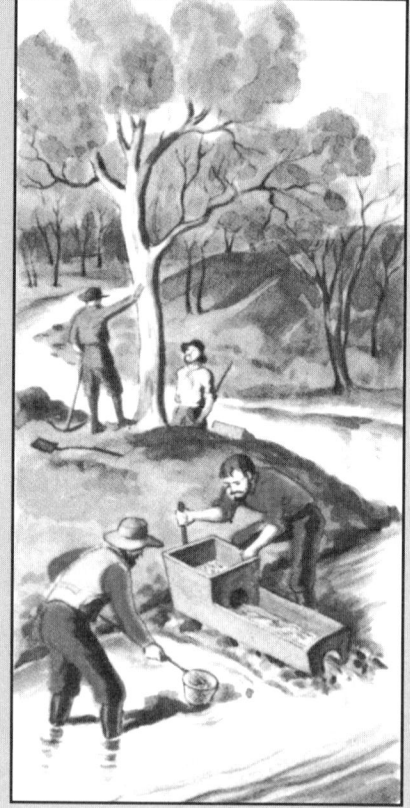

바트러스트, 발라라트, 벤디고(Bathrust,
Ballarat, Bendigo) 등지에서 황금이 발견되
자 오스트렐리아에서도 '황금광시대'가 도래
하지만, 아메리카나 아프리카에서처럼 개척
자들과 원주민의 전쟁은 일어나지 않는다.

전사의 후예들

    1801~3년에 해군 장교 매튜 플린더스(Matthew Flinders)가 해안선을 일주하고 나서 제안한 대로 '뉴 홀랜드(New Holland)'로 지칭되던 대륙이 '오스트렐리아'라는 이름을 얻고, 1840~1년에 에드워드 에어(Edward Hohn Eyre)가 동서로, 그리고 1860~1년에 남서로 횡단하는 사이에 이주민의 정착은 순조롭게 진행되었으며, 1851년 40만으로 늘어난 백인 인구는 황금이 발견되면서 세 곱절로 다시 늘어났다.

    이때 몰려든 사람들 중에는 중국인도 꽤 많았으며, 백인 광부들은 아시아인과 유색 인송을 놀아내려는 폭동을 일으켰고, 여기에서 백인 이외에는 이민을 허락하지 않는 백호주의(白濠主義, White Australia)가 뿌리를 내린다. 백인 정복자의 우월주의는 이렇게 오스트렐리아에서 절정에 달한다.

    1911년 1월 1일 오스트렐리아 연방이 독립하는 그날까지 백인의 호주 대륙 정복은, 북 아메리카의 수많은 인디언 민족이나 남 아프리카의 줄루 민족의 경우와는 달리, 그곳 토착 원주민(aborigine)들로부터 거의 아무런 저항도 받지 않았다.

지금까지도 인구 밀도가 희박한 지역이 많은 오스트렐리아 대륙에는, 옷을 걸치지 않고 집도 없이 떠돌아다니는 갈색 피부의 털북숭이 원주민이 2만 년 전 아시아로부터 이주해 와서 살았는데, 농사도 짓지 않고 가축도 키우지 않으며 석기시대 원시인처럼 살아가던 그들은 30만 명 가량이 5백의 부족을 형성했었다고 한다. 그들은 백인 사회에 적응하지 못하고 계속 인구가 감소해서, 1981년에 16만 명, 지금은 8만 명 이하로 줄었다. 그들 가운데 아직 유목생활을 하는 사람들은 3분의 1 정도이고, 나머지는 보호지에 모여 살거나, 목축업 또는 농업 그리고 어업에 종사한다.

아직 철기문화로조차도 발전하지 못해서 석기와 목기만 사용하고, 기껏해야 부메랑과 창으로 무장하고는 남자들이 사냥을 하는 동안 여자들은 채집을 하며, 뒤지개[掘棒] 정도의 이기를 사용했던 원주민들이 싸움 한 번 못 해보고 정복을 당하는 바람에, 영상 작품에서는 오스트렐리아 원주민의 투쟁과 저항을 그린 역사물이란 찾아보기도 불가능하고, 아프리카 세네갈의 우스만 상벤(Ousmane Sembene)처럼 자신의 뿌리와 역사 의식을 추구하는 원주민 작가 그리고 나름대로의 시각을 보여 주는 영화도 1970년대 말에 이르기 전에는 거의 눈에 띄지 않는다.

1978년에 선을 보인 「지미 블랙스미드의 노래」는 감리교 목사의 손에 자란 백인과 원주민의 혼혈아가 두 문화 사이에서 갈등하다가 결국 이용만 당한다는 비극적인 내용으로서, 유색인이 백인을 죽이고 떠난 실화에 바탕을 둔 영화였고, 흑백 갈등이 심한 미국에서 좋은 반응을 얻었다. 그러나 이런 '반응'은 원주민으로서의 공감보다는 백인의 너그러운 우월감에서 파생된 연민이었다고 하겠다.

「망가니니」에서는 가족과 떨어진 백인 소녀를 부족으로부터 떨어져

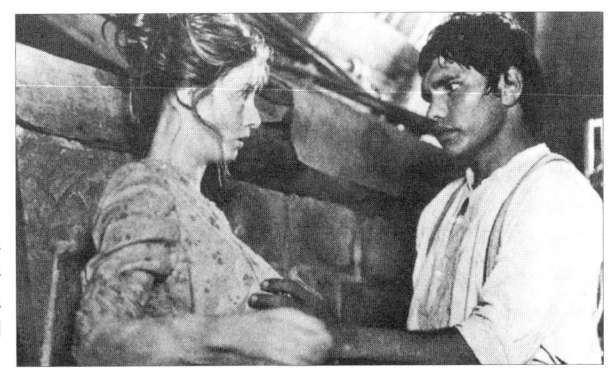

나온 원주민이 돌봐주는 내용이지만, 깊은 갈등보다는 아름다운 풍경
에 훨씬 더 신경을 쓴 영화이며, "그래도 흑인은 백인을 잘 모셔야 한
다"는 암시가 배어 나온다.

「변두리 사람들」은, 현대 오스트렐리아를 배경으로 해서, 야심만만
하고 젊은 원주민 여인이 가족을 설득하여 판자촌을 벗어나 부유한 백
인 중류층이 사는 동네로 이사한 다음에 벌어지는 적응의 어려움을 다
루었는데, 비교적 진지한 이런 갈등은 미국의 흑인 여성 극작가
(Lorraine Hansberry)의 원작으로 시드니 푸아티에가 주연했던 감동적
인 영화("A Raisin in the Sun," 1961)에서 우리는 접했었다.

「변두리 사람들」과 같은 해에 선보인 영화 「반격」에서는 술집에서
일하던 젊은 원주민 여자가 성폭행을 당한 다음 오히려 가해자를 살해
했다는 죄를 뒤집어쓰고 두 명의 경찰관에 호송을 딩하는 과정을 통
해 역시 인종 차별이라는 주제를 본격적으로 펼쳐 나간다.

그리고 1970년대에 피아노를 끌고 남 아메리카의 아마존 정글로 들
어갔던 베르너 헤르초그는 「푸른 개미들이 꿈을 꾸는 곳」 오스트렐리
아에서 우라늄을 찾기 위해 신성한 땅을 불도저를 밀어 버리려고 하는
백인 광산업자들과 맞서 싸우는 지혜롭고 숭고한 원주민들의 모습을
영화에 담았다.

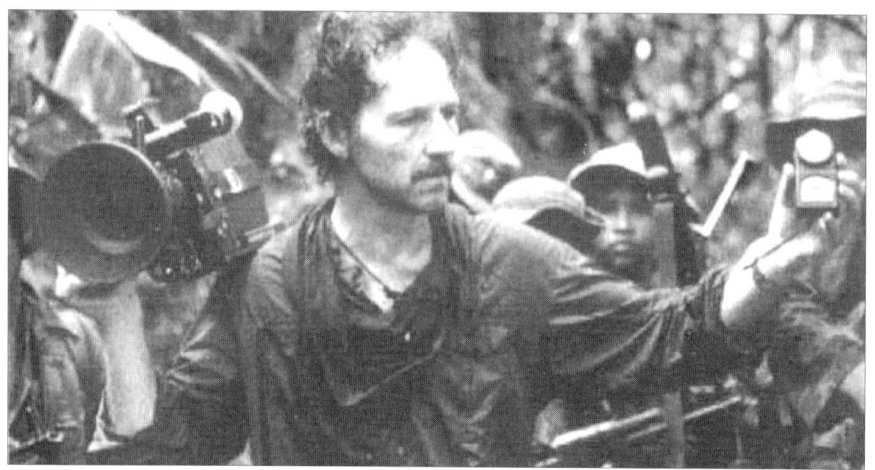

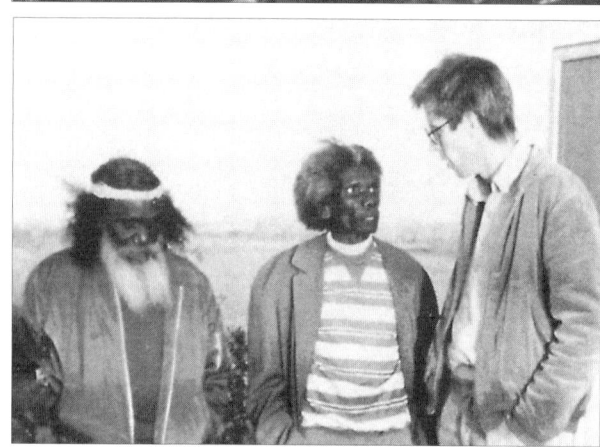

피아노를 끌고 아마존으로 들어갔던 베르너 헤르초그 감독(위)은 촬영기를 들고 오스트렐리아의 오지도 찾아갔다. 그가 만든 영화 「푸른 개미들이 꿈꾸는 곳」에서는 우라늄을 탐내는 백인 광산업자들의 불도저로부터 신성한 땅을 지키기 위해 원주민들이 숭고한 투쟁을 벌인다.

　　워낙 인구밀도가 희박하여 제대로 '민족'을 형성하지 못하고 뿔뿔이 흩어져 살았던 오스트렐리아의 원주민(aborigine)과는 달리, 폴리네시아 계인 뉴질랜드의 원주민(Maoris)은, 비록 부족 이상의 정치적인 통합을 이루지는 못했어도, 항상 서로 전쟁 상태여서, 나름대로의 나선무늬 미술 양식도 이룩하고 농업에 종사하며 전사(warrior)의 역사를 엮어 놓았다.

　　마오리족은 18세기 말 인구가 15만 명에 달했었다고 하지만, 식민지화 과정에서 4만으로까지 감소했었고, 이제는 많은 도시생활자들을 포함하여 30만으로 늘어나서 서양 문화에 "성공적으로 적응"한 본보기로 알려졌지만, 물론 이 과정에서는 고유문화의 상실이 필연적이었다.

관광용 구경거리로 전락한 문화 유산도 현대사의 슬픈 단면이지만, 정체성 상실이야말로 전세계 식민지가 겪어야 했고 지금도 겪어나가는 비극인데, 그런 상실성에 대한 의식을 현대적인 시각으로 부각시킨 영화가 뉴질랜드에서 베스트셀러였던 알란 더프(Alan Duff)의 소설을 강렬한 영상으로 옮긴 「전사의 후예」이다.

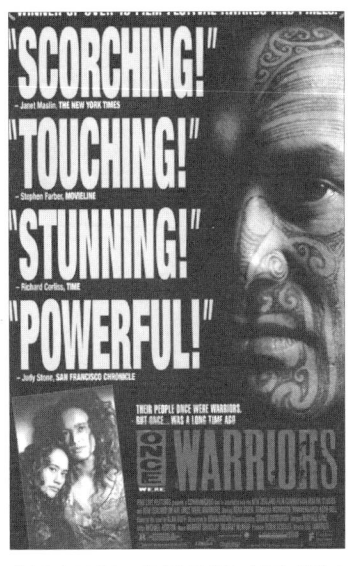

「전사의 후예」는 시대착오적인 마오리 전사가 도시 빈민의 고단한 삶을 살아가는 모습을 보여 준다.

「전사의 후예」에서는, 「에이레인」의 주인공처럼, 도시의 빈곤한 삶을 살아가는 마오리 집안의 가장(patriarch)이 변화하는 시대 앞에서, 결론부터 말하자면, 전혀 적응에 성공하지 못한다. 따지고 보면 그는 아예 적응하려는 시도조차 하지 않는 시대착오적인 인물이다.

「전사의 후예」에서 보여 주는 마오리 가부장은 술집을 주요 활동 무대로 삼고, 이빨로 술병을 따거나 힘겨루기를 하면서 짐승처럼 근육만 키우는가 하면, 겨우 먹고 살 만한 식량을 조달하고 나서 아내한테 침대에서의 동물적인 기쁨을 제공하면 남자로서 할 일은 다했다고 착각한다. 여자를 깔보고 걸핏하면 두들겨 패는 비열한 남자, 그는 "사고뭉치 제이크(Troublemaker Jake)"라는 별명을 훈장처럼 자랑스러워한다.

주먹이 다스리는 원시시대를 못 벗어나고, 성생활말고는 생산적인 창조력이 전혀 없고, 술을 퍼마신 다음 노래나 부르는 동물적인 삶이

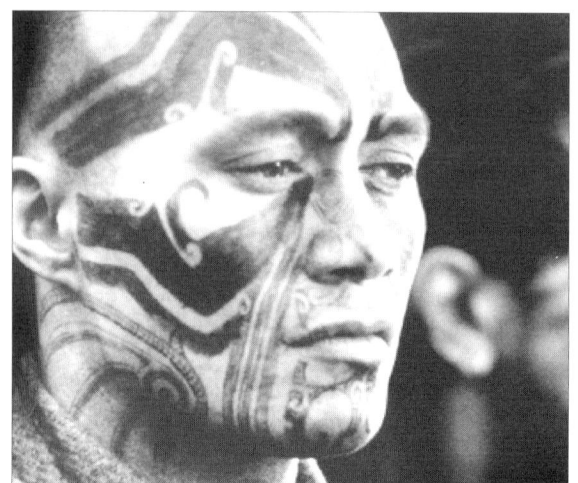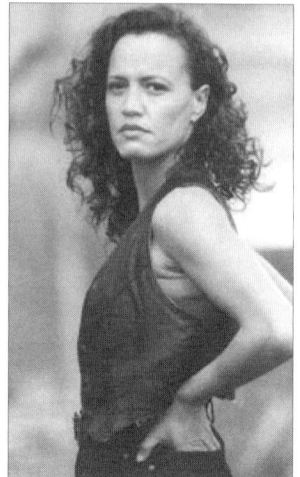

「전사의 후예」에서는 "사고뭉치 제이크"(왼쪽) 못지않게 그의 아내 베트 역시 혐오스러운 구세대의 상징으로 등장한다.

아니면 생존이 불가능한 제이크는 새로운 시대의 가치관에서 낙오되는 마오리 전사의 후예로서 건달 영웅화라는 사교(邪敎)의 숭배자이다.

근육의 힘말고는 아무런 능력도 없어서 오직 원시적인 힘으로만 군림하느라고 아내를 두들겨 패고는 같이 잠자리에 들어 자신이 '사나이'임을 증명하는 남편 못지않게 그의 아내 베트(Beth) 역시 한심할 정도로 원시적이다. 무책임하고 비열하기 짝이 없는 남편을 '운명'의 탓으로 돌리는 그녀이지만, 알고 보면 그것은 스스로 선택한 길이었다. 마오리족에서는 귀족 집안의 딸이었던 그녀는 미천한 노예 신분의 동물적인 제이크와 사랑에 빠지고, 모든 사람의 반대를 뿌리치면서 전통과 맞서 사랑의 도피가 아닌 욕정의 도피를 감행한다.

베트는 사랑만이 최고라고 잘못 생각한 선택으로 인해서 18년 동안 자식 다섯을 생산하며 지옥 같은 삶을 살아간다. 그러면서도 정신을 못 차리고는 술에 취해 기분을 내는 남편의 "뜨거운 밤"을 은근히 자랑하고, 그것을 사내의 마지막 덕목이요 매력이라고 믿는다.

일정한 직업도 없이 셋집살이를 하면서 술에 취해 이중창을 부르는 부모, 정말로 혐오스러운 그들의 모습을 낭만적이라고 생각하는 사람은 소설가가 되기 위해 글을 열심히 쓰는 큰딸 그레이스뿐이다. 다리 밑 폐차에서 살아가는 거지와 사랑하던 그녀는 아버지의 친구에게 강간을 당하는 현실 체험을 거치고, 결국 뒷마당 나무에 목을 매고 자살한다. 그리고 딸이 죽은 다음에도 술에 취해 낮잠에 곯아떨어진 아버지.

부모를 경멸하는 큰아들은 마오리 무사의 세계에 이르기 위해 결투를 벌이고 온몸에 나선무늬 문신을 박는가 하면, 둘째아들은 불량배들과 어울려 다니다가 소년원으로 끌려간다. 이들 가족이 마오리 정체성을 찾으려는 노력은 그레이스를 위해 조상들의 땅으로 돌아가 전통 장례식을 치를 때 처음 표면적으로 나타나지만, 물론 깡패 아버지는 딸의 장례식에도 참석하지 않고 친구들과 술을 마시며 경마 도박을 한다.

이것은 정복자 백인 사회의 장벽 앞에서 2등 시민으로 살아가는 한계성에 대한 분노의 웅변이다. 빈민층으로 밀려난 땅주인의 성난 표정이다.

「엉터리 영어」는 「전사의 후예」와 같은 맥락의 인종과 신분 주제를 담았다. 보스니아 내전을 피해서 이민을 온 크로아티아인 아버지는 "사고뭉치 제이크"만큼이나 폭군적인 가장으로서, 식당 여종업원으로 일하던 딸 니나가 늠름한 마오리족 청년 에디와 사랑에 빠지자 훼방을 놓기 시작한다. 두 남녀는 가출하여 살림까지 차리지만, 아버지의 시달림을 견디지 못해 에디가 떠나 버린다. 그러나 제이크의 폭력과는 달리, 니나는 아버지에게서 받은 심한 모욕이 결국 사랑이었다고 해석하는 결론으로 빠진다. 이 영화는 외설적인 면도 강해서 화제였는데, 국내에 보급된 비디오판은 88분짜리로서, 비교적 얌전한 편이다.

백인과의 오랜 전쟁 끝에 평화를 맺지만 다시 백인이 약속을 어기자

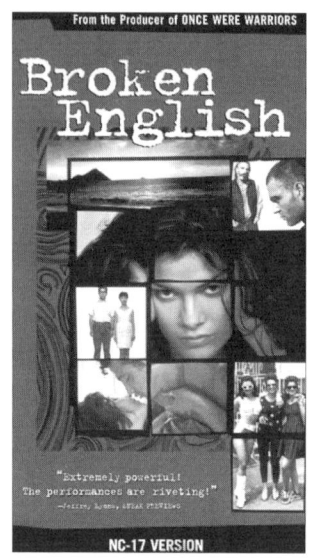

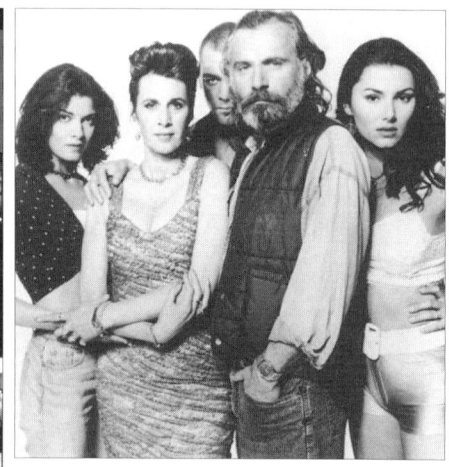

「엉터리 영어」에서는 폭군적인 아버지가 다스리는 가족이 인종과 신분의 벽에 부딪힌다.

미국 군대 전체와 맞서 혼자 1인 전쟁을 시작한 마사이 추장의 애기를 담은 로버트 올드리치(Robert Aldrich)의 서부극 「아파치(Apache, 1954)」와 맥이 통하는 마오리 영화도 나왔다. 1870년이 시대적인 배경을 이루는 뉴질랜드 영화 「마오리족의 복수」에서는 짓밟힌 자의 분노를 표현하는 방법이 적극적인 폭력이다.

주인공 테 훼케(Te Wheke)는 정복자 백인에 우호적인 전사여서, 적극적으로 협조하는 마음으로 영국군에서 복무하기도 하지만, 영화에서는 제대로 설명이 되지 않은 어떤 이유로 백인 군대가 그의 고향 마을을 무자비하게 유린하고, 그의 가족도 몰살을 당한다. 백인의 정의를 믿지 못하게 된 그는 우선 학살 현장에서 눈에 띄는 백인 장교를 사살하고, 복수를 위한 전쟁을 선언한다.

그런 다음에 그가 가장 먼저 도끼를 휘둘러 잔혹하게 살해하는 백인은 "하느님의 적은 필연적으로 망하고, 칼을 쓰는 자 또한 칼로써 망하리라"는 설교를 방금 끝낸 영국인 목사이다. 테 훼케는 살인을 끝내고 마오리 전사의 전통에 따라 혀를 날름거리며 설교단에 올라가, "칼은 땅을 빼앗으러 유럽에서부터 온 백인이 먼저 뽑았지, 마오리족이 피흘림을 시작하지는 않았다"고 나름대로 기독교 목사가 하던 설교의 결론을 맺는다. 영화의 원제 '우투(Utu)'는 마오리 말로 "피가 피를 부른다"는 뜻이다.

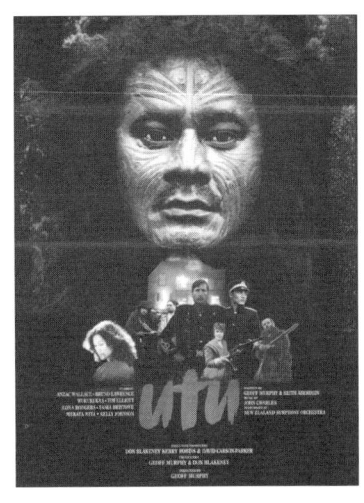

「마오리족의 복수」는 백인과 맞서 총을 들고 싸우는 참된 전사의 얘기이다.

마오리 전사들은 의병을 조직하여 그들의 전통에 따라 원시적인 복수전에 나서는데, 전투 장면이나 줄거리 자체는 토종 사극의 수준에 머물러 별로 대단치 않고, 여전사 쿠라의 여러 가지 동기없는 행동처럼 앞뒤 논리가 잘 맞아떨어지지도 않지만, 백인과 원주민이 전투와 대결 사이사이에 주고받는 대화가 간혹 일본과 조선의 관계, 그리고 아메리카 원주민과 서부 개척자들의 관계를 되새김질하게 만들어 관심을 끈다.

동지였던 백인 장교가 "우린 같은 편이잖아"라면서 죽이지 말라고 애원하면 테 훼케는 "하지만 우린 피부 색깔이 다르지"라고 반박한다.

집념과 생명력이 끈질긴 백인 정착자 윌리엄슨이 "내 땅에서 꺼져"라고 그의 집을 공격하는 의병대에 종을 늘이대며 호령하사, 원주민 지휘자 테 훼케는 "이게 자기 땅이란다"라고 부하들에게 말한다.

일본의 대동아 경영 개화 논리나 마찬가지로 "우리는 야만인들을 문명화시키기 위해서 여기에 왔다"고 말하던 개척자 윌리엄슨의 아내 에밀리는 "폭력을 휘두르는 토인"들과 총을 들고 용감히 맞서 싸우다가 죽고, 그러자 윌리엄슨이 거꾸로 아내를 죽인 야만인들을 상대로 복수전을 시작하여 테 훼케와 그의 부하들을 추적하기에 이른다. 영락없는 존 포드 초기의 논리이다.

전쟁은 그러는 사이에 마오리와 유럽 백인의 대결이 아니라, 백인과 한편이 된 마오리와 백인을 미워하는 마오리 전사들 사이에서 벌어지는 내전의 양상을 띠게 된다. 그리고 자기 땅과 권리를 찾으려던 마오리 전사들은 결국 '나쁜 놈'으로서 체포되어 재판을 받고, 독립 투사 테 훼케는 영국군에게 처형을 당하는 대신 백인의 통치와 지배를 돕는 마오리족 형에게 사살당한다. 영락없는 친일파 상황이다.

정복을 당한 민족은 세계 어디에서나 이렇게 자기들끼리 서로 죽이는 비극에 이른다.

찾아보기 ●

분)」, 감/Gregor Nicholas, 출/Aleksandra Vujcic, Julian Arabanga, Rade Serbedzija, Marton Csokas, Madeline McNamara
▌「마오리족의 복수(Utu, 1983, 뉴질랜드, 104분 또는 118분)」, 감/Geoff Murphy, 출/Anzac Wallace, Bruno Lawrence, Tim Elliott, Kelly Johnson, Wi Kuki Kaa

시드니의 가극장(歌劇場, the Opera House, 위 사진)과 더불어 호주의 자랑거리인 영상방송학교(가운데)는 오스트렐리아의 영상 문화 정책을 돋보이게 하는 상징물이다. 아래 사진은 영상방송학교의 자료실

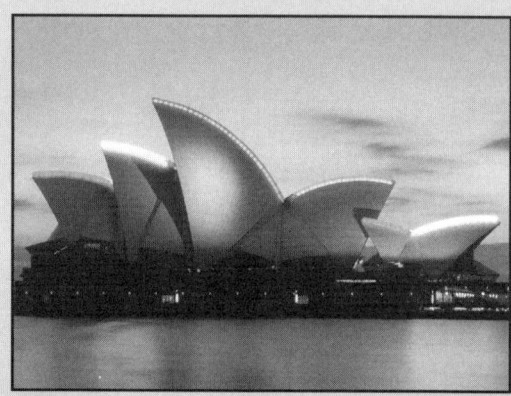

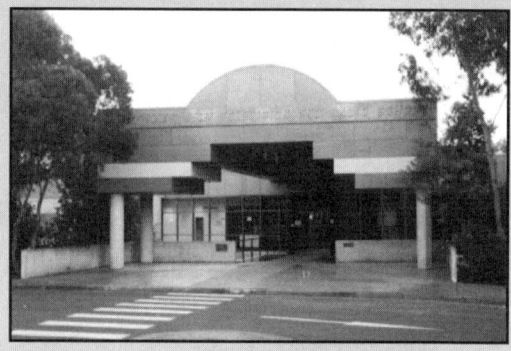

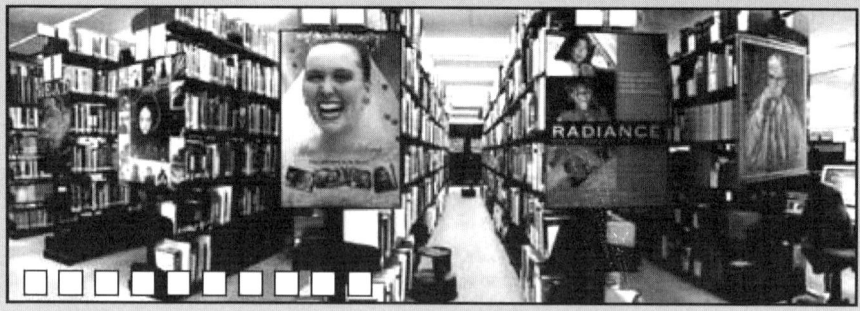

오스트렐리아 영화의 성장기

　미국이 독립한 다음에야 유배지로서 개발된 나라이고 보니 오스트렐리아 백인 국가는 정말로 역사가 짧고, 총인구 가운데 처음에는 범죄자 신분이 워낙 많다 보니, 호주 대륙은 최근까지만 해도 말하자면 문화와 예술의 황무지였다.

　문학만 하더라도, 1840년대부터 몇몇 시인이 활동하고, 1882년에는 숲속의 삶을 다룬 헨리 킹슬리(Henry Kingsley)의 소설 『제프리 햄린(Geoffry Hamlyn)』이 등장했지만, 그나마도 무대는 오스트렐리아였으나 문체와 내용은 어디까지나 '영국' 소설이었다. 그리고는 1백 년이 넘도록 국제적으로 알려진 이렇다 할 작가가 나타나지 않다가, 패트릭 화이트가 노벨 문학상을 수상한 데 이어, 비록 통속적인 면이 강하기는 해도, 콜린 매컬로우라는 여성 작가가 등장했다.

　영화 쪽에서도 20여 년 전에서야 오스트렐리아와 뉴질랜드의 존재가 겨우 알려졌고, 그리고는 최근에 영상 작가로서의 두각을 나타낸 첫 인물 역시 제인 캠피온이라는 여성이었다.

이렇듯 아예 '역사'가 빈약한 나라였던 탓으로, 우리나라에서 은 막에 비쳐진 호주라고 해야 자유당 시절에 수입된 「호주의 비경(The Blonde Captive)」이 고작이었으며, 다른 나라에서 만든 호주 역사물이라면 19세기 뉴질랜드에서 같은 남자를 사랑하는 두 자매의 이야기를 담은 미국 영화 「그린 돌핀 거리」, 퀸슬랜드(Queensland) 오지에서 일하다가 소아마비 치료법을 개발한 오스트렐리아 여인 엘리자베드 케니(Elizabeth Kenny, 1886~1952)의 자서전 『그들이 걷게 되는 날(And They Shall Walk)』을 소설가 메어리 매카티(Mary Therese McCarthy)까지 참여해서 각색한 전기영화 「간호원 케니」가 나왔다.

그리고 오스트렐리아에서 가장 유명한 무법자의 삶과 모험을 셀 실버스틴(Shel Silverstein)의 원작으로 담은 영화 「무법자 네드 켈리」도 영국에서 나왔다. 죄인의 아들로 태어나 열일곱 살에 잘못도 없이 투옥되어 무법자의 길로 들어섰다는 전형적인 빌리 더 키드(Billy the Kid) 전설의 맥을 따른 이 영화는 '실존인물'을 간판으로 내놓기는 했어도, 전기물이라기보다는 젊은이의 분노와 슬픔, 그리고 반항을 그린 청춘영

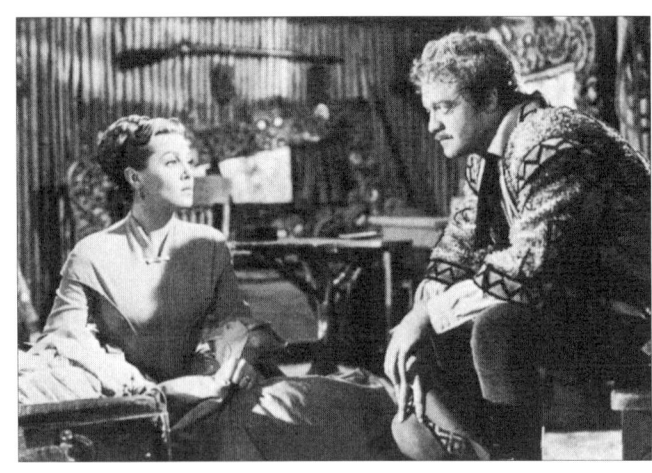

「그린 돌핀 거리」는 뉴질랜드를 무대로 한 헐리우드의 전형적인 멜랑드라마이다.

화 쪽으로 기울었다.

네드 켈리가 로스앤젤레스로 가서 모터사이클을 타고 다니며 영화
계 사람들과 어쩐다는 내용의 「무뢰한 켈리」는 "전설의 시대" 로빈 후
드 대목(73쪽 참조)에서 이미 소개했었다.

다시 해외에서 제작된 시대물로 돌아가서 보면, 복잡한 과거를 자랑
하는 멋진 모험가와 못된 대지주(大地主)가 싸우는 이야기 「분노」, 뉴
질랜드의 노처녀 여선생 안나 보론토소프(Anna Borontosov)가 사랑의
삼각관계에서 갈팡질팡하는 「두 남자의 사랑」, 그리고 오세아니아 쪽
에서는 마오리족 아이들을 위해 혁신적인 독해 방법을 창안하고 1940
년대 초 뉴질랜드 교육 제도의 개혁을 위해 투쟁했던 실비아 애시튼-
워너(Sylvia Ashton-Warner)의 저서 『선생님(Teacher)』과 『내가 선택한
길(I Passed This Way)』을 원작으로 삼아서 만든 영화 「실비아」 정도이
겠다.

오스트렐리아는 영화 예술의 역사 또한 문학만큼이나 빈약하다. 그들
의 종주국인 영국이나 마찬가지로 기록영화 부문에서는 1910년대에 세
계적인 수준에 오르기는 했었지만, 1930에서 40년대에 걸쳐 그나마 국
내에서 인기를 끄는 영화를 만들어내던 시네사운드 영화사(Cinesound
Studios)도 제2차 세계대전 이후 아더 랭크(J. Arthur Rank)의 투자와 더
불어 제작을 중단해 버렸다.

1944~59년의 기간 동안에 선을 보인 호주 영화는 겨우 네 편에 불
과했고, 대신 영국과 미국의 주도하에 호주를 배경으로 삼아 만든 작품
들이 나왔으니, 제2차 세계대전 중에 가축떼를 몰고 소몰이들이 대륙
을 횡단했던 실화를 바탕으로 삼은 박진감 넘치는 「대륙 횡단」, 부정한
아내에게서 딸을 빼앗아 방랑에 나선 뜨내기 아버지의 얘기가 눈물겨
워서 나중에 다시 미니시리즈로도 선을 보인 「방랑자」가 그런 예이다.

같은 계열로 꼽히는 작품을 찾아보자면, 강인한 성격파 배우 칩스

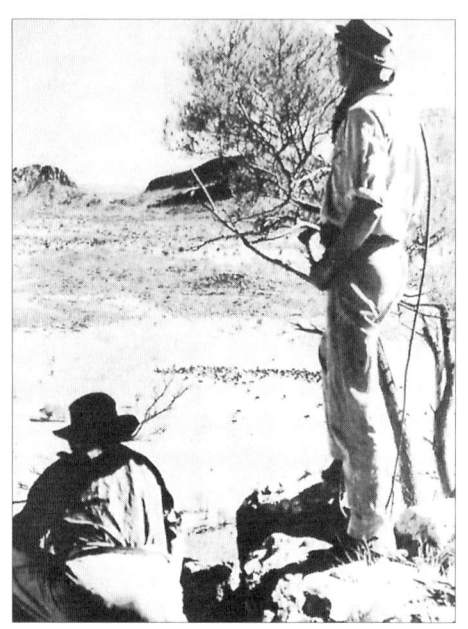

라퍼티(Chips Rafferty, 본명 John Goffage, 1909~71)가 주연을 맡았으며 1850년대 황금이 발견된 다음 노다지를 찾아 모인 사람들과 그들을 억압하려는 세력간의 갈등을 그린 격동적인 시대물 「학살의 언덕」, 「바운티 호의 반란」에서 악역으로 몰린 블라이 선장의 입장에서 같은 사건을 조명한 「알바트로스를 쏜 사나이(The Man Who Shot the Albatross, 1971)」를 쓴 극작가 레이 로울러(Ray [mond Evenor] Lawler, 1922~)에게 세계적인 명성을 안겨준 희곡 『17번째

「대륙횡단」은 오스트렐리아 영화산업이 가사상태에 빠진 기간 (1944~59)에 영국이 대신 만들어 준 호주 영화이다.

인형의 여름(Summer of the 17th Doll)』이 원작이며 사탕수수 농장에서 뼈빠지게 일하다가 1 년에 한 번 대처로 나가 여자들과 기분을 내는 오스트렐리아 노동자 역을 미국의 어네스트 보그나인과 영국의 존 밀스가 맡았던 「정열의 계절」로 이어졌으며, 1970년대로 들어서서 이런 추세는 「무법자 네드 켈리」로 바닥을 친다.

영화 활동을 원하는 사람은 너도나도 영국이나 미국으로 건너가야 했던 1970년이 되어서야 정부는 자국산 영화를 살리기 위해 영화진흥공사(Australian Film Development Corp.)를 설립하여 "오스트렐리아적인 영화"의 경우에는 제작비를 절반이나 지원해 가면서 영화 산업의 육성에 진력한다. 이렇게 해서 중흥기로 접어들며 오스트렐리아 영화는 황야에서 길을 잃은 두 아이가 원주민의 도움을 받아 살아난다는 영화 「떠도는 삶」을 거쳐, 전통적인 활극과 모험극은 지저분하거나 음산한 분위기가 가미되는 변모를 겪고, 마침내 새물결 운동을 타고 솟아오른 피터 위어(Peter Weir)의 등장을 맞는다.

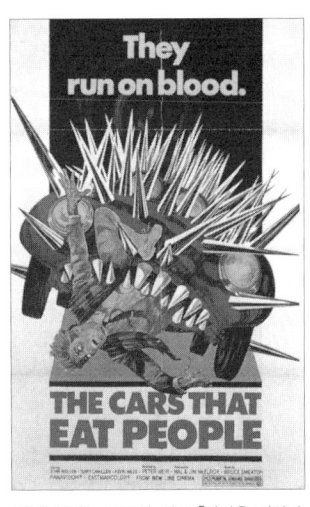

피터 위어는 부조리 희극 「사람을 잡아먹는 자동차」로 그의 위상을 세계에 알린다.

오스트렐리아의 한적한 시골 패리스(Paris) 사람들이 교통사고를 일으켜 부품과 고철을 빼내 팔아서 경제를 굴려나간다는 삐딱한 부조리 희극(absurdist black comedy) 「사람을 잡아먹는 자동차」로 이름을 알린 피터 위어는 유럽에서 익힌 우아함과 환상을 영화에서 살려 가면서, 1900년대 어느 화창한 날 소풍 도중에 세 명의 소녀와 선생이 홀연히 사라지는 신비한 분위기가 담긴 조운 린지(Joan Lindsay)의 환상소설을 원작으로 만든 「행잉 로크에서의 야유회」에 이르러 드디어 "참된 오스트렐리아 영화"를 만들었다는 평을 듣는다.

하지만 호주의 원시적 신비감과 현대적인 상징성을 함께 담아가면서 살인 혐의를 받는 원주민의 변호사가 겪는 정신적 경험을 다룬 야심작 「잃어버린 시간」은 작품이 지닌 국제성으로 인해서 자국에서는 오히려 반발에 부딪친다. 그래도 위어의 활동은 탄력을 내면서 계속된다.

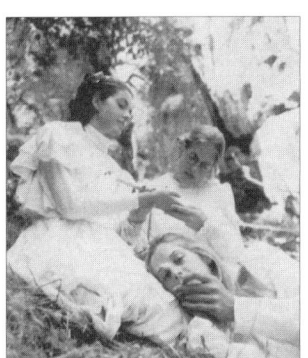

「행잉 로크에서의 야유회」는 "진짜 호주 영화"라는 평을 들었던 위어의 작품이다.

그가 만든 텔레비전 영화 「배관공」은 부르지도 않은 수리공이 욕실을 마구 뜯어내는 흑색 희극으로서, 초현실주의적인 상황 설정만이 위어의 특징을 보여 준다는 평을 들었다. 그러다가 피터 위어는 제1차 세계대전을 무대로 대영제국에 충성하는 젊은이와 맹목적인 고립주의를 추구하는 다른 청년을 대비시켰으며, 에스파냐 내전에서 총을 맞고 쓰

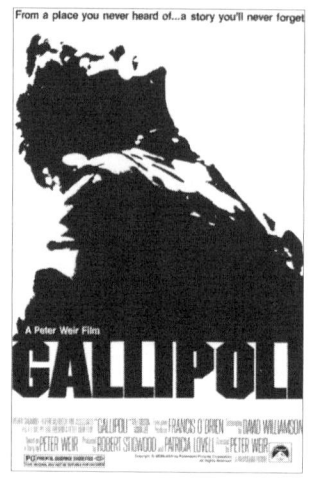

From a place you never heard of...a story you'll never forget

A Peter Weir Film

GALLIPOLI

「갈리폴리」는 피터 위어의 국제적인 명성
을 확고히 하는 굳힘수였다.

러지는 순간을 포착한 고전적인 로버트 카파 (Robert Capa)의 사진을 연상시키는 마지막 장면 이 인상적인 「갈리폴리」로서 국제적인 명성을 확 고히 한다.

이렇듯 승승장구하던 그는 헐리우드와 손을 잡 게 되고, 1965년 인도네시아의 수카르노 정권이 붕괴되는 과정을 취재한 호주 언론인의 활약을 그린 「가장 위험한 해」를 만든다. 그러나 이런 세 계적인 성공은 결국 오스트렐리아 정체성 추구의 종말을 뜻하게 된다.

▮「대륙 횡단(The Overlanders, 1946, 영국-오스트렐리아, 91분)」, 감/Harry Watt, 출/Chips Rafferty, John Nugent Hayward, Daphne Campbell, John Fernside, Jean Blue, Peter Pagan, Helen Grieve

▮「방랑자(The Shiralee, 1957, 영국, 99분)」, 감/Leslie Norman, 출/Peter Finch, Elizabeth Sellers, Dana Wilson, Rosemary Harrys, Tessie O'Shea, Sidney James, George Rose

▮「학살의 언덕(Massacre Hill, 또는 Eureka Stockade, 1949, 영국-오스트렐리아, 103분)」, 감/Harry Watt, 출/Chips Rafferty, Jane Barrett, Gordon Jackson, Jack Lambert, Peter Illing, Ralph Truman, Peter Finch

▮「정열의 계절(Season of Passion, 1959, 오스트렐리아, 93분)」, 감/Leslie Norman, 출/Anne Baxter, John Mills, Angela Lansbury, Ernest Borgnine, Janette Craig

▮「떠도는 삶(Walkabout, 1971, 오스트렐리아, 95분 또는 100분)」, 감/Nicolas Roeg, 출/Jenny Agutter, Lucien John, David Gulpilil, John Meillon

▮「사람을 잡아먹는 자동차(The Cars That Eat People, 또는 The Cars That Ate Paris, 1974, 오스트렐리아, 91분, 미국판 74분)」, 감/Peter Weir, 출/Terry Camilleri, John Meillon, Melissa Jaffa, Kevin Miles

▮「행잉 로크에서의 야유회(Picnic at Hanging Rock, 1975, 오스트렐리아, 110분)」, 감/Peter Weir, 출/Rachel Roberts, Dominic Guard, Helen Morse, Jacki Weaver, Vivean Gray, Margaret Nelson, Anne (Louise) Lambert

▮「잃어버린 시간(The Last Wave, 1977, 오스트렐리아, 106분)」, 감/Peter Weir, 출/Richard Chamberlain, Olivia Hamnett, (David) Gulpilil, Frederick Parslow, Vivean Gray, Nanjiwarra Amagula

▮「배관공(The Plumber, 1980, 오스트렐리아, 76분)」, 감/Peter Weir, 출/Judy Morris, Ivar Kants, Robert Coleby, Candy Raymond

▮「갈리폴리(Gallipoli, 1981, 오스트렐리아, 110분)」, 감/Peter Weir, 출/Mark Lee, Mel Gibson, Tim Kerr, Robert Grubb, David Argue, Tim McKenzie

▮「가장 위험한 해(The Year of Living Dangerously, 1983, 오스트렐리아, 115분)」, 감/Peter Weir, 출/Mel Gibson, Sigourney Weaver, Linda Hunt, Michael Murphy, Bill Kerr, Noel Ferrier

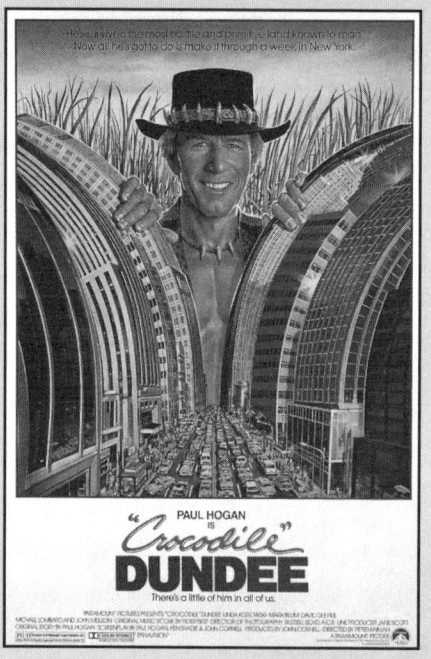

「매드 맥스」와 「크로커다일 던디」는 오스트렐리아 영화가 헐리우드를 흉내내며 미국 시장으로 입성하는데 성공한 흥행작들이었다. 호주 영화는 이어서, 그들의 정체성을 찾기 시작할 무렵부터, 감독과 배우 같은 인력을 제1 영화권에 빼앗기기 시작한다.

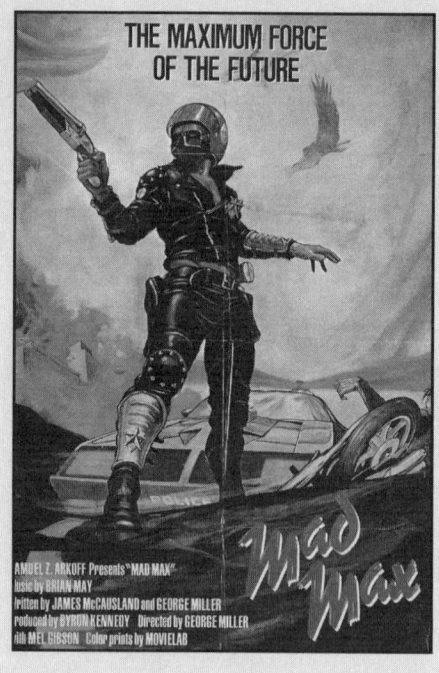

아메리카로 간 맥스와 던디

피터 위어와 더불어 새물결 운동의 또 다른 기수로 알려진 프레드 셰피시(Fred Schepisi)는 호주 영화가 맞은 중흥기에 「지미 블랙스미드의 노래」말고도 가톨릭 학교에서 사춘기 아이들이 성에 눈뜨고 그런 호기심을 행동으로 옮기는 「악마의 놀이터」를 만들었으며, 같은 시기에 나온 괄목할 만한 작품으로는 1940~50년대의 실제 뉴스를 교묘하게 줄거리에 엮어 넣으면서 만든 뉴스 영화 작가를 주인공으로 한 「취재전선」, 대영제국의 정치적인 계획을 충족시키기 위해 아프리카에서 벌어진 식민지 쟁탈전(보어 전쟁, 1899~1902)에 동원되었던 세 명의 오스트렐리아 군인이 포로 총살 사건에 얽혀들어 군법회의에 회부되었던 실화를 바탕으로 케네드 로스(Kenneth G. Ross)가 쓴 희곡을 원작으로 삼은 「영웅 모란트」, 그리고 오스트렐리아 영화의 기록을 거의 모두 갱신한 「스노이 강에서 온 사나이」가 손꼽힌다.

「스노이 강」은 오스트렐리아 영화가 '국제화'로의 도약을 지나치게 열심히 한 나머지 정체성 찾기를 포기하고 헐리우드의 문화와 산업에

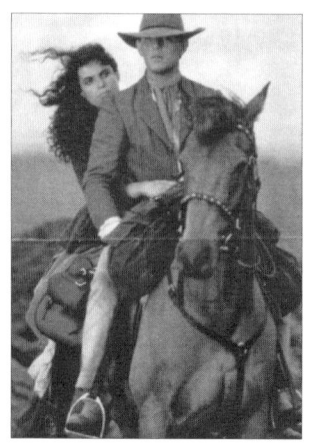

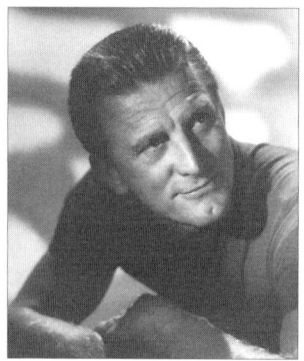

오스트렐리아 영화를 미국으로 수출하기 위해서 가장 먼저 동원된 인적 무기 가운데 하나는 「스노이 강에서 온 사나이」(위)에서 '서부 사나이' 노릇을 한 커크 더글라스(아래)였다.

종속되는 대표적인 현상이라고 하겠다.

이탈리아 사극이 세계적인 시장을 노리고 헐리우드 배우들을 모셔다 썼듯이, 「스노이 강」은 이탈리아로 가서 「율리시즈」를 만든 커크 더글라스를 오스트렐리아에서도 역시 주연으로 동원했으며, 호주의 유명한 시를 원작으로 삼았다고는 하지만, 제국을 건설하려는 목장주와 그를 위해 몸을 바치면서 다른 한편으로는 딸과 사랑에 빠지는 카우보이 그리고 야생마 길들이기에 이르기까지, 이탈리아 스파게티 서부극의 성공을 재현시키려는 의도가 여기저기 엿보일 정도로 노골적인 '서부극'이다. 헐리우드 공식을 차용하면서 호주의 웅대한 대자연을 덤으로 제공한 이 영화는, 사랑하는 여인과 약혼한 악당과 주인공이 대결을 벌이는 내용으로 「스노이 강으로 돌아오다」라는 속편까지 내놓았다.

언어의 장벽이 없다는 전략적인 이점을 발판으로 삼아 영어권 시장의 공략에 나서 가장 두드러진 성공을 보인 영화라면 누가 뭐라고 해도 「매드 맥스」이다. 미래의 황량한 대륙은 폭주족과 무법자가 지배하는 세상이 되었고, 폭주족에 처자를 잃은 초강력 경찰관이 초고속 복수전에 나서서 대활약을 벌인 이 영화는 헐리우드에서 초인(超人, superman) 폭력영화 그리고 그 이전의 서부극 공식을 그대로 차용했으며, 속편의 인기에 힘입어 1편까지도 뒤늦게 폭발적인 인기를 누려 호주 영화가 우렁찬 '국제화'를 이루는 데 성공한다.

"성난 맥스(Mad Max)" 이야기들 가운데 가장 두드러진 대표성은 지녔으면서도, 국가 또는 민족 그리고 어떤 면에서도, 정체성이나 주체성이라

고는 찾아보기 힘든 2편 "노상(路上)의 전
사"를 보면, 지식이나 지혜의 내용물(text)
이 머리까지는 전달되지 못하고 손가락 끝
의 말초에서만 움직이는 컴퓨터 게임에 중
독된 요즈음 사람들이 열광하는 문화의 성
격과 차원과 수준이 쉽게 엿보인다.

줄거리라고 할 만한 내용도 없고, 온갖
흉측한 고철(古鐵) 덩어리들과 어울려 뒹구
는 사람들의 묘기(stunt)만 보일 뿐 배우들
의 연기(演技, acting)라고는 별로 보이지 않
는 이 영화의 주인공 맥스는, 1편에서 아내

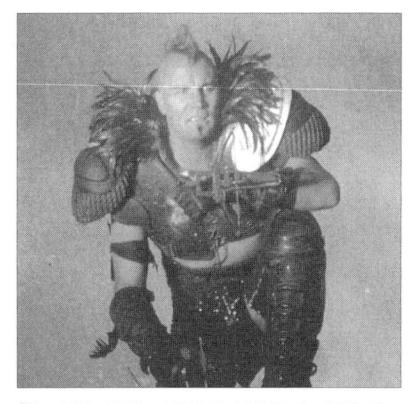

「매드 맥스」 영화는 2편이 먼저 인기몰이 바람을 일으
킨 다음 1편도 다시 사람들의 주목을 끌게 되었다. 사
진은 2편 "노상의 전사(The Road Warrior)"에서 철저
히 미국 악당을 흉내내면서 등장하는 버논 웰스
(Vernon Wells)의 모습이다.

와 자식을 잃고 황야를 떠도는 모습이 서부의 방랑자 셰인을 조금쯤은 닮
았다고 하는 사람들(Karl French, Philip French, 『Cult Movies』)도 있기는 하
나, 북 아메리카 역사와 억지로 연결을 짓는다고 하더라도 (개를 데리고 다
니는 모습이) 차라리 루이 라무어(Louis L'Amour) 원작의 존 웨인 서부극
「혼도(Hondo, 1953)」의 고독한 사나이를 흉내낼 뿐이며, 어떤 다른 국적
(國籍)도 나타나지 않는다.

미국의 광활한 서부가 아닌 오스트렐리아 황무지에서 목적이나 계획
도 없이 헤매는 이 사람은 전혀 감성적인 인간으로서 존재하지를 않고,
동기와 이유가 뚜렷하지 않은 황당한 폭력을 정당화하려는 매체 역할을
맡는 데서 그친다. 무엇을 포획해야 하고 무엇으로부터 도망쳐야 하는
지조차도 알지 못하는 외로운 사냥꾼이 된 그는, 첫 장면에서, 바람이
울부짖는 붉은 사막을 끝없이 가로지르는 직선 도로에 홀로 버티고 서
서, 현시점(2003년)에서는 이라크 상황을 연상시키는 대목이지만, 검은
연료(black fuel)가 지배하는 세상이 전쟁과 파괴의 회오리에 휘말리는
종말론적 흑백 환각(Doomsday vision)을 본다. 하지만 이런 어마어마한

계시는 곧 우스꽝스러울 만큼 무의미한 시각적 희롱으로 이어진다.

'가까운 미래'를 시간적 배경으로 잡은 사막에서, 유정(油井)의 오아시스를 요새로 삼아 섬처럼 부생(浮生)하는 두 무리의 소집단(小集團)이 흙먼지를 일으키며 벌이는 자동차 폭력과 전투는, 비록 우주 전쟁(star wars)을 흉내내는 듯싶기는 하지만, 사실은 PC방 안에서 공책만 한 크기의 화면을 오가며 벌어지는 하나의 작은 전투일 따름이다. 검과 마법 영화를 공상과학 기법에 이중노출시킨 "노상의 전사" 전자오락 놀이에 등장하는 동력 전쟁(energy war)의 독군(督軍, warlord)과 전사들은, 미래로 시간여행을 가기는커녕, 오히려 과거로 돌아가 석궁과 부메랑으로 시대착오적인 무장을 했고, 모래 속에서 튀어나와 리샤오룽(李小龍) 흉내를 내는 외계인 같은 조종사(the gyro captain)는 뼈만 앙상한 말라깽이 헬리콥터를 타고 날아다니며, 성난 맥스가 휘발유 한 통을 얻기 위해 벌이는 기이한 모험에 끼어든다.

그러는 사이에 미래와 과거가 제멋대로 배합된 모습은 점점 더 해괴하게 뒤엉켜서, 철판을 두른 버스가 트로이의 성문 노릇을 하고, 야생의 소년 무사(the Feral Kid)는 동물 소리를 내면서 침팬지처럼 행동하고, 지나(Xena)를 닮은 여전사들과, 북 아메리카의 모호크족 인디언 머

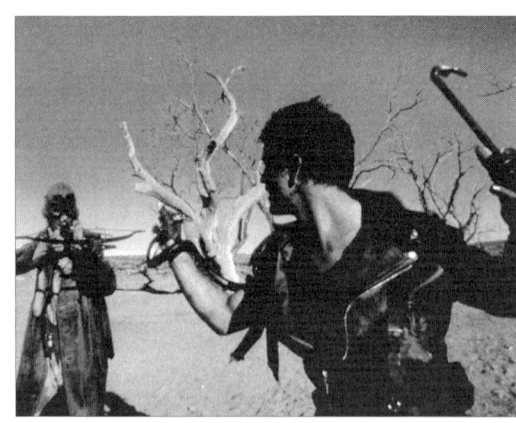

미국 캘리포니아 고속도로 순찰대원 차림의 주인공 "성난 맥스"와 중세의 석궁으로 무장하고 모래땅에서 솟아오른 "헬리콥터 기장"은 「매드 맥스」 2편을 엮어 나가는 싸이보그적 등장인물군에 속한다.

리를 하고 캘리포니아 고속도로 순찰대의 복장이나 중세의 갑옷, 심지어는 패튼 장군과 로마의 검투사 차림에, 아이스하키 헬메트를 쓴 등장인물까지 뒤죽박죽 뒤엉켜 2차대전의 화염방사기를 쏘아댄다.

한 가지 단단하고 독창적인 줄거리만 가지고 한 편의 영화를 엮어낼 능력이 없어서 온갖 잡다한 줄거리 조각들을 여기저기서 토막토막 떼어다 땜질을 해서 잡탕을 만들어 놓은 대표적인 영화가 「크라잉 게임(The Crying Game, 1992)」이라는 지적("신화와 역사의 건널목" 224~6쪽 참고)을 한 바가 있지만, 「매드 맥스」 2편은 아예 줄거리조차 따지기 전에, 등장인물들의 성격 구성은 커녕 의상 설정조차도 창조해낼 능력이 없어서 인터네트를 여기저기 뒤져 눈에 띄는 그림을 닥치는 대로 베껴놓은 듯한 자료를, "유인원들의 혹성(The Planet of the Apes)"의 들판에다 아무렇게나 쏟아버린 싸구려 장난영화처럼 보인다.

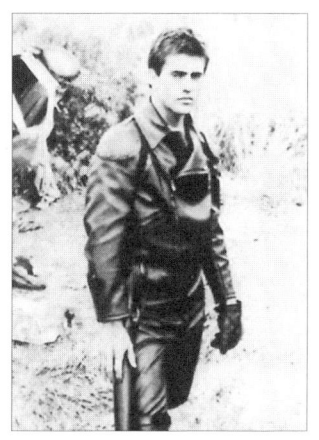

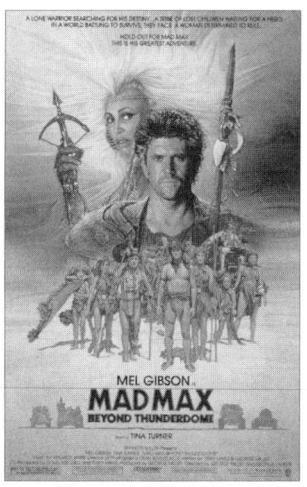

「매드 맥스」의 주인공은 헐리우드의 서부극이나 폭력물에서 스스로 법을 집행하는 독불장군(vigilante) 전형을 따른 인물이다. 포스터는 「매드 맥스」 3편.

그럼에도 불구하고, 정상적인 인간이 눈에 띄지 않고 너저분한 누더기 차림의 싸이보그들만 등장시킨 이 영화는, 특히 일본에서 눈부신 흥행 성공을 거두었으며, 3부작으로까지 번식했다.

「매드 맥스」 3편은 서부의 총잡이를 로마의 격투기장으로 출장을 보낸 듯한 상황이 전개되어서, 목숨을 건 격투에서 살아남은 방랑 투사 맥스가 사막으로 추방을 당했다가 황야의 야생 부족 아이들에게 구출을 받는다는 내용을 보면, 옮어먹기 속편의 한계에 달했다는 인상을 준다.

온갖 위기를 이겨나가는 폭력적 남성을 부각시키는 헐리우드 활극 공식에 의존하면서 이렇게 정체성보다는 세계성을 도모하던 오스트렐리아 영화는 1982년을 고비로 구멍이 나기 시작한다. 헐리우드에서는 호주의 재능있는 영화인들을 돈으로 빼내가기 시작해서, 피터 위어 감독은 미국으로 건너가 본격적인 활동("Witness, 1985," "Mosquito Coast, 1986," "The Dead Poets Society, 1989," "Green Card, 1990," "Fearless, 1993")을 시작했고, 프레드 세피시도 헐리우드로 도태되는 같은 과정 ("Barbarosa, 1982," "Plenty, 1986," "Russia House, 1990")을 거친다.

연기자 쪽에서는 멜 깁슨과 니콜 키드먼 그리고 샘 닐(Sam Neill)도 태평양을 건너 헐리우드로 들어갔고, 그에 이어 21세기에는 뉴질랜드 태생의 럿셀 크로우가 헐리우드 검투사 의상을 걸치고 엉뚱한 곳에 복제해 놓은 로마의 콜로세움에서 검투사 노릇을 하여 아카데미상을 타기에 이른다. 이렇게 기껏 키워놓은 재능을 헐리우드에 빼앗기는 데서 그치지 않고, 호주의 영화인 조합들은 헐리우드가 아니라면 제공하기가 불가능한 보수를 요구하고 나서는가 하면, 세금 타협도 성공하지 못하는 바람에 영화계는 점점 더 재정적인 어려움에 시달리게 된다.

그러다가 1980년대 중반, 「크로커다일 던디」가 미국에 상륙한다. 악어를 때려잡았다는 호주판 타잔 미크 던디(Mick Dundee)를 취재하기 위해 뉴요크의 여기자 쑤(Sue)는 오스트렐리아의 밀림으로 찾아가고, 달력과 나이가 무의미한 「부시맨」 수준의 세계에서 살아가며 단검으로 악어를 잡아서 구워 먹는가 하면 물소와 특수한 언어로 교감하는 자연아(自然兒)에게 반해 버린 도시녀(都市女)는 취재 대상이던 '정글 짐'더러 함께 뉴요크로 가자고 청한다.

난생처음 비행기를 타고 뉴요크로 날아간 오세아니아 타잔은 길을 건

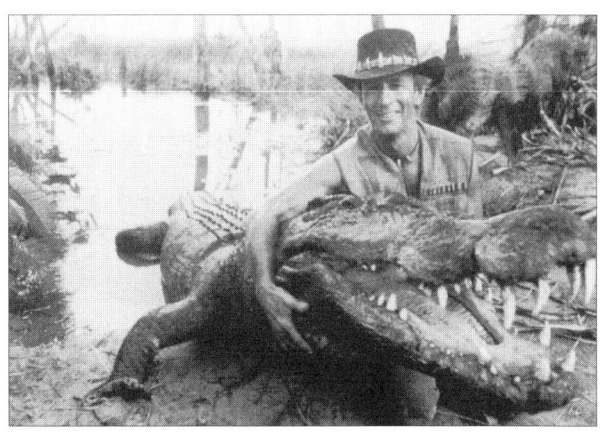

미국을 매료시킨 오스트렐리아의 영웅「크로커다일 던디」도 알고 보면 자니 와이즈뮬러의 타잔 영화가 '원조'였다.

너거나 에스컬레이터를 탈 때는 속수무책이며, 파티에서 만난 동성애족 남자를 보고는 사타구니를 손으로 확인하는 실례를 범하기도 하지만, 흑인 노상강도가 칼을 들이대면 큼직한 사냥용 칼(bowie knife)로 위압하고, 소매치기를 깡통으로 쓰러뜨리는 등 희한한 모험담이 계속된다.

아프리카 밀림을 무대로 한 수많은 B 영화의 공식을 오스트렐리아 숲으로 옮겨놓고 그것도 모자란다는 듯 보다 현실적인 친밀성(affinity)을 구하기 위해 주인공을 미국으로 보내 버린「크로커다일 던디」는 호주의 텔레비전 연기자 폴 호간이「타잔 뉴요크에 가다(Tarzan's New York Adventure, 1942, 미국)」로부터 '영감'을 받아서 각색했다는데,「던디」의 엄청난 성공을 보고 미국 자본까지 합세하여 만들어 놓은 속편은, 거꾸로 뉴요크에서 이야기가 시작되어, 트릭 운전수가 된 미크 던디가 국제 마약 범죄 조직과 좌충우돌하다가 결국 오스트렐리아 숲으로 돌아간다는 결론으로 끝난다.

미크 던디나 마찬가지로 배우 폴 호간은 헐리우드에 정착하지 못하고 오스트렐리아로 돌아가는데, 이것은 상업적인 성공을 포기하면서 주체성 찾기에 나서기 위해서가 아니라, 멜 깁슨만큼의 상품성이 호간에게는 모자랐기 때문이었다. 그것은 제인 캠피온의「피아노」에서 남편 역을 맡았던 샘 닐의 경우도 마찬가지였다. 닐은 「쥬라기 공원」 이후에 꾸준히 오스트렐리아 영화에 얼굴을 내밀어 왔지만 멜 깁슨처럼 돈을 벌거나 럿셀 크로우처럼 아카데미상을 타지도 못한 채로 "고향 앞으로 가"를 하기에 이른다. 그리고 그는 미국으로 건너가기 전 언제인가 "돈이란 유혹적이고 부정할 수 없는 현실"이라고 말했었다.

오스트렐리아 영화계는 유혹적인 현실을 잊지 못해서, 폴 호간이 희극적인 서부 영화의 공식을 살려가며 각본을 쓰고 공동 제작에 나서서 무뢰한을 주인공으로 삼은 「벼락치기 재크」를 만들지만, 보안관을 피해 종횡무진 돌아다니는 '벼락치기 재크'와 농아 벤의 불법 무용담은 끝내 성공을 거두지 못해서, 어떤 신화는 재탕이 참으로 어렵다는 현실만 깨닫게 된다.

오스트렐리아가 관련된 무법영화로는 미국 서부의 열차 강도 제시 제임스(Jesse James)와 프랭크 제임스(Frank James) 전설을 염두에 두고 영국에서도 만들었고 나중에 오스트렐리아에서도 아주 긴 영화로 만든 「달밤의 무장 강도」가 악명이 높다. 주인공은 19세기 오스트렐리아의 멋쟁이 신사 강도 '달밤의 대장(Captain Starlight)'을 중심으로 한 3형제이며, 그들의 모험과 사랑과 강도질 이야기는 미니시리즈로도 제작되었고 영화도 몇 편 더 있다지만, 자료를 구하기가 힘들다.

칩스 라퍼티가 주연한 「숲속의 성탄절」은 말도둑들을 잡으려고 아이들이 숲나라로 추격해 들어가는 단단한 모험극으로서, 1983년에 다시 영화화되었으며, 역시 칩스 라퍼티 주연인 「코럴 씨의 지배자」는 밀수 사건이 얽힌 활극이다.

대단히 폭력적이며 긴박감이 넘치는 텔레비전 제품 「요새」는 흉악한 무법자들에게 납치된 여선생과 학생들이 오스트렐리아 오지에서 상황을 역전시킨다는 내용인데, 우리나라에 비디오로 보급된 같은 원제의 영화 「포트리스(Fortress)」와는 전혀 관계가 없는 작품이다.

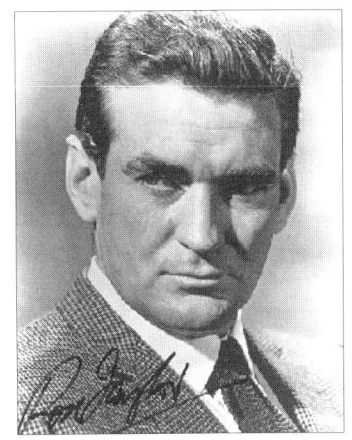
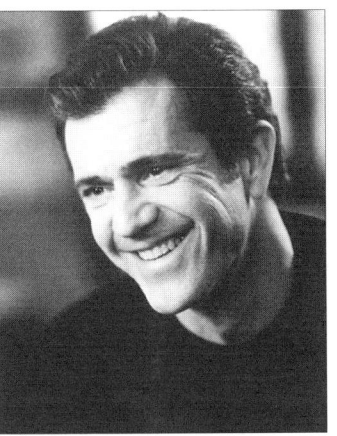
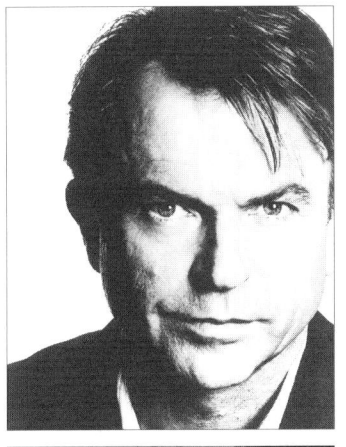
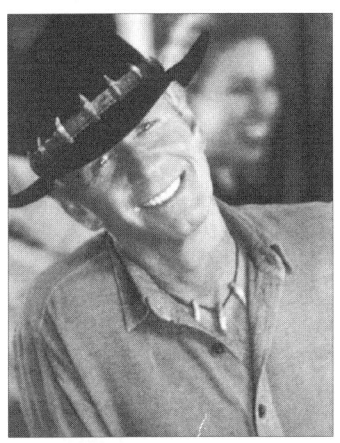
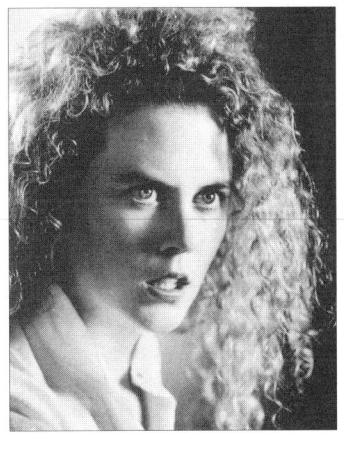
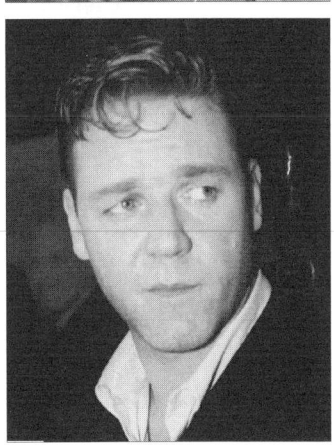

이미 로드 테일러로부
터 시작하여 멜 깁슨과
샘 닐, 폴 호간과 니콜
키드먼, 그리고 럿셀 크
로우에 이르기까지, 오
세아니아 배우들은 끊
임없이 헐리우드를 넘
나들었다.

범법자와 죄없는 여자의 입장이 바뀌기는 「우프 우프로 초대받지 않은 손님」도 마찬가지이다. 미국인 사기꾼이 오스트렐리아의 오지로 도피했다가 남자에 굶주린 여자를 차에 태워 주는데, 여자는 그를 외딴 마을 우프-우프로 끌고 간다. 호주 출신 배우로서 일찌감치 헐리우드로 건너가 크게 두드러지지는 않았지만 상당히 성공했던 로드 테일러가 헐리우드 음악극을 좋아하는 정신나간 폭군 노릇을 눈부시게 해낸다. 로드 테일러는 알프레드 힛치코크의 「새(The Birds, 1963)」와 「타임 머신(The Time Machine, 1960)」을 비롯해서 많은 헐리우드 영화에서 주연을 맡았었다.

찾아보기 ●┄┄

▮「매드 맥스 2(The Road Warrior 또는 Mad Max 2, 1981, 오스트렐리아, 94분)」, 감/George Miller, 출/Mel Gibson, Bruce Spence, Vernon Wells, Mike Preston, Virginia Hey, Emil Minty, Kjell Nilsson

▮「매드 맥스 3(Mad Max Beyond Thunderdrome, 1985, 오스트렐리아, 106분)」, 감/George Miller, George Ogilvie, 출/Mel Gibson, Tina Turner, Angelo Rossitto, Helen Buday, Rod Zuanic, Frank Thring, Angry Anderson

▮「크로커다일 던디("Crocodile" Dundee, 1986, 오스트렐리아, 98분)」, 감/Peter Faiman, 출/Paul Hogan, Linda Kozlowski, John Meillon, David Gulpilil, Mark Blum, Michael Lombard, Irving Metzman

▮「크로커다일 던디 2("Crocodile" Dundee Ⅱ, 1988, 미국−오스트렐리아, 110분)」, 감/John Cornell, 출/Paul Hogan, Linda Kozlowski, John Meillon, Ernie Dingo, Hechter Ubarry, Juan Fernandez, Charles Dutton, Kenneth Welsh

▮「벼락치기 재크(비디오 제목 "라이트닝 재크," Lightening Jack, 1994, 오스트렐리아, 93분)」, 감/Simon Wincer, 출/Paul Hogan, Cuba Gooding, Jr., Beverly D'Angelo, Kamala Dawson, Pat Hingle, Richard Riehle, Frank McRae

▮「달밤의 무장 강도(Robbery Under Arms, 1957, 영국, 83분)」, 감/Jack Lee, 출/Peter Finch, Ronald Lewis, Laurence Naismith, Maureen Swanson, David McCallum

▮「달밤의 무장 강도(Robbery Under Arms, 1987, 오스트렐리아, 141분)」, 감/Ken Hannam, Donald Crombie, 출/Sam Neill, Steven Vidler, Christopher Cummins, Liz Newman, Deborah Coulls, Susie Lindeman, Tommy Lewis

▮「숲속의 성탄절(Bush Christmas, 1947, 오스트렐리아, 76분)」, 감/Ralph Smart, 출/Chips Rafferty, John Fernside, Stan Tolhurst, Pat Penny, Thelma Grigg

▮「코럴 씨의 지배자(King of the Coral Sea, 1956, 오스트렐리아, 74분)」, 감/Lee Robinson, 출/Chips Rafferty, Charles Tingwell, Ilma Adey, Rod Taylor, Lloyd Berrell, Reginald Lye

▮「요새(Fortress, 1985, 오스트렐리아, 89분)」, 감/Arch Nicholson, 출/Rachel Ward, Sean Garlick, Rebecca Rigg, Robin Mason, Marc Gray, Beth Buchanan

▮「우프 우프로 초대받지 않은 손님(Welcome to Woop Woop, 1997, 영국−오스트렐리아, 96분)」, 감/Stephan Elliott, 출/Johnathon Schaech, Rod Taylor, Susie Porter, Dee Smart, Barry Humphries, Richard Moir, Paul Mercurio, Rachel Griffiths, Tina Louise

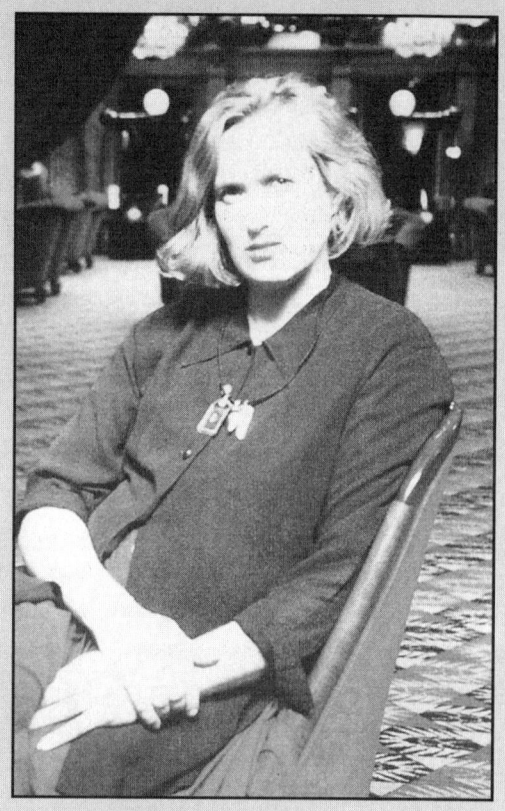

오스트렐리아 문학을 여성 작가 콜린 매컬로우가 세상에 널리 알렸
듯이, 본격적인 오스트렐리아 영화 작업을 알린 오스트렐리아 사람
역시 여성 작가 제인 캠피온이었다.

제인 캠피온의 영화

제2차 세계대전 이후 영국에 짓밟혀 황폐화된 오스트렐리아 영화는, 애써 육성한 우수 영화 인력이 미국으로 흡수되면서 1980년대에 다시 침체기를 맞았지만, 그래도 끊임없이 계속된 정부의 지원 정책은 90년대에 들어와서 제인 캠피온(Jane Campion, 1954~)이라는 결실을 맺는다.

무대 연출가 아버지와 배우인 어머니 사이에서 태어난 뉴질랜드 웰링턴 출신의 여자이면서도 오스트렐리아인임을 자처하는 캠피온은 호주 영화 육성의 산실인 오스트렐리아 영상 방송 학교(Australia Film, TV & Radio School, AFTRS)에 다니던 시절부터 단편영화로 이미 국제적인 시선을 끌었으며, 텔레비전에서의 활동을 거쳐 「스위티」를 발표하기에 이른다. 캠피온의 모든 영화를 관통하는 독특한 작가적 개성은 「스위티」로 하여금 베네치아 영화제 심사위원 특별상을 수상하게 하는 한편, 음산하고 기이한 도착적 분위기 때문에 심한 혹평을 받아 작가에게 좌절감을 안겨주기도 했다.

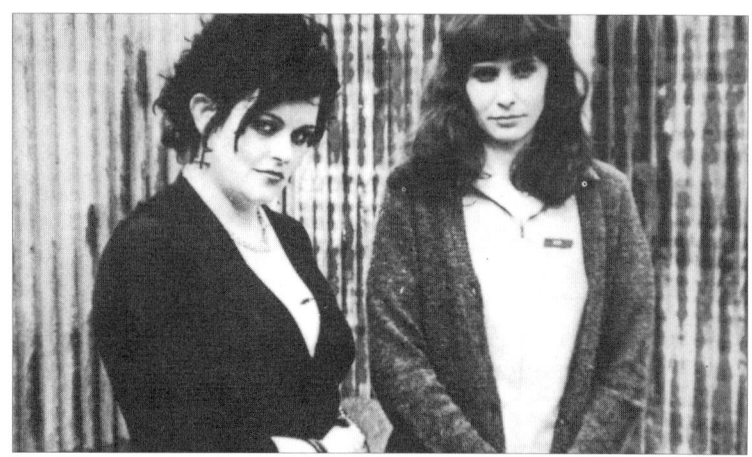

「스위티」(사진)뿐 아니라 제인 캠피온의 영화에 등장하는 대부분의 여주인공들은 정신적이거나 육체적인 결함을 어떤 하나의 개성처럼 지녔다.

　「스위티」의 화자이며 불안정한 내성적 인물인 케이는 매우 상처받기 쉬운 여성이면서도 욕구가 강하고, 이마에 물음표가 달린 운명의 남자를 만나게 되리라는 점쟁이의 말을 듣고는 앞머리가 그런 모양인 남의 약혼자를 유혹하여 자기 남자를 만들고, 이런 만남을 기념하기 위해 마당에 나무 한 그루를 심는다. 그러나 그녀는 나무에 대해서 공포감을 느끼게 되어 도로 뽑아 버린다.

　그리고는 뚱뚱하고 적극적인 언니 스위티가 남자를 끌고 케이의 집으로 쳐들어와 동거하며 자기집처럼 행동하는 바람에 파괴적인 충돌이 이루어지고, 여성 가족을 붕괴시키는 망상과 부조화가 아버지라는 남성에게서 연유한다는 해석이 시작된다. 스위티는 아버지의 등장 이후 더욱 괴이한 동물적 행태를 보이다가 죽음을 맞게 되는데, 이렇듯 캠피온의 여성들은 어딘가 특이하고, 비정상적이고, 결함을 보이며, 불쾌감을 주기가 보통이다.

　캠피온의 다음 영화 「내 책상 위의 천사」에 등장하는 주인공도 역시 어려서부터 뚱뚱하고, 비록 나중에 오진이었다고 밝혀지기는 하지만,

정신적인 장애 때문에 장기간 병원에서 입원생활을 했던 여성이다. 지나치게 커다란 얼굴과 대조적으로 작은 손, 다닥다닥 주근깨, 어른이 되어서도 가꿀 줄을 몰라 잔뜩 부풀어오른 빨간 '양배추' 머리, 어딘가 병적으로 보이는 몸집의 재니트는 정신적으로도 정상적이지를 못해 구석으로 쫓겨다니기만 하고, 밥벌이를 위해 교사가 된 다음 장학관이 참관하러 들어오자 무서워서 교실을 나와 도망쳐서 식당의 종업원으로 취직할 정도이다.

재니트의 어릴 적 여성적인 경험을 한 권의 책으로 엮는다면, 그것을 구성하는 장(章, chapter)들은 동화책의 내용을 밤중에 숲속에서 재현하기, 언니의 익사 사고에 대한 놀라움, 촛불 켜놓기와 초경(初經)과 사내아이들에 대한 호기심과 숙모가 수집해 놓은 초컬리트를 훔쳐먹고 쫓겨나기 따위의 여러 장면으로 점철된다. 그리고 사이사이에 차이코프스키와 빨간 양말을 자랑삼는 선생님과, 클라크 게이블과, 애슐리와, 일본에 투하된 원자폭탄의 현실이라는 삽화가 상상세계를 장식한다.

하지만 이렇게 성장의 책을 한 쪽씩 넘길 때마다, 남들과 어울리기가 두렵고 어색하고 쑥스러워하며 작은 사건 하나하나를 모두 불안해하는 여주인공 때문에 관객은, 그녀의 곁에 사람이 나타나기만 하면 덩달아 대단히 불안해진다. 보편성과는 물론 대단히 거리가 멀기는 하지만, 캠피온은 이런 '여성적' 분위기를 섬모가 많은 감각으로 포착하여 수술실의 예밀한 정밀

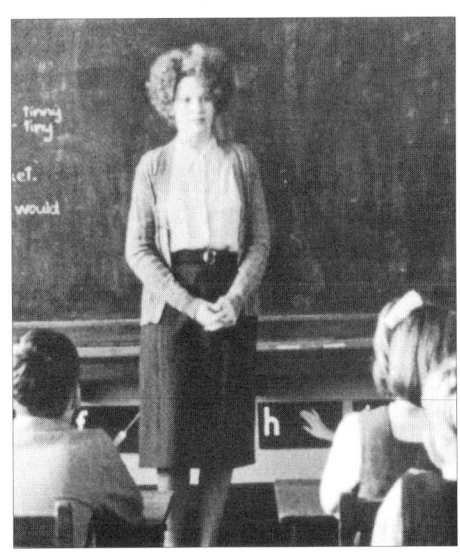

「내 책상 위의 천사」의 여주인공은 장학관이 참관하러 들어오자 무서워서 교실을 나와 다시는 학교로 돌아가지 않는다.

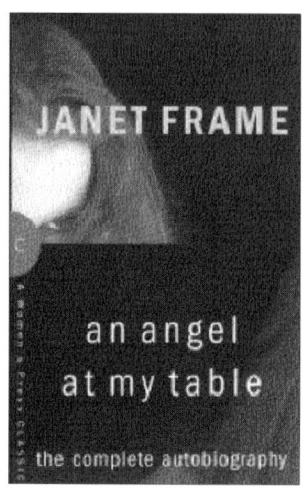

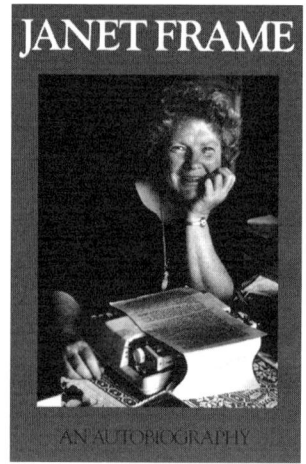

재니트 프레임의 자전적 소설 『내 책상 앞에 앉은 천사』의 표지(위)와 다른 자서전의 표지에 실린 작가의 모습

성을 보이며 올을 갈라내어 화면에 재현한다. 마음이 불안해지자 탁자를 덮은 종이를 손가락으로 잡아 비튼다든가, 세상을 떠난 아버지의 구두를 신고는 타인의 삶을 상상해 본다거나, 기차를 타고 사범대학으로 '유학'을 떠나면서 시인으로 성공한 다음을 위해 서명해주기(autograph)를 연습하고, 마지막 장면에서 서투른 트위스트를 추고 난 다음에야, 책상 앞에 천사처럼 앉아 행복하게 글을 쓰는 여주인공의 모습, 이런 모든 조각(斷片)들이 바로 그런 감각으로 흡입한 기억이다.

그러나 "나비가 꿈을 꾼다"는 그녀의 상상력을 편집장은 그냥 '지나친 비약'으로만 보았고, 자살을 시도했던 경험담을 글로 적어내자 교수는 그녀에게 "휴식이 필요하겠다"며 입원해서 정신과 진단을 받아보라 하고, "조발성 치매(早發性癡呆, 정신분열증, schizophrenic)"라는 진단이 내려지자 재니트는 8년 동안 2백 번이 넘는 전기 충격 치료를 받고, 까맣게 썩어가는 이빨을 뽑아 버리고는 남들이 구경하는 가운데 대변을 봐야 하는 수치심을 겪고, 다른 환자들의 괴이한 행태와 밤마다 들려오는 괴성 속에서 공포에 시달리며 벽에다 시로 낙서를 한다.

그녀가 쓴 소설 『산호초』가 성공을 거두고 문학상까지 받은 다음에야 재니트는 뇌 절개 수술을 모면하고 정상이라는 판결이 나서 퇴원하여 세상으로 돌아온다. 문학을 통해 자아 표현과 재현과 실현에 성공하는 여주인공은 문학 장학금으로 유럽 여행을 하다가 "개방적인 연애"

를 내세우며 은근히 유혹하는 런던의 여관 주인을 만나고, 입으로만 잘 난 체 예술을 하는 '대륙인'들도 만나고, 키플링의 「경가 딘」을 암송하는 미국인을 만나 "현실이 아니라 시와 문학에만 존재하는 줄 알았던 사랑"을 직접 경험하고는 임신을 걱정하며 영국으로 돌아간다. 그리고 『동굴 속의 얼굴들』이 성공하여 유명인이 되자 재니트는 "베스트셀러를 써달라"고 주문하는 출판사로부터 아파트먼트를 제공받고 앨런 실리토(Alan Sillitoe)를 만나기도 한다.

본디 텔레비전을 위해 3부작으로 제작된 「천사」는 뉴질랜드의 시인이며 소설가인 재니트 프레임(Janet 〔Paterson〕 Frame 〔Clutha〕)의 자서전 세 권을 원작으로 삼았는데, 작가 프레임은 감독 캠피온만큼이나 특이한 예술세계를 구축한 인물이다.

특이하고도 독창적인 작가 프레임은 소설에서 일상생활의 안전한 정상(正常, normalcy)과 광증이나 악몽 및 죽음의 위험한 세계 사이에서 나타나는 긴장상태를 탐구한다. 뉴질랜드의 시골 마을 생활을 재현한 첫 소설『부엉이들의 울음소리(Owls Do Cry, 1957)』는 교묘한 형식과 독창성으로 인해서 크게 호평을 받았고, 계속해서 프레임은『앨퍼비트의 언저리(The Edge of the Alphabet, 1962)』,『맹인을 위한 냄새가 나는 정원(Scented Gardens for the Blind, 1963)』,『노란 꽃(Rainbirds, 미국 제목 Yellow Flowers in the Antipodean Room, 1968)』,『마니오토토의 삶(Living in the Maniototo, 1979)』, 그리고 시집『호주머니 거울(The Pocket Mirror, 1967)』에서 환상과 현실 사이에서 아슬아슬하게 균형을 유지하는 세상을 창조한다.

작가 재니트 프레임과 영화인 캠피온의 예술적 유사성은 「피아노」로 이어진다. 1993년 깐느 영화제에 출품한 호주 영화는 다섯 편이었고, 그 가운데 네 편이 여성 감독의 작품이었으며, 여기에서 캠피온의 「피아노」가 대상을 따내는데, 「피아노」의 여주인공 에이다(Ada)에게서는

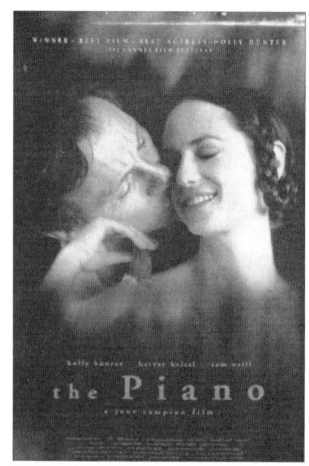
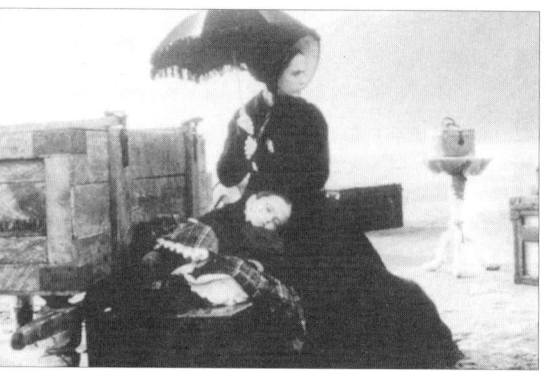

「피아노」의 에이다는 뉴질랜드에 도착하자마자 사생아인 딸 플로라와 피아노
와 더불어 바닷가에 좌초한다. 포스터에서는 마오리족인 베인스의 사랑을 받
으며 여주인공이 처음 웃는 얼굴을 보인다.

육체적인 결함이 유사 농아(類似聾啞)의 형태로 나타난다.

스코틀랜드의 여인 에이다는 여섯 살 때부터 이유없이 말을 못해서, 눈으로 보고 귀로 듣기는 하면서도 표현은 하지 못하기 때문에, 제한된 정보에 대한 불신으로 인해 방어를 위한 자폐적인 고집이 병적으로 강한 여성이다. 아버지가 독일 작곡가라고 믿을 만큼 상상력이 풍부한 아홉 살짜리 사생아 플로라(Flora)를 낳았기 때문에 집안의 수치로 여겨지던 그녀는 본 적도 없으며 나이가 열 살 이상 차이가 나는 오지의 개척자 남자와 결혼하기 위해 1870년 뉴질랜드로 가지만, 에이다가 유일한 표현 수단으로 삼는 피아노를 가지고 바닷가에 도착하자 뒤늦게 나타난 남편 스튜어트(Stuart)는 너무 무거워 운반할 수가 없다며 모래밭에 내버리게 한다.

삶과 생명의 근본인 피아노를 박탈당하고 분노에 휘말려 극단적인 반발을 느낀 에이다는 남편에게 성생활을 허락하지 않고, 단추와 담요 따위로 마오리 원주민들로부터 오지의 땅을 사들이기 위해 스튜어트가 며칠 집을 떠난 사이 에이다는 글도 모르는 마오리족이며 남편의 친구인 베인스(Baines)에게 부탁하여 피아노를 마을로 가져온다. 밀랍처럼 차가운 얼굴로 궤짝 속에 담긴 피아노를 치는 사이에 에이다의 표정이 부드러워지는 현상을 목격한 베인스가 땅을 주고 스튜어트에게서 피아노를 사겠다는 욕심을 부린 때문이었다.

그리고는 마오리족 베인스와 냉혹한 에이다 사이에서 괴이한 성유희가 시작된다. 그것은 사랑이라고 하기가 불가능할 정도로 병적인 관계이다. 아무리 감독 자신이 「피아노」에서 "동화처럼 아름다운 사랑 이야기를 그리고 싶었다"고는 했더라도, 「내 책상 위의 천사」 재니트 프레임의 세계 그리고 캠피온의 영화에서는 정상적인 사랑의 정서가 오히려 이상해 보인다.

피아노를 사들인 대가로 베인스는 에이다에게서 교습을 받는다는 '계약'을 맺었지만, 그는 연주법은 배우지 않고 음악을 들으면서 에이다를 감상한다. 그녀가 피아노를 치는 동안 베인스는 에이다에게 성유희를 하면서 그에 대한 보상으로 피아노를 조금씩 돌려준다. 어깨를 만지는데 건반 하나, 변태적으로 치마속을 들여다보고는 건반 하나, 저고리를 벗고 손을 만지면 건반이 두 개, 체취를 맡으며 그냥 나란히 누워 안기만 하면서 건반 다섯 개, 옷을 다 벗고 누우면 건반이 열 개, 이렇게 차츰차츰 점령이 계속되지만, 유부녀인 그녀를 완전히 차지하기가 불가능하다는 사실에 절망한 베인스는 "이런 식으로 계속한다면 당신이 값싼 여자가 되고 나는 더 비참해진다"면서 피아노를 돌려주고, 여자까지도 포기한다.

그러자 불감증적이던 에이다는 이때쯤 마음이 돌아서기 시작해서 베인스를 찾아가 육체를 허락하고, 밀회 현장을 스튜어트에게 들키기도 하는데, 그러면서도 자신을 받아들이지 않자 화가 난 남편은 그녀의 '날개'인 손가락을 도끼로 잘라 버리고 쫓아낸다. 베인스와 함께 마을을 떠나며 에이다는 피아노와 함께 그녀의 발을 밧줄로 묶고는 바다로 투신하여 적막의 어둠 속을 무덤으로 삼으려 하지만, 피아노로부터 해

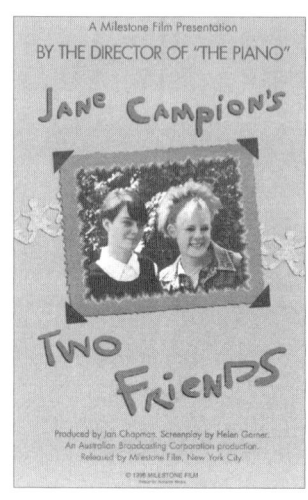

A Milestone Film Presentation
BY THE DIRECTOR OF "THE PIANO"

JANE CAMPION'S

TWO FRIENDS

Produced by Jan Chapman. Screenplay by Helen Garner.
An Australian Broadcasting Corporation production.
Released by Milestone Film, New York City.
© 1996 MILESTONE FILM

캠피온의 「두 친구」에서 시간을 역류하는
기법은 이창동의 「박하사탕」에서도 이루
어진다.

방되기 위해 마지막 순간에 물 위로 떠오른다.

이렇게 특이한 캠피온 분위기는 헨리 제임스 (Henry James, 1843~1916)가 1881년에 발표한 소설을 영화로 만든 또 다른 영화 「어느 부인의 초상」뿐 아니라, 오스트렐리아 텔레비전 방송을 위해서 그녀가 만든 첫 극영화 「두 친구」에서도 꾸준하게 맥을 보였다.

「두 친구」는 사춘기 두 소녀의 관계에서 일어나는 미묘한 변화를 예리하게 조명하는데, 가장 최근에 일어난 사건을 영화의 가장 앞 부분에 내세우고 차례로 과거를 향해 시간의 흐름을 거꾸로 짚어 올라가는 역류(reverse) 기법을 사용했다. 우리나라에서는 이창동 감독이 「박하사탕」에서 이런 기법을 대단히 성공적으로 구사했다.

「어느 부인의 초상」에서는 1800년대 후반 미국 여성인 주인공 이사벨 아처(Isabel Archer)가 영국에서 많은 재산을 유산으로 물려받고는 그녀에게 청혼하던 부유하고 점잖고 교양있는 영국 귀족 워버튼 경 (Lord Warbirton)이나 미국의 다른 남자들을 뿌리치고 유럽에서 낭만적이고도 독립적인 삶을 살기 위해 길버트 오스몬드(Gilbert Osmond)와 결혼한다. 이사벨 아처는 활력이 넘치고 개방적인 미국적 여성으로서, 그녀의 개성에 걸맞는 결혼생활을 기대하지만, 오스몬드는 나중에 알고 보니 딸 팬지(Pansy)와 함께 이탈리아에서 은퇴생활을 하던 가난한 딜레땅뜨(dilettante)일 따름이다.

모험을 바라는 어리숙한 환상이 자칫하면 환멸로 끝난다는 교훈을 담은 이 얘기에서는 여주인공이 팬지의 생모이며 아직도 오스몬드의 정부 노릇을 하는 사이비 친구 멀 부인(Madame Merle)에게 기만을 당했다는 사실을 뒤늦게 깨닫는다. 모두가 '촌스러운 신세계의 여자' 이사벨이 물려받은 유산을 빼앗기 위한 대륙인들이 꾸민 지극히 이기적인 음모였고, 이사벨은 끝없는 파멸의 과정을 거친다.

찾아보기 ●

▌「스위티(Sweetie, 1989, 오스트렐리아, 97분)」, 감/Jane Campion, 출/Geneviève Lemon, Karen Colston, Tom Lycos, Jon Darling, Dorothy Barry

▌「내 책상 위의 천사(An Angel at My Table, 1990, 뉴질랜드, 158분)」, 감/Jane Campion, 출/Kerry Fox, Alexia Keogh, Karen Fergusson, Iris Churn, K. J. Wilson, Martyn Sanderson

▌「피아노(The Piano, 1993, 뉴질랜드-프랑스, 121분)」, 감/Jane Campion, 출/Holly Hunter, Harvey Keitel, Sam Neill, Anna Paquin, Kerry Walker, Geneviève Lemon, Tungia Baker, Ian Mune

▌「어느 부인의 초상(The Portrait of a Lady, 1996, 영국, 144분)」, 감/Jane Campion, 출/Nicole Kidman, John Malkovich, Barbara Hershey, Mary-Louise Parker, Martin Donovan, Shelley Winters, Richard E. Grant, Shelley Duvall, Christian Bale, Viggo Mortensen, John Gielgud

▌「두 친구(Two Friends, 1986, 오스트렐리아, 76분)」, 감/Jane Campion, 출/Kris Bidenko, Emma Coles, Kris McQuade, Peter Hehir, Kerry Dwyer, Stephen Leeder, Deborah May, Tony Barry, Steve Bisley

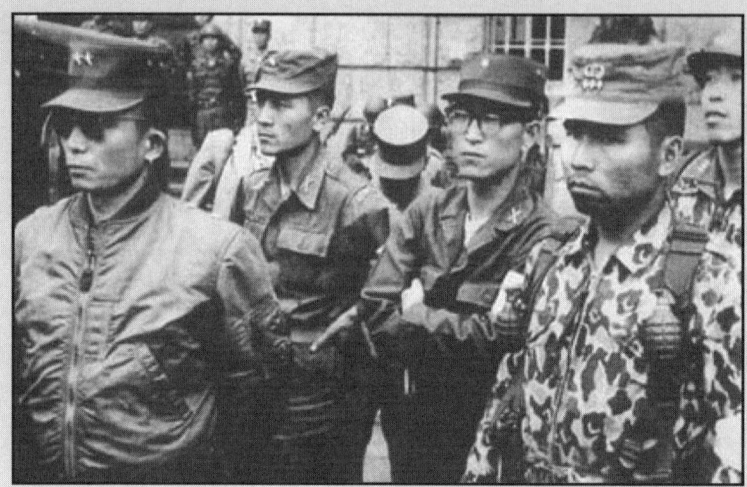

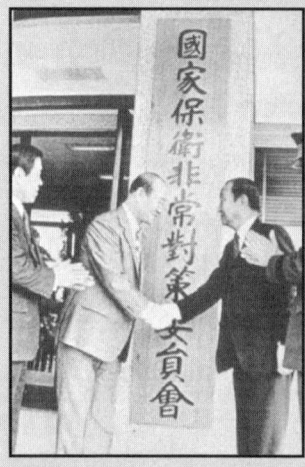

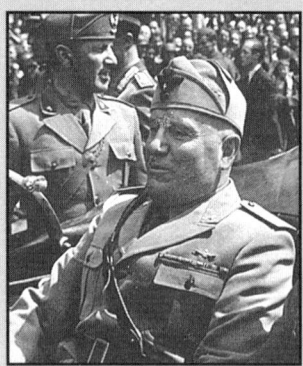

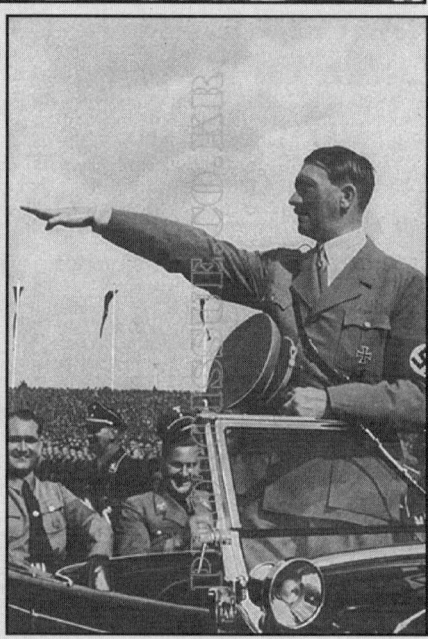

박정희, 전두환, 히틀러, 무쏠리니 네 사람은 통치 형태가 비슷한 사람들이었지만, 우리나라의 통치자들은 영화를 탄압하기에 바빴던 반면, 외국의 통치자들은 적어도 영화예술의 선전 효과라는 가치를 인정했었다. 그런가 하면 오스트렐리아는 적극적으로 영화 산업을 국가 차원에서 꾸준히 지원해 왔다.

영화를 위해서 정부가 하는 일

"체제 비판은 절대로 용납하지 않겠다"고 청와대 출입 기자들에게
공언했던 박정희 군사 정권에 이어, "박정희 대통령은 마음이 너무 약
해서 (독재를) 제대로 못했다"는 전제를 달았다고 국보위 시절에 소문
이 났던 전두환의 제5 공화국에서는, 영화가 대단히 효과적인 국가
홍보 수단이니까 적극적으로 후원해야 한다고 믿었던 독일의 아돌프
히틀러나 이탈리아의 베니또 무쏠리니와는 달리, 혹시 그들을 비난하
거나 비판하지나 않을까 우려하던 나머지, 그들이 '언론의 일부'로 간
주했던 영상 예술에서 표현의 자유를 통제하고 억압하기에만 바빴다.

그렇게 정책의 「오발탄」만 난사(亂射)했던 대한민국의 실정과는 달
리, 영화 산업을 국력의 중요한 일부라고 믿었던 오스트렐리아는 꾸준
히 영화인들을 양성하고 지원하여 결국 제인 캠피온을 탄생시켰고, 이
러한 결실은 폴 호간이 감독한 작품 「뮤리엘의 웨딩」으로도 이어진다.

우선 한 가지 오해를 해소하자면, 「크로커다일 던디」에서 주연했던
배우 폴 호간(Paul Horgan)과 뮤리엘 영화의 폴 호간은 다른 사람이며,

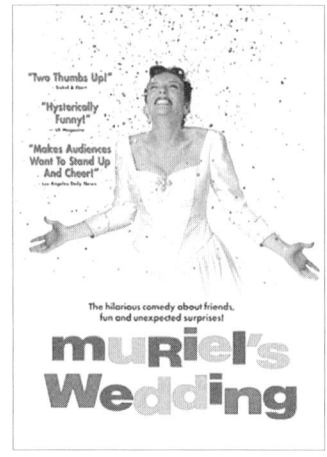

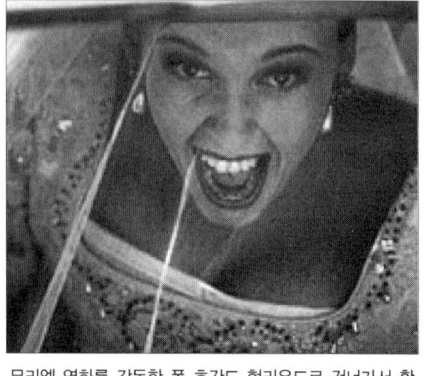

뮤리엘 영화를 감독한 폴 호간도 헐리우드로 건너가서 활동했다.

1960년대에 전원소설을 주로 발표했던 미국의 소설가 폴 호간(Paul Horgan) 역시 다른 인물이다.

캠피온의 여주인공들이었던 재니트 프레임이나 스위티와 마찬가지로 폴 호간 영화의 주인공 뮤리엘은 뚱뚱한 몸집에 어딘가 모자라기 때문에 "평생 결혼을 못할 여자"로 따돌림을 당하고, 유럽 여행 동안에도 골방에 앉아 창문으로 바다를 내다보며 시를 쓰던 재니트처럼 뮤리엘에게는 골방에 앉아 아바(ABBA)의 음악을 듣는 일이 젊은 인생의 대부분이다. 재니트처럼 머리도 가꿀 줄 모르고, 옷차림도 촌스러운데다가 분위기 파악도 서툴러 친구들은 수준이 맞는 새 친구를 찾아보라고 쫓아 버리려 하지만, 뮤리엘은 끼워 달라며 자존심도 없이 펑펑 울어댈 정도로 정말로 대책 없는 한심한 여자이다. 그러면서도 시집은 가고 싶어 양장점마다 들어가 신부 예복을 입어 보고는 암으로 입원한 어머니에게 보여 준다면서 즉석사진기로 자신의 모습을 사진으로 찍어 "우리 결혼식(Our Wedding)"이라는 제목의 사진첩을 만들기도 한다.

"사고뭉치 제이크(「전사의 후예」)"만큼이나 혐오스러운 남성인 뮤리엘의 아버지 빌 헤슬로프(Bill Heslop) 시위원은 오만한 위선자이다. "미용 상담역(Beauty Consultant)"이라고 불러 달라는 화장품 판매원 데이드리와 불륜의 관계를 유지하던 그는 아내가 화병에 걸려 잔디밭에 불을 지르고 자살하자, 장례식장으로 전직 수상이 조전(弔電)을 보내기라도 한 것처럼 가짜 전보를 보내고 혼자 흐뭇해하며 기자들의 표정을 살피는 혐오스러운 위인이다. 그리고 그는 모든 자식을 쓸모없는 쓰레기라고 하며, 남들 앞에서 뮤리엘이 "2년 동안 2천 달러를 들여 비서 교육을 시켰는데도 타자조차 칠 줄 모른다"거나 "고등학교에서 퇴학을 당하고 난 다음 취직도 못하는 무능력한 딸"이라고 면박을 준다.

이렇듯 그녀를 멸시하는 모든 사람에게 복수를 하기 위해 뮤리엘이 취한 방법은 마리엘(Mariel)이라는 새 이름과 위장 결혼이다. 정부의 인종 차별 정책(apartheid)으로 인해서 올림픽 출전이 좌절된 남 아프리카 공화국의 수영선수 데이비드에게 결혼을 통한 국적과 출전권을 얻게 해주는 대가로 뮤리엘은 돈을 받고 여봐란 듯 남들 앞에서 떠들썩한 결혼식까지 올리지만, 결국 자신이 아버지 못지않은 위선자임을 깨달은 다음에야 뮤리엘은 참된 자아를 찾게 된다. 내가 누구인지를 알기조차 이렇게 어렵다니 정말 인생이 힘들다는 생각이 들게 만드는 희극영화이다.

배우 폴 호간이나 마찬가지로 「뮤리엘」의 감독 폴 호간도 나중에 헐리우드로 가서 미국 영화("My Best Friend's Wedding," 1997 등)를 만든다.

오스트렐리아 정부로부터 적극적인 재정 지원을 받아서 제작된 영화는 캠피온의 「피아노」와 호간의 「뮤리엘」 얘기뿐이 아니었다. 전통에 도전하며 춤을 주는 사람들의 이야기 「춤추는 영웅(Dancing Hero, 1992)」, 1930년대 지도제작자들에게 발견되어 캐나다의 얼음나라 고향으로부터 '문명세계'로 나와 신비한 경험을 하는 이누이트 에스키모 소년의 슬프고도 환상적인 이야기 「내 마음의 지도」, 그리고 성별이 혼란

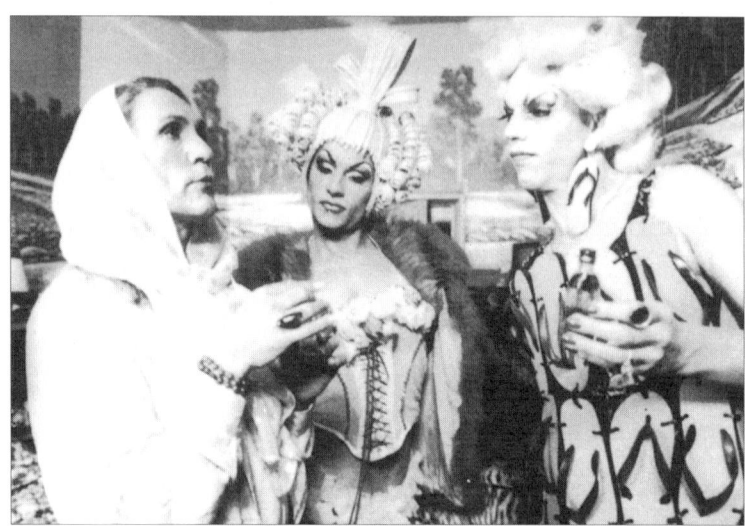

뮤리엘의 결혼이야기나 마찬가지로 아바 음악을 깔고, 여장남자들과 성전환자가 특이한 여행 체험을 하는 「프리실라」까지도 오스트렐리아 정부에서 지원한 영화라고 하니, 과거 우리나라의 애국적이고 반공이념적인 '국책 영화'와 좋은 비교가 된다.

스러운 세 사람이 통학버스를 개조하여 황량한 사막을 횡단하는 희극 「프리실라」역시 호주 정부의 지원을 받아 세상에 태어났다.

「우프 우프로 초대받지 않은 손님(Welcome to Woop Woop)」과 「프리실라」를 만든 감독 스테판 엘리오트(1964~)는 1992년 평범한 부부가 강도로 변신하는 내용의 「사기 행각(Frauds)」을 영국과의 합작으로 만들기도 했었다.

「내 마음의 지도」를 발표한 빈센트 워드(1956~)는 숲속에서 살아가던 시골 소녀가 사냥을 나갔던 아버지는 갑자기 세상을 떠나고, 낯선 남자가 그녀의 앞에 나타나면서 돌변하는 삶에 어떤 반응을 보이는지를 다룬 「밤샘」을 뉴질랜드 시절의 첫 장편 극영화로 내놓았다. 그리고 몇 년 후에 뒤이어 발표한 「중세에서 온 사람들」은 퍽 특이한 우화(寓話)이다.

때는 1348년, 잉글랜드 북서부 스코틀랜드와의 접경지대인 쿰브리아(Cumbria), 유럽의 인구 가운데 3분의 1을 휩쓸어 버린 흑사병이 영국으로 상륙하자 이곳 외딴 광산촌 사람들은 괴질을 막아 보려고 온갖 미신적인 대책을 세워 본다. 겨드랑이가 부어오르는 죽음의 병은 보름달이 뜰 때마다 찾아오는 악마라고 하는 소문을 듣고, 그들은 어느 날 밤 동쪽으로부터 배를 타고 도망온 부녀자들의 침입으로 마을에는 병이 전염되었으리라는 공포에 휩싸인다.

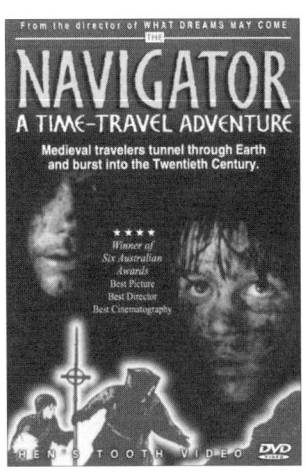

「중세에서 온 사람들」은 시간과 공간을 넘나드는 우화적 환상극이다.

마을을 구할 인물은 오직 한 사람, 광맥도 찾아내고 흉년도 막아낸 영적인 소년 그리핀(psychic Griffin)이다. "서서 꿈꾸는 아이"는 스웨덴적인 흑백 영상이 중세(中世)의 '현재'를 나타내는 장면에서, 신비한 미래의 환상을 색채로 보는 능력의 소유자이다. 그리고 소년은 미래의 계시를 통해 광산 뒤쪽에 위치한 수직 동굴을 본다. 이 동굴을 계속 파고 들어가면 지구의 반대쪽으로 나가게 되고, 그곳에는 첨탑에 십자가를 달지 않은 높다란 성당이 기다린다. 그들은 보름달이 지고 내일의 태양이 떠오르기 전에 이 성당에다 십자가를 제물로 올려야 마을을 구하게 되고, 그래서 지구를 관통할 원정대를 구성한다.

객지에서 유랑생활을 하다 돌아온 씩씩한 형 코너(Connor), 힘이 장사인 울프(Ulf), 도둑질하다 붙잡혀 한 쪽 손이 잘린 아르노(Arno), 그리고 또 몇 명의 남자가 하룻밤 사이에 지구의 반대편까지 가야 하는 여행을 시작하고, 눈을 가려야 더 잘 보는 아이 그리핀이 그들의 앞장을 선다. 「길잡이—중세의 오뒷세이아」라는 영화의 원제가 여기에서 뜻이 밝혀진다.

그리고 전설과 신화 그리고 역사의 세 갈래 건널목에 걸친 듯한 내용이 흑백으로 얼마동안 진행되다가 색채로 바뀌면서 원정대는 영화가 제작된 시점으로부터 따져서 '미래'인 1988년, 필시 오스트렐리아의 시드니쯤 되겠지만, "5만 개가 넘는 횃불"을 밝힌 대도시에 도착하고, 영화는 우화의 성격으로 변한다. 현재였던 중세는 과거가 되고, 환상 속의 색채 미래는 현재가 된다.

과거의 시점에서 현대를 보는 쥘 베르느의 공상과학소설에 '검과 마법'이 가미된 듯싶은 「길잡이」에서 원정대는 한밤중에 전조등을 부라리며 질주하는 자동차들을 보고 지옥으로 잘못 오지나 않았는지 겁을 먹고, 고철을 들어올리는 집게발을 보고 용의 발톱을 생각했겠고, "창문마다 악마"가 들어앉았다고 착각하는 괴물은 대한민국에서 생산한 삼성(SAMSUNG) 멀티비전이다.

이렇게 과거에서 미래로 보는 현재의 겹장치 속에서 현대인과 조우한 "두메 산골에서 온 것 같은 사람들"은 종교가 지배하던 쿰브리아의 과거와는 달리 "장사가 안 되어서 교회와 성당에 돈이 없는 세상"을 만나고, 생산 방식이 시대에 뒤떨어져 문을 닫게 된 주철 공장에서 십자가를 만들어, 쪽배에 싣고 강을 건너다 수면으로 떠오르는 잠수함을 만나, 쥘 베르느의 『해저 2만리』 사람들처럼, 노를 휘둘러 때려잡으려고 싸움을 벌인다.

그리고 이렇게 위기를 맞을 때마다, 모든 사람의 '눈' 역할을 하던 영험한 길잡이 소년은 현대에 대한 무지 때문에 자꾸만 어른들에게서 희극적으로 야단을 맞는다. 시대를 이해하지 못해서 대단히 심각해지는 중세인들을 통해서, 알지 못하는 미래에 대한 공포를 즐겁게 풍자하던 영화는 그러나 성당 첨탑에다 십자가를 올린 다음 다시 1348년 쿰브리아의 흑백시대로 돌아가는데, 존경하던 형 코너에게서 병이 옮아 겨드랑이에 멍울이 서고 소년 선지자가 죽게 된다는 결론을 보면, 때로는 마무리를 짓지 말아야 한다는 지혜의 가치가 새삼스러워진다.

「내 마음의 지도」와 「길잡이」를 만든 빈센트 워드도 헐리우드로 가서 미국 영화("What Dreams May Come," 1998 등)를 만들었다.

19세기 말, 작가가 되어 소신껏 지적인 인생을 살아가려고 했던 집념의 여인이 펼쳐낸 실화 『나의 화려한 경력』을 영화로 만들어 발표했던 질리언 암스트롱(Gillian Armstrong, 1950~)을 비롯한 몇몇 여감독 또한 정부의 아낌없는 지원을 받았다고 한다.

빈센트 워드나 제인 캠피온처럼 뉴질랜드 산(産)이 아니라 멜번 태생으로 토종 호주 출신인 암스트롱은 피터 위어와 더불어 새물결 운동의 기수로 알려졌고, 「지미 블랙스미드의 노래」를 만든 프레드 셰피시(Fred Schepisi)의 영화사에서 경력을 쌓았다. 미술 감독을 거쳐 기록영화를 만들면서 활동을 개시한 그녀는 부드러운 감각을 유지하면서도 '여성적인 영화'의 울타리를 벗어나 국적과 성역할을 제한하지 않는 영상 언어를 추구해 왔는데, 오스트렐리아 영화 위원회의 보조금을 받아서 만든 작품 「가수와 무희(The Singer and the Dancer, 1976)」는 여주인공이 해방 대신 굴복을 선택한다는 종결 때문에 여권주의자들로부터 비난을 받기도 했다.

암스트롱은 수단과 방법을 가리지 않고 친척을 인기가수로 만들려는 십대 소녀를 등장시켜 언론의 과대 선전을 통한 인기몰이 행태와 헐리우드 음악극을 비꼬는 경쾌한 희극 「스타 만들기」를 발표한 다음, 미국으로부터 재정적인 지원을 받아 「소펠 부인」에 착수한다. 「소펠 부인」은 1901년 피츠버그 형무소에서 살인 혐의로 사형을 선고받은 죄수를 깊은 신앙심으로 선도하려던 형무소장의 부인이 사랑에 빠져 탈옥을 도와 주고 함께 도망까지 쳤던 실화를 바탕으로 한 얘기이다.

「스타 만들기」와 「소펠 부인」은 그러나 둘 다 비평가들로부터 호감을 사지 못했고, 암스트롱은 오스트렐리아로 돌아간다. 귀국한 그녀는, 오래 전에 내다버린 딸이 자라서 십대 소녀가 된 다음에 우연히 만나게 되는 죄많은 엄마가 주인공인 감상적이고 음울한 영화 「만조(滿潮)」를

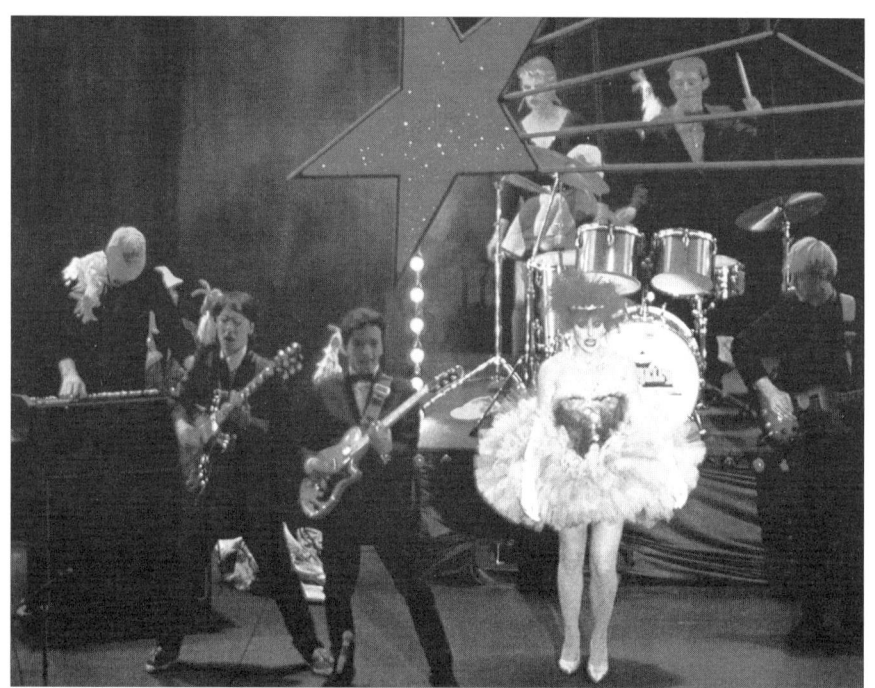

「스타 만들기」는 연예계와 언론의 행태를 꼬집는 희극이다.

발표해서 뜻밖의 성공을 거둔다. 그리고는 다시 미국으로 건너간 암스트롱은 쿠바 혁명의 와중에 희생되어 종신형을 치르던 정치범이 마이애미로 도망쳐 8 년 만에 가족과 재회하는 「뜨거운 마음」과 기록영화 「다시 돌아오지 않는 14 살(Not 14 Again, 1996)」을 만들었고, 심지어는 너무나 전형적인 미국 이야기 「작은 아씨들」까지도 감독해서 완전히 헐리우드 감독이 되었다.

영화인들이 고국과 헐리우드를 아무리 이렇게 오락가락하더라도 영화 작가를 지원하겠다는 오스트렐리아 정부의 정책은 좀처럼 중단되를 않았고, 그래서인지 "전설의 시대"에서 살펴보았듯이, 호주와 뉴질랜드는 한때 제2의 헐리우드로 부상하기까지 했다.

그리고는 1997년, 질리언 암스트롱은 다시 호주로 돌아가서 「오스

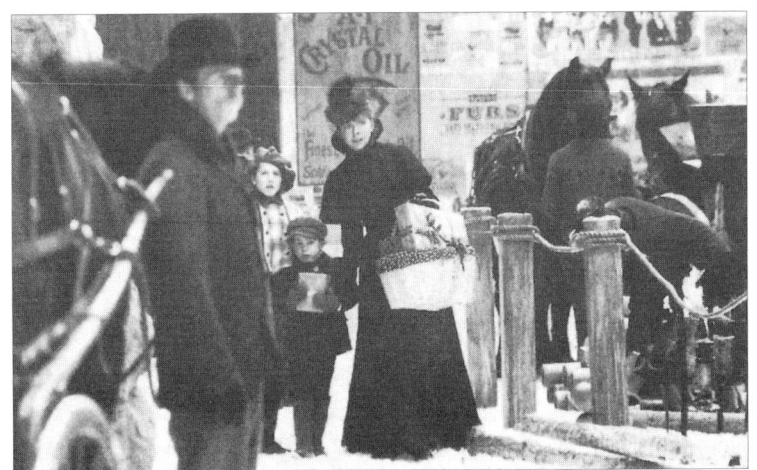

「소펠 부인」은 형무소장의 부인과 사형수가 사랑에 빠졌던 실화를 바탕으로 해서 만들었다.

카와 루씬다」를 만든다. 이 영화는, 표현이 적절한지 좀 걱정스럽기는 하지만, "음수맥 영화군(陰水脈映畵群)"이라는 분류를 하고 싶다. 예술성을 갖춘 본격적인 오스트렐리아 영화들, 특히 제인 캠피온이나 질리언 암스트롱, 그리고 다른 여성 작가들이 만든 작품을 보면, 에밀리 브론테처럼 감수성이 강한 여인의 음기가 수맥처럼 관통하는 느낌이 오고는 하는데, 중국 예술영화를 온통 뒤덮는 황토빛과는 대조적으로 찬물을 끼얹은 듯 어둡고 푸른 빛깔이 깔린 이 영화군은 멀리서 관조하는 듯한 표현양식상의 독특성을 보이기도 한다. 빅토리아 왕조의 화려하면서도 약간 그늘진 숙명적 분위기 속에서, 한 시대가 지난 다음, 과거 속으로 사라진 타인들의 상류사회를 관음하는 듯한 이런 시각은, 화면의 명암이 좀 다를지언정, 머천트-아이보리에서도 관객은 이미 접했었다.

　영국의 퓰리처상이라고 알려진 부커(Booker)상을 수상한 피터 캐리(Peter Carey)의 소설을 원작으로 삼은 이 영화의 주인공 루씬다(Lucinda Leafsterie)는 "오스트렐리아에서는 여성이 강하다"는 관념을

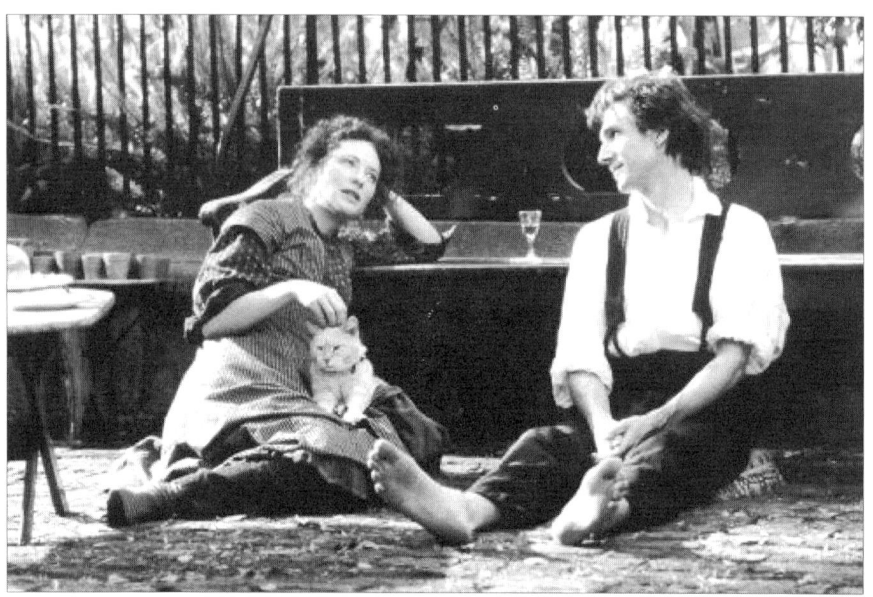

루씬다와 오스카 두 사람의 인생은 도박으로 이어지고, 결국 그들은 유산으로 받은 전재산을 걸고는 유리로 지은 교회를 오지로 가져간다.

다시 한 번 고정시킨다. 빅토리아 시대인 1848년, "루퍼트의 눈물"을 생일 선물로 받고 유리에 매료된 그녀는, 더러운 강(물)에서 자맥질을 하면서도 장미와 보랏빛 꽃을 상상하며 자유를 배운다. 그리고 어머니가 죽은 다음 시드니로 진출하여, 유산으로 받은 1만 파운드로 유리공장을 사들이고, 유리 공예품을 만드는 사업에 크게 성공하지만, 남자들과 경쟁하는 사회에서 "외로운 생활"을 극복하기 위해 온갖 도박에 탐닉한다.

한편 영국의 시골에서 성장한 남주인공 오스카 홉킨스(Oscar Hopkins)는 엄격하다 못해 가혹한 청교도 집안에서 자라는 사이에, 어머니의 죽음과 관련된 바다(물)를 두려워하는 나약한 아이로서, '부르심'을 받았다고 믿어 성공회 신학교에 들어가지만, 기숙사의 방을 잘못 찾아온 친구 때문에 경마에 맛을 들인 다음 역시 갖가지 도박에 빠져들어 중독자가 된다. 처음에는 딴 돈을 모두 가난한 사람들에게 나눠주어 '신의 계시'와 '의미'를 찾기도 하지만, 나중에는 의지가 약해서 아편 같은 도박을 끊지 못한다고 자책하며 성직자가 되어 오스트렐리아로 떠난다.

항해를 하는 동안 도박에 대한 고해를 하러 찾아온 루씬다에게 오스카는, "인간이란 신이 존재하느냐 아니냐에 일생을 걸고 도박을 한다"는 빠스칼의 말을 인용하며 죄인을 위로한다. 이렇게 "충동적 도박사와 강박적 도박사의 만남"이 이루어지고, 목적지에 도착한 다음 그녀와 도박을 하다가 교구민들에게 고발을 당한 오스카는 파문(破門)을 맞게 되고, 두 사람은 우여곡절 끝에 자기들끼리 최후의 도박을 감행한다. 루씬다가 유리 제품 전시관으로 사용하려고 설계한 건물을 교회로 개조하여, 유리로만 지은 성전(聖殿)을 루씬다의 동업자였다가 오지로 쫓겨간 하세트 목사(Rev. Denny Hasset)의 교구 벨링겐(Bellingen)까지 오스카가 산 넘고 물 건너 가져다 주기로 하고, 두 사람은 유산으로 받은 전재산을 내기에 건다.

해가 나면 내부가 지옥처럼 뜨거워질 유리 교회를 지어 마차에 싣고 여섯 개의 강을 건너 오지로 들어가는 대장정은 핏츠까랄도 주제를 35분 동안 이어가고, 천신만고 끝에 벨링겐까지 찾아간 오스카는 "자만과 무지에 대한 용서"를 비는 기도를 드리다가 대형 어항 같은 교회에 함께, 제인 캠피온의 피아노처럼, 물 속으로 침몰한다.

이 영화에서는 물과 유리가 참으로 오묘한 상징으로 동원된다. 루씬다가 생일 선물로 받는 "루퍼트의 눈물"은 깨지지 않는 유리요, "액체이면서도 고체"인 유리는 "변신의 귀재"이며, 갖가지 영롱한 빛깔과 모양을 내는 유리의 존재는 무색(無色)일 때는 실재를 투과시키는 무존재이다가도 (마지막 장면에서처럼) 더러운 빗물이 덮이면 때를 숨기지 못한다. 그리고 루씬다에게는 더러운 물도 자유를 뜻하고, 오스카에게는 모든 물이 공포와 죽음의 대상이다.

찾아보기 ●┄┄┄┄┄┄┄┄┄┄┄┄┄┄┄┄┄┄┄┄┄┄┄┄┄┄┄┄┄┄┄┄┄┄┄┄┄┄

/Winona Ryder, Susan Sarandon, Gabriel Byrne, Trini Alvarado, Samantha Mathis, Kirsten Dunst, Claire Danes, Christian Bale, Eric Stoltz

▌「오스카와 루씬다(Oscar and Lucinda, 1997, 오스트렐리아, 132분)」, 감/Gillian Armstrong, 출/Ralph Fiennes, Cate Blanchett, Ciaran Hinds, Tom Wilkinson, Josephine Byrnes, Richard Roxburgh, Billie Brown

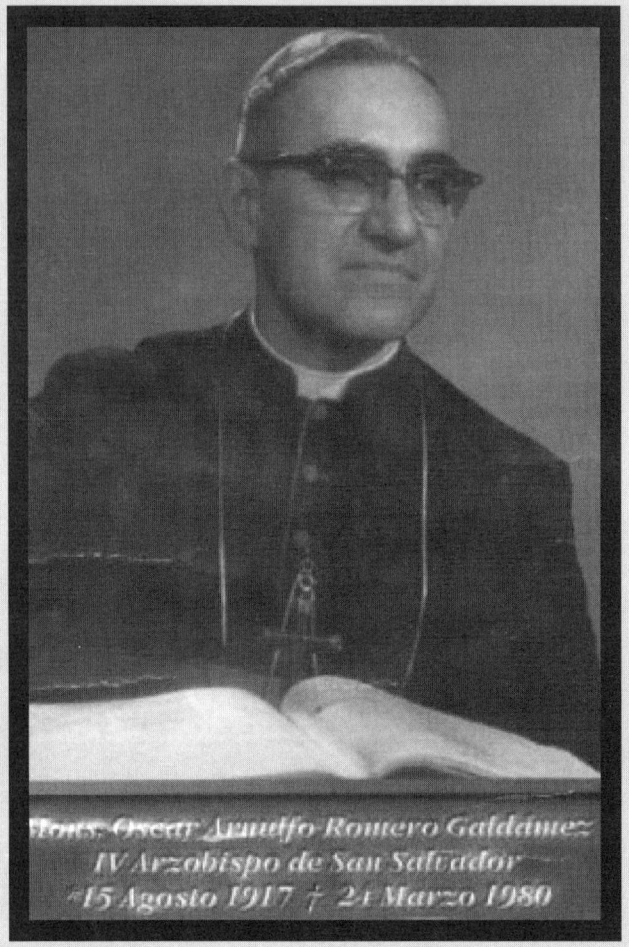

Mons. Oscar Arnulfo Romero Galdámez
IV Arzobispo de San Salvador
*15 Agosto 1917 † 24 Marzo 1980

제2차 세계대전을 거치며 유럽 열강의 제국주의 체제가 무너지는 후유증으로 전세계 각국에서는 군사 쿠데타가 줄지어 일어나고, 그로 인해서 우리나라도 로메로 신부의 생애와 평행선을 달리는 역사를 써나가게 된다.

로메로와 한국

제인 캠피온이나 질리언 암스트롱보다는 조금 젊었으며 그들 못지 않게 의식이 왕성한 여감독 앤 터너(Ann Turner, 1960~)는 현재 오스트렐리아 영화를 이끌거나 밀고 나가는 튼튼한 허리를 형성하는 작가 집단에 속하며, 「사랑의 전설」이라는 영화로 우리나라에 선을 보였다.

앨런 마샬(Alan Marshall)의 성장소설이 원작인 이 작품은 다리가 불구이며 "여자의 비누 냄새를 좋아하고" 사냥을 당해 죽은 여우를 보면 마음이 아파지는 사춘기 소년 앨런이 "어른들의 세상에서 살아가는" 고뇌를 감독의 여성적인 섬세한 눈으로 그린다. 외롭고 고적한 시골 녹장에서, "어른들은 자기들끼리 즐기고 나서 집에 와서는 우리들을 괴롭힌다"고 믿는 화자(話者) 앨런에게는 야생마를 길들이며 혼자서 자유롭게 살아가는 카우보이 형 이스트(East Driscoll)가 숭배와 흠모의 대상이다. 아직 소년티가 보이는 럿셀 크로우(이스트 역)는 첫 장면에서, "모든 여자들이 좋아하던 형에게는 주인이 없었다"는 해설이 나오는 동안, 나체로 말을 타고 개울가의 산길을 달린다.

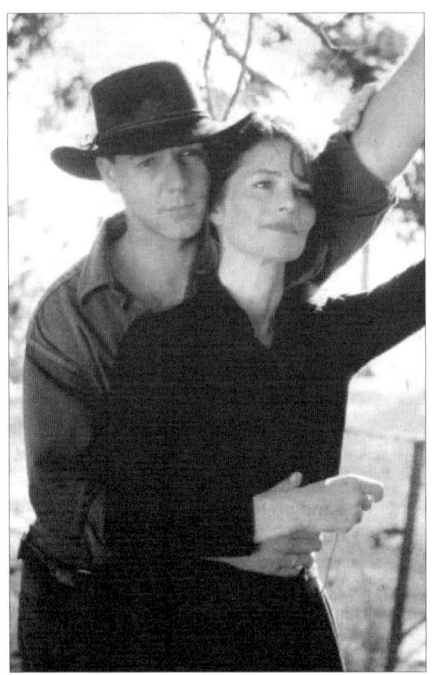

「사랑의 전설」에서 어린 남자와 사랑을 하는 '멤사힙' 역시
평균치 남성을 지배하고 통제할 만큼 강인한 여자이다.

떠나온 고향 영국에서나 마찬가지로 신교도와 구교도가 감정적으로 대립하는 한적한 시골, 우량 돼지 경진 대회와 술주정뱅이 아버지와 누이들의 합창과 대가족의 시끄러움 속에서, 앨런은 일기를 몰래 읽은 대가로 가슴을 보여 주는 루씨와 "따뜻한 달팽이를 빠는 듯한 기분"을 느끼며 첫 키스를 경험하고, 개미가 들끓는 설탕과 파리를 건져내고 차를 마시는 이웃사람들에 관한 글을 쓰면서 성에 대해서도 눈을 뜨기 시작한다.

하루 종일 돼지우리에서 지내기를 좋아하는 노망한 할머니는 "모든 것이 즐거웠던 젊은 날"을 회상하며 눈물을 흘리고, "그 짓밖에 모르는 남자들"을 미워하다가 어느 날 서리가 내린 아침에 풀밭에서 하얗게 얼어 죽고, 그리고는 다시 어느 날 앨런과 다른 아이들은 헛간에서 나이 어린 계집아이와 '그 짓'을 하는 대장장이 토마스 아저씨의 추한 모습을 목격한다.

그리고는 또 어느 날, 세계 각처를 돌아다녔으며 총솜씨가 뛰어난 '멤사힙' 그레이스 매콜리스터가 아프리카로부터 사들인 타조 한 쌍과 함께 마을에 나타나고, 야생마 구입을 핑계삼아 나이 많은 여인이 글을 읽지도 못하는 이스트에게, 암시가 담긴 말투를 쓰면서, 노골적으로 접근한다. 두 사람이 마구간에서 관계하는 장면을 목격한 앨런은 비밀을 아는 공범자가 되어 불안한 좌절감에 빠지고, 깡깡이를 켜는 가을 무도회에서 다른 악동들과 함께 춤추는 어른들의 즐거움을 훼방놓기에 이른다.

바닥이 좁은 고장에서의 위험한 정사가 부담스러운 연상의 여인 그레이스는 "옳지 못한 사랑 때문에 힘들다"면서 나중에는 몸을 도사리고, "멜번으로 함께 도망가자"는 그의 요구를 그레이스 부인이 거절하자 이성을 잃은 이스트는 온마을 사람들 앞에서 추태를 벌인 다음 낙마하여 전신마비가 된다. "밤에 가서는 안 되는 곳을 찾아다니던" 그레이스는 마침내 남편을 버리고 이스트의 치료를 위해 한밤중에 함께 어디론가 떠나고, 앨런은 "여자들이 남자보다 더 강하다"는 결론을 짓는다. 역시 음수맥이 흐르는 대목이다.

이 영화의 원제 "모루를 치는 망치"는, "쇳덩이도 모루에 올려놓고 망치로 쳐야 쓸모 있는 물건이 된다"는 대장장이 토마스의 말을 인용한 것으로, 시련을 이겨내며 강인한 인간으로 다시 태어나는 그레이스 부인, 그리고 주인공 앨런이 겪는 성장의 고통을 의미한다.

쓸쓸한 청색 시골 풍경이 소슬하기까지 한 「사랑의 전설」말고도 오세아니아의 다른 여성 작가의 감각이 돋보이는 작품은 더 많겠지만, 그래도 지적이고 사념적인 오스트렐리아 영화의 명맥을 이끌어가는 오스트렐리아의 영상 작가라면, 피터 위어와 더불어 새물결의 주역이었으며 1960년대 초부터 호주에서 활동한 영국 출신의 존 두이건(John Duigan, 1949~)과 네덜란드 태생의 폴 콕스(Paul Cox, 1940~)를 잊으면 안 된다.

무대 경험을 거쳐 대학에서 영화를 공부한 두이건은 별로 눈에 띄지 않는 영화("The Firm Man," 1975, "The Trespassers," 1976 등)를 몇 편 만든 다음, 집도 없고 갈 곳도 없는 10대 두 쌍이 좀도둑과 야바위질로 살아 나가는 슬프고도 우스운 모습을 담은 「입에서 입으로」를 발표하여 비평계의 관심을 끌게 된다. 「딤불라(Dimboola, 1979)」를 거쳐 1981년에 그가 만든 「우리들이 꿈꾸는 겨울」은 욕구불만인 유부남 책방 주

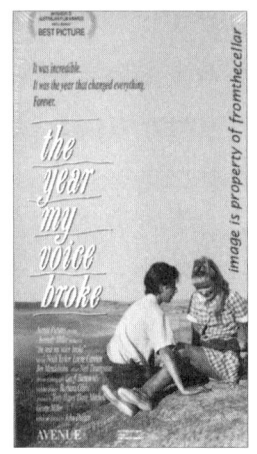

「변성기」는 십대 소년이 연상의 아가씨와 사랑을 하는 성장영화 이다.

인과 외로운 창녀의 이야기였다.

그는 「극동(極東, Far East, 1982)」, 「하룻밤 사랑(One Night Stand, 1984)」에 이어서, 1960년대 초 작은 마을에서 십대 소년이 연상의 아가씨와 사랑에 빠지는 길거리 청춘의 성장영화 「변성기」를 만들었고, 「변성기」의 주인공은 속편 「풋내기 사랑」에서 기숙사 학교에 들어가서는 이웃 여학교의 우간다 아가씨와 다시 사랑에 빠진다.

두이건은 미국으로 건너가, "정복의 길"에서 브론테 자매와 함께 이미 소개(271~2쪽 참조)한 바 있는, 「사르가소의 넓은 바다(비디오 제목은 "카리브해의 정사")」를 만들어 일부 비평가들을 실망시키고는 호주로 돌아가 통렬하고 익살스러운 사회 풍자극 「사이렌」을 울린다. 개방적이고 젊은 영국인 목사와 그의 아내는 파격적인 그림을 그려 교단으로부터 물의를 일으킨 호주인 화가 노먼 린지를 말리려고 찾아갔다가, 오히려 화가와 그를 위해서 일하는 자유분방한 세 나체 모델 아가씨의 생활방식에 '설득'을 당하고 만다. 두이건 감독은 이 영화에서 열성적인 목사로 얼굴을 비치기도 한다.

「사이렌」의 주인공 노먼 린지(Norman [Alfred William] Linsay, 1879~1969)는 오스트렐리아의 화가이며 작가로서, 시드니 신문에서 여러 해 동안 만화를 그렸고, 유화나 수채화 못지않게 그의 펜화는 세계적인 명성을 얻었다. 이제는 고전이 된 아동소설 『마술 푸딩(The Magic Pudding, 1918)』의 저자이기도 한 그는 『보헤미아의 목사님(A Curate in Bohemia, 1913)』, 『신중한 호색한(The Cautious Amorist, 1932)』, 그리고 『공감의 시대(1938)』 같은 소설도 발표했다.

영화를 만들면서 린지처럼 역시 몇 권의 소설집을 발표한 바 있는 두이건이 발표한 영화 「사이렌」의 원작이 된 『공감의 시대』는 제임스 메

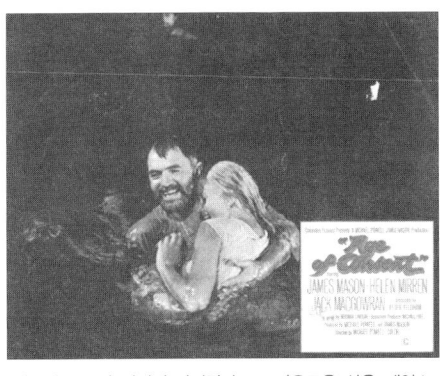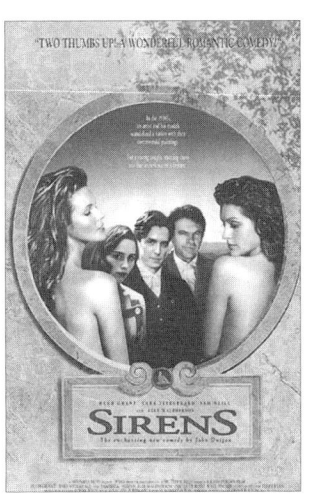

실존인물 노먼 린지의 파격적이고도 자유로운 삶은 제임스 메이슨이 제작한 「공감의 시대」(왼쪽)뿐 아니라 두이건의 「사이렌」(오른쪽 포스터)에서도 재현된다.

이슨도 영화로 제작했었다. 일에 쫓기고 시달리던 중년의 화가가 호젓한 오스트렐리아의 산호섬(Great Barrier Reef)으로 은둔하여 조용한 생활을 즐기다가, 발랄한 젊은 아가씨를 만나 영감을 얻고는 그녀를 모델로 쓰면서 벌어지는 산뜻한 풍경화 같은 내용으로 전개된다.

또다시 아메리카 대륙으로 나들이를 나간 두이건은 정말로 미국적인 주제가 담긴 「오거스트 킹의 여로」를 만든다. 1815년 노드 캐롤라이나의 한 마을에서 도망친 노예와 그들을 추적하는 악랄한 백인의 이야기라면, 그것은 확실한 미국 영화이다. 그리고 그는 조국 영국을 위해서, 미국 영화배우가 극작가의 외로운 아내뿐 아니라 극작가가 정부로 삼던 여배우까지 유혹하는 내용의 「주연 남우(主演男優)」도 만들었다.

하지만 험난하고도 험악한 우리의 정치 현실을 뼈아프게 상기시켜서인지는 몰라도 한국 관객에게는 가장 기억에 남는 두이건 작품은 군사 독재로 유명한 제3 세계 남 아메리카를 무대로 삼은 「로메로」이다. 미국 천주교회(the United States Roman Catholic Church)가 제작비를 지원한 첫 작품이며 엘살바도르의 오스카 로메로(Oscar Romero) 대주교

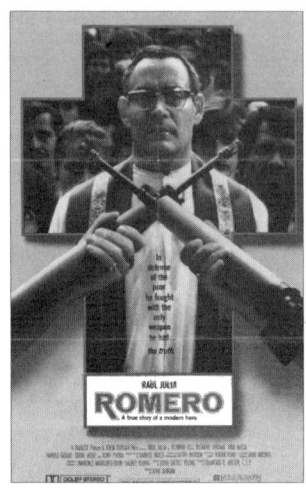

영화 「로메로」의 일대기는 우리나라 역사
의 한 토막이다.

에 관한 실화를 담은 이 영화는 두이건이 헐리우
드로 진출하는 기회를 마련해 주기도 했다.

"역사는 반복을 거듭한다(History repeats
itself)"는 말은 이제 진부한 얘기가 되어 버렸지
만, 영화 「로메로」를 보면, 국가와 민족이 달라도
역사는 어디에서나 평행을 달린다는 사실도 깨닫
게 된다. 특히 "정복의 길"에서 짓밟힌 나라들의
경우가 그렇다. 로메로 대주교의 나라 엘살바도
르의 역사를 살펴보고, 우리 역사와 비교를 해보
면 그것은 더욱 분명해진다.

16세기에 꼬르떼즈와 더불어 정복의 길에 올랐
던 에스파냐의 군인이요 탐험가였던 알바라도(Pedro de Alvarado)가
원주민들의 중심 도시 쿠스카틀란에 침입하여 1525년 산살바도르를
건설해서 1542년 과테말라 총독령에 병합한 후, 3백 년이 지난 다음에
야 1821년 독립을 이룩하여 엘살바도르가 태어난다. 하지만 '구세주
(El Salvador, the Savior)'라는 이름의 나라는 1931년 군사 쿠데타와 이
듬해 '총칼 부정선거'를 거친 이후 몇 년에 한 번씩 정변을 겪으면서 힘
센 자들의 독재가 계속된다.

널리 알려진 바와 같이, 제2차 세계대전이 끝나고 전쟁 비용 때문에
국력이 기울어진 영국을 위시하여 유럽의 강대국이 미국의 그늘로 밀
려나면서 제3 세계의 여러 식민지 나라가 독립을 맞는다. 같은 시기에
우리나라도 일본의 오랜 식민 통치로부터 해방되었다. 그리고는 엘살
바도르에서 1961년에 군사 평의회 정권하에서 리베라 중령을 중심으
로 보수파 국민협의당이 조직되어 의회에서 54 개 의석 전부를 차지한
다음 1962년 단독 후보 리베라를 대통령으로 선출할 무렵, 우리나라에
서는 박정희 소장이 쿠데타에 이어 국가재건최고회의 회장을 거쳐 대

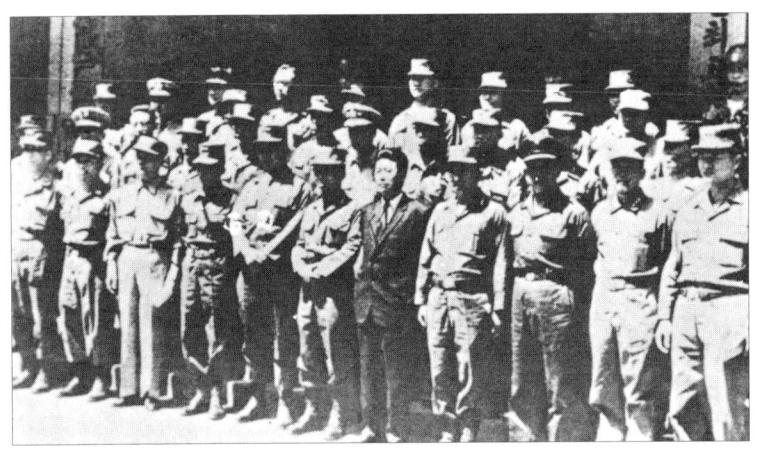

엘살바도르에서 국민협의당이 태동할 무렵, 우리나라에서는 국가재건최고회의가 탄생한다. 사진은 최고 회의 최고위원 전원과 혁명내각 각료들의 사진이며, 박정희 소장은 앞줄 왼쪽에서 네 번째에 서 있다.

통령으로 선출된다.

우리나라에서 유신시대로 접어드는 1972년 엘살바도르의 선거는 다시 쿠데타와 연결되었고, 박정희 정권이 종지부를 찍은 1979년에는 군민평의회가 앞장선 또 다른 쿠데타를 발판으로 삼아 J. N. 두아르떼가 1980년 대통령 자리에 오른다. 같은 시기 우리나라에서는 광주 학살까지 자행하면서 전두환의 제5 공화국이 탄생한다. 한국에서 5·16과 5·18 주도 세력인 군부가 정권을 연장하는 현상 또한 엘살바도르에서는 1972년 선거에서도 출마했던 두아르떼가 시범을 보인 셈이다.

두 나라의 정치적 배경에서 발견되는 이런 평행적 유사성 때문에 영화 「로메로」를 보는 한국 관객은, 군인들에게 포위된 유세장과, 반정부 집회에 참가한 사람들의 신원을 파악하기 위해 몰래 사진을 찍는 기관원들과, 투표소로 가는 버스에다 총질을 하는 군인들과, 성찬식을 거행하기 위한 종교적인 옥외 집회를 정치 행위라면서 70 명을 무차별로 쏴 죽이는 정부군과, 군인들에게 길거리에서 체포되어 눈을 가린 채 끌려가 전기 고문을 당하는 민간인들과, '실세' 권력층의 부정 축재가 이루어지는 동안 서울의 쓰레기 하치장 난지도를 연상시키는 동네에서 살아가는 빈곤한 서민들의 참혹하고 비참한 모습과, 살인 청부업자를 시켜 혀를 자르고 죽인 다음 내다버린 운동권 처녀의 시체와, 인권 개혁을 언급하는 사람은 "불순분자"라며 용공 조작을 하는 군부 독재의 갖가지 모습이 전혀 낯설지가 않다.

대한민국 제5 공화국 정권이 부상(浮上)하던 시기, 그러니까 전두환의 대통령 취임을 앞두었던 몇 개월간과 비슷한 분위기 속에서 반대 세력을 최대한 통제해야 했던 군부 정권에 밀착한 일부 고위 성직자들이 종교계를 중재할 인물로 이용해 먹으려고 선택한 대주교가 정치 의식이 전혀 없다고 여겨지던 '책벌레' 로메로였다. 대주교로 추대되기 전부터 그는 교회가 "조심스럽게 전통에 따라 중립을 지키며 정의를 구현해야 한다"고 믿었으며, "더러 극단적인 사상을 받아들인 어떤 신부들은 너무 과격"하기 때문에 "우매한 대중을 선동하는 사람들에게는 찬성 못한다"는 입장이었다. 그래서 "나라가 망해도 꼼짝하지 않을 로메로"가 대주교에 임명된다는 소식에 "자격이 없다"는 반대의 목소리

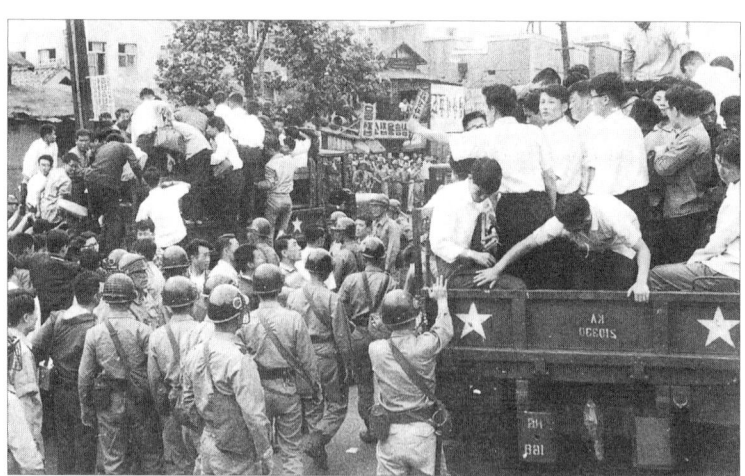

군사 정권에 잡혀가는 시민들의 모습은 우리나라(사진) 못지않게 엘살바도르에서도 살벌하게 병행되었다.

도 높았다.

그런 반대의 목소리를 대변하는 그란데 신부(Rutilio Grande)는 로메로와 오랫동안 함께 일했던 젊은 성직자로서, 민중의 편에 서기 위해 빈민굴에서 일하다가, "우리 사회는 공산주의자로 가득하며, 성직자는 반란군과 손잡고 노동자를 선동한다"고 주장하는 세력이 보낸 무장 괴한들에게 시골길에서 무참히 살해당한다. 젊은 성직자들이 그에게 입장 표명을 요구하는 사이에 충격을 받은 로메로는 학살 현장을 돌아보고, 주교회의에서 그란데 신부와 다른 죽은 자들을 위한 통합 미사를 거행하고, "살인자 형제들이여, 진심으로 회개하라"고 말한다.

'반란군'(반정부 세력)에게 라파엘 젤라다 농무부장관이 납치되자 중재에 나선 로메로는 극단적으로 대립하는 양극 사이를 오가며, 민중의 삶을 직접 목격하고, 장관을 돌려보낼 테니 정치범들을 풀어 달라는 반란군의 요구를 대통령 당선자에게 전하려 하지만, 면담을 거부한 당선자는 "정치범은 한 명도 없소"라는 쪽지 한 장만 보낸다. 우리 역사에서는 지금까지도 계속되는 이런 정치가들의 오만한 거짓말로 협상은 실패로 돌아가고 인질은 목숨을 잃는다. 그리고 성당 안에서 두 번째 인질극을 벌인 반란군 때문에 "민중을 선동하는 성직자"라는 혐의를 받고 또 다른 젊은 신부 알폰소 오스나(Alfonso Osuna)가 군부에 체포되어 혹독한 고문 끝에 목숨을 잃는다.

로메로는 오스나 신부가 생전에 신봉했던 해방 신학(Theology of Liberation)에 서서히 영향을 받으며 양심으로 독재와 싸우는 종교인의 대열에 서서, "교회는 낮은 곳을 향해서 내려가야 하고, 자유를 위해 싸워야 한다"는 방송을 하며, 대통령 취임식에 참석하지 말라는 지시를 내렸다가 친군부 고위 성직자들의 반발을 사기도 한다.

오스나와 로메로가 대변하게 되는 해방 신학은 중남미를 비롯한 제3세계에서 일어났는데, "실제로 행동하는 하느님"을 믿으며, 계급과 인

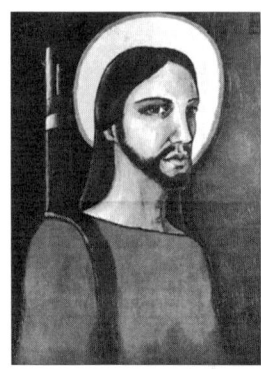
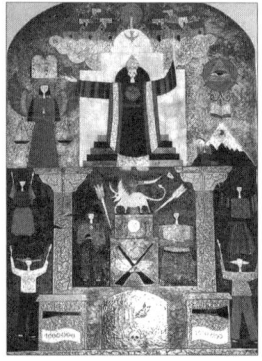

"낮은 곳"으로 임해서 가난한 자들을 위해 싸우려고 총을 멘 그리스도의 그림(위 왼쪽)에서 잘 나타나듯이, 해방 신학은 민중의 저항에 앞장을 서겠다고 천명했다. 카스트로는 그리스도가 공산주의자라고 믿었으며, 한국 정부 또한 해방 신학을 공산주의와 동일시해서 적으로 간주했다. 산살바도르의 성당을 장식한 나머지 그림들을 봐도 해방 신학이 추구하는 바가 무엇인지를 분명히 보여 준다. 총을 멘 그리스도의 옆 사진에서는 성단을 장식한 그림 가운데 엇갈려 놓은 총이 보인다. 아래 왼쪽 그림은 발가벗긴 채로 고문을 당하는 사람들의 모습이고, 그 오른쪽 그림은 순교한 여섯 명의 예수회 신부들이다.

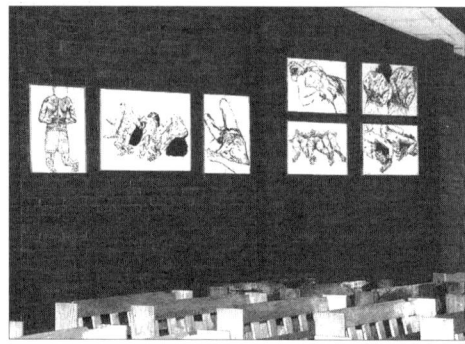
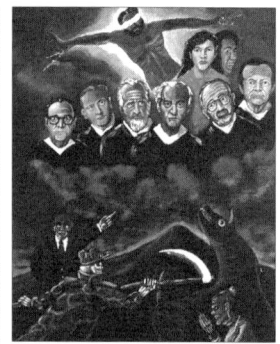

종과 성차별뿐 아니라 경제적 착취와 제국주의처럼 창조 질서에 어긋나는 모든 고통으로부터 인간을 해방시키는 일이 그리스도의 임무라고 믿었다. 이런 신학이 생겨난 까닭은 1950년대 선진 자본주의 국가들의 발전을 표본으로 삼은 경제개발 계획들이 라틴 아메리카에서 선진국만 더욱 부유하게 만들고 제3 세계의 빈곤상은 더욱 악화되었다는 각성 때문이었다.

1968년 콜롬비아에서 열린 제2차 라틴 아메리카 주교협의회에서 "가난한 자들을 위한 교회"라는 노선이 채택되면서 일반화한 해방 신학의 개념은 세계 빈부의 격차 문제를 교회가 앞장서서 해결해야 하는 책임을 밝혔고, 자본주의 체제를 부정하면서 반역적 폭력보다는 지역 공동체의 의식화 교육사업에 치중했다. 1986년 교황청은 마르크스주의는 배척하지만 억압받는 민중의 저항을 위한 투쟁은 인정했으며, 이 운동은 한국과 필리핀의 민주화에도 큰 영향을 끼쳤다. 학생이나 노동자들의 시위 현장에서 머리에 붉은 띠를 두른 사람은 모두 공산주의자라는 식으로 텔레비전 방송이 군사 독재의 용공 조작에 적극적으로 협조하던 시절의 대한민국에서는, 많은 사람들이 모든 형태의 자본주의는 민주주의와 동의어라고 착각하며 살았음은 물론이요, 엘살바도르에서나 마찬가지로, 해방 신학은 김일성의 주체사상과 동일어 취급을 했었다.

로메로의 일부 동료 성직자들이나 마찬가지로 우리나라에서도 물론 군부 실력자의 조찬회에 부지런히 나가서 기도를 해주고, 성탄절이나 석가탄신일에 청와대로 찾아가서 열심히 노래를 불러주던 종교인들이 있었던 반면에, 문익환 목사와 지학순 대주교와 김수한 추기경과 한국 기독교 협의회처럼 소극적으로 또는 적극적으로 독재와 맞선 종교인들이 많았다. 그리고 영화를 보면, 제작자의 종교적인 성향 때문이겠지만, 로메로 대주교는 정치적인 투쟁을 하는 모습이 마지막에 가서는 아예 그리스도를 닮아간다.

「로메로」는 1858년 뉴요크에서 설립된 성 베드로 선교회(The Missionary Society of St. Paul the Disciple)의 가톨릭 신부 엘우드 키서(Ellwood E. Kieser)가 처음 텔레비전 영화를 만들려고 하다가 헐리우드와 방송사들의 냉담한 반응에 부딪혀서 직접 제작비를 모금하여 만든 영화이다.

무장 군인들이 접수하여 군대 막사로 만들어 버린 성당을 되찾기 위해 기관총 사격을 받아 산산조각이 난 그리스도의 성상 조각을 줍는 로메로를 보고는 목숨을 걸고 성당으로 줄지어 들어가는 신도들과, 군인들이 그의 옷을 찢어 벗긴 다음 길거리에서 미사를 집전하는 수난과, "누군가 이제는 외칠 용기가 필요하다"고 말하고는 그란데 신부의 묘지를 찾아가 "전 못합니다. 당신이 하세요"라는 겟세마네(Gethesemane)

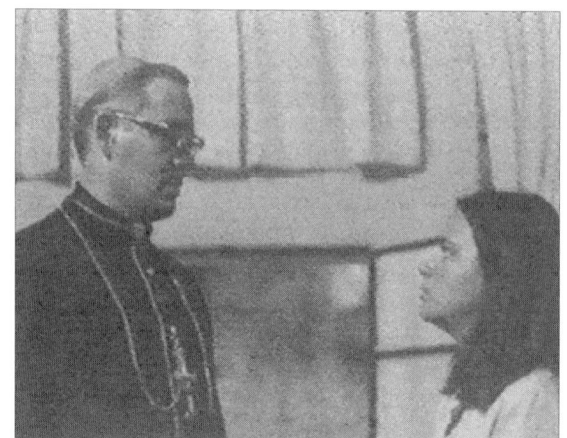

마침내 민중과 함께 가기로 한 로메로 신부는 미국의 M-16 소총으로 무장하고 "미국의 개척자"임을 자칭하는 암살자의 손에 성당 안에서 무참하게 살해당한다.

장면은 떠밀리다시피 하면서 끝까지 투쟁을 계속하는 성자의 생애와 평행을 이룬다. 그리고 "그 무기로 자국민을 죽이기만 하니까" 엘살바도르에 더 이상 무기를 보내지 말라고 미국 정부에 편지까지 보낸 오스카 로메로 대주교는 1980년 3월 24일, 광주 학살을 얼마 안 남기고 한국에서 반군부 저항이 한창이던 무렵, 성당에서 미사 집전중에, 미국에서 생산한 M-16 소총으로 무장한 괴한에게, "우린 미국의 개척자와 같다"고 외치던 군부에서 보낸 암살자에게, 저격을 당해 목숨을 잃는다.

　로메로가 죽은 다음에도 엘살바도르에서는 투쟁이 계속되었고, 반정부 세력은 민족 해방 전선을 형성하여 내란이 시작되었으며, 1980~81년 사이에 2만 5천 명의 사망자와 20만 명의 망명자가 발생했다. 1992년 내란이 끝날 때까지는 무려 7만 5천 명의 목숨이 희생되었으니, 국민의 투쟁 의식이 더 큰 희생을 내지 않고 끝내 독재를 무너뜨린 우리나라는 그나마도 다행이었다는 생각이 들기도 한다.

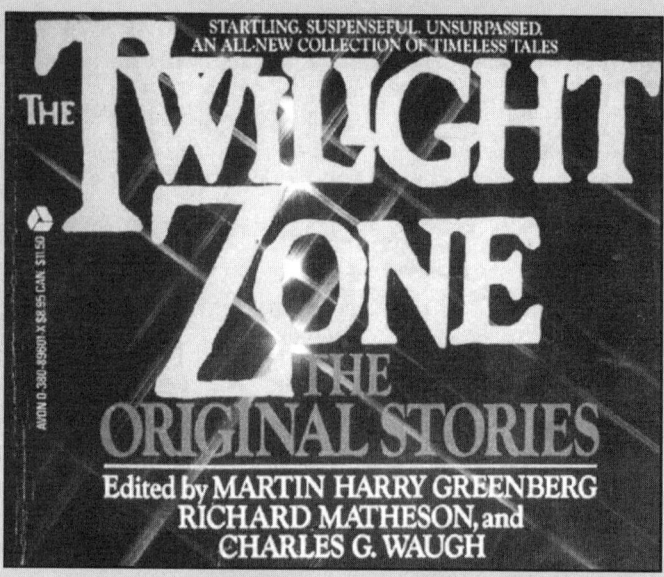

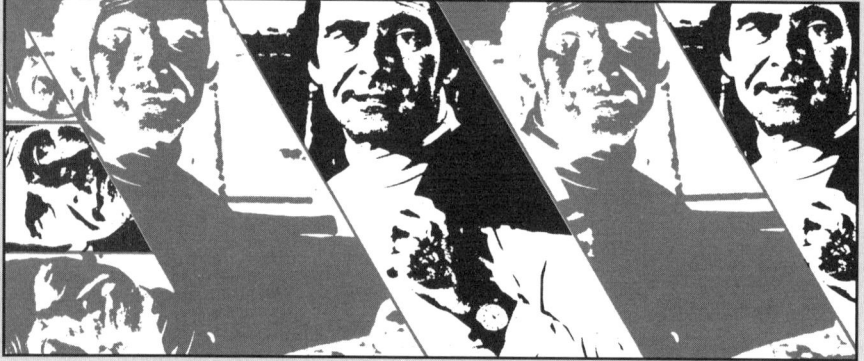

로드 설링의 「환상지대」에서는 어느 영화보다도 소름끼치는 핵전쟁 얘기가 등장한다. 위 포스터는 스티븐 스필버그가 극장용으로 만든 영화 「환상지대」이고, 아래는 「미지(未知)와의 만남(Encounter with the Unknown, 1975)」에서 해설을 맡은 로드 설링이다.

핵전쟁 그리고 다른 공포지대

　광주 학살 당시, 초등학교 3학년이던 여동생이 길거리에서 군인들의 총에 맞아 죽는 모습을 직접 목격하고 충격을 받은 언니가, 대학을 나온 다음에도 심한 우울증으로 사회 활동을 못하더니, 22 년이 지난 후에 끝내 자살했다는 보도가 방송에 나왔는데, 이렇듯 수십 년에 걸쳐 우리 민족이 직접 체험한 독재의 고통과 후유증은 정말로 엄청나지만, 20세기 중반에 세계는 핵전쟁의 가능성으로 인해서 그에 못지않은 공포에 시달려야 했다. 냉전이 절정에 달했던 1950~60년대에는 소련의 핵공격에 대비하기 위해 미국의 초등학교 아이늘이 교실에서 대피 훈련을 정기적으로 받았고, 웬만한 가정에는 방공호를 건축하는 일이 유행처럼 번지기도 했었다.

　미래에 닥쳐올 외계 생명체와의 조우 그리고 미지의 세계에서 벌어지는 우주 전쟁과 전투라는 주제가 냉전 해소의 물결을 타고 쏟아져 나와 공상과학 영화의 내용으로서 주종을 이루기 전에는 그래서 핵전쟁의 공포를 다룬 영화가 적지 않았다. 그런 작품들 가운데 헐리우드 키드의 기억에 아직도 가장 생생하게 남은 것 하나가 1970년대 초 미군 텔레비전 방송을 통해 우리나라에 소개되었던 30 분짜리 연속물 「환상지대(Twilight Zone)」에서 소개한 어느 은행원의 얘기였다.

1960년대 미국 텔레비전에서 선풍적인 인기를 끌었던 「환상지대」의 각본 수십 편을 쓰고 특이한 목소리로 해설까지 맡았던 로드 설링(Rod Serling, 1924~75)은 「혹성탈출(Planet of the Apes, 1967)」을 위시하여 영화 각색도 여러 편("Saddle the Wind," 1958, "Requiem for a Heavyweight," 1963, "Seven Days in May," 1964 등) 했는데, 「환상지대」에서 그가 소개한 은행원은 책을 너무 읽어 시력이 나빠져서 두툼한 돋보기 안경을 쓰지 않으면 앞을 보지 못할 지경이고, 주변 사람들이 잔소리를 하는 바람에 알코올 중독자가 술병을 여기저기 숨기듯 아내와 동료들 몰래 사방에 책을 숨겨두고 쉴새없이 읽지 않으면 미칠 듯싶은 독서광이다. 그래서 그에게는 은행에서 점심시간에 샌드위치와 책과 손전등을 들고 금고 속으로 들어가 숨어서 어느 누구의 간섭도 받지 않으며 마음놓고 책을 읽는 동안이 가장 큰 즐거움이었다.

어느 날 그가 금고 안에서 그렇게 독서를 하는 동안 예고없는 (소련의) 핵공격으로 인해 온도시가 초토화되고, 주인공이 금고문을 열고 나와서 보니 도시의 건물이 모두 무너져 폐허뿐인데, (어디로 갔는지 이상하게도 시체는 하나도 눈에 띄지 않고 방사능도 별로 문제가 되지 않는) 길거리를 돌아다니며, 식료품점에서 통조림을 갖다 쌓아두고 책방에서 주워온 책을 실컷 읽는 행복한 시대를 맞는다. 그러다가 그만 안경을 떨어뜨려 깨뜨리자 주인공은 아무것도 할 수가 없어진다는 기묘한 공포 영화이다. 폐허의 도시 한가운데 홀로 웅크리고 앉아 절망하는 미래인 주인공의 모습이 어쩌면 그렇게 불쌍해 보였는지, 30여 년이 지난 지금까지도 좀처럼 잊혀지지를 않는다.

이와 비슷한 핵의 공포 분위기를 당시 관객에게 압도적으로 전했던

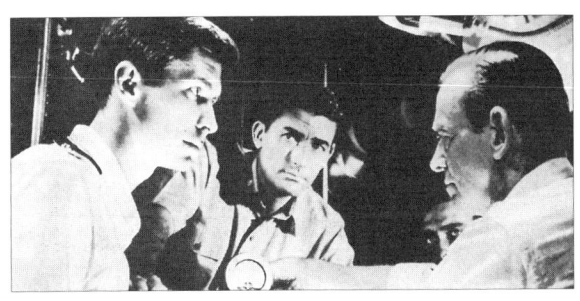

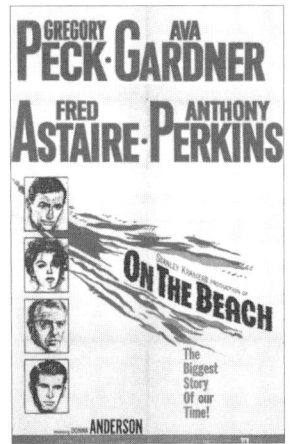

동양인지 서양인지 따지는 사람이 없을 정도로 동떨어진 대륙 오스트렐리아만 남겨놓고 온세상이 핵전쟁으로 멸망한 다음의 참혹한 얘기를 하는 「내일이 오면」은 애절한 주제곡으로 더 유명해졌다.

영화가 「내일이 오면」이다. 원작자인 영국 소설가 네빌 슈트(Nevil Shute [Norway], 1929~60)는 요즈음 한참 인기가 좋은 톰 클랜씨와 로드 설링의 중간쯤에 위치할 듯싶은 성향의 작가로서, 비행기 공장의 항공 공학 국장이었고, 전문적인 지식과 긴장감 넘치는 줄거리를 동원하여 나중에 영화로 선을 보이게 될 여러 인기 소설("Pied Piper, 1941," "No Highway," 1948, "A Town Like Alice," 미국 제목 "The Legacy," 1950 등)을 발표했다.

세상을 떠나기 3년 전에 내놓은 『내일이 오면』은 미래(1964년)에 발생한 핵전쟁 제3차 세계대전으로 북반구를 뒤덮은 방사능 때문에 몇 달에 걸쳐 북반구 전체와 남반구 대부분 사람들이 죽어 버린 다음, 유일하게 생존한 오스트렐리아 대륙이 죽음을 몰고 다가오는 핵구름을 기다리는 참담한 상황을 그려낸다. 그나마 해저에서 항행중이었기 때문에 죽음의 재를 피한 미국의 원자력 잠수함이 멜번에 입항하여 「혹성탈출」에서처럼 멸망한 아메리카의 현실을 오스트렐리아에서 접하게 된다. "내일이면 세상은 종말을 맞는데, 싫다는 소린 하지 말라(Don't say no, it's the end of the world)"는 내용의 대단히 애절한 주제곡도 영

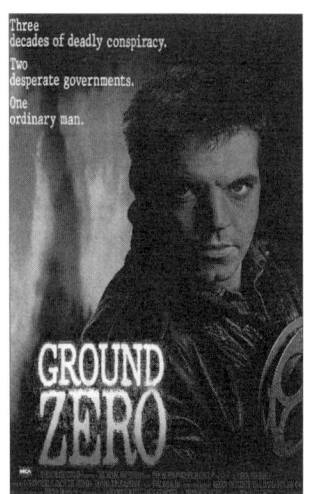

「제로지대」는 핵실험으로 인해서 죄없이 희생당한 사람들에 대한 사건을 은폐하려는 국가 조직과 맞서 진실을 파헤치는 주인공을 앞세운 폭로물이다.

화가 나오던 당시 우리나라 방송을 무척 자주 탔었다.

핵은 전쟁이 터지고 죽음의 재가 하늘을 뒤덮어야만 공포를 가져오는 것이 아니고, 실험까지도 이미 인류를 위협한다. 핵실험을 했던 네바다의 사막지대에서 징기스칸 영화 「정복자(The Conqueror, 1956)」를 찍고 난 다음 감독을 위시하여 주연 배우 존 웨인과 수잔 헤이워드 그리고 촬영 기사에 이르기까지 많은 사람이 암으로 차례차례 세상을 떠난 사건도 유명한데, 이와 비슷한 공포 얘기를 담은 영화가 1953~64년 사이에 오스트렐리아에서 실시된 9회의 핵실험 가운데 하나가 남긴 후유증을 다룬 「제로지대」이다.

1953년 11월 초순, 핵실험 조사보고서가 실종되는 사건이 방송에 보도되던 당시, 아내와 별거중인 광고영화 촬영기사 하비 덴튼(Harvey Denton)의 집에서 필름을 도난당하는 등 일련의 이상한 사건이 발생한다. 기록영화 제작자였던 아버지 칼 덴튼이 육군의 위촉을 받아 영국의 핵실험 현장을 촬영했던 16 밀리미터 필름에 무엇인가 비밀이 찍혔기 때문이었다. 남부 해안에서 익사한 줄 알았던 아버지는 이마에 총을 맞고 살해되었다는 사실이 나중에 밝혀지고, 비밀을 밝혀내기 위해 오지로 찾아간 주인공은 날씨로 진행 방향이 바뀐 '검은 구름'으로 인해서 수많은 원주민이 죽었다는 진실을 밝혀낸다.

진실을 은폐하려는 정보 당국과 미군들에게까지 쫓기며 황무지에서 맹인 원주민과 목소리를 잃은 은둔자 화가 등의 증언을 통해서, 영국과 호주 합작으로 만든 폭탄의 "위대한 실험"에 희생된 피폭자들의 증언을 통해 붉은 사막에서 벌어진 국가 범죄를 방송 기자인 아내와 함께 파헤치는 과정이 박진한다.

오세아니아를 무대로 하는 비슷한 계열의 정치극으로는 1985년 뉴질랜드에서 실제로 발생한 그린피스(Greenpeace) 배의 격침 사건과 뒤따라 이루어진 진실 규명을 위한 수사에 얽힌 국제 음모와 갈등을 그린 「무지개 전사」가 있다. '무지개 전사'는 프랑스의 핵실험을 저지하기 위해 오클랜드 항구에 정박중에 폭파된 그린피스 배의 이름으로서, 범인은 나중에 프랑스의 정보 요원으로 밝혀진다. 무지개 전사에 탔던 대원 한 명이 목숨을 잃었어도 그린피스에서는 계속 핵실험을 저지하느라고 프랑스 군함들과 대치하고, 세계 각국의 언론을 동원하며 끝까지 맞선다.

보다 가벼운 활극 쪽으로 넘어가면, 「4인의 결단」은 시드니 항구를 파괴할 대형 폭탄을 터뜨리느냐 마느냐를 놓고 갈등하는 네 명의 등장인물에 대한 본격적인 심리극이다. 「오지로 간 여인」은 베벌리 힐스에서 인기가 없어지자 돌아가신 아버지가 운영하던 오팔 광산을 찾으려고 오스트렐리아의 오지로 가서 온갖 고생을 한다. 「도망칠 곳이 없다」에서 오스트렐리아로 출장을 간 미국인 변호사는 차원높은 음모에 얽혀든다.

아무리 봐도 수상한 남녀가 경영하는 「저주받은 여관」에서 종적을 감춘 여행자 투숙객들에 대한 수사를 맡고 나선 알렉스 코드는 '직업'이, 서부극을 다룰 때 그 정체를 자세히 밝히겠지만, '현상금 사냥꾼(bounty hunter)'이다.

퀸 마틴이 제작한 대표적인 인기 텔레비전 연속물 「두상(頭上)의 적기(12 O'Clock High, 1964)」에서 새비지 장군(General Savage) 역을 맡아 인상적인 연기를 했던 로버트 랜싱은 「배반」에서 오스트렐리아에 갔다가 싸움판에 끼어들어 실수로 선원을 죽인 다음 비라 마일스의 도움을 받는다.

제2차 세계대전 중인 1942년, 필리핀에서 후퇴한 맥아더 장군의 병력이 멜번에 도착, 주둔한 직후에 일어난 실화를 바탕으로 삼은 「어느 병사의 죽음」에서는 미군 병사가 호주 여자 세 명을 목졸라 죽이는 사건이 발생하여 오스트렐리아로부터 군사적인 지원이 절대적으로 필요한 맥아더 사령부를 당혹하게 만든다. 헌병이 체포한 범인은 군법회의에 회부되지만, 범죄 원인을 규명하기 위한 정신 감정보다는 국제적인 정치 상황을 고려하여 즉시 교수형을 시켜야 하는 필요성이 눈앞에 닥친다.

　　『남태평양(Tales of the South Pacific)』을 위시하여 여러 영화의 원작을 쓴 제임스 미치너(James Michener, 1907~97)의 소설로 만든 영화 「배가 떠날 때까지」 역시 제2차 세계대전 당시 뉴질랜드에 주둔한 미군과 현지 여인들이 주인공으로 등장하여, 바람기가 많은 파이퍼 로리의 살인 사건이 법정으로 번지는 내용을 다룬다.

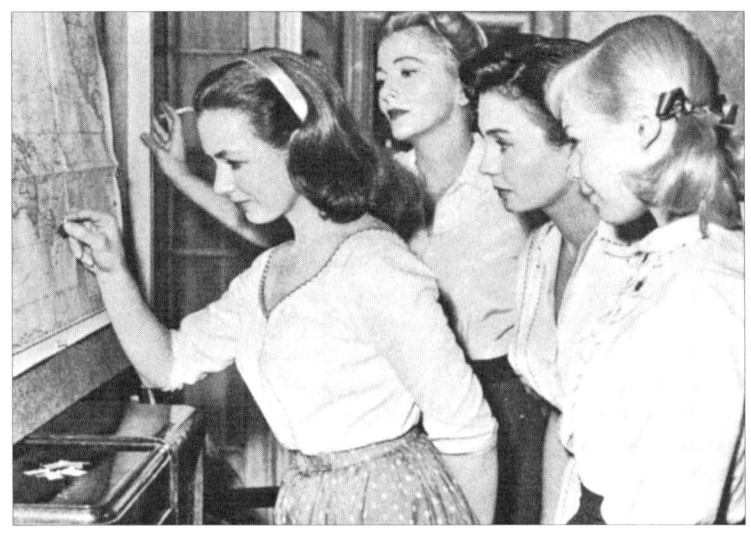

제임스 미치너 원작인 「배가 떠날 때까지」는 화려한 주연 여배우들 때문에 폴 뉴먼의 이름이 무색했던 영화이다. 사진에서 세계 지도에다 뉴질랜드의 위치를 표시하는 네 자매는 왼쪽부터 파이퍼 로리, 조운 폰테인, 진 시몬스, 그리고 샌드라 디이다.

「도적 왕자(The Prince Who Was a Thief, 1951)」 같은 여러 의상극에서 청결한 미모를 과시하다가 「허슬러(The Hustler, 1961)」에서 절름발이 아가씨로 그늘진 연기까지 보여 준 파이퍼 로리를 위시하여, 얼마 후 은막에서 사라지면서 술로 몸을 망치기는 했지만 트로이 도나휴(Troy Donahue, 본명 Merle Johnson, 1937~)와 더불어 당대 최고의 '청춘 스타'로 명성을 날렸던 샌드라 디, 그리고 관록을 자랑하는 조운 폰테인과 진 시몬스가 네 자매로 출연하여 주연 남배우 폴 뉴먼의 이름을 무색하게 만들었던 「배가 떠날 때까지」는 그러나 관객의 기대에 훨씬 못 미치는 수준이었다.

당시 광고 내용 중에는 영화 「배가 떠날 때까지」의 배경을 이룬 뉴질랜드가 "세계에서 가장 아름다운 나라"라는 선전문도 나왔지만, 흑백 시네마스코프 화면에서는 그곳 풍광의 가치를 제대로 확인할 길이 없었다. 하지만 미국의 로키 산맥을 연상시키는 산중에 추락한 비행기에 실린 50만 달러를 둘러싼 모험극 「양키 제퍼를 찾아서」를 훨씬 나중에 보고서야 「떠날 때까지」의 선전문이 전혀 과장이 아니었음을 알 수가 있었다.

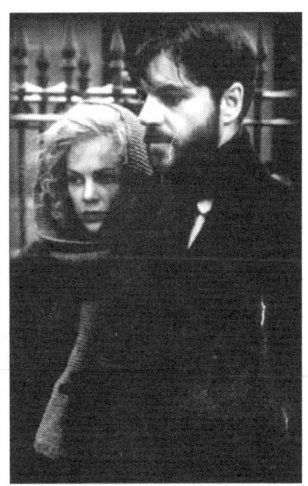

오스트렐리아 출신으로서 지금은 미국에서 활동하고, 본디 뮤직 비디오 감독 출신인 멀카히가 만든 첫 극영화 「레이저백」에는 오스트렐리아 대초원의 어느 작은 시골 마을을 공포의 노가니로 몰아넣는 거대한 돼지 괴물이 등장하는데, 썩 실감나는 '복수극'은 아니다.

루이스 마일스톤의 「캥거루」는 오스트렐리아를 무대로 사랑과 모험을 함께 엮은 전형적인 헐리우드 영화이고, 오스트렐리아 영화 「캥거루」는 D. H. 로렌스가 1923년에 발표한 자전적 소설이 원

「캥거루」는 D. H. 로렌스와 그의 아내 프리다에 관한 자전적 소설을 영화로 만든 작품이다.

작이다. 로렌스는 이탈리아, 독일, 씰론(스리 랑카), 프랑스의 리비에라, 멕시코, 미국, 오스트렐리아, 뉴질랜드에서 살았던 적이 있고, 이런 경험을 바탕으로 지방색을 잘 살려낸「캥거루」에는 로렌스와 그의 아내 프리다("정복의 길" 296~7쪽 참조)를 모델로 삼은 부부가 등장한다.

주인공 리처드 소머스(Richard Lovat Somers)는 사회적인 물의를 일으킨 작가로서, 1920년대 초에 아내 해리어트(Harriet)와 함께 호주로 떠나간다. 소설에서는 남편이 아내를 지적으로 지배하려고 애를 쓰다가 실패하는 과정에 초점을 맞추었지만, 영화는 그들 부부가 파시스트 집단으로 기우는 경향에 신경을 쓴다. '캥거루'는 파시즘을 발판으로 삼는 등장인물인 정치 지도자 벤자민 쿨리(Benjamin Cooley)의 별명이다.

▌「저주받은 여관(Inn of the Damned, 1974, 오스트렐리아, 118분)」, 감/Terry Bourke, 출/Judith Anderson, Alex Cord, Michael Craig, Joseph Furst, Tony Bonner, John Meillon

▌「배반(It Takes All Kinds, 1969, 미국-오스트렐리아, 98분)」, 감/Eddie Davis, 출/Robert Lansing, Vera Miles, Barry Sullivan, Sid Melton, Penny Sugg

▌「어느 병사의 죽음(Death of a Soldier, 1986, 오스트렐리아, 93분)」, 감/Philippe Mora, 출/James Coburn, Bill Hunter, Maurie Fields, Belinda Davey, Max Fairchild

▌「배가 떠날 때까지(Until They Sail, 1957, 미국, 95분)」, 감/Robert Wise, 출/Paul Newman, Joan Fontaine, Jean Simmons, Sandra Dee, Piper Laurie, Charles Drake, Patrick Macnee, Dean Jones

▌「양키 재퍼를 찾아서(Race to the Yankee Zephyr 또는 Treasure of the Yankee Zephyr, 1981, 오스트렐리아-뉴질랜드, 108분)」, 감/David Hemmings, 출/Ken Wahl, Leslie Ann Warren, Donald Pleasence, George Peppard, Bruno Lawrence, Grant Tilly

▌「레이저백(Razorback, 1984, 오스트렐리아, 95분)」, 감/Russell Mulcahy, 출/Gregory Harrison, Arkie Whiteley, Bill Kerr, Chris Haywood

▌「캥거루(Kangaroo, 1952, 미국, 84분)」, 감/Lewis Milestone, 출/Maureen O'Hara, Peter Lawford, Finlay Currie, Richard Boone

▌「캥거루(Kangaroo, 1986, 오스트렐리아, 105분)」, 감/Tim Burstall, 출/Colin Friels, Judy Davis, John Walton, Julie Nihill, Hugh Keays-Byrne

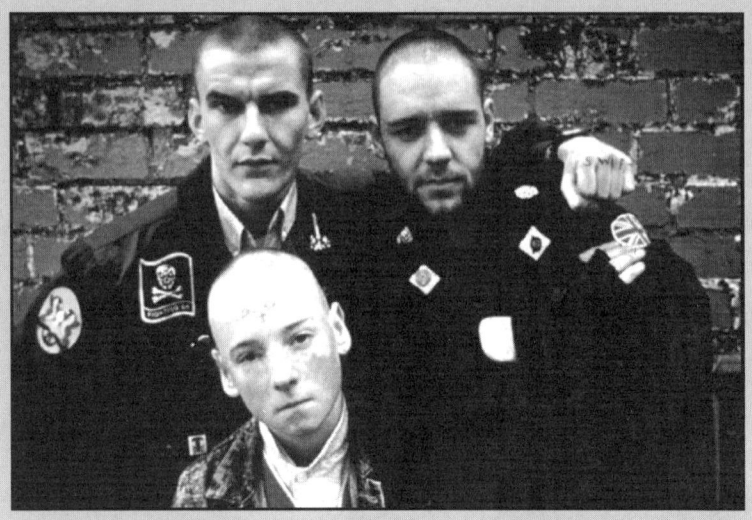

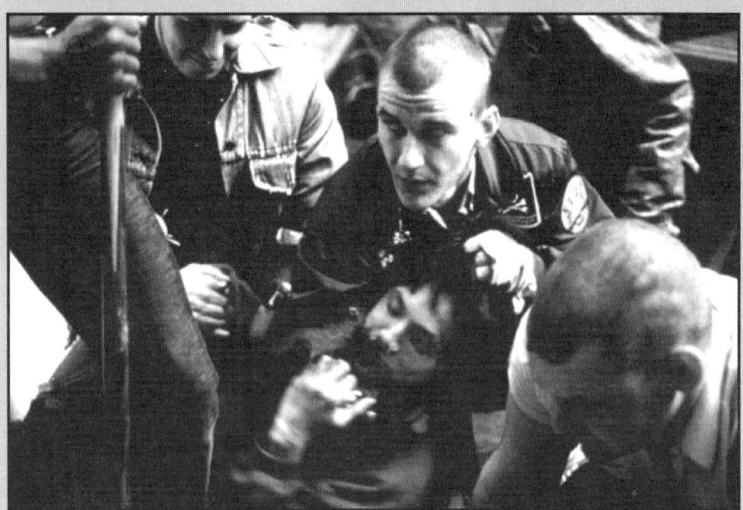

「롬퍼 스톰퍼」에는 아시아인들을 괴롭히는 백인 우월주의자들이 나와서 오스트렐리아 백호주의 문화의 한 단면을 보여 준다.

오스트렐리아의 태국 황혼

캥거루와 더불어 호주의 특징적인 동물 딩고(dingo)는 숲지대와 바닷가에서 생활하는 들개이며, 「더스티」는 새끼일 때 붙잡힌 딩고 들개를 어느 노인이 키우는 눈물겹고 잔잔한 얘기를 담은 영화이다.

동물 영화라면 빠질 줄 모르는 월트 디즈니도 호주로 가서 「야생의 망아지」를 만들었다. 가난한 농부의 아들과 부유한 집안의 불구자인 딸이 귀여운 야생마 새끼를 놓고 경쟁을 벌이는 감상적인 얘기로서, 제임스 올드릿지(James Aldridge)의 작품("A Sporting Proposition")이 원작이다.

충견(忠犬) 래씨(Lassie) 영화를 즐겨 만들기도 했던 영국 감독 돈 채피는 「야생의 망아지」를 발표한 지 2년 만에 다시 오스트렐리아로 가서 로이드 브릿지스와 보 브릿지스 부자(父子)를 주연시켜 파도타기(surfing) 영화 「찬란한 빛」도 완성했다. 재벌 미국인 아버지와 학교를 그만둔 아들이 돈벌이와 일은 안중에도 없이 '완전한 파도'를 찾아다닌다는 내용이다.

「푸른 지느러미」에서는 별로 사이가 좋지 않은 아버지와 아들이 오스트렐리아 남해안에서 참치를 찾아다닌다. 내용보다는 경치가 더 볼만한 이 영화에서는 유럽과 미국 등 여러 나라 영화에 부지런히 출연하는 '다국적(多國的)' 독일 배우 하디 크루거가 주연을 맡았다.

동물의 이름을 아예 제목으로 붙인 「파르 라프」는 1933년 미국에서 흔적도 없이 종적을 감춘 오스트렐리아의 유명한 경주마(競走馬) 실종 사건을 다룬다. 파르 라프는 호주에서 이제는 전설이 되어 버렸다. 「사이드카 경주」는 제목이 전체 내용을 다 보여 준다.

이제는 오스트렐리아와 뉴질랜드의 영화 여행도 끝자락에 이르러 황혼을 맞았고, 그래서 마지막으로 관련 작품 몇 편 더 살펴보기로 하자면, 중견 작가 가운데 한 사람으로 꼽히는 제프리 라이트 감독은 아시아인들을 괴롭히는 백인 우월주의자 폭력배를 그린 도시 폭력영화 「롬퍼 스톰퍼」를 만들었다. 지난 20 년 간의 호주 영상 예술 부흥기에 선을 보인 다른 작품으로는 자전적인 소설을 발표하여 크게 성공한 여인과 다른 두 자매가 오스트렐리아의 작은 바닷가 마을에서 재회하는 감상적인 「호텔 소렌토」, 남편이 바람을 피우니까 아내도 덩달아 태국에서 발리 무용수와 정사를 벌인다는 「천국의 메아리」, 그리고 "심각한 야후(Yahoo Serious, 본명 Greg Pead)"의 정신없는 희극영화 「젊은 아인시타인」까지도 눈에 띈다. 「지옥 여행」은 오스트렐리아 문명인들과 원주민들의 풍습이 충돌을 일으키는 내용의 영화인데, 촬영은 엉뚱하게도 뉴기니아에서 했다.

영국 영화 「위기 탈출」은 호주로 이민을 가려는 계획을 좌절시키는 여러 장벽을 끈질기게 극복해 나가는 영국인 가족을 삐딱한 시각으로 관찰하고, 똑같은 제목의 오스트렐리아 영화 「위기 탈출」은 훌륭한 대의명분을 위해 도둑질을 하는 미녀 로빈 후드들의 얘기이며, 똑같은 제목의 미국 영화 「위기 탈출」은 자기밖에 모르는 하키 선수가 그를 공격

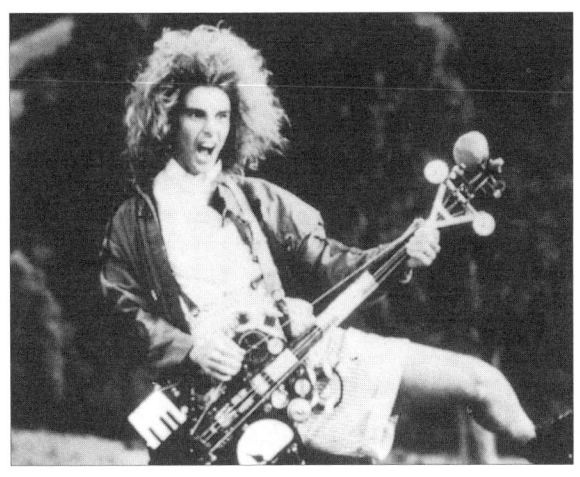

한 불량 소년을 통해 아이의 엄마와 연애를 하게 된다는 희극이니, 혼동하지 않기 바란다.

「실버 시티」는 1940년대 오스트렐리아로 이민을 온 폴란드 사람들의 사회에서, 아내의 친한 친구와 불륜의 사랑을 하는 삼각관계를 다룬 통속극인데, 감독과 주연 배우를 위시하여 제작진의 많은 사람이 호주 이민자여서 그들 자신의 애환을 실감나게 화면에 재현한다.

오스트렐리아에서의 삶을 살펴보면, 「말콤」의 주인공은 둔한 청년이지만 기계 장치를 만지는 솜씨만큼은 천재로서, 뜻하지 않게 범죄의 세계로 발을 들여놓게 된다. 나티아 타스 감독은 여배우 출신이며, 그녀의 남편 데이비드 파커(David Parker)는 친동생을 모델로 삼아 이 영화의 각본을 썼다고 한다. 「리키와 피트」는 「말콤」의 속편인 셈이어서, 주인공 피트는 말콤과 마찬가지로 사회에는 제대로 적응하지 못하지만 기묘한 장치를 만드는 취미만큼은 타의 추종을 불허한다. 리키는 아직 자아를 발견하지 못한 처녀이고, 그들 남매는 외딴 광산촌으로 도망을 가서 예상치 않았던 몇 가지 변화를 겪게 된다.

「망고나무」는 제1차 세계대전 무렵 오스트렐리아 청년이 주인공인

훈훈한 성장영화이다. 「막다른 다리」는 등산을 하던 아이들이 은둔생활을 하는 숲사람의 미움을 사고는 목숨을 건 전쟁을 치르게 된다는 내용이다. 「호주에서 온 사람」에서는 마음 착한 아저씨가 떠돌이 고아 두 명을 자기 자식이라고 주장하며 오스트렐리아에서 키운다.

「혁명의 아이들」에서는 열렬한 스탈린 숭배자가 비밀리에 독재자와 관계를 갖고 남몰래 그의 아들을 낳는다. 용모와 행동에 있어서 혁명가 아버지를 그대로 빼닮은 아들을 키우는 엄마의 얘기는 공산주의가 몰락할 때까지 희극과 비극, 사실과 허구 사이를 오가며 펼쳐진다.

"태국의 황혼"을 뜻하는 「샴 선세트」는 호주영화자금공사(濠洲映畫資金公社, Australian Film Finance Corporation)에서 최근에 내놓은 작품으로, 어느 모로 보나 '시대물'의 통념과는 거리가 멀지만, 오스트렐리아 대륙을 "머나먼 안식처"라고 믿어온 전형적인 개념에 근거한 전통(역사)적인 해석을 담은 대표적인 경우라고 하겠다.

주인공 페리 로버츠(Perry Roberts)는, 나중에 관광 버스 기사가 "그 썩어빠진 나라"라고 분류하는 영국에서, 어느 페인트 회사의 색상 개발 담당자인데, 사랑스러운 아내가 어느 날 황당하게도 군용 수송기가 하늘에서 실수로 떨어뜨린 냉장고에 깔려 즉사한 다음부터는 어디를 가나 그의 주변에서 자동차가 충돌하고, 무엇인가 부서지고, 여자가 계

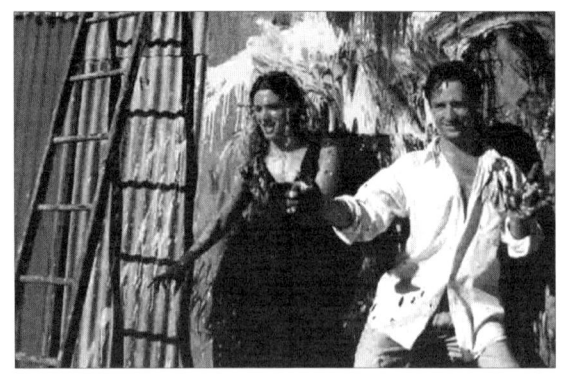

정말로 "재수에 옴붙은" 색상 개발자는
"태국의 황혼"을 우발적으로 만들어낸다.

단에서 떨어지는 따위의 사고가 끊임없이 발생한다. 그는 죽은 아내의 머리카락이 태국의 해변에서 저녁 노을에 물들었을 때 보았던 완벽한 환상의 빛깔을 만들어내려고 애쓰지만, 한없이 계속되는 액운 때문에 그가 원하는 황혼 빛깔은 배합되어 나오지를 않고, 회사에서는 전혀 능률을 내지 못하는 그에게 머리를 식히도록 차라리 휴가라도 다녀오라고 권한다.

이러한 고민거리를 의논하려고 아버지를 만나 빙고 놀이방으로 따라간 그는 뜻하지도 않았던 "영국의 우중충한 겨울을 떠나 햇빛 찬란한 호주"로 가는 행운상에 당첨되지만, "그곳에 가서 외로운 사람들을 만나 사귀어 보라"는 아버지의 충고는 여행중에 혹시 무슨 사고라도 날까 봐 걱정이 앞서서 받아들이지를 않는다. 그러다가 대형 차량이 그의 집을 부수고 들이닥친 다음에야 그는 더 이상 안 되겠다는 생각이 들어 비행기를 타고 남반구로 날아간다.

열흘 동안의 호주 관광은 알고 보니 싸구려 단체 여행이고, 여군 출신의 아가씨와 밤낮으로 지겹도록 노래만 부르는 삼류 가수와 아시아를 대표하는 베트남인과 페리를 "더 좋은 삶을 찾아 영국에서 호주로 온 사람"이라고 믿는 승객 등 잡다한 인간 군상은 '규칙'을 지나치게 좋아하는 독불장군 운전수 빌(William Leach)의 낡은 버스를 타고 여행을 계속한다. 그리고 아들레이드(Adelaide)의 병원에서 마약을 밀매하던 남자친구 마틴(Martin)을 위해 법정에서 거짓 증언을 하지 않겠노라고 결심한 그레이스(Grace)는 마틴의 돈을 몽땅 훔쳐 가지고 도망치다가 허허벌판에서 차가 고장나는 바람에 중간에서 관광단에 합류한다.

본인보다는 주변의 사람들이 더 피해를 입기는 하지만, 어쨌든 억세게 재수가 없어서 피해망상증에 걸린 페리가 걱정하던 대로, 저주라도 받은 듯 관광단이 가는 곳마다 사고가 반복되어, 지진도 일어나고, 폭우가 쏟아져 홍수도 일어나고, 관광 일정의 하나인 나비 농장의 주인은 목을 매달아 자살하고, 돈을 되찾고 배반한 여자를 혼내주기 위해 그레이스를 잡으러 쫓아온 마틴이 도로가 폐쇄된 지점에서 버스에 올라탄 다음, 얼마동안 더 가다가 다른 관광회사의 버스와 과속 경쟁을 벌이던 운전수는 사막 한가운데서 전복 사고를 일으킨다.

상여꾼들처럼 트레일러를 끌고 한참 벌판을 강행군해서 그들이 겨우 도착한 곳은 폐광(廢鑛) 사무실처럼 낡아빠진 여인숙이다. 음식도 엉망이고, 수리중이어서 방도 없으니 마룻바닥에서 자라면서, 하루 숙박비가 250 달러나 되는 바가지 여인숙이지만, 오도가도 못할 신세인 그들에게는 선택의 여지가 없다.

이 영화의 유일한 악역인 마틴 또한 엄청나게 재수 없는 사나이다. 정말로 흉악하기 짝이 없던 그는 그레이스가 휘두른 유리조각에 손을 다치고, 다시 쫓아가 여자를 붙잡고 나서는 전복 사고 때 몸에 불이 붙어 화상을 입어 며칠 동안 의식을 잃고, 겨우 정신을 차려 마지막 행패를 부리다가 사타구니를 걷어챈 다음 뱀에 물린 다음 벽에 부딪친 다음 얼굴이 깨진 다음 뒤로 물러서다 회전하던 선풍기 날에 이마가 터진 다음 뒤로 자빠지던 과정에서도 옷걸이 못에 뒤통수가 뚫린 다음 침대로 넘어져 전기에 감전되어 아주아주 다양하고도 확실하게 죽는다.

그러는 사이에 바다처럼 광활한 황야에서 새해를 맞고, 낭만을 건지는 사람들도 생겨나 가수와 여군은 사랑을 하게 된다. 그레이스와 페리도 슬금슬금 연애를 하고, 어느 날 밤 그들은 어찌나 격렬하고도 요란한 성행위를 벌이는지 집 전체가 들썩거리고 문짝이 떨어져 나가고 하늘에서 폭풍이 불어치는 바람에 페인트 통들이 이리저리 구르며 쏟아지다가 저절로 색이 배합되어 '평온의 빛'인 태국의 황혼이 우발적으로 이루어진다.

이런 천신만고 끝에 그들은 경쟁 여행사의 관광버스로부터 구조를 받아 문명사회로 돌아가지만, 페리와 그레이스는 여자가 훔쳐온 마약

판 돈으로 여인숙을 사들여 황량한 허허벌판에 단둘이 남아 정착한다. "영국의 우중충한 겨울을 떠나 햇빛 찬란한 호주"에서 페리의 모험과 방랑은 끝난다.

사랑하는 사람 단둘이 그렇게 아무도 없는 들판에서 살아간다면 과연 얼마나 행복할까? 낙원이 따로 없으리라.

하지만 그런 현실은 착각이다. 정말로 뒷마당에서 파랑새를 찾아내는 사람은 현실에서 별로 없기 때문이다.

그리고 이 영화는 하늘에서 수많은 냉장고가 떨어져 사방에 꽂히면서 끝난다.

찾아보기 ●

감/Richard Franklin, 출/Caroline Goodall, Caroline Gillmer, Tara Morice, Joan Plowright, John Hargreaves, Ben Thomas, Ray Barrett

▌「천국의 메아리(Echoes of Paradise 또는 Shadows of the Peacock, 1987, 오스트렐리아, 92분)」, 감/Phillip Noyce, 출/Wendy Hughes, John Lone, Steven Jacobs, Peta Toppano, Rod Mullinar, Gillian Jones

▌「젊은 아인시타인(Young Einstein, 1988, 오스트렐리아, 90분)」, 감/Yahoo Serious, 출/Yahoo Serious, Odile Le Clezio, John Howard, Pee Wee Wilson, Su Cruickshank

▌「지옥 여행(Walk Into Hell, 1957, 오스트렐리아, 93분)」, 감/Lee Robinson, 출/Chips Rafferty, Francoise Christophe, Reginald Lye, Pierre Cressoy

▌「위기 탈출(Touch and Go, 1955, 영국, 85분)」, 감/Michael Truman, 출/Jack Hawkins, Margaret Johnston, Roland Culver, June Thorburn

▌「위기 탈출(Touch and Go, 1980, 오스트렐리아, 92분)」, 감/Peter Maxwell, 출/Wendy Hughes, Chantal Contouri, Carmen Duncan, Jeanie Drynan, Liddy Clark

▌「위기 탈출(비디오 제목 "사랑의 탈출," Touch and Go, 1986, 미국, 101분)」, 감/Robert Mandel, 출/Michael Keaton, Maria Conchita Alonso, Ajay Naidu, Maria Tucci, Max Wright, Jere Burns, Lara Jill Miller

▌「실버 시티(Silver City, 1984, 오스트렐리아, 110분)」, 감/Sophie Turkiewicz, 출/Gosia Dobrowolska, Ivar Kants, Anna Jemison, Steve Bisley, Debra Lawrence

▌「말콤(Malcolm, 1986, 오스트렐리아, 86분)」, 감/Nadia Taas, 출/Colin Friels, John Hargreaves, Lindy Davies, Chris Haywood, Charles "Bud" Tingwell, Beverly Phillips, Judith Stratford

▌「리키와 피트(Rikki and Pete, 1988, 오스트렐리아, 107분)」, 감/Nadia Tass, 출/Stephen Kearney, Nina Landis, Tetchie Agbayani, Bill Hunter, Bruno Lawrence, Bruce Spence, Dorothy Allison, Don Reid, Lewis Fitzgerald

▌「망고나무(The Mango Tree, 1977, 오스트렐리아, 93분)」, 감/Kevin Dobson, 출/Christopher Pate, Geraldine Fitzgerald, Robert Helpmann, Diane Craig, Gerald Kennedy, Gloria Dawn

▌「막다른 다리(Bridge to Nowhere, 1986, 뉴질랜드, 86분)」, 감/Ian Mune, 출/Bruno Lawrence, Alison Routledge, Philip Gordon, Margaret Umbers, Stephen Judd, Shelley Luxford, Matthew Hunter

▌「호주에서 온 사람(The Man From Down Under, 1943, 미국, 103분)」, 감/Robert

Z. Leonard, 출/Charles Laughton, Binnie Barnes, Richard Carlson, Donna Reed, Christopher Severn, Clyde Cook

▎「혁명의 아이들(Children of the Revolution, 1996, 오스트렐리아, 101분)」, 감/Peter Duncan, 출/Judy Davis, Sam Neill, F. Murray Abraham, Geoffrey Rush, Richard Roxburgh, Rachel Griffiths, Russell Kiefel, John Garden

▎「태국의 황혼(또는 "샴 선세트," Siam Sunset, 1999, 오스트렐리아, 85분)」, 감/John Polson, 출/Linus Roache, Danielle Cormack, Ian Bliss, Roy Billing, Alan Brough, Rebecca Hobbs, Terry Kenwrick, Deidre Rubenstein, Peter Hosking

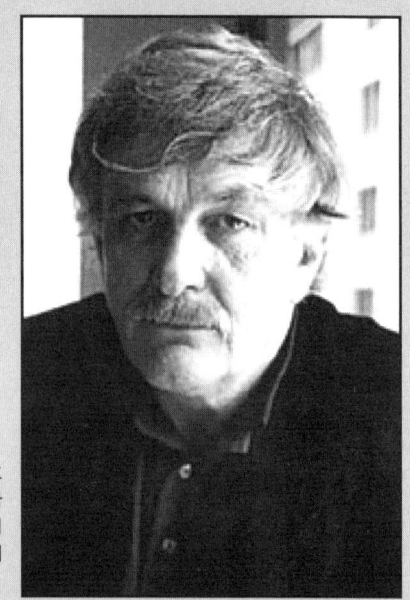

화란 태생으로서 오스트렐리아에 정착하여 호
주의 손꼽는 영화인이 된 폴 콕스는 독특한 자
신만의 세계를 구축했고, 벨기에 사람들은 이러
한 콕스의 생애와 활동에 대한 기록영화까지
만들었다.

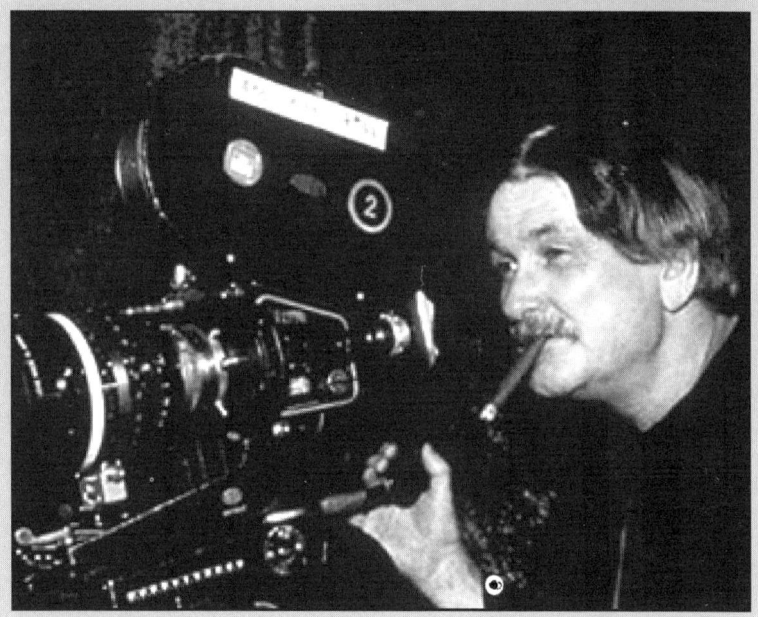

섬으로 가는 폴 콕스 여행

「한 줌의 금발」에서는 주인공이 시계를 만드는 사람이다. 당연히 그는 시간에 대해서 많은 생각을 하고, 과거가 담긴 모든 물건을 소중하게 생각하고, 그런 마음은 집념에 가깝다. 그는 어느 날 18세기에 만든 상자 속에서 땋아내린 금발 한 토막을 찾아낸다. 그리고 그 금발 머리를 달고 2백 년 전에 살았던 어느 여자에 대한 정신적인 추적이 시작된다.

사념적이고 잔잔한 이 영화가 우리에게 하려는 얘기가 무엇일까? 그것은 시계도 언젠가는 멈추고, 인간의 심장도 때가 되면 멈추겠지만, 시간은 그래도 계속되기 때문에, 우리는 인생을 아주 소중하게 아끼면서 살아야 한다는 교훈이다.

이런 인생의 잠언(箴言)을 「한 줌의 금발」에서 전해주는 감독 폴 콕스(Paul Cox, 1940~)는 본디 화란 태생으로서, 사진작가로 활동하다가 영화 감독에 대본작가로 방향 전환을 했으며, 1965년부터 오스트렐리아에 정착하여 호주 영화를 위해 많은 공헌을 한 사람이다. 그의 생애와 활동에 관해서는 벨기에 사람들이 만든 기록영화 「폴 콕스와 함께 하는 여행(A Journey with Paul Cox, 1997, 감/Gerrit Messiaen, Robert Visser)」까지 나와 있다.

그는 「조명(Illuminations, 1976)」, 「안에서 내다보기(Inside Looking Out, 1977)」, 「코스타스(Kostas, 1979)」를 거쳐 연극적인 소질이 뛰어난 중년의 피아노 조율사와 굉장히 소심하고 수줍은 회사원 여자가 사랑하게 되는 익살맞고 낭만적인 희극영화 「외로운 마음들」로 국제적인 주목을 받게 된다.

「꽃을 사랑하는 남자」는 어머니에 대해서 병적인 애착을 느끼는 부유한 독신자로서, 부를 때마다 와서 그를 위해 옷을 벗고 알몸을 보여준다는 조건으로 화가의 모델에게 한 주일에 1백 달러를 준다. 약간은 편집증적이고, 한정된 궤도만 따라서 살아가는 듯싶은 이러한 분위기는 10년 동안의 결혼생활을 청산하고 아내가 집을 나가자 미쳐 버리고 마는 이기적인 남자가 주인공인 「나의 첫 아내」로 이어진다.

「죽음과 운명(Death and Destiny, 1985)」에 이어서 발표한 「선인장」에서는 시야가 더욱 좁아져서, 자동차 사고로 시력 장애자가 된 여주인공의 고뇌에 내용이 집중되고, 그 다음해에 나온 「빈센트」는, 부제에서 잘 나타나듯이, 정신이상의 상태에서 세상을 떠난 "빈센트 반 고흐의 생애"를 그가 남긴 편지들을 통해서 살펴보는 기록영화이다.

폴 콕스가 인생에 대해서 많은 생각을 하게 만드는 「한 줌의 금발」을 발표한 다음해인 1991년에 만든 「어느 여인의 이야기」는 암으로 죽어가는 일흔여덟 살의 할머니가 평생 잃지 않았던 존엄성을 그대로 유지하며 생을 끝내기로 결심하고 최후의 나날을 보내는 모습을 감동적으로 그린다. 이 영화가 더욱 심금을 울리는 까닭은 주연을 맡았던 셜라 플

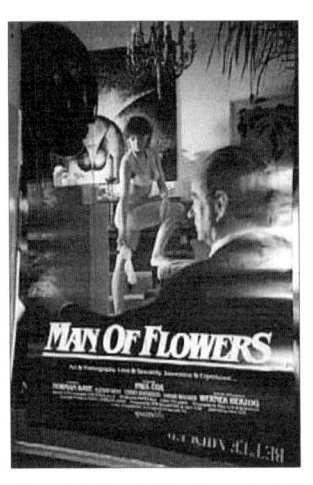

「꽃을 사랑하는 남자」는 좁고도 깊은 궤적을 따라 살아가는 인생을 조명한다.

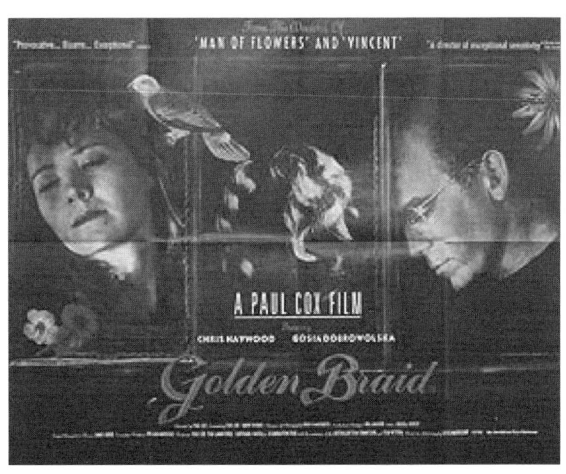

「한 줌의 금발」은 인생을 아주 소중하게 살아야 한다고 가르친다.

로란스가 촬영 당시 주인공의 삶을 실제로 살았기 때문이다. 그녀는 이 영화로 오스트렐리아 아카데미 여우주연상을 받은 지 이틀 후에 세상을 떠났다.

그 이외에 여러 편의 범작("Exile," 1994, "Erotic Tales," 1994, "Lust and Revenge," 1996)을 발표한 다음 폴 콕스는 섬을 무대로 한 영화도 「몰로카이(Molokai, 1998)」와 「섬」 두 편을 만들었다. 나중 영화에서는 저마다 개인적인 고민으로 시달리는 세 여자가 그리스의 외딴 섬에서 우연히 만나, 다시 만날 기회가 없는 사이여서 부담감을 느끼지 않으며 속마음을 모두 털어놓는다. 알맹이는 없어도 분위기를 잘 살린 심리극이다.

미국 영화 「여름의 연인들」도 그리스 에게 해의 어느 섬을 무대로 사랑의 삼각관계가 펼쳐지는데, 내용보다는 경치가 훨씬 더 볼 만하다는 평이다. 멍청한 희극영화 「사랑의 섬」에서는 복수를 하려고 열심히 쫓아다니는 조폭 월터 매타우를 이리저리 피하면서, 같은 감독이 만든 다른 영화("The Music Man," 1962)에서도 사기꾼 노릇을 한 경험이 풍부한 로버트 프레스톤이 그리스의 어느 섬을 관광지로 개발하겠다고 법석을 부린다.

배우 출신 감독 존 데리크는, 앞에서 타잔 영화를 얘기하며 이미 언급했듯이, 그의 세 번째 아내 보 데리크의 몸매를 내세운 영화를 여럿 만들어 별로 좋지 않은 인상을 주었는데, 역시 그런 계열에 들어가는 작품 「환상」에서도 주인공 남녀가 그리스의 어떤 섬을 관광지로 개발하느라고 열심이다. 이 영화는 본디 「그리고 옛날 옛적에 사랑이(And Once Upon a Love)」라는 제목으로 1973년에 촬영했다는데, 그때 보의 나이는 겨우 열여섯 살이었다.

「분노하는 바다」에서는 해면 채취 사업을 벌이려고 그리스의 어느 섬으로 간 뱃사람이 마을 사람들의 반발뿐 아니라 자연의 저항을 받아 크게 고생하는가 하면, 「죽음의 사신」에서는 그리스의 어느 섬으로 놀러 간 관광객들이 살인자의 집요한 추적을 받으며 공포에 시달린다.

「다음에 온 사람」은 미래에서 온 그리스도 같은 인물로서, 그리스의 어느 섬으로 표류해 올라와서, 어린 아들과 사는 미망인과 사랑한다는 공상영화이다.

역시 그리스의 섬을 무대로 한 「빠스깔리의 섬」에서는 20세기 초, 오토만 제국이 멸망하면서 존재 가치가 사라진 터키의 첩자가 외딴 섬 니시(Nisi)에서 고고학적인 가치가 높은 보물을 탈취하기 위해 정체불명의 영국인과 손을 잡는다. 우정과 질투를 곁들여 가며, 서로 믿지 못하는 인간의 나약함을 주제로 담은 영국 영화이다.

이제 우리는, 워낙 멀고 외딴 곳이라고 느껴서인지, 대륙이라기보다는 아주 커다란 섬처럼만 여겨지는 오스트렐리아 여행을 끝내고 그리스의 섬으로 들어섰는데, 내친 김에 전세계를 헤매면서 섬과 관련된 영화들을 찾아보기로 하자.

매력만점의 여자친구에게서 성탄절 전야에 버림을 받은 남자가 다른 멋진 여자를 만나 프랑스의 리비에라로 휴가를 떠나는 영화의 제목

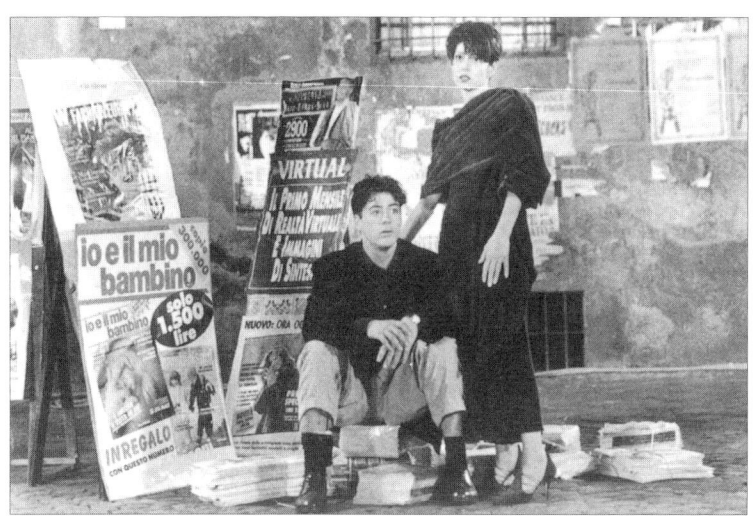

노먼 주이슨의 「오직 당신만을」은 점괘가 정해 준 배필을 찾아 유럽으로 가서 운명적인 사랑을 하는 얘기이다.

이 「오직 당신만을」이라니 도대체 어느 '오직 당신'인지 아리송하지만, 노먼 주이슨의 「오직 당신만을」은 '오직'이라는 말이 아깝지 않다.

나중 영화의 여주인공 헤이스가 앞으로 닥쳐올 운명이 궁금해서 열한 살 때 심령 점판(心靈占板, Ouija)을 보니 데이몬 브래들리라는 이상적인 배필을 만나 결혼하게 되리라는 괘가 나온다. 하지만 어른이 되어 의사와 결혼할 때쯤에는 그까짓 점판의 예언이나 '완전한 남자' 따위의 환상은 거의 다 잊어버렸는데, 불쑥 숙명적인 이름이 약혼자의 친구라면서 전화가 걸려온다. 헤이스는 낭만적인 사랑을 찾아서 유럽으로 가지만, 물론 환상의 남자는 가짜이다. 하지만 이런 식의 줄거리가 대부분 어떻게 결말을 맺게 되는지는 쉽게 짐작이 가리라고 생각한다.

「로마의 휴일」을 연상시키는 이 낭만적 희극에서는 이탈리아에서 가장 아름다운 곳들을 잉마르 베리만과 늘 일을 같이 해온 촬영감독 스벤 니크비스트(Sven Nykvist)의 눈이 채록하여 꿈같은 여행기를 제공한다.

베리만과 니크비스트가 함께 만든 「정열」은 사람이 별로 살지 않는

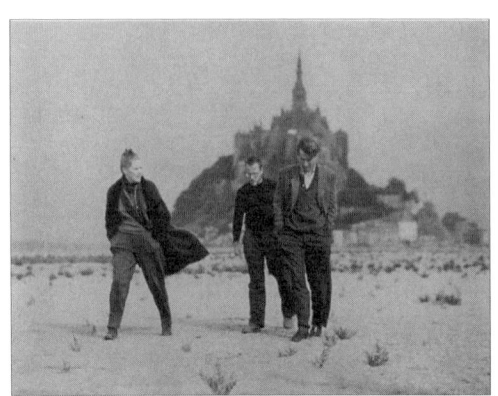
「지성의 산책」에서는 시인과 과학자와 정치가 이렇게 세 사람이 섬에서 산책하며 인간의 자연 환경에 관한 토론을 벌인다.

고적한 섬에서 혼자 사는 주인공과, 어느 미망인, 그리고 건축가 부부의 관계를 연구한다.

「오직 당신만을」이 이탈리아 여행기라면 「지성의 산책」은 그림처럼 아름다운 프랑스의 섬을 거니는 영화이지만, 제목이 암시하듯 그 산책은 별로 경쾌하거나 즐겁기만 한 나들이는 아니다. 시인 한 명, 자연을 연구하는 과학자 한 명, 그리고 정치가 한 명이 생태학적인 면에서 우리 주변의 자연 환경이 얼마나 한심한 상태인지를 토로하는 내용이기 때문이다. 영화라기보다는 배경이 대단히 아름다운 영상으로 이루어진 희곡이라고 하겠다.

「작고 작은 섬」은 제2차 세계대전 중에 위스키를 잔뜩 실은 배가 침몰하자 그 화물을 건져내려고 스코틀랜드 섬사람들이 법석을 부리는 희극영화이다. 원작자인 소설가 캄튼 매켄지(Compton Mackenzie)까지 선장 역을 맡아 모두들 열심히 웃긴다.

속편 「광란의 작은 섬」에서는 평화스러운 스코틀랜드의 작은 섬에 곧 미사일 기지가 들어선다는 소식을 접하고는 또다시 난리를 치른다.

비스꼰띠의 초기 작품인 「대지는 진동한다」는 시칠리아의 어느 어촌에서 살아가는 가난한 가족이 생선 도매상과 선주(船主)들에게 착취를 당하는 현실을 분노에 찬 시선으로 담아낸 신사실주의 고전영화이다. 주인공 안또니오가 조합을 만들기 위해 '공권력'과 맞서게 되는 (요즈음 기준에서 보자면) 지극히 흔하고 간단한 내용을 담았지만, 꼭 줄거리가 요란하고 복잡해야만 걸작이나 대작이 되지는 않는다.

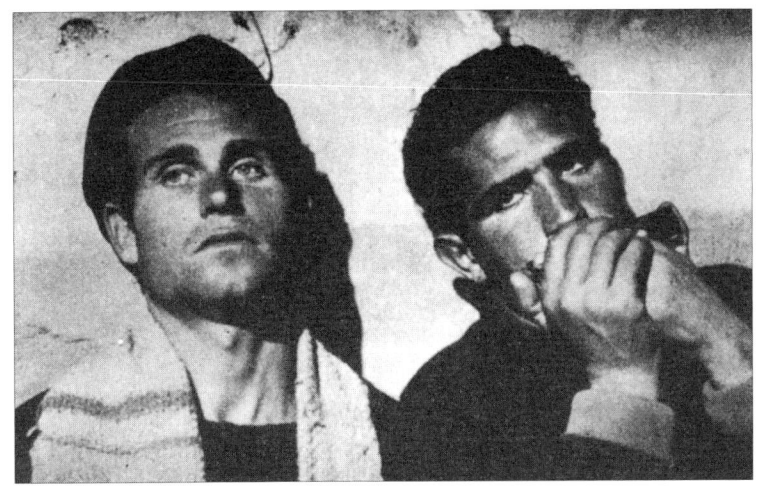

비스꼰띠의 「대지는 진동한다」는 시칠리아 어촌의 삶을 담은 고전이다.

프란체스꼬 로지(Francesco Rosi)와 프랑꼬 제피렐리(Franco Zeffirelli)가 조감독으로 동원되었으며, 시칠리아 방언으로 현장에서 촬영했고, 직업 배우가 아닌 보통사람들을 출연시켜 만든 이 영화에서는 대단히 인상적이고 서정적인 장면이 흑백 화면에 자주 등장하는데, 새벽에 바닷가로 어부들이 무리를 지어 고기잡이를 나가는 장면은 나중에 존 스터지스의 「노인과 바다」에서도 그대로 재현된다. '영상시(映像詩)'라는 표현이 조금도 어색하지 않은 걸작이다.

찾아보기 ●

Cox, 출/Norman Kaye, Alyson Best, Chris Haywood, Bob Ellis, Barry Dickens, (Werner Herzog)

▌「나의 첫 아내(My First Wife, 1984, 오스트렐리아, 95분)」, 감/Paul Cox, 출/Wendy Hughes, Lucy Angwin, Anna Jemison, David Cameron

▌「선인장(Cactus, 1986, 오스트렐리아, 93분)」, 감/Paul Cox, 출/Isabelle Huppert, Robert Menzies, Norman Kaye, Monica Maughan, Banduk Marika

▌「빈센트(Vincent 또는 Vincent—The Life and Death of Vincent van Gogh, 1987, 오스트렐리아, 99분)」, 감/Paul Cox, 출(목소리)/John Hurt

▌「어느 여인의 이야기(A Woman's Tale, 1991, 오스트렐리아, 93분)」, 감/Paul Cox, 출/Sheila Florance, Gosia Dobrowolska, Norman Kaye, Chris Haywood, Ernest Gray, Myrtle Woods, Bruce Myles, Alex Menglet

▌「섬(Island, 1989, 오스트렐리아, 93분)」, 감/Paul Cox, 출/Irene Papas, Eva Sitta, Anoja Weerasinghe, Chris Haywood, Francois Bernard

▌「여름의 연인들(Summer Lovers, 1982, 미국, 98분)」, 감/Randal Kleiser, 출/Peter Gallagher, Daryl Hannah, Valerie Quennessen, Barbara Rush, Carole Cook

▌「사랑의 섬(Island of Love, 1963, 미국, 101분)」, 감/Morton Da Costa, 출/Robert Preston, Tony Randall, Giorgia Moll, Walter Matthau, Betty Bruce, Michael Constantine

▌「환상(Fantasies, 1981, 미국, 81분)」, 감/John Derek, 출/Kathleen Collins(Bo Derek), Peter Hooten, Anna Alexiadis, Phaedon Gheorghitis, Therese Bohlin

▌「분노하는 바다(As the Sea Rages, 1960, 미국, 74분)」, 감/Horst Haechler, 출/Maria Schell, Cliff Robertson, Cameron Mitchell

▌「죽음의 사신(The Grim Reaper, 1981, 이탈리아, 81분)」, 감/Joe D'Amato, 출/Tisa Farrow, Saverio Vallone, Vanessa Steiger, George Eastman

▌「다음에 온 사람(The Next One, 1984, 미국, 105분)」, 감/Nico Mastorakis, 출/Keir Dullea, Adrienne Barbeau, Jeremy Licht, Peter Hobbs

▌「빠스깔리의 섬(Pascali's Island, 1988, 영국, 104분)」, 감/James Dearden, 출/Ben Kingsley, Charles Dance, Helen Mirren, George Murcell, Sheila Allen, Nadim Sawalha

▌「오직 당신만을(Only You, 1992, 미국, 85분)」, 감/Betty Thomas, 출/Andrew McCarthy, Kelly Preston, Helen Hunt, Daniel Roebuck, Denny Dillon, Kid Creole and the Coconuts

▌「오직 당신만을(Only You, 1994, 미국, 108분)」, 감/Norman Jewison, 출/Marisa Tomei, Robert Downey, Jr., Bonnie Hunt, Joaquim De Almeida, Fisher

Stevens, Billy Zane, Adam LeFevre, John Benjamin Hickey

▋「정열(A Passion 또는 The Passion of Anna, 1969, 스웨덴, 101분)」, 감/Ingmar Bergman, 출/Liv Ullmann, Bibi Andersson, Max von Sydow, Erland Josephson, Erik Hell

▋「지성의 산책(Mindwalk, 1991, 미국, 110분)」, 감/Bernt Capra, 출/Liv Ullmann, Sam Waterston, John Heard, Ione Skye

▋「작고 작은 섬(Whiskey Galore!, 미국 제목 Tight Little Island, 1949, 영국, 82분)」, 감/Alexander Mackendrick, 출/Basil Radford, Joan Greenwood, James Robertson Justice, Jean Cadell, Gordon Jackson, Wylie Watson, John Gregson, 해설/Finlay Currie

▋「광란의 작은 섬(Rockets Galore! 미국 제목 Mad Little Island, 1957, 영국, 94분)」, 감/Michael Relph, 출/Jeannie Carson, Donald Sinden, Roland Culver, Noel Purcell, Ian Hunter, Duncan MacRae, Catherine Lacey, Jean Cadell

▋「대지는 진동한다(La Terra Trema, 1947, 이탈리아, 160분)」, 감/Luchino Visconti, 해설/Luchino Visconti, Antonio Pietrangeli

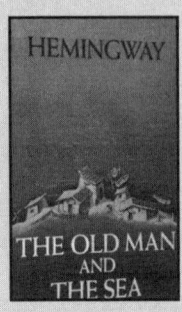

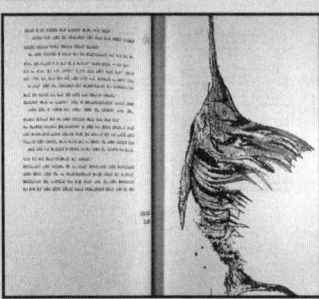

스펜서 트레이시의 「노인과 바다」를 보면 원작을 훼손하지 않고 무작정 충실하게만 영상화하는 일이 미덕인지 판단하기가 어려워진다. 영화는 그 자체가 독립된 하나의 작품이기 때문이다.

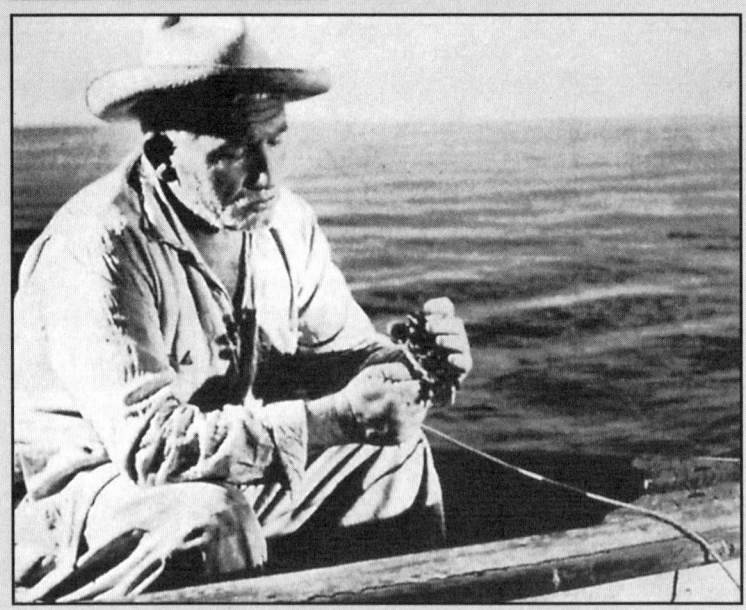

소설과 영화

    헤밍웨이가 1952년에 발표하여 퓰리처 상을 받은 중편소설을 그대로 화면에다 빼다박은 듯한 존 스터지스 감독의 「노인과 바다」는 그림처럼 아름답다.

    86분짜리 짤막한 이 영화의 촬영을 위해 제작진은 바하마 군도의 나쏘, 아바나 근처의 코지마 베이, 쿠바의 보카 데 자루코, 콜롬비아, 페루, 에콰도르, 파나마, 갈라파고스 제도 그리고 하와이의 코나까지 현지 촬영을 다녔다고 한다. 헤밍웨이도 촬영 현장을 자주 찾아가 주인공 산티아고 노인 역을 맡은 스펜서 트레이시와 친한 사이가 되기도 했다. 그뿐 아니라 원작자의 아내 메어리 헤밍웨이가 관광객 여자로 단역 출연을 하는가 하면, 노인이 거대한 청새치를 잡느라고 싸우는 장면은 알프레드 글라셀 주니어가 최대어 청새치를 실제로 잡는 장면을 촬영한 필름을 가져다 쓰기도 했다. 그래서 화면을 자세히 보면, 스펜서 트레이시의 머리 위에 낚싯줄이 하나 더 나타난다.

    이른바 "원작에 충실하기 위해" 얼마나 열심히 노력했는지를 단적으로 증명해 보이는 일화들이다. 이 정도면 어느 누구도 원작 문학을 그대로 살리려는 영화인의 노력과 성실성을 전혀 의심하지 않으리라.

원작과 영화의 관계, 그러니까 '원작의 훼손'이라는 문제를 얘기할 때 자주 언급되는 사건 가운데 역시 헤밍웨이의 작품이 입에 올랐던 일화도 있다. 그의 단편소설을 영화화한 「살인자」의 시사회이다. 우리나라 팬들에게는 「진홍의 도적」으로 유명한 로버트 지오드마크 감독이 1946년에 만든 이 영화의 시사회에서 헤밍웨이가 첫 부분만 보고는 나와 버렸다는 얘기 말이다.

하지만 「살인자」는 헤밍웨이의 단편들 중에서도 짧기로 유명한 작품으로서, 주인공은 아예 등장도 하지 않고, 식당에 들어온 사람들이 나누는 얘기의 대사로만 이어진다. 그리고 그들의 대화 내용도 올리 앤더슨(Ole Anderson)을 누가 죽이러 왔는데, 도망칠 생각도 않고 침대에서 그냥 돌아눕기만 하더라는 얘기이다.

도망쳐 봤자 아무 소용이 없으니까 그냥 벽을 향해 돌아눕는 주인공, 철저한 절망의 얘기이다.

영화 「살인자」는 물론 단편소설 『살인자』의 내용 그대로 시작되기는 하지만, 겨우 몇 분 후에는 주인공 올리 앤더슨이 권투선수의 살인사건에 관련되어 어쩌고저쩌고 했다는 범죄영화로 이어진다. 말하자면 첫 장면만 빼놓고 나머지는 모두 (존 휴스턴도 포함되었다고 알려진) 시나리오 작가들이 상상해서 쓴 내용인데, 그 내용이 영화에서는, 적어도 시간상으로, 원작보다 엄청나게 큰 비중을 차지할 수밖에 없었다. 영화라는 매체가 관객에게 보여 주는 상황 전개가 일단 한 시간 반 정도는 계속되어야 한다는 속성을 지녔기 때문이다.

영화 「살인자」는, 아무리 포스터에다 어니스트 헤밍웨이의 이름을 크게 내세웠다고 하더라도, 원작은 처음 몇 분 만에 다 끝나 버린다.

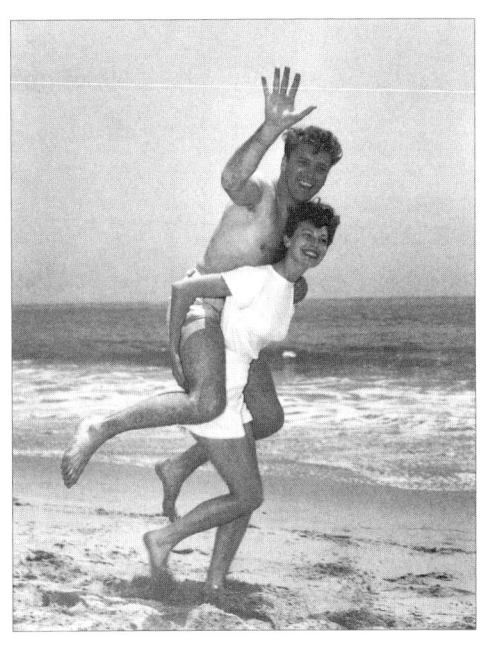

영화 「살인자」는 곡마단 출신의 신인 배우 버트 랭카
스터와 단역 배우 에바 가드너 두 사람을 한꺼번에
유명하게 만든 출세작이었다. 사진은 산타 모니카 해
변에서 버트 랭카스터를 업고 달리는 에바 가드너

　따라서 겨우 몇 분의 원작 내용에다 제목만 빌어다 붙인 작품이기는
해도, 지오드마크의 영화 「살인자」는 미국 영화평론가 레너드 몰틴이
★★★★로 분류할 정도로 훌륭한 영화였고, 영화 출연이 처음이었던
곡마단 출신의 배우 버트 랭카스터와 아직 단역으로만 여기저기 얼굴
을 내밀던 에버 가드너를 갑자기 유명하게 만든 출세작이기도 하다. 그
러니까 헤밍웨이는 자신의 작품이 훼손되었다고 생각해서가 아니라,
아마도 그의 작품(단편소설)이 끝나는 부분에서 자리를 떴던 것이 아닌
가 하는 추측이 간다.

　필자의 경우에도 『은마는 오지 않는다』가 영화로 만들어졌을 때, 그
리고 『하얀 전쟁』이 영화로 만들어졌을 때 다시, 그리고 『헐리우드 키
드의 생애』가 세 번째 영화로 만들어졌을 때 또다시, 연예담당 기자들
로부터 "원작자로서 영화에 만족하느냐"거나 "영화가 원작에 충실한
가," 심지어는 "원작이 영화에 의해서 훼손되었다고 생각하지 않느냐"

는 질문을 자주 들었다.

그럴 때면 나는 농담삼아 이른바 자칭 "밀가루 이론"을 얘기해 준다. 원작인 문학 작품은 밀가루나 마찬가지요, 그래서 문학 작품을 만들어 낸 소설가는 밀가루 장사이니까, 영화를 만드는 사람이 돈(원작료)을 내고 밀가루를 사 가지고 가서는 그것으로 만두를 만들건 빵을 만들건 원작자는 간섭을 하거나 결과물에 대해서 불평이나 비판을 해서는 안 된다는 주장이다. 이미 원작으로 내주었을 때, 원작자는 그것을 영화로 만드는 정지영 감독이거나 장길수 감독이 어떤 식으로 어떤 차원의 작업을 하려는지를 알았고, 그러니 나중에 덧말을 할 수가 없는 노릇이다.

더구나 영화와 문학은 엄연히 별개의 독립된 분야인데, 왜 영화를 소설의 기준으로 분석하려는지, 왜 사람들이 그렇게 자꾸만 별개의 두 분야를 구태여 연결지어 생각하는지 필자로서는 이해가 잘 안 간다. 그리고 혹시 꼭 연결지어 생각한다고 하더라도, 어쨌든 영화가 소설에 너무 충실하면 좋지 않다는 것이 나의 개인적인 견해이다. 「노인과 바다」처럼 말이다.

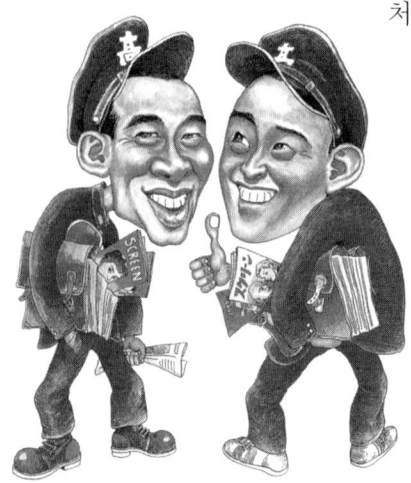

영화가 원작을 훼손했느냐 어쨌느냐 하는 논란은 따질 일이 아니다. 예를 들면 영화 「헐리우드 키드의 생애」는 정지영 영화작가(감독)의 작품이지, 소설가의 작품이 아니기 때문이다.

술좌석 같은 곳에서 잡담을 나누다 보면 영화만 보고는 마치 원작 소설을 읽은 듯 얘기하는 사람이 가끔 눈에 띄는데, 그것은 영화와 소설이 똑같으리라는 선입견에서 나온 행동이다. 물론 그런 거짓말이 통할 때도 없지는 않다. 그 대표적인 예가 로렌스 올리비에나 오슨 웰스가 만든 셰익스피어의 작품들이며, 그보다도 더 자신있게 거짓말을 해도 좋은 작품이 바로 스펜서 트레이시의 '영상 소설' 「노인과 바다」이다.

이 영화는 "TV문학관" 수준의 고급 문

예영화로서, 바다가 아니라 반대로 산을 무대로 한 스펜서 트레이시의 다른 영화 「산」만큼이나 탈속한 분위기를 제공하여, 때로는 마치 관광지의 그림엽서처럼 아름다운 장면들을 보여 준다. 그물을 넣거나 (「대지는 진동한다」에서처럼) 새벽에 돛대를 메고 등불을 들고 고기잡이를 나가는 어부들, 수평선 위로 동이 터오는 하늘, 어슴푸레한 바다 위로 울려퍼지는 드미트리 티옴킨의 음악과 남성 합창곡, 엄청나게 큰 고기 한 마리와 싸움을 벌이는 노인 한 사람, 상어에 물려 뜯기고 난 고기에게 노인이 던지는 "미안해, 고기야"라는 말, 노인의 상처입은 손을 보고 울음을 터뜨리는 소년, 아프리카의 노란 해변과 사자들과 고래를 꿈꾸는 노인……

영화는 역시 영상의 미학임을 증명하는 이러한 장면들이 연결되는 가운데 노인과 무한의 힘을 상징하는 청새치의 고독한 싸움이 시작되는데, 여기에서는 오히려 원작에 너무 충실하다는 점이 문제가 된다.

소설의 내용이 워낙 단순하다 보니 줄거리가 손바닥처럼 빤한데다가, 이 영화에서는 노인이 아예 해설까지 맡아 처음부터 끝까지 작품을 낭송해 버리고 만다. 설명이 많으면 생각할 여유와 상상의 여지가 박탈당하게 마련이다. 그래서 석양녘에 의자에 앉은 채로 잠든 노인에게 음식을 챙겨다 주는 소년의 눈물겨운 사랑, 보이지 않는 적과의 싸움을 계속하는 동안 노인이 고기에 대해서 느끼기 시작하는 애정이나, 청새치를 잡아놓은 다음 노인과 상어가 벌이는 치열한 싸움, 그리고 물고기 뼈를 구경하며 관광객들이 보이는 지극히 도시적인 반응까지 이미 소설을 읽어 환히 머리에 각인된 독자로서는 작품을 낭송해 주는 해설이 반갑지만은 않다. 이런 영화는 차라리 소리가 나지 않게 해놓고 감상한다면 오히려 아름다운 영상들이 신기할 정도로 진가를 발휘한다. 비록 수영장에서 촬영한 듯한 근접 장면들이 눈에 거슬리기는 해도, 전체적인 영화는 그만큼 훌륭한 영상시(映像詩)이기 때문이다.

이 소설과 영화의 주인공 산티아고 노인처럼, 고독하고 구질구질하지 않게 노년의 삶을 활동적으로 살았던 명배우 스펜서 트레이시와는 달리, 쇠진한 노년에 지쳐 자살을 하지 않으면 안 되었던 작가 헤밍웨이의 말년을 생각하면, 그리고 헤밍웨이와 스펜서 트레이시는 모두 죽었어도 그들의 소설과 영화는 아직도 남아 많은 사람들을 감동시킨다는 사실을 생각하면, 짧은 인생과 긴 예술 방정식이 새삼스럽게 여겨진다. 그리고 범죄영화의 주연배우로 시작했던 흉한(兇漢) 스펜서 트레이시가 곱게 늙은 모습을 보면, 아름답게 늙는 인생이 얼마나 큰 축복인가 하는 생각도 들게 한다.

「노인과 바다」는 1990년 앤토니 퀸이 주연해서 텔레비전 영화로도 선을 보였다.

84 일 동안 바다에 나가서 고기를 한 마리도 잡지 못한 재수 없는 어느 노인이, 그야말로 오래간만에 대어 한 마리를 걸어 이틀 동안의 사투를 거치며 천신만고 끝에 겨우 건져내기는 했지만, 상어들이 몰려와 뱃전에 묶어 놓은 청새치를 모두 뜯어먹고 대가리만 남겨서 허탈한 마음으로 돌아오기는 해도, 인간은 결코 절망하지 않는다는 내용이 담긴 이 소설은 헤밍웨이가 쿠바의 아바나에서 20 킬로미터 떨어진 고히마르에서 어떤 어부로부터 실제로 들은 경험담을 문학으로 엮은 작품이다.

비평가들은 이것이 자연과의 싸움에서 인간은 승리할 수가 없지만, 그러한 패배의 운명을 알면서도 용기와 존엄성을 잃지 않고 투쟁을 계속한다는 비유(allegory)라고 해석한다. 이런 사상을 그대로 드러낸 표현이 산티아고가 후반부에서 혼잣말로 하는 "Man can be destroyed but not defeated"이다. 이 내용을 우리나라에서는 흔히 "인간은 파멸을 당할지언정 패배하지는 않는다"라는 식으로 번역되어 널리 알려졌지만, 'destroyed'는 '패배'와 별로 다를 바가 없는 '파멸'보다는 갈기갈기 찢어져 죽는다거나 만신창이가 되는 등, 물리적인 '파괴'를 뜻하지 않나 하는 생각이 들기도 한다.

작가 헤밍웨이가 이른바 남성적인 면모(machismo)를 과시한 세 가지 두드러진 행적은 두 차례의 아프리카 사냥 여행(safari), 에스파냐 빰쁠로나의 길거리 투우, 그리고 20년 쿠바 생활에서 큰 소일거리로 삼았던 낚시였다. 글쓰기만큼이나 낚시에도 열심이었다고 알려진 그는 카스트로 혁명과 집권으로 미국인이 살기에는 불편해진 쿠바를 떠나지만, 밤이면 바다 건너 아바나의 불빛이 보인다는 플로리다의 키 웨스트(Key West)에서, 지금은 다리로 연결되었지만, 미국의 남쪽 끝에 위치한 외딴 섬에서 말년을 보냈다.

대형 화면(CinemaScope)으로 제작된 최초의 작품들 가운데 하나인 「해저 12마일」은 헤밍웨이가 말년에 고향으로 삼았던 키 웨스트에서 해면을 채취하는 두 집안이 등장하는데, 해면 밭의 경계선을 두고 대립하다가 사람이 죽기까지 하지만, 양쪽 집안의 청춘 남녀는 집안싸움은 아랑곳하지 않고 사랑에 빠진다는 로미오와 줄리에트 주제를 담았다.

헤밍웨이의 삶에서는 낚시가 큰 부분을 차지했다. 아래 사진은 어렸을 때 캔사스에서 아버지를 따라 낚시를 나갔을 때의 모습이고, 오른쪽은 키 웨스트 상어낚시에서 잡은 대어를 자랑하는 모습이다.

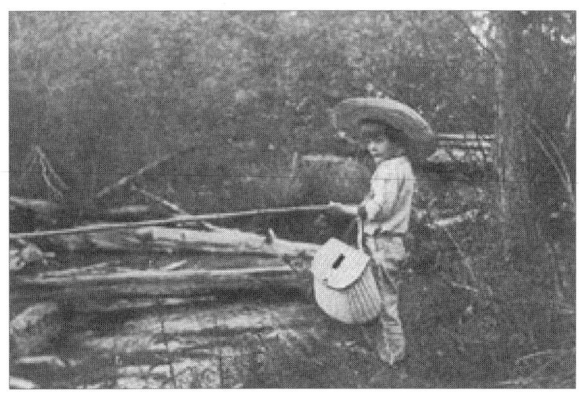
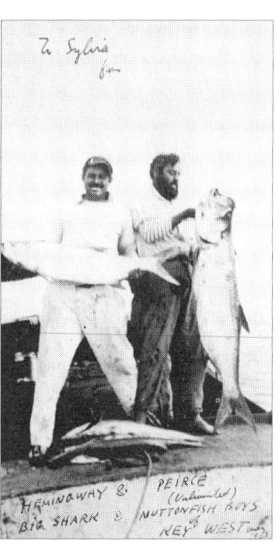

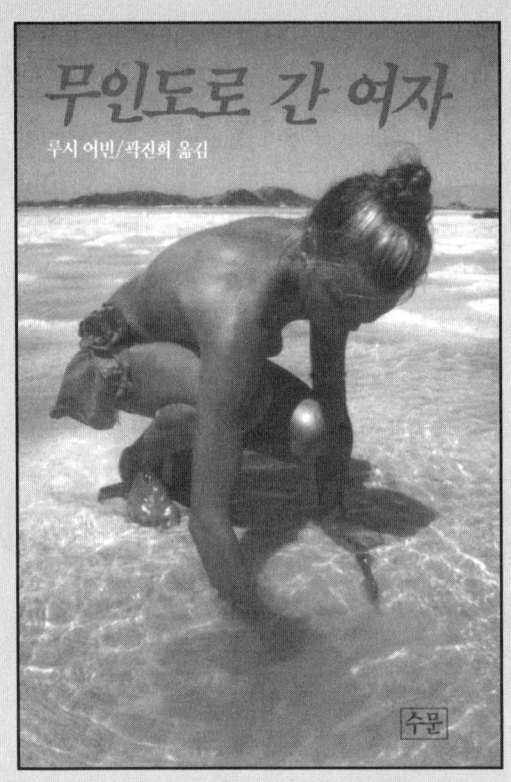

우리나라에서는 『무인도로 간 여자』라는 제목으로 번역된
『표류자(Castaway)』의 표지에 나온 반나체의 이 여성이
신문 광고를 낸 남자와 함께 무인도로 따라 나섰던 루씨
어빈이다.

섬의 환상 그리고 현실

20 년도 넘는 아주 오래 전, 번역을 열심히 하던 시절 어느 날 오후, 일을 하다 쉬느라고 집에서 텔레비전을 틀었더니, 미군 방송에서 방영한 어느 토크 쇼에 루씨 어빈(Lucy Irvine)이라는 서양 여자가 나와서 희한한 얘기를 했다. 출판사를 운영하던 어느 영국 남자가 신문에다 광고를 냈는데, 남쪽 바다 무인도에 가서 1 년 동안 살다가 올 계획이며, 이 낭만적인 모험에 동행할 여자를 구한다는 내용이었다. 경비는 물론 남자가 모두 부담하며, 성생활은 강제 조항이 아니라고 했다. 그래서 광고를 낸 남자한테 루씨가 편지를 내고는 뜻이 맞아 둘이서 1 년 동안 섬에 가서 살다가 왔다는 얘기였다.

루씨 어빈은 모험을 끝내고 돌아와서 『표류자(Castaway)』라는 책을 썼다. 요즈음 텔레비전에서 유행하는 생존 체험(Survivor Game)의 원조격인 두 사람은 남해로 가서 즐거운 고생을 함께 하고, 밤중에 술이 취해서 자꾸만 덤비는 남자의 끈질긴 요구를 못 이겨 결국 성생활도 해가면서, 거의 나체로 생활하다가 '계약 기간'을 끝내고 돌아왔는데, 물론 식량을 거의 현지 조달로 해결하다시피 해서 루씨는 (책에 실린 사진을 보면) 나중에 영양실조로 젖가슴이 납작하게 쭈그러들기도 했다.

『표류자』는 베스트셀러가 되어 영화로 제작되기도 했으며, 우리나라에서는 「섬으로 간 두 사람」이라는 제목으로 비디오가 출시되었다.

문명 탈출이라는 환상적인 모험은 전원주택짓기에서부터 농사짓기 하향[歸農]에 이르기까지, 이제는 꽤 많은 한국인도 실천하는 실정이고, 미국 텔레비전에서는 이미 오래 전부터 연속물에서 즐겨 다루는 주제였다. 대표적인 예가 도시 생활에 염증을 느껴 전재산을 팔아치우고 시골로 내려가 서투른 촌사람 노릇을 하는 부부가 주인공으로 등장하여 여러 해 동안(1965~71) 인기를 누렸던 「푸르른 전원(Green Acres)」이다.

「푸르른 전원」의 성공 비결은 일차적으로 상황 설정의 덕이었겠지만, 남편 역을 에디 앨버트(Eddie Albert)에게 맡기겠다는 선택의 엉뚱함은 물론이요, 에바 가보르(Eva Gabor, 1919~95)에게 부인 역을 시킨 전략이 주효했기 때문이 아닌가 싶다. 1936년도 미스 헝가리 출신으로서 여덟 번이나 결혼을 한 기록을 세운 자 자 가보르(Zsa Zsa Gabor, 본명 Sari

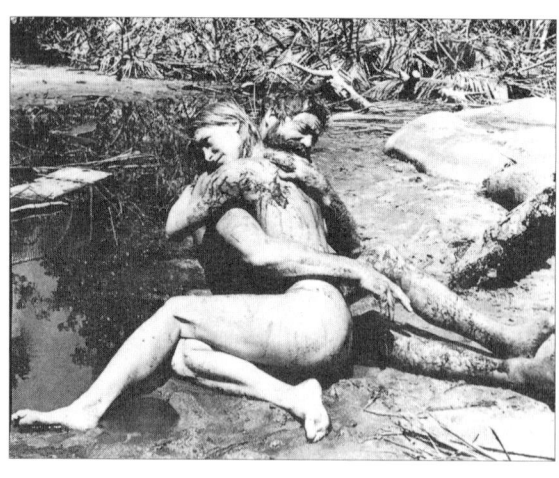

영화로 만든 「섬으로 간 두 사람」은 책에 담긴 낭만적 모험과는 다소 거리감이 느껴진다.

Gabor)와 쌍둥이로 태어난 에바 역시 다섯 번이나 결혼한 몸이어서, 시골생활하고는 연결지어 상상하기가 대단히 어려운 여배우이다.

「타히티로 간 터틀 일가」는 힘든 일은 모두 사양하고 남해의 섬에서 한가하게 살아가는 팔자 좋은 사람들의 얘기이고, 텔레비전 영화 「탈출」에서는 중류층인 중년의 두 부부가 집을 팔아치우고 직장도 그만둔 다음 자연으로 돌아가 전원생활을 시작하지만, 결국 다시 문명세계로 돌아간다.

「버진 아일랜드」에서는 영국인 아가씨 데이나가 카리브 해로 여행을 갔다가 미국인 문학도 에반스를 만나 사랑하고 결혼한 다음, 무인도로 들어가서 감미로운 신혼을 맞는다. 세상과 격리되어 모험적인 생활을 하는 남녀의 모습을 담은 이 영화에서는 인종 문제도 슬며시 언급하는데, 서부영화("Saddle the Wind," 1958)에서조차도 참으로 심각하고 인상적이었던 존 캐사베티스의 연기는 여기에서도 돋보인다. 나중에 비타협적이면서 개성이 감한 독립영화 감독으로 유명해진 캐사베티스에 관해서는 셰익스피어의 희곡을 다룰 때 자세히 소개하겠다.

미국의 공공 방송 협회(Public Broadcasting Service, PBS)에서 텔레비전 연극 선집(American Playhouse)을 위해 제작한 「은둔」에서는 남녀 한 쌍이 아니라 네 사람이 외딴 섬으로 들어가 서로 얽히고 설키는 통속극적인 상황을 발전시킨다.

「잃어버린 산호섬」에서는 남해의 외딴 섬에서 새로운 삶을 시작하려는 남자가 가족에 대한 책임감 때문에 낭만을 제대로 찾지 못한다.

「폭스트로트」의 주인공은 단순히 낭만을 찾아서가 아니라, 1930년대 말 전운이 감도는 루마니아를 아내와 함께 탈출해서 멕시코 고도(孤島)의 낙원으로 들어간다. 이 영화는 눈요기 장면을 좀 보태서 「낙원의 저편(The Other Side of Paradise)」이라는 제목으로도 선을 보였다.

문명 탈출에 현실 도피(escapism)가 가미되었으며, 야자수와 백사장

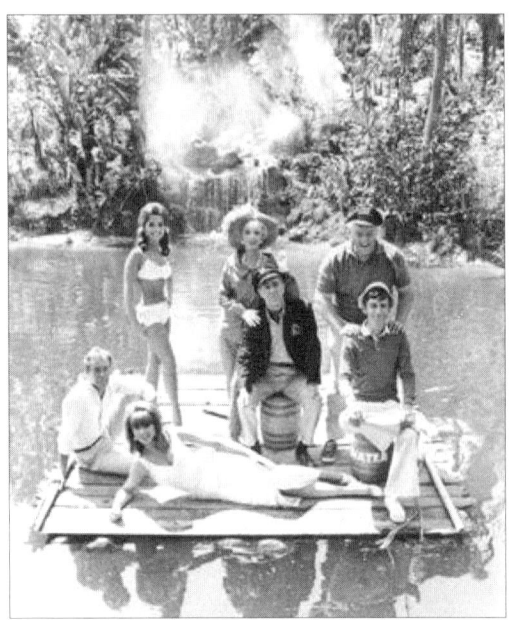

으로 이루어진 낭만적인 섬을 무대로 한 텔레비전 연속물로는 CBS에서 제작한 「길리건의 섬(Gilligan's Island, 1964~7)」이 유명하다. 소형 전세 유람선 '송사리 호(S. S. Minnow)'의 선장(Alan Hale)과 유일한 선원 길리건(Bob Denver)은 어릴 때 대신 매를 맞는 하인까지 두었으며 세상만사를 돈벌이로 해석하는 백만장자 하월(Thurston Howell III, Jim Backus)과 사치스럽고 수다스러운 그의 아내, 의학에서부터 원주민 언어에 이르기까지 모든 지식의 원천 노릇을 하는

「길리건의 섬」 출연진이 뗏목을 타고 찍은 이 선전용 사진에서 앞줄 맨 오른쪽 물통에 앉은 남자가 길리건이고, 뒤에 송사리 호의 선장이 보인다. 가운데 검은 상의가 백만장자 하월이며, 부인이 옆에 섰다. 뒷줄 수영복 차림이 남부 아가씨 메어리 앤이고, 왼쪽 끝에 앉은 남자가 '교수님'이며, 여배우 진저는 앞에 모로 누운 아가씨이다.

'교수님'과 남부의 젊은 아가씨 메어리 앤(Mary Anne, Natalie Schafer), 그리고 여배우 진저(Ginger)를 태우고 사흘 동안 남해의 여러 섬을 여행할 계획으로 출항했다가 폭풍을 만나 지도에도 나오지 않는 무인도로 표류한다.

루씨 어빈이나 에바 가보르 부부처럼 스스로 자연의 낭만을 찾아가지는 않았지만, 그래도 문명의 혜택을 받지 못하는 '로빈슨 크루소'가 되어 섬에 갇혀 버린 그들은 야자잎으로 오두막을 짓고 흔들침대까지 걸어 놓고는, 한 가족이 여름 휴가라도 온 듯 즐거워하며 살아간다. 어딘가 좀 모자라서 여기저기 부딪히고 자빠지며 실수만 거듭하는 약골 길리건과 무작정 마음씨만 좋은 뚱뚱보 선장, 그리고 아역 배우로 시작

했으나 우리나라에서는 리처드 위드마크와 공연한
「함정(The Trap, 1959)」으로 처음 알려졌던 티나
루이스(Tina Louise)가 여배우 진저 역을 맡아 주로
웃긴다.

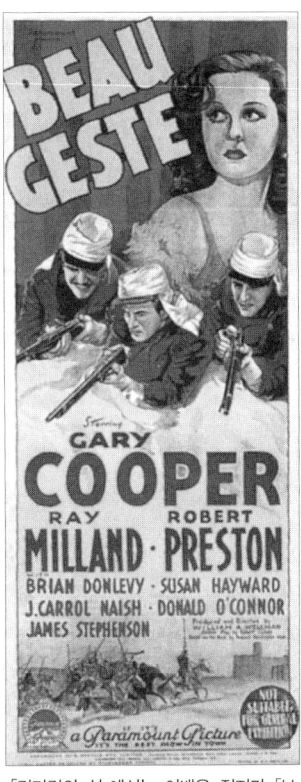

길리건에게는 물론이요 다른 섬에서 찾아온 원
주민 용사에 이르기까지 남자만 보면 생기가 돌고
눈이 빛나는 여배우 진저는 사랑에 무척 열심이면
서도 영화에 관한 지식을 활용하여 다른 사람들의
생존에 자주 도움을 주고는 한다. 언제인가 숲속에
서 "눈에 보이는 놈들은 모두 쏴 죽여라(Shoot to
kill)"면서 앵무새가 혼자 떠드는 소리를 듣고 해적
단이 상륙한 줄 잘못 알고 놀라서 모두들 전투 준
비를 하며 법석을 부릴 때, 진저는 게리 쿠퍼가 주
연했던 외인부대 영화 「보 제스트(Beau Geste,
1939, "지성과 야만" 300~2쪽 참조)」의 마지막 장면
을 흉내내어 적을 퇴치하자는 희한한 제안을 한다.
「보 제스트」에서는 아군이 아랍인들에게 전멸을
당하자 주인공이 죽은 병사들을 울타리에 걸쳐놓

「길리건의 섬」에서는 여배우 진저가 「보
제스트」의 마지막 장면을 흉내내어 해적
을 물리치자고 제안한다.

고 손에 총을 쥐어 주어서 아직 생존한 병력이 많은 것처럼 위장한다.

이 경쾌한 희극물 가운데 「길리건 섬의 표류자들」은 극장으로 진출하
기도 했다. 배가 파선하여 적도 지역의 낙원으로 흘러온 주인공들이 집
으로 돌아갈 걱정을 하기는커녕 섬을 관광지로 개발하려는 욕심을 부
린다는 내용으로, 물론 견본(pilot) 삼아 배경 상황을 설정한 작품이다.

제목만 봐도 짐작이 가겠지만 로저 콜만 감독이 만든 영화 「상어 암
초의 여신들」에서는 파선을 당한 형제가 표류해서 도착한 섬에는 여자
들만 산다. 남자에게는 이런 섬이 낙원이겠지만, "나는 대가족제를 믿

으며, 모든 여자가 적어도 남편을 셋은 데리고 살아야 한다"고 주장한 자 자 가보르에게는 지옥이나 마찬가지이겠다.

섬에 얽힌 환상을 가장 노골적으로 붙잡고 매달린 TV 연속물은 유대계 미국인 아론 스펠링(Aaron Spelling)이 제작했으며 우리나라에서도 일부 방영되었던「환상의 섬」이었다. 신비한 낙원의 섬을 소유한 백만장자 로아크(Mr. Roarke)는 그를 찾아와 5만 달러를 내는 손님들이 요구하는 대로 환상을 만들어 준다. 컴퓨터의 도움이 없이도 평생 꿈꾸던 상황을 사이버 현실에서 체험하게 되는데, 한 편의 영화에서 보통 세 명의 손님이 저마다 다른 줄거리가 전개되는 세계로 들어가 환상을 경험한다.

이 연속물이 오랫동안(1978~84) 인기를 누렸던 한 가지 이유는 출연진 때문이었다. 환상을 창조하는 로아크 역을 맡은 멕시코 배우 리카르도 몬탈반은 라틴 억양을 그대로 살려 이국적인 매력을 살렸고, 손님들을 태운 수상 비행기가 하늘에 나타나면 손으로 가리키며 "더 쁠랜! 더 쁠랜!(The plane! The plane!)"을 외치고는 로아크의 작업을 추진시키고 도와 주는 프랑스 난장이 따뚜(Tattoo) 또한 퍽 특이한 존재였다.

거기에다 매주일 손님역을 맡은 초빙 배우들도 하나같이 쟁쟁한 얼굴들이어서 시청자의 눈을 즐겁게 해주었다. 예를 들어 극장으로 진출한 영화「환상의 섬」에 출연한 '손님' 배우만 보더라도,「두 얼굴의 사나이」로 유명한 빌 빅스비, 왕년의 청춘배우 샌드라 디, '쥐떼(the Rat Pack)'의 일원이었던 피터 로포드, 무성영화 시대의 명배우 진 할로우 역으로 유명해진 캐롤 린리, 텔레비전 서부극 연속물「와이어트 어프 (Wyatt Earp, 1956~9)」의 휴 오브라이안, 1950년대 주연급 여배우로 많은 활약을 했던 일리너 파커("Valentino," 1951, "Detective Story," 1951, "Scaramouche," 1952, "Escape from Fort Brave," 1953, "Many Rivers to Cross," 1954), 텔레비전 연속극「달라스」에서 인기를 끌었으며 연하의 가수 앤디 깁과 염문을 퍼뜨리기도 했던 빅토리아 프린씨펄이 화려하게 포진했다.

환상값을 5만 달러씩이나 낼 만한 사람들이니 당연한 일이겠지만, 등장인물들도 하나같이 부와 명성을 누리는 사람들(the rich and famous)이어서, 시청자들에게 동일시를 통한 대리만족을 한껏 제공했으며, 그들이 요구하는 환상 또한 시대와 장소와 상황이 다채롭기 그지없었다. 환상이란 상상력의 모든 한계를 초월하는 특성을 지녔기 때문이다.

매주일 새로 등장하는 환상의 다양성이 7년 동안이나 지속되었던 까닭은 아마도 미국 방송극 제작 형식의 특성 때문이었으리라는 생각이다. 우리나라에서처럼 방송사 위주로 고정된 소수의 집필진이 프로그램을 이끌어 나가는 대신, 미국에서는 영화사가 주도하던 체제(studio system)의 전통을 물려받아서 방송극 제작에서도 분업이 매우 발달했다. 어떤 상황극(situation drama)의 공식과 골격을 만들어 놓은 다음 제작자는 다수의 고정 집필진 이외에도 외부인들의 '투고'를 받아

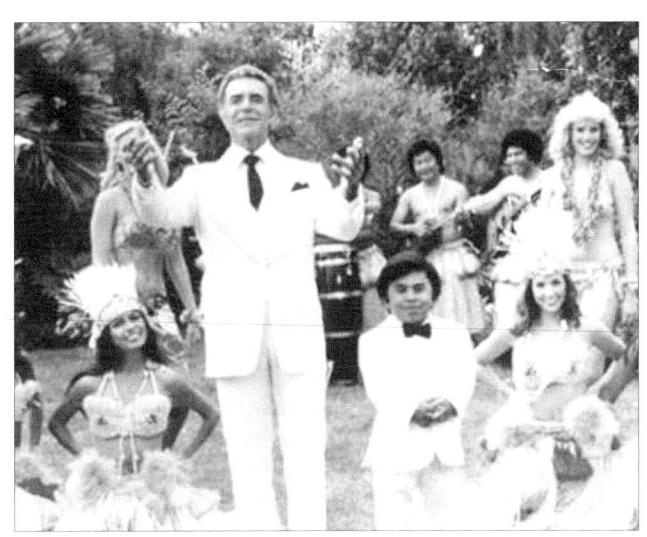

「환상의 섬」으로 찾아오는 고객들을 섬의 주인 로아크가 두 팔을 벌려 환영한다. 옆에 선 작은 남자가 따뚜이다.

서, 채택된 작품을 제작하는 방법을 택하기 때문에, 모든 작품에서 일정한 형식은 단호하게 지키면서도 다양한 창작의 가능성만큼은 넓게 열어두는 결과를 가져온다. 예를 들어 장수(1959~73)했던 서부극 연속물인 「보난자(Bonanza)」에서는 조세프 피브니(Joseph Pevney) 같은 기성 연출가뿐 아니라 출연 배우인 마이클 랜든(Michael Landon)이 연출을 맡는가 하면 각본을 쓰기도 했는데, 이렇게 문호를 넓게 개방하는 유연하고 특수한 원작 관리 체제가 독창성의 밑거름이 되었으리라는 사실은 의심할 나위가 없다.

이러한 개방성에 힘입어 「다시 찾은 환상의 섬」에서 무대 배우 출신답게 목소리가 대단히 매력적인 조세프 캄파넬라, 「제3의 사나이」와 「제니의 초상」으로 낯익은 조세프 카튼, 「성의」에서 그리스도의 목소리로 출연했던 카메론 밋첼, 「부베의 연인」 조지 차키리스, 「남태평양」에서 손가락으로 노래하던 프란스 뉴엔, 「부활」의 홀스트 부크홀쯔와 어울려 우리는 또 다른 환상 여행을 떠난다.

그리고 「환상의 섬」이 거둔 대단한 성공은 「사랑의 섬에서 일어난 기적」 같은 해적판 텔레비전 영화를 낳기도 했다.

「마술의 섬(비디오 제목 "모험 특급," Magic Island, 1995, 미국, 88분, 감 /조지 스티븐스, 출/ 재커리 T. 브라이언, 리 암스트롱, 오스카 딜론)」은 책을 읽다가 잠든 소년이 해적들을 만나 환상적인 모험을 경험한다는 아동영화이다.

다음 책 "동양의 빛과 그림자"에서 우리는 남태평양의 여러 섬과 관련된 영화들을 찾아보고, 대서양과 아메리카 연안의 섬과 바닷가 마을도 찾아보고, 환상과 꿈을 찾아서, 현실을 벗어나기 위해서, 낭만과 추억을 만들기 위해서, 그리고 과거의 추억을 되새겨 보느라고 섬으로 간 사람들의 이야기를, 그리고 음모와 모험, 사랑과 증오, 웃음과 범죄의 흔적을 찾는 영화 여행을 계속한다.

섬 여행에 이어 중동과 인도 그리고 다른 아시아 지역의 역사와 문학이 얽힌 영화도 찾아보겠다.

찾아보기

- 「섬으로 간 두 사람(Castaway, 1987, 미국, 117분)」, 감/Nicholas Roeg, 출/Oliver Reed, Amanda Donohoe, Tony Rickards, Todd Rippon, Georgina Hale, Frances Barber
- 「타히티로 간 터틀 일가(The Tuttles of Tahiti, 1942, 미국, 91분)」, 감/Charles Vidor, 출/Charles Laughton, Jon Hall, Peggy Drake, Florence Bates, Mala, Alma Ross, Victor Francen
- 「탈출(Getting Away From It All, 1971, 미국, 74분)」, 감/Lee Philips, 출/Gary Collins, E. J. Peaker, Barbara Feldon, Larry Hagman, Jim Backus, Burgess Meredith, Vivian Vance, Randy Quaid, John Qualen
- 「버진 아일랜드(Virgin Island, 1959, 영국, 84분)」, 감/Pat Kackson, 출/John Cassavetes, Virginia Maskell, Sidney Poitier, Colin Gordon
- 「은둔(Refuge, 1984, 미국, 90분)」, 감/Huck Fairman, 출/Anne Twomey, James Congdon, Alexandra O'Karma, Will Jeffries
- 「잃어버린 산호섬(Lost Lagoon, 1958, 미국, 79분)」, 감/John Rawlins, 출/Jeffrey Lynn, Peter Donat, Leila Barry, Don Gibson
- 「폭스트로트(Foxtrot, 1976, 멕시코-스위스, 91분)」, 감/Arturo Ripstein, 출/Peter O'Toole, Charlotte Rampling, Max von Sydow, Jorge Luke, Helen Rojo, Claudio Brook
- 「길리건 섬의 표류자들(The Castaways on Gilligan's Island, 1979, 미국, 74분)」, 감/Earl Bellamy, 출/Bob Denver, Alan Hale, Jim Backus, Natalie Schafer, Russell Johnson, Dawn Wells, Judith Baldwin, Tom Bosley
- 「상어 암초의 여신들(She Gods of Shark Reef, 1958, 미국, 63분)」, 감/Roger Corman, 출/Bill Cord, Don Durant, Lisa Montell, Carol Lindsay, Jeanne Gerson
- 「환상의 섬(Fantasy Island, 1977, 미국, 100분)」, 감/Richard Lang, 출/Ricardo Montalban, Bill Bixby, Sandra Dee, Peter Lawford, Carol Lynley, Hugh O'Brian, Eleanor Parker, Victoria Principal, Dick Sargent

▌「다시 찾은 환상의 섬(Return to Fantasy Island, 1978, 미국, 100분)」, 감/George McCowan, 출/Ricardo Montalban, Adrienne Barbeau, Joseph Campanella, Joseph Cotten, Laraine Day, Cameron Mitchell, Karen Valentine, George Chakiris, George Maharis, France Nuyen, Horst Buchhold, Herve Villechaize

▌「사랑의 섬에서 일어난 기적(Magic on Love Island 또는 Valentine Magic on Love Island, 1980, 미국, 100분)」, 감/Earl Bellamy, 출/Janis Paige, Dominique Dunne, Christopher Knight, Adrienne Barbeau, Bill Daily, Lisa Hartman, Howard Duff, Dody Goodman